LE RETOUR TRAGIQUE

DU MÊME AUTEUR
DANS CETTE COLLECTION

LE MÉDECIN DE STALINGRAD
BATAILLON DISCIPLINAIRE
NATACHA
LA MAISON DES VISAGES PERDUS
LE RETOUR TRAGIQUE
LA ROUTE SANGLANTE
SYMPHONIE RUSSE
LE DERNIER PRISONNIER
LE CŒUR DE LA VIe ARMÉE
NUITS D'AMOUR DANS LA TAIGA
ILS SONT TOMBÉS DU CIEL
DANS UN MONDE INCONNU
MÉDECIN DES ESPRITS PERDUS
LES FRUITS SAUVAGES DE LA NUIT
NOCES DE SANG A PRAGUE
LE DESTIN PRÊTE AUX PAUVRES
JE GUÉRIRAI LES INCURABLES
BEAUCOUP DE MÈRES S'APPELLENT ANITA
AMOUR ET SABLE CHAUD
MANŒUVRES D'AUTOMNE
LE MÉDECIN DU DÉSERT
LA FILLE DU DIABLE
JE RÉCLAME LA PEINE DE MORT
LE DÉFI DES HOMMES
LE CANAL SILENCIEUX
ENFER VERT
L'HOMME AU VISAGE D'ANGE
UNE DÉESSE NE PLEURE PAS

HEINZ G. KONSALIK

LE RETOUR TRAGIQUE

PRESSES DE LA CITÉ

Le titre original de cet ouvrage est :

DAS GESCHENKTE GESICHT

Traduit de l'allemand par J.-M. Gaillard-Paquet

ISBN 2-266-00112-4

La guerre est sur le point de finir. Dans le château Bernegg, les blessés allemands de la face sont soignés par le Pr Rusch et son adjointe, le chirurgien Lisa Mainetti.

Les Américains arrivent et le major James Braddock est chargé de l'administration de cette « Maison des Visages Perdus » dont les habitants sont considérés comme prisonniers de guerre.

Erich Schwabe ignore qu'en un moment d'égarement et de fatigue sa femme l'a oublié un soir dans les bras de Karlheinz Petsch, maçon et ex-aviateur qu'elle a sauvé d'un bombardement de Cologne. La mère de Schwabe sait tout mais, pour la paix de son fils, ne dit rien.

Walter Hertz est devenu amoureux et est aimé de Pétra Wolfach, la fille d'un des plus gros industriels du Reich. Son père, bien entendu, n'accepte pas un tel amour et lorsqu'il est condamné par les vainqueurs, il emmène sa fille avec lui, loin de Bernegg...

Le Pr Rusch et Lisa Mainetti s'aiment mais des attaques affreuses et mensongères d'un certain Dr Urban, morphinomane et sans conscience, ont jusqu'à présent rendu leur union impossible.

Ils travaillent néanmoins côte à côte, et avec une chaleur qui fait l'admiration des Américains, à refaire des visages, à aider, à soutenir moralement ceux dont ils ont encore la charge.

Erich Schwabe, grâce à la bonté du major Braddock, a eu la permission de passer cette nuit avec sa femme Ursula qui, au prix des pires difficultés, est venue le retrouver car elle l'aime toujours malgré son erreur d'un jour.

1

PENDANT la nuit, Erich Schwabe se réveilla brusquement en voyant de la lumière dans la chambre. Il garda pourtant les yeux fermés, et n'entrouvrit les paupières que pour distinguer ce qui se passait autour de lui.

Ursula avait allumé la petite lampe de la table de nuit et avait posé un linge dessus pour en atténuer l'éclat. Elle était assise sur le lit à côté de Schwabe ; elle se tenait droite et ses yeux étaient clairs et tranquilles. Elle avait posé les mains à plat sur le couvre-lit et contemplait son mari ; raide, muette, sans manifester de réactions extérieures, elle semblait hypnotisée par le réseau de bandes roses qui cachait... elle ne savait quoi.

Schwabe faisait des efforts pour respirer calmement et régulièrement, comme s'il dormait vraiment. Son cœur se mit à battre et à tressauter, sa gorge devint sèche, et il sentit des fourmillements lui parcourir tout le corps jusqu'au bout des pieds. Du calme, pensa-t il, désespéré, du calme. Maintenant, elle me voit vraiment, et elle est toute seule ; elle n'a pas besoin de se dominer et personne n'est là pour lui verser du baume et essayer de la consoler avec de bonnes paroles, alors qu'il est impossible de la consoler. Maintenant elle est seule en face d'une décision à prendre, et elle sait ce que sera sa vie future avec le jeune vitrier Erich Schwabe dont on ne peut plus reconnaître que les yeux et les cheveux.

Ursula n'avait pas fait un mouvement, n'avait même pas poussé un soupir. Elle continuait à regarder, comme une poupée de cire, droit devant elle. On ne pouvait constater qu'au mouvement de sa poitrine nue qu'elle respirait et donc qu'elle vivait encore.

« C'est Erich, se dit-elle. Mon mari, Erich. Il a survécu à la guerre, mais il a dû payer de son visage. Et moi, je l'ai trompé, pendant deux jours et deux nuits. Je l'ai trompé tant j'étais seule, désespérée, tant j'avais besoin de chaleur et d'un peu de bonheur, tant j'avais envie d'oublier un peu, tant j'avais peur. Mais si je lui dis cela, il ne comprendra jamais, et ces deux jours resteront toujours comme un mur infranchissable entre nous. »

Elle s'obligea à se pencher sur la tête bandée. Il lui suffisait de regarder la bouche d'Erich, pour se rendre compte de ce que cachaient les pansements. Il doit ressembler à un monstre, pensa-t-elle, et ses épaules sursautèrent. Les gens détourneront le regard, les enfants pousseront des cris en le voyant ; il sera comme un cauchemar ambulant : Erich Schwabe, mon mari.

Elle leva une main et, très délicatement, pour qu'il ne s'éveille pas, elle promena le bout de ses doigts sur les contours du pansement. Elle palpa le nouveau nez, la bouche sans lèvres, qui était devenue comme de la corne, tant les cicatrices l'avaient durcie, le menton raboté ; puis repartit vers le haut, vers le front, l'oreille arrachée que le Dr Mainetti avait recousue, mais qui devait encore subir plusieurs opérations et plusieurs greffes pour retrouver sa forme.

Les doigts continuaient doucement leur promenade tout autour de la tête, comme un aveugle qui est obligé de voir son monde à l'aide de ses doigts pour s'en faire une idée.

Lorsque les doigts d'Ursula quittèrent le menton pour descendre toujours très doucement vers la poitrine, Erich trembla et, des deux mains, il saisit celles de sa femme et les retint. Ursula poussa un petit cri en reculant légèrement, et Schwabe tourna la tête vers elle, vers la lampe tamisée à l'éclat impitoyable.

— Tu... tu ne dors pas, dit Ursula en bredouillant. Pourquoi ne dors-tu pas, Erich ?

— Comment me trouves-tu, Uschi ? demanda Schwabe à voix basse. — Il resta étendu à plat sur le dos et la scruta en ouvrant de grands yeux de mendiant. Son regard glissa le long du corps juvénile et nu d'Ursula, puis revint au visage doux et régulier, aux boucles folles.

— Je t'en prie, implora-t-il tout bas, dis-moi quelque chose de gentil. Dis-moi que tu m'aimes. Si tu me repousses, c'est la fin. La fin.

— Comment devrais-je te trouver, Erich ?

Elle sourit, et même si son sourire ressemblait davantage à un rictus de tout le visage, c'était tout de même un sourire. Il l'accueillit comme un rayon de soleil chaud qui lui réchauffait l'âme, comme un signe venant du ciel.

— Tu es une boule de gaze et de leucoplast.

— Une boule ?

— Oui. Te rappelles-tu ? Nous étions mariés depuis deux mois. Ton ami Karl faisait une excursion avec un club de boulistes, à Rüdesheim. Quand il est revenu, il ressemblait à ce que tu es maintenant. Il était ivre, et avait fait une chute sur un tas de pierres. Tu as bien ri alors et tu lui as dit : « Eh ! il part pour pousser des boules, et il revient transformé en boule d'ouate lui-même. » Et, plus tard, on ne voyait plus rien sur le visage de Karl. Il était redevenu uni et normal.

Schwabe n'avait pas lâché les mains d'Ursula. La gaieté de sa femme le décontenançait. Est-ce du désespoir, pensa-t-il, ou bien se console-t-elle vraiment tout naturellement comme un enfant qui pense que ce n'est pas tellement grave ?

— Je ne suis pas tombé sur un tas de pierres, dit-il lentement. Je suis passé sur une mine ; et sur mon visage, il restera beaucoup de traces, et pas seulement des cicatrices. Je serai tout différent d'avant. Totalement étranger. Comprends-tu tout cela, Uschi ? Je n'ai gardé que le même nom.

Elle chassa les boucles qui tombaient sur son visage, et se pencha sur lui.

— Ce n'est pas vrai, dit-elle à voix basse. Les yeux sont toujours ceux d'Erich Schwabe, et les cheveux aussi, et la poitrine, et le ventre et les cuisses et les mains... tout appartient bien à Erich Schwabe. Il n'y a qu'une petite partie qui s'est transformée, rien qu'un tout petit peu de l'ancien Erich Schwabe. Mais il en reste encore tant, de l'original ! Et son cœur aussi est encore là... je l'entends, et je le sens battre. — Elle posa sa tête sur la poitrine d'Erich et lui embrassa le cœur ; puis elle l'entoura de ses bras, et serra son corps mince et nu contre le sien. — Rien n'est changé. Tu es toujours là... toi, mon mari.

— Ursula, bégaya Erich d'une voix étranglée. Ursula, tu ne sais pas ce que tu dis.

— Je sais que je t'aime, Erich.

— Ursula ! — Ce fut un cri. La tête d'Ursula qui reposait sur la poitrine d'Erich sursauta, mais elle ne changea pas de place, et le corps nu se serra encore davantage contre lui. Alors ses mains à lui l'écrasèrent aussi ; il caressa son dos, ses épaules, la poitrine menue, la peau blanche et brillante qui luisait doucement dans la pénombre. Puis, de la main gauche, il saisit un oreiller et le lança contre la lampe qui tomba de la table de nuit et se cassa en mille morceaux sur le plancher. Il fit tout à fait nuit dans la chambre.

— C'est comme si tu n'étais jamais parti, murmura-t-elle. Pendant notre nuit de noces aussi, tu as brisé la lampe de chevet, te souviens-tu ?

A 10 heures exactement, le lendemain matin, la jeep escalada de nouveau la côte qui menait à la villa abandonnée des Wolfach, transportant le major Braddock et les deux inévitables géants américains. Braddock refit le tour de la maison, jusqu'à la terrasse, et tout seul, monta les marches qui menaient au perron.

Erich Schwabe et Ursula étaient assis sur le canapé devant la cheminée, heureux, la main dans la main, lorsque Braddock entra. Ils avaient également découvert les présents que le major avait laissés la veille au soir : deux gros paquets contenant des petits déjeuners américains. Un repas de fête pour deux êtres affamés.

— *Good morning !* s'écria James Braddock, en s'immobilisant à la porte-fenêtre. On voit clair, Frau Schwabe ?

— Oui, on voit très clair, dit Schwabe, et ses grands yeux bleus brillaient de joie intérieure. Je n'oublierai jamais, Major.

— Allons, pas de grands mots ! gronda Braddock en entrant et en refermant la porte derrière lui. Ce que j'ai fait hier soir peut me coûter un arrêt disciplinaire. Vous le savez bien ! Je suppose d'ailleurs que tout ce qui vous est arrivé n'a été qu'un rêve ! Vous étiez en bas, à Bernegg, et je vous ai montré votre femme, puis je vous ai autorisé à lui parler pendant dix minutes, exception que je vous ai accordée seulement parce que vous étiez blessé au visage, et ensuite vous avez passé la nuit dans une salle de classe, parce que je n'avais pas envie de vous reconduire au château dans l'obscurité.

Erich et Ursula se levèrent, et elle posa tendrement la tête sur l'épaule de son mari.

— Vous avez raison, monsieur le Major, c'est exactement comme ça que les choses se sont passées, et pas autrement.

James Braddock indiqua du doigt les restes du petit déjeuner :

— Faites-en un paquet, que nous jetterons sur la

route de Bernegg. Et maintenant, dites-vous au revoir. Personne ne sait encore quand les prisonniers de guerre allemands seront libérés. Il est possible que cela dure encore très longtemps. Cette nuit doit peut-être compter pour toute une année.

— Elle compte pour toute une vie, monsieur le Major, intervint Schwabe. Je suis de nouveau un être humain normal.

— Allons, venez, mes enfants... — Braddock souriait en caressant les cheveux blonds d'Ursula. — Ma femme a des cheveux bruns, ajouta-t-il. Il y a déjà un an qu'elle m'a dit adieu sur le quai de New York en agitant le bras en direction du bateau... C'est fou ce que c'est long, un an.

Schwabe resta debout sur la terrasse, et examina la villa, attentivement. — A qui appartient cette maison, au fait ? interrogea-t-il.

— Pas la moindre idée. — Braddock enfila un chewing-gum dans sa bouche. — En passant un jour, je l'ai aperçue, et j'y ai repensé de nouveau hier soir, en cherchant une chambre pour vous deux. Je me renseignerai en bas, et demain, je viendrai m'installer ici.

Ils rentrèrent à toute allure à Bernegg. Braddock et Urusula descendirent de voiture dans la cour de l'école, tandis qu'Erich restait assis dans la jeep, car on voulait le reconduire directement à l'hôpital.

— Bonne chance, Uschilein, dit-il, sans qu'on pût entendre la moindre tristesse dans sa voix, pas même la souffrance de l'adieu, pas même la moindre lueur d'angoisse en pensant à l'avenir. — Et embrasse maman pour moi. Raconte-lui tout, entends-tu ? Je reviendrai bientôt à la maison.

Ursula hocha la tête en souriant. Elle non plus ne pleurait pas. Au contraire, elle était infiniment heureuse. « Tout va bien, pensa-t-elle. Tout est passé ; j'ai réussi. Et maintenant, je n'ai plus peur, car je ne suis plus seule. J'ai retrouvé Erich, et je l'aime, je l'aime encore plus qu'avant. Nous avons besoin l'un de l'autre, et c'est pourquoi rien, absolument rien ne peut nous séparer. »

— Ecris-moi, Erich ! cria-t-elle, lorsque le moteur de la jeep se remit à gronder. Ecris-moi tous les jours. Et soigne-toi bien. Et reviens vite. Je t'aime...

Sa voix se perdit dans le grincement des pneus. Schwabe se cramponna à la rampe d'acier et continua à faire des signes. Il riait. Il ressemblait à un jeune écolier qui part en vacances, heureux et sans souci, et il agita longtemps son calot dans la poussière soulevée par la voiture.

— *Very nice girl !* dit un de ses fidèles accompagnateurs en ricanant. — Il tendit son paquet de camels à Schwabe en lui faisant signe de le mettre dans sa poche, puis il lui donna une bourrade dans le dos. — Moi aussi, en Amérique, *a sweet girl !*

Lorsque Erich réapparut à l'hôpital, toute la chambrée B/14 se tenait au garde-à-vous, comme pour un rapport. Le Pr Rusch, le Dr Mainetti et les autres médecins avaient commencé une opération. C'était un jour chargé, comme disait Baumann. Des cicatrices étaient réouvertes, des bourrelets prenaient forme, des greffes étaient mises en place, on cherchait un morceau de côte pour refaire une oreille et compléter des mâchoires, et on cachait le tout sous les amoncellements de gaze.

Sans autre formalité, les soldats américains déposèrent Erich Schwabe devant le portail gardé, et continuèrent leur route vers Bernegg. A la fenêtre de la chambre 14, Walter Hertz montait la garde, lui aussi, et dès qu'il vit Erich traverser l'allée du parc, il fit un grand signe, et cria à ses compagnons : « Il arrive ! »

— On lui donnerait dix ans de moins ! dit le Berlinois, lorsque Erich parvint à la chambre et commença à se changer. Quand même, les gars, c'est pas inutile, ce truc-là !

— Et maintenant, il a de quoi rêver ! cria Wastl. Un vrai bonheur ce sera, si nous lui posons des questions pendant qu'il dort.

— Laisse ces imbéciles bavarder, dit Fritz Adam. Et garde tout cela pour toi tout seul. Ça, au moins, personne ne peut te le prendre.

Walter Hertz prit à part Schwabe ; ses yeux luisaient d'un éclat bizarre, il était plein d'espoir et d'attente.

— As-tu entendu parler de Pétra, Erich ?

— De Pétra ? Non.

— Pétra Wolfach. Il se peut que tu aies entendu prononcer ce nom quelque part. Non ?

— Non, répondit Erich en secouant la tête. J'aurais pu demander, c'est vrai, mais je n'y ai pas pensé. Je n'ai vu que ma femme, et c'était déjà bien court. Tu dois le comprendre, vieux. Je n'ai pensé à rien d'autre.

— Ce n'est rien, Erich. — Walter Hertz hocha la tête plusieurs fois. — Si elle était encore à Bernegg... elle aurait certainement déjà donné de ses nouvelles. Très certainement.

— Je le crois aussi.

Vers midi, le Dr Mainetti vint faire la visite. Elle serra la main de Schwabe, mais elle ne posa aucune question. Elle vit seulement ses yeux brillants, et lui sourit.

— Après-demain, nous allons préparer un merveilleux bourrelet pour votre nouveau nez, dit-elle. Nous le prendrons, là, sur la poitrine, le long du sternum. — Et en disant ces mots, elle tapotait la poitrine de Schwabe. — Comme vous n'êtes pas une femme, une cicatrice sur la poitrine ne vous gênera pas beaucoup, n'est-ce pas ?

— On ne peut jamais savoir, répondit gaiement Schwabe. Uschi a l'habitude de poser sa tête là justement.

Lisa Mainetti se mit à rire : — Ça va bien, chez vous, hein, Schwabe ? dit-elle, et la joie de l'autre la rendait elle aussi heureuse. — « Il a gagné, pensa-t-elle, il a réussi à dominer ses complexes les plus profonds. » — Alors, il faudra que votre petite Uschi s'habitue à occuper le côté gauche de la poitrine. Il y a d'ailleurs bien assez de place, n'est-ce pas ?

— Parfaitement, docteur ! cria Schwabe joyeusement.

Il lui semblait que le monde entier resplendissait.

Ursula eut de nouveau besoin de trois jours environ pour se retrouver en une fin d'après-midi à Cologne, devant la guérite du soldat américain qui gardait le pont, dont elle monta lentement les marches, sur l'escalier branlant. Personne ne fit attention à elle. Elle était sale, couverte de boue et de poussière ; ses cheveux collés traînaient dans son dos, comme une fourrure mouillée.

Elle traversa la ville dévastée, cette immense forêt de ruines et de destructions, cette nouvelle planète au relief bouleversé fait de cratères et de rochers aux formes bizarres dans lesquels les êtres se terraient comme des souris, et qu'ils fouillaient comme des taupes pour en extraire des pierres intactes, pour rejeter l'inutilisable, pour construire de nouveaux meubles à l'aide de morceaux de charpentes calcinées.

« Comme tout se ressemble ! pensa Ursula. Un visage détruit et une ville détruite. Et on reconstruit... »

Au milieu des ruines de l'ex-Horst-Wesselstrasse — quelqu'un avait démonté la plaque et écrit à la craie : Rathenaustrasse —, le maçon Karlheinz Petsch travaillait ; assis par terre, jambes écartées, il équarrissait des pierres et les préparait. Il y en avait déjà tout un tas à côté de lui, prêtes à l'usage, qui pouvaient déjà former les deux murs d'une pièce.

— Bonjour, fillette ! s'écria-t-il en agitant un marteau et un burin en direction de la voyageuse. Dépêche-toi d'aller retrouver maman. Je vous ai procuré un kilo de viande de cheval !

Ursula baissa la tête et ne répondit pas. Puis, elle se mit à courir vers l'escalier de la cave et, déjà à la première marche, elle perçut le fumet du rôti appétissant en train de mijoter doucement dans la casserole.

Mi-septembre — la vie suivait un cours à peu près normal ; les fonctionnaires de l'Etat reprenaient leur service et les administrations fonctionnaient, du moins pour parer au plus urgent, régler les problèmes des communes, s'occuper du ravitaillement, de la reconstruction, de l'installation de logements de fortune pour les sinistrés, et pour la distribution des pensions. Mi-septembre, le major Braddock fit une nouvelle visite au château. Il venait d'ailleurs presque toutes les semaines, pour contrôler si tout était en ordre, si tout se passait comme prévu et si personne n'avait de plaintes à soumettre, car les troupes d'occupation avaient pris en main toute la marche de l'hôpital.

Cette visite en ce jour de septembre ne faisait cependant pas partie du programme et était purement officielle. Deux jeeps remplies de MP accompagnaient Braddock, et lorsque le major pénétra dans le bloc B, les gars solides au casque blanc montèrent la garde à la porte du bureau du patron.

Dès qu'elle aperçut le major, le Dr Mainetti voulut aller à sa rencontre, mais le canon d'un pistolet dirigé sur sa poitrine l'en empêcha.

— *No !* dit durement le soldat.

— Est-ce que vos gens sont devenus fous aujourd'hui, Major ? cria Lisa vers Braddock qui arrivait par le grand couloir. Est-ce que la guerre reprend ?

— Elle n'a jamais cessé, Miss Mainetti ! dit simplement Braddock. — Le simple fait qu'il l'appelât Miss Mainetti au lieu de Miss Docteur comme toujours, prouvait qu'il était là en tant qu'officier des puissances victorieuses. Un uniforme qui couvrait un ordre.

Il passa devant le Dr Mainetti et entra dans le bureau du Pr Rusch, indiqua d'un geste qu'on eût à refermer la porte derrière lui, et regarda sérieusement le professeur qui posa sur son bureau la radio qu'il était en train d'examiner et se leva.

— Pourquoi si grave, Major ? interrogea-t-il. Quel est donc le lièvre qui vous est passé sous le nez !

— Vous, professeur !

Le Dr Mainetti secoua la tête.

— Je me demande ce qui se passe tout d'un coup, Walter. Dehors, les MP interdisent et gardent toutes les portes ; on me repousse de la crosse d'un pistolet ; le major est plus aigre encore qu'un citron vert. Nous n'avons pourtant pas de fœhn ici qui puisse servir d'excuse à un vent de folie !

Le Pr Rusch fit le tour de son bureau, tendit la main à Braddock, mais la retira aussitôt, en constatant le regard glacial du major fixé sur lui.

— Puis-je vous demander... — Le Pr Rusch examina de près le petit officier qui lui faisait face.

— Nous l'avons arrêté, professeur, dit Braddock à haute voix. Il séjournait à Francfort, sous le nom de Peter Weller ; il s'était même procuré un passeport à ce nom. Mais au bout de six heures d'interrogatoire, il a tout avoué.

— Qui ? demandèrent presque en même temps Rusch et Lisa.

— Le Dr Urban ! — Braddock regarda tour à tour ses deux interlocuteurs, puis il ajouta : — Il a été pris en essayant de voler de la morphine dans la pharmacie de l'armée américaine.

— Pas de doute. C'est bien lui ! affirma durement Lisa.

— Bien sûr, c'est lui ! — James Braddock se tourna de nouveau vers le Pr Rusch. — Et le bonhomme a avoué ! Pourquoi m'avez-vous caché, professeur, que vous êtes un ancien membre du parti nazi ?

Rusch regarda Lisa avec stupéfaction.

— Qu'est-ce que je suis ? Un ancien membre du parti nazi ? Justement moi ?

— Vous avez même reçu la médaille d'or du parti ! En tant que spécialiste de la chirurgie plastique, vous avez été membre d'une commission chargée de retenir les cas incurables pour pratiquer l'euthanasie.

— Mais c'est de la folie ! s'écria Lisa Mainetti. Qui donc a bien pu raconter toutes ces sottises ?

Le major Braddock fit un grand geste du bras.

— Nous avons appris, professeur Rusch, que vous en avez appelé quatre fois aux services de von Unruh, pour qu'il envoie une commission de dépistage. Mais heureusement, sans succès !

— Ils sont complètement fous, Walter ! dit le Dr Mainetti. Toi justement, qui t'es opposé au colonel Mayrat, au risque d'y laisser ta tête...

Le major Braddock lui coupa la parole.

— Les accusations sont consignées dans les papiers. Et nous, nous sommes chargés d'en vérifier l'exactitude. Je suis obligé de vous prier de bien vouloir me suivre, professeur !

— Arrêté ? interrogea Rusch à voix basse. — Son visage était blême.

— Pourquoi donc ? Vous êtes un prisonnier de guerre comme les autres. On se contente de vous muter ! Dans un camp où on pourra vous interroger et où la vérité sera prouvée !

— Je peux jurer la vérité, s'écria Lisa Mainetti. Tout cela n'est que mensonges, ce n'est qu'un tissu de sottises qui ne tiendront pas à l'examen ! Personne ne s'est autant dévoué à ses blessés que le Pr Rusch. Il les a aimés comme s'ils étaient ses propres enfants et...

Braddock agita les deux mains : — Pas de récits teintés de romantisme, Miss Mainetti. Nous ne tournons pas un film à Hollywood, mais il s'agit ici d'un crime contre l'humanité...

— Le Pr Rusch... et le crime contre l'humanité ? Est-ce que cela ne vous donne pas envie de rire, Major ?

— Non ! Parce que j'ai lu de mes propres yeux des accusations et des preuves.

— Du Dr Urban !

Lisa et Rusch échangèrent un long regard. Ils se rendirent compte à partir de cet instant, qu'il était absolument inutile d'ajouter le moindre mot ; seule une réhabilitation totale et un examen approfondi des faits pouvaient amener la vérité. Et cela risquait de durer des mois.

— Un salaud de cette espèce ! dit Lisa à voix basse.

— C'est vrai, affirma Braddock, tout en faisant signe à Rusch de se préparer pour le suivre. Mais cela ne change rien au fait que nous devons examiner à fond toutes ses accusations. Nous avons des ordres...

— Bien sûr, bien sûr. — Le Pr Rusch ôta sa blouse blanche, prit sa veste d'officier portant également les lettres brillantes dans le dos, POW, la passa, et Lisa s'approcha pour fermer elle-même les boutons, de ses doigts tremblants. — Que dois-je emmener, Major ?

— L'essentiel. Ce dont on a besoin.

— Combien de temps cela durera-t-il ?

Braddock haussa les épaules.

— Nous avons quelques milliers de cas à examiner. Peut-être une année.

— Une année ? bégaya Lisa Mainetti.

— Ça aussi, ça passera. — Rusch hésita, puis il prit le visage de Lisa entre ses deux mains, et l'embrassa longuement. Braddock se détourna. Il piaffait du bout de ses chaussures. — Je sais que tu m'attendras, Lisa, dit Rusch à voix basse.

Elle répondit oui de sa tête emprisonnée, et pour la première fois, il s'aperçut qu'elle avait des yeux noirs et qu'elle pouvait pleurer sans qu'un muscle de son visage bougeât.

— Je t'attendrai, Walter, murmura-t-elle. J'ai l'impression maintenant de t'avoir attendu pendant toute ma vie. Soigne-toi bien ! Et reviens-nous vite en bonne santé !

Braddock se retourna encore une fois.

— Il va à Darmstadt, dit-il. C'est le meilleur camp de nazis, la meilleure compagnie s'y trouve ! Nous sommes obligés d'agrandir le camp tous les jours.

Rusch prépara une petite valise, puis il embrassa Lisa Mainetti une dernière fois. Finalement, il dut littéralement s'arracher à l'étreinte des deux bras qui l'enserraient pour suivre le major Braddock qui attendait déjà impatiemment dans le couloir. Trois géants américains emboîtèrent le pas au professeur qui avançait, pistolet dans le dos.

Les blessés avaient tous pris position aux portes des chambres et ils regardaient la scène avec des yeux ahuris. A la porte de la salle d'opération se tenaient les médecins et les infirmières, le stagiaire Baumann et l'infirmière-chef.

— C'est une erreur complètement idiote ! s'écria le Dr Vohrer.

— Au revoir, mes enfants ! cria le Pr Rusch d'une voix tremblante. Au revoir. Je reviendrai.

— Si même les Américains perdent la tête, s'écria le Berlinois, je me demande ce qui reste d'intelligent dans le monde !

Le major Braddock baissait la tête. Il sortit en courant de l'hôpital, comme un taureau furieux. Le Pr Rusch monta dans la deuxième jeep, deux canons de pistolet dirigés sur son dos. Il ne se retourna même pas lorsque la voiture démarra en trombe. Il garda la tête droite et haute, ses cheveux grisonnants flottant au vent.

L'hôpital se sentait orphelin. Chacun l'était au fond de soi, bien que le Dr Mainetti eût pris la direction du travail chirurgical avec l'aide du Dr Red Stenton, ce médecin américain venu de New Orleans, qui ne parlait pas ou par monosyllabes. C'était d'ailleurs un bon chirurgien, mais sans spécialité, et il n'y connaissait pas grand-chose, quand il s'agissait de recréer un visage. Il posait les greffes, et extrayait les lamelles osseuses des tibias, mais donner une forme à un visage, ce qui constituait la finesse du travail, l'art du remodelage et nécessitait des doigts de fée, était resté le privilège du Dr Mainetti toute seule ; le Dr Stenton lui servait alors d'assistant.

A partir de ce jour, le major Braddock vint trois fois par semaine. Il s'asseyait dans le bureau du patron et contemplait les murs, buvait son whisky ou mâchait son chewing-gum, et il supportait l'injustice avec laquelle on le traitait, trouvait-il, car jamais Lisa ne lui adressait plus la parole ; elle ne le regardait même plus. Qu'il soit dans le bureau ou pas... Braddock avait l'impression que personne ne le voyait.

— Je n'y peux pourtant rien ! dit-il une fois qu'il parlait à Lisa du Dr Stenton, et que Lisa faisait une nouvelle commande de matériel. Je n'ai fait que mon devoir !

— Votre devoir consistait à prouver d'abord que ces accusations ne tiendraient pas à l'examen, répliqua-t-elle amèrement.

— Au quartier général, on ne m'a pas demandé mon avis, figurez-vous ; on s'est contenté de me transmettre un ordre.

— Exactement le même esprit borné que chez les Prussiens !

— On le retrouve dans toutes les armées, Miss Docteur. Un soldat indépendant et capable de penser est un poison !

— Mais de là à croire les accusations d'un salaud comme le Dr Urban ! s'écria Lisa sans pouvoir se dominer.

— La vérité finira bien par sortir !

— Bien sûr... Mais le Pr Rusch aura perdu un an !

— Si les Allemands ne perdent rien de plus qu'un an, c'est un peuple heureux ! — Braddock remit son calot. — Votre pays a perdu la guerre, madame. Vous ne devriez pas encore l'avoir oublié au bout de quatre mois !

— Merci pour votre rappel à la mémoire, Major.

Elle quitta le major Braddock et le Dr Stenton et retourna dans sa chambre.

Mi-septembre, arriva à Bernegg un sac plein de courrier, que le stagiaire Baumann répartit suivant les chambres, sous le contrôle du lieutenant Potkins. Cette fois, toute la chambre B/14 participa à la distribution. Wast reçut une lettre de Berchtesgaden ;

Ursula Schwabe avait écrit aussi, une tante de Fritz Adam, la mère de Kaspar Bloch, une lettre de Flensburg. Et enfin, Baumann appela les noms de deux hommes pour qui ce petit bout de papier venant de l'autre côté de la terre, rempli de tampons et de taches, représentait un coin de paradis, un délire de bonheur : Paul Zwerch, le Berlinois, tenait sa lettre en main, en grognant et en montrant le nom de l'expéditeur à Baumann, et il semblait ne rien comprendre.

— Ma mère, les gars ! Une lettre de ma mère. Elle est à Brunswick maintenant ; elle s'est sauvée de Berlin. Les Russes ne peuvent plus lui faire de mal ! Elle vit, Baumann, espèce d'andouille, tu te rends compte, elle vit !

Le deuxième heureux de la bande était Walter Hertz. Pétra avait écrit. Il tenait aussi entre ses doigts une mince enveloppe rose et ne pouvait s'empêcher de lire et relire sans fin son nom, qui avait été écrit par la petite main qu'il aimait. Il ne savait ni d'où venait la lettre ni ce qu'elle contenait, car il ne l'avait pas encore ouverte. C'était une lettre d'elle, venue enfin après des mois d'une attente déprimante.

— Elle ne m'a pas oublié, murmurait-il, et son visage déformé grimaçait encore davantage. Je l'ai toujours senti, les gars, j'ai toujours eu l'impression qu'elle pensait à moi !

Puis la chambre retrouva son calme. Chacun des dix était assis sur son lit et lisait. Erich Schwabe ne cessait de se passer la main sur les yeux et de se gratter les cheveux, de sa main gauche.

— Il ne fallait pas..., dit-il. Ma pauvre petite Uschi.

Il laissa la lettre s'envoler sur le lit et fixa son oreiller d'un air hagard.

— Qu'est-ce que je vais faire maintenant ? pensa-t-il tout haut. Qu'est-ce que je peux bien faire maintenant ?

Fritz Adam, le plus proche de lui, se pencha et interrogea presque à voix basse :

— Qu'est-ce qui se passe encore, Erich ?

— Uschi attend un bébé !

— Eh bien, mince alors, tu pourrais être heureux ! Surtout maintenant, il n'y a plus de problème !

Schwabe hocha lentement la tête : — Qui va s'occuper d'elle, maintenant, dans son état ? Ils n'ont rien à manger, Fritz. Il n'y a personne qui puisse se débrouiller pour leur procurer du supplément. Maintenant Uschi doit manger beaucoup de fruits, de légumes, de beurre. Et l'enfant aussi a besoin de tout cela. Si j'étais à la maison, ce serait différent. Je suis vitrier, et il y a assez de travail actuellement ; et puis, je pourrais faire des échanges, je pourrais dénicher certaines choses sous le manteau. Mais non, il faut que je reste ici, inutile, à ne rien faire. Je ne serai même pas là à la naissance. Nous avons toujours désiré ce premier bébé avec tant d'impatience, Fritz.

Wast, assis sur son lit, toussait avec bruit.

— Ils logent maintenant des réfugiés de Dresde, dit-il. Un professeur de zoologie ; et il veut faire des croisements avec mes poulets pour les ennoblir ! Mais Resi ne parle pas du tout de nègres. Merde alors !

— Elle est à Mannheim, toute seule, dit Walter Hertz. Son père est à Munich. Elle travaille dans une cantine de l'aviation américaine. Si elle peut, elle va m'envoyer un colis.

— Mon père est hospitalisé à Munster. Peu de temps avant la fin de la guerre, il a encore une fois été blessé, à la jambe. — Kaspar Bloch secoua la tête. — Ils sont venus chercher mon père, tout simplement, et l'ont fourré dans un uniforme, et ils lui ont donné une mitraillette. Il n'avait jamais tenu de mitraillette en main jusqu'alors, et avant même qu'il ait eu le temps de s'en servir, il était blessé. Ma mère ne sait rien de plus.

Kaspar Bloch promena son regard autour de lui.

Et il ne rencontra que des regards brillants de joie. « Mais il vit, ajouta-t-il, et c'est l'essentiel. »

— J'ai l'impression qu'aujourd'hui, c'est Noël, murmura le Berlinois, et que j'ai réussi à attraper une aile de canard !

Dans sa chambre, Lisa Mainetti était, elle aussi, plongée dans une lettre ; bientôt elle releva la tête, et son regard se perdit au loin, dans la campagne, à travers la fenêtre ouverte. Le Pr Rusch avait écrit, du camp de Darmstadt. On l'avait amené au Dr Urban, et on les avait opposés l'un à l'autre. Et le Dr Urban avait renouvelé ses accusations contre Rusch.

— Ma situation n'est pas brillante, avouait Rusch. On va naturellement tout examiner à fond. Mais si les documents ont été brûlés, ou bien si on les a fait disparaître, si on ne peut rien opposer de tangible à ses odieux serments, je puis être un des derniers à quitter Darmstadt.

Lisa Mainetti replia la lettre. « Bien sûr, se dit-elle, Urban n'hésite pas à prêter serment sur des fausses accusations ; il n'a plus rien à perdre. Que lui importe un parjure de plus ou de moins ? C'est l'occasion pour lui de prendre sa revanche, cette revanche à laquelle je me suis toujours opposée. Et ce que les nazis n'ont pas réussi à faire, ce sont les Américains qui vont y arriver maintenant — l'anéantissement d'un homme qui ne pense et ne dit que la vérité. Ils deviennent les instruments de Hitler, et ils n'en ont pas la moindre idée ! »

Elle retourna dans le bureau directorial, et appela le major Braddock au téléphone. Il répondit immédiatement, comme s'il s'était tenu près de l'appareil, en prévision de ce coup de fil.

— Le Pr Rusch a écrit, dit-elle.

— Je sais, répondit-il d'une voix indifférente. Je me suis permis d'ouvrir justement cette lettre-là.

— Naturellement. Vous êtes le vainqueur, c'est vrai, lança Lisa d'un ton venimeux.

— Le Pr Rusch ne restera pas longtemps à

Darmstadt, reprit Braddock. Il se trompe en affirmant cela dans sa lettre.

La poitrine de Lisa se comprima douloureusement :

— Comment... comment savez-vous cela, Major ? demanda-t-elle, folle d'inquiétude.

— J'ai lu des rapports, madame ! Connaissez-vous un certain Werner von Braun ?

— Jamais entendu parler.

— C'est un génie. Il a participé à la construction des V 1 et des V 2 pour le compte des Allemands. Un spécialiste unique pour tout ce qui concerne les fusées et l'espace interplanétaire. Il est en route vers les U.S.A. ! Il va travailler chez nous et pour nous. Avec des possibilités dont il n'aurait même pas eu l'idée de rêver dans son petit univers de Peenemünde.

— Quel rapport avec le Pr Rusch ?

— Le Pr Rusch est un spécialiste unique en son genre aussi, pour la chirurgie plastique, à un niveau aussi étonnamment élevé que le Pr von Braun dans le domaine de la technique des fusées. Il serait tout à fait logique que mon pays s'assurât les services de ce spécialiste aussi.

— Vous avez de l'imagination, major Braddock !

— Je vous en avais parlé à mots couverts, très peu de temps après mon arrivée à Bernegg, vous vous en souvenez ?

Oui, elle s'en souvenait. Bien sûr, elle n'avait pas oublié cette conversation. Rusch avait déjà pensé à cette possibilité, autrefois, et il avait l'intention de donner son acceptation au cas où elle aurait refusé de l'épouser. Mais tout était changé maintenant. Rusch ne quitterait jamais l'Allemagne.

— Il n'acceptera jamais aucune offre de ce genre, affirma Lisa énergiquement.

— Alors, ce serait un imbécile, Miss Docteur ! Pourquoi n'accepterait-il pas ?

— Il sait qu'on a besoin de lui ici. Nous avons perdu la guerre, c'est vrai. Mais on va reconstruire maintenant. On ne peut pas se contenter de tirer un trait sur un peuple de soixante-dix millions de têtes. C'est pourquoi les hommes capables d'aider à panser les blessures doivent rester ici.

— Ce maudit nationalisme allemand, cria Braddock dans le téléphone. — Puis il y eut un craquement dans la ligne, comme si le major avait jeté l'appareil par terre, dans un geste rageur.

Karlheinz Petsch, le maçon et ex-aviateur de l'armée allemande, s'était installé une demeure presque seigneuriale dans une cave de la nouvelle Rathenaustrasse. Il vivait là comme un petit roi, envié et flatté par tout le monde, et spécialement par les femmes ; certaines s'en cachaient, d'autres l'assommaient d'offres ouvertes et alléchantes qu'il marchandait suivant son humeur comme sur un marché oriental : une livre de lard valait deux nuits, deux côtelettes, deux heures et deux livres de légumes secs... bien sûr, on n'était pas mesquin.

Mais ces propositions ne concernaient pas Ursula Schwabe. Au contraire, par une reconnaissance qu'on avait du mal à s'expliquer, avec une sorte de dépendance comme on en voit chez les petits chiens, il se chargeait de tout ce dont Frau Schwabe et Ursula avaient besoin. Pendant son temps libre, il s'asseyait au milieu des ruines de la maison n° 4, et équarrissait inlassablement ses pierres, rabotait planches et charpentes ou préparait les fondations des nouveaux murs de la nouvelle maison.

— Il faut qu'il s'en aille ! s'était écriée Ursula les premiers jours qui avaient suivi son retour de Bernegg. Je ne veux plus le voir ! Pourquoi ne le chasses-tu pas ?

Frau Schwabe avait haussé les épaules. Elle était toute maigre et sans forces, la pauvre, et depuis peu. elle marchait très courbée en avant. Elle avait faim, cela se voyait bien, et elle avait épuisé toutes ses forces pendant les derniers mois qui avaient précédé la débâcle et l'arrivée des Américains à Cologne, jusqu'à l'armistice. Maintenant elle n'était plus qu'une vieille femme qui avait faim, et la faim avait brisé sa volonté de fer, sa vitalité, et son autorité maternelle. Ce n'était plus qu'une ruine physique, qui ne se relèverait probablement plus.

— Je ne peux tout de même pas l'empêcher d'habiter à côté, dit-elle faiblement. Et puisqu'il prépare les pierres... laisse-le donc !

— Tu sais bien pourquoi il fait cela ! cria Ursula désespérée.

— Cela ne dépend que de toi ! — Frau Schwabe épluchait des pommes de terre ; elle se contentait de les gratter d'ailleurs, pour n'en rien perdre. — Si tu aimes Erich, cela n'a aucune importance que cet homme travaille un peu pour nous, là dehors. L'amour doit te protéger de tout ! Et d'ailleurs, il est en train de reconstruire notre maison.

— Et un jour, il va venir et nous présenter la facture, répliqua sourdement Ursula. Et tu sais bien ce qu'il réclamera !

— Sottises ! Il sait que c'est sans espoir. J'ai parlé longuement avec lui, et il nous est seulement reconnaissant.

— Reconnaissant ? De quoi donc ?

Frau Schwabe ne répondit pas. Elle se rappela le retour de Noël, lorsqu'elle avait été rendre visite à Erich à Bernegg, et qu'elle était revenue sans qu'on l'attendît, et plus tôt que prévu. A cet instant-là, elle avait tout simplement failli tuer sa belle-fille, avec un couteau de cuisine ou une bassine d'eau bouillante, ou une grosse pierre. Cette fille qui avait trahi Erich, qui l'avait trompé avec un autre homme, qui avait chassé de son cœur ce pauvre être sans visage qui pleurait après un peu d'amour.... Mais très vite, cette envie sauvage de tuer s'était enfuie d'elle et avait fait place à une sorte de sentiment de culpabilité partagée de complicité ; c'était sa punition pour son égoïsme, parce qu'elle avait voulu être seule auprès de son fils elle avait voulu lui porter secours toute seule : dans sa grande misère, elle avait voulu tout représenter pour lui, sa mère, sa femme, l'avenir et l'amour.

— Nous nous sommes promis l'une à l'autre de ne plus jamais parler de cela, dit Frau Schwabe gravement. Erich ne le saura jamais.

— Moi, je lui raconterai tout quand il rentrera à la maison.

— Mais pourquoi donc ?

— Je ne veux pas vivre avec lui, avec ce mensonge dans mon cœur. Et c'est pourquoi ce Petsch doit partir. Je ne veux plus le voir, je ne veux plus avoir à me rappeler quoi que ce soit !

Frau Schwabe haussa les épaules d'impuissance.

— Nous pouvons tout au plus lui interdire de mettre les pieds chez nous.

Trois jours après cette conversation, Ursula alla rejoindre Karlheinz Petsch au milieu des démolitions. Il était assis de nouveau à l'emplacement de la maison des Schwabe, taillait des briques et les empilait. C'était un soir, et le temps était chaud et lourd ; pas un souffle d'air, et beaucoup de poussière. Petsch travaillait au milieu des décombres, torse nu, une vieille casquette sur ses cheveux mouillés de sueur, entre les dents une grosse pipe, remplie du meilleur tabac américain.

— Eh bien, fillette ? dit-il en redressant son torse musclé. C'est gentil de ta part de bien vouloir me reconnaître.

— Qu'est-ce que cela veut dire ? interrogea Ursula à voix haute.

— Quoi ? qu'est-ce que cela veut dire ? J'attends... tout en travaillant. Le mois prochain, je reçois du ciment, mais je ne dirai pas d'où il viendra. Et après... au travail, petite. Tout d'abord, les murs de fondation, puis de soutènement, et ensuite, les murs intérieurs. Je me suis dit que quatre pièces, ce serait suffisant au début, hein ? Il n'y a que pour le toit, je ne sais pas comment faire, je n'arrive pas à trouver les matériaux. Il faut que je commence par me faire des relations intelligentes.

— Dans trois mois environ, Erich va revenir ! mentit Ursula, et Karlheinz hocha la tête.

— C'est d'autant mieux ! Un vitrier capable est quelque chose de précieux ! Cela ira d'autant plus vite, pour reconstruire la maison. Un maçon et un vitrier ! Tu te rends compte ! Si nous n'arrivons pas à nous procurer tout ce qu'il nous faut en un temps record, nous ne sommes que des rien du tout !

— Et qu'est-ce que tu attends, toi ? interrogea Ursula d'une voix rauque d'angoisse.

— J'attends ce qui se passera ! — Karlheinz posa son marteau et son burin près de lui. — Tu aimes ton mari, je le sais bien, Uschi. Tout ce qui s'est passé entre nous... n'y pense plus, ce n'est rien, et c'est déjà si vieux ! Moi non plus, je n'en parle plus jamais. Tu peux oublier si tu veux, moi pas. Aujourd'hui pour la dernière fois, parole d'honneur ! Mais je sais qu'à la longue cela ne peut pas durer, Uschi. Tu as encore pitié d'Erich, en ce moment, et tu te persuades que tu l'aimes encore plus qu'avant... oui, oui, tu n'as pas besoin de te défendre, laisse-moi parler. Ce grand amour que tu ressens aujourd'hui pour lui, ce n'est rien d'autre que de la pitié, tu te trompes toi-même, exactement comme si tu te faisais tous les jours une piqûre de morphine pour arriver à te berner toi-même. Mais quand Erich sera revenu, quand tu seras auprès de lui sans cesse, chaque jour, chaque minute, et quand tu verras les autres détourner le regard à son approche, et les enfants se sauver en poussant des cris — et les enfants sont cruels, Uschi, — ce sera chaque fois comme le supplice de la goutte d'eau, qui peu à peu te détruira, Uschi. Et un jour viendra où tu seras fichue, tu ne pourras plus, tout simplement. — Petsch la regarda fixement. — C'est cela que j'attends. J'attends ce jour-là, pour te prendre avec moi, avant que tu ne perdes complètement les pédales.

— Cherche-toi une autre femme ! cria Ursula sauvagement. Tu as suffisamment de choix. Elles courent toutes après toi et ta cave !

Petsch secoua lentement la tête : — Ce ne sont que

des femmes, dit-il avec un profond mépris dans la voix. On les rejette comme on jette une vieille pomme pourrie dont on a croqué un morceau. Mais toi, Uschi, je t'aime. Je n'y peux rien. Et si je me suis trompé, eh bien, c'est que j'aurai eu de la poisse !

— Tu t'es trompé ! Je peux te l'affirmer dès maintenant. Tu n'as pas besoin d'attendre ! J'aime Erich, et je resterai auprès de lui... tout le reste m'est bien égal ! s'écria-t-elle.

Karlheinz pressa pensivement son pouce contre les cendres brûlantes de sa pipe pour tasser un peu le tabac enflammé. Et il en profita pour lancer un coup d'œil vers Ursula, un coup d'œil plein de pitié.

— Tu ne sais absolument pas à quoi tu t'engages, n'est-ce pas ? dit-il lentement. Tu n'y as jamais pensé, hein ? Erich revient à la maison, et tout ira bien. Fillette, si ça pouvait être aussi simple ! Mais la réalité est tout autre ! Et d'abord, il y a le fait que nous avons perdu la guerre. Tant que durait la guerre, ou bien, si nous avions gagné, c'était très simple, et la situation d'Erich était sûre : il resterait à l'hôpital et serait opéré ; on lui referait un nouveau nez, de nouvelles oreilles, de nouvelles lèvres et de nouvelles joues, que sais-je moi ? Qu'est-ce qu'il lui manque encore ? Et quand il aurait retrouvé une allure normale, on l'aurait renvoyé chez lui en disant : « Allons, bon courage, Erich Schwabe, tu peux recommencer à travailler et reprendre ta place dans la vie ! » Mais tout cela est passé, petite fille ! Il n'en est plus question. Tu vas voir, dès qu'il pourra recommencer à manger, on le chassera de l'hôpital — peut-être lui refera-t-on aussi un nez, c'est possible ! Mais après, fini ! T'imagines-tu que les Américains s'amuseront à payer des opérations esthétiques à Erich Schwabe pendant des années ? Un jour viendra où il sera relâché comme tous les prisonniers de guerre, peut-être même encore plus vite que les autres, et puis... il sera là ! Sans visage ! Il pourra manger, certes, mettre aussi les doigts dans son nouveau nez sans doute, mais c'est tout ! Pas un enfant de salaud ne s'occupera plus de lui, car il sera retapé ! Et on lui versera dans la main une pension qui lui permettra tout juste de s'acheter une demi-douzaine de cigarettes américaines. Mais il devra payer de sa propre poche chaque opération qu'on lui fera ensuite, chaque cicatrice qu'on voudra faire disparaître, chaque nouvelle greffe, tout ce qui ne sera plus l'indispensable. Cela lui en coûtera des billets de mille, Uschi... les aura-t-il ? Que se passera-t-il alors, quand il reviendra ? Pendant des années, il vivra sans visage, car c'est à cette condition qu'il touchera sa pension. Et personne, absolument personne ne s'occupera plus de lui.

Ursula se mordit les lèvres. Elle fixa Karlheinz Petsch sans dire un mot, puis elle se détourna et se sauva en courant au milieu des ruines. Elle savait qu'il avait raison et elle aurait voulu se sauver devant l'obsession et devant la question non formulée : « Est-ce que je pourrai vraiment tenir le coup toute ma vie ? »

Lorsqu'il entendit dire qu'elle attendait un bébé, Karlheinz Petsch haussa de nouveau les épaules. Le premier mur était déjà reconstruit, et les voisins enviaient les Schwabe comme s'ils avaient gagné un million à la loterie.

— Je m'y attendais, fillette, dit Petsch. Mais cela ne change rien. Je prendrai aussi l'enfant avec moi.

— Maintenant, il n'y a plus rien qui puisse me séparer d'Erich, affirma Ursula.

— Attendons !

— C'est inutile ! Il serait préférable que tu t'installes dans un autre quartier de Cologne. La ville est assez grande !

— Tu ne connais pas les hommes, Uschi. En ce moment, tu n'es encore que la pauvre petite épouse dont le mari est en captivité, et gravement blessé en plus. Mais quand il reviendra, tout changera.

— Qu'est-ce qui doit changer ?

— Tout, enfant. Alors, adieu la pitié ! On ne dira

plus : la pauvre femme est obligée de vivre avec cet infirme. Non, on clamera : la petite Schwabe est complètement folle ! Si jeune encore, elle pourrait se débrouiller autrement ! Si une mutilation pareille n'est pas un motif de divorce... C'est cela qu'on dira !

— Tous ceux qui me parleront ainsi, je les frapperai en pleine figure !

— On vous évitera, on vous mettra en quarantaine, on vous laissera tomber. L'homme n'est rien d'autre qu'un animal cruel, Uschi ! Et si un jour l'Allemagne réussit à se relever tout à fait, alors, ce sera la fin pour toi. Alors on considérera ton Erich comme un reste de cette guerre à laquelle on ne veut plus penser ; il sera pour tous le rappel du passé, de la défaite, des temps odieux ! Et on vous donnera une chaumière n'importe où, dans un coin sombre, pour que le lustre de la vie nouvelle ne soit pas terni par une tache d'un passé oublié.

— Tu n'as que mépris pour l'humanité, tu n'es qu'un pessimiste ! lança Ursula troublée malgré elle.

Karlheinz approuva : — Attendons, te dis-je. On n'aura jamais fini de sonder la méchanceté de l'homme. Et le pire, c'est l'homme repu ! Attends seulement !

Il posa sa main sur le bras d'Ursula, mais elle le chassa, comme si ce contact lui donnait la nausée.

— C'est la raison pour laquelle je reste près de toi, dit-il à voix basse. Je trouve que ce serait trop dommage que tu sois broyée dans ce moulin-là !

Il y avait deux visiteurs qui attendaient dans le hall de la villa Wolfach perchée sur la colline, dans laquelle le major Braddock avait emménagé comme commandant de la place de Bernegg. Des officiers du service de sécurité avaient fouillé la maison de la cave au grenier, quelques jours auparavant, et avaient emmené tous les papiers intéressants. Ce fut ainsi que Braddock apprit que le propriétaire de la maison, l'industriel Hubert Wolfach, était inscrit sur la liste des criminels de guerre. Il avait contribué à faire durer la guerre par sa fabrication d'armements, de détonateurs pour bombes et grenades.

L'un des deux visiteurs qui attendaient ce jour-là était un vieillard aux cheveux blancs, vêtu d'un costume rapiécé et poussiéreux qui flottait autour de son corps maigre, comme s'il l'avait pris sur un épouvantail au cours de sa randonnée pour parvenir jusqu'à Bernegg. Le vieillard restait assis bien sagement dans un des fauteuils recouvert de tapisserie et admirait les peintures qui pendaient aux murs, dans des cadres dorés ; il ne pouvait s'empêcher non plus d'enregistrer le contraste impressionnant qui existait entre ces tableaux de maîtres antiques et les quatre nègres en uniforme qui étaient assis autour d'une table ronde dans le hall, et qui jouaient aux cartes tout en mâchonnant du chewing-gum.

Le deuxième visiteur était assis, ou plutôt tassé au fond d'un autre fauteuil et toute son attitude respirait la peur. C'était une jeune fille vêtue d'une vieille jupe qui avait fait partie autrefois de l'uniforme de la jeunesse hitlérienne, d'un corsage en lainage et d'une paire de chaussures très fatiguées. Elle ne semblait pas avoir souffert autant de la faim que le vieillard, mais son visage blême reflétait une grande souffrance intérieure. La jeune fille ne jetait même pas un coup d'œil sur les peintures des vieux maîtres qui ornaient les murs de la maison ; ça lui était parfaitement inutile, elle les connaissait bien, car elle était ici chez elle.

Un sergent apparut bientôt à la porte qui conduisait au fumoir. Il fit un signe à la jeune fille et en agitant son pouce en direction de la pièce qu'il venait de quitter, il cria :

— *Please !*

La jeune fille regarda le vieil homme.

— Allez-y d'abord, je vous en prie, dit-elle.

— Vous êtes arrivée avant moi, mademoiselle, répondit le vieillard en secouant la tête.

— Mais c'est certainement plus important pour vous que pour moi. Je vous en prie, allez-y.

Mais le vieil homme demeura dans son fauteuil :

— Vous étiez là avant moi, non, il faut tout faire en ordre. Quand tout est disloqué, il faut commencer par reconstruire dans les détails et remettre de l'ordre dans les petites choses. Je puis attendre, j'ai eu le temps d'apprendre. Que ce soit une demi-heure plus tôt ou plus tard... Je voulais seulement demander des nouvelles de mon fils.

Le sergent recommença à faire des signes impatients.

— *Come in !* cria-t-il furieux.

— Allez, dit le vieil homme. Il ne faut pas rendre le major furieux. Je sais aussi ce que signifie tirer parti de la bienveillance de quelqu'un !

La jeune fille se leva et précéda le sergent dans le fumoir de l'industriel Wolfach. C'était une grande pièce meublée dans le style Renaissance, avec des tapis d'origine et un globe du Moyen Age posé dans une cuve de bois sculpté et tournant autour d'un pivot de bronze. Deux grandes portes-fenêtres conduisaient dans le parc que l'automne noyait actuellement de feuilles d'arbres multicolores.

Le major Braddock était assis devant le bureau aux pieds sculptés en forme de pattes de lion géant, et il mangeait une cuisse de poulet rôti froid. Il fit un signe à la jeune fille en agitant l'os et lui indiqua un fauteuil de cuir en face de lui.

— Asseyez-vous. Que voulez-vous ? Déposer une plainte contre un de mes soldats ? Inutile, mademoiselle. Je sais que vous êtes toutes beaucoup trop entreprenantes pour qu'on puisse parler de contrainte de leur part ! Soyez un peu moins toquées pour le chocolat et les cigarettes, et il ne vous arriverait rien. — Braddock posa l'os dans un cendrier d'albâtre. — Encore autre chose ?

— Oui, répondit la jeune fille. Je suis Pétra Wolfach.

2

AVANT même d'avoir allumé sa cigarette, le major Braddock souffla sur l'allumette enflammée. Il jeta un coup d'œil sur le sergent qui s'ennuyait à une table près de la porte du salon, comme l'archange à l'entrée du paradis.

— Wolfach ? interrogea Braddock pour gagner du temps. Ici... l'industriel Wolfach ?

— Oui. Vous occupez actuellement notre maison. Je suis sa fille.

Le major Braddock se gratta le front.

— Et pourquoi êtes-vous revenue ? La maison est réquisitionnée, et votre père est un criminel de guerre !

— On le dit.

— Que signifie : on le dit ? Il l'est ! Et d'ailleurs, le fait qu'il ait disparu prouve bien qu'il est lui-même convaincu de sa culpabilité. — Braddock se pencha un peu et regarda Pétra avec des yeux durs. — Où est-il ?

— Vous ne vous attendez tout de même pas à ce que je trahisse mon propre père ?

Le poing du major s'abattit sur la table.

— Ah ! ce maudit esprit allemand ! hurla-t-il. Est-ce que nous n'avons pas encore réussi à l'écraser ?

Pétra était assise très raide sur son fauteuil de cuir, et son joli visage blafard était comme pétrifié.

— Que penserait un Américain d'un être capable de dénoncer les membres de sa propre famille, ou bien encore ses amis ? demanda-t-elle à voix haute.

Braddock fit un geste de défense de ses deux mains.

— Un nazi n'a pas à s'attendre à être mesuré suivant les mêmes normes morales que les autres ! Celui qui a méprisé toute morale pendant douze ans, n'a pas à exiger de nous la moindre indulgence. Vous savez que je peux vous faire enfermer.

— Le sérum de vérité est une invention des nazis.

— Qu'est-ce que vous me voulez ? hurla de nouveau Braddock en se levant d'un bond. Pourquoi êtes-vous venue ici ? Je vais vous faire chasser immédiatement.

Pétra Wolfach baissa la tête :

— Je suis venue de Mannheim, dit-elle à voix basse en essayant à grand-peine de se dominer, car les larmes commençaient à lui serrer la gorge ; mais elle respira un bon coup et se reprit. — Non, mon père n'est pas là-bas, il vit ailleurs. Je travaille à Mannheim dans une cantine de l'aviation américaine.

— Est-ce qu'on sait à Mannheim que vous... ?

— Bien sûr. J'ai tout raconté, et j'ai dit aussi que je faisais partie de la jeunesse hitlérienne. Comme cadre, même.

— Je me demande dans combien de lits d'officiers vous avez dû vous coucher pour arriver à cela, remarqua odieusement Braddock.

Pétra secoua la tête et ne releva même pas les yeux. Il ne fallait pas que Braddock pût voir que ses yeux se remplissaient de larmes.

— Vous pouvez m'insulter comme vous le voulez, monsieur le Major, dit-elle. Je ne suis qu'une jeune fille sans défense. Je suppose que cela doit procurer une joie complète que de jouer de cette façon au parfait vainqueur.

— Cette insolence a, depuis trois cents ans, privé

le peuple allemand de l'amitié de tous les autres peuples du monde entier !

— Je ne suis pas le moins du monde insolente, monsieur le Major, répliqua Pétra en hochant de nouveau la tête, et en relevant cette fois les yeux pour que Braddock pût y voir les larmes. — Je suis venue vous trouver pour vous demander quelque chose.

— Pour me demander quelque chose ? Sur ce ton ? Avec toute l'arrogance germanique ?

— Dès que je suis entrée, et sans même me laisser la possibilité d'ouvrir la bouche, vous m'avez traitée de fille à soldats, qui venait se plaindre...

— Je me laisse guider par ma propre expérience, répondit Braddock avec ironie. Alors, qu'est-ce que vous voulez ?

— Je voudrais faire une visite à un soldat, à un soldat allemand. Je ne sais s'il est encore là. Peu de temps avant que vos troupes ne s'emparent de Bernegg, il était encore là-haut, au château.

Braddock tourna légèrement la tête de côté.

— Là-haut ? A l'hôpital ?

— Oui. C'est un grand blessé de la face.

— Et vous aimez un de ces hommes-là ?

— Oui. Mais je ne sais pas s'il y est encore. Il s'appelle Walter Hertz, le caporal Walter Hertz.

— Comment saurais-je qui est Walter Hertz, au milieu des deux cents blessés qui encombrent l'hôpital ? Personne n'a été relâché. Ils sont encore tous là-haut.

— Alors Walter y est encore lui aussi ! dit Pétra les yeux brillants.

Braddock mit un chewing-gum en bouche et se mordit la lèvre inférieure :

— C'est à supposer. Et alors ?

— Est-ce que je peux le voir ?

— Non. Il est prisonnier de guerre.

— Rien que le voir...

— Il faudrait que ce soit un hasard. — Braddock finit par reprendre son fauteuil présidentiel. — Vous pouvez lui écrire.

— Je lui ai déjà écrit. Mais il ne m'a jamais répondu.

— Alors, c'est que quelque chose cloche dans ce roman.

— Ou bien la lettre s'est perdue en route, ou bien elle a été mal dirigée. — Pétra joignit les mains et se leva lentement — Je ne peux pas le voir ?

— Non.

— Et quand allez-vous le relâcher ?

— Vous feriez mieux de poser cette question à Washington.

— Merci. Excusez-moi, monsieur le Major.

Braddock la suivit des yeux lorsque Pétra se traîna à travers la pièce comme si elle avait des jambes de plomb. Le sergent se leva pour lui ouvrir un des battants de la double porte.

— Jeune fille de la jeunesse hitlérienne ! appela Braddock très fort. (Pétra s'immobilisa mais ne se retourna pas.) Je pourrais faire une exception si vous m'indiquiez un certain lieu...

Pétra ne répondit pas, elle continua son chemin, passant devant le sergent, devant les quatre nègres qui jouaient aux cartes dans le hall, devant le vieil homme, et elle baissait la tête, en pleurant sans bruit.

Braddock se gratta de nouveau le front. « Elle me plaît », se dit-il à lui-même. Elle lui rappelait Lisa Mainetti. Elle aussi, elle possédait cette fierté qui le rendait furieux. Lorsque Hitler était arrivé au pouvoir, cette jeune fille pouvait avoir environ huit ans, pensa-t-il. « Il est difficile de parler de complicité. Son père, oui. Et parce que son père est coupable, elle aussi, elle doit... Quel merdier ! », conclut-il tout haut.

— Là, je ne puis que vous approuver, Major.

Braddock releva du coup la tête. Le vieil homme à moitié cassé se tenait dans la pièce devant lui, et s'inclinait légèrement.

— Excusez-moi si je m'immisce ainsi dans votre conversation avec vous-même, dit-il. Il manque malheureusement à notre nouveau monde un nouvel Hercule qui puisse mettre un peu d'ordre dans ces écuries d'Augias.

— Qui êtes-vous donc ? demanda Braddock brutalement. Si vous avez faim, tournez-vous plutôt vers les autorités allemandes.

— Je n'ai pas faim. Je vous amène seulement un désir paternel.

— Naturellement. Sinon, vous ne seriez pas ici ! Un désir paternel ? — Braddock enfouit sa tête dans ses mains. — Vous avez un fils là-haut au château, à l'hôpital ? Un blessé de la face, vous aussi ?

— Oui. — Le vieil homme s'appuya fermement au dossier du fauteuil de cuir. — Je suis Thomas Bloch. Le professeur Thomas Bloch.

Le major Braddock, du coup, se leva d'un bond, comme si une aiguille l'avait piqué.

— Professeur Bloch ! s'écria-t-il. Et c'est maintenant que vous me le dites ?

Il contourna son bureau, et vint à Bloch, les deux mains tendues.

— Prenez place, je vous prie, et détendez-vous. Phillips, whisky, café, quelque chose à manger, quelque chose de nourrissant ? — Le sergent courut hors de la pièce, et Braddock présenta son étui de cigarettes au Pr Bloch. — Vous fumez, monsieur le professeur ?

— Oui. — Le professeur se mit à sourire légèrement. — Mais je crois que je ne supporterais pas les cigarettes américaines. Je dégringolerais tout simplement de mon fauteuil. Jadis, je fumais toujours des Brissago, vous savez, ces cigares avec une paille au milieu. Jadis... Il y a combien de temps de cela ? C'est comme si on feuilletait les pages d'un livre racontant l'histoire des temps préhistoriques !

Braddock s'assit sur le bord de son bureau, en face de Bloch.

— Alors, vous vouliez parler à votre fils, n'est-ce pas ? Bien sûr, c'est possible. Officieusement, naturellement. Savez-vous qu'on vous recherche ? J'ai un dossier à votre sujet, et c'est le Pr Rusch qui l'a déposé. Vous connaissez Rusch ?

— Mais bien sûr. Un homme digne de tous les éloges et un chirurgien de premier ordre. Je lui dois le sauvetage de mon fils.

— Il est parti, dit Braddock.

— Parti ? Comment cela ?

— Dans un camp de nazis, à Darmstadt.

— Rusch ? C'est une mauvaise plaisanterie, ou alors, une erreur grossière.

— Si on arrive à prouver que c'est une erreur, alors ce sera une plaisanterie grossière.

— Alors, permettez que nous commencions à en rire amèrement dès maintenant, s'écria le Pr Bloch. Rusch, un nazi ? On aurait pu tout aussi bien vous enfermer, vous.

Braddock haussa les épaules :

— Je n'ai fait qu'exécuter un ordre venant du quartier général.

— Et comment se fait-il qu'il existe un dossier sur moi ? demanda Bloch.

— Le Pr Rusch nous a avertis que vous aviez été poursuivi par les nazis.

— Poursuivi ? Non. Je n'ai jamais été expédié dans un camp de concentration ou dans une prison de la Gestapo.

— Mais on vous a bien ôté votre poste et votre titre de chef de clinique ? On a bien fermé votre cabinet de consultation privé, et on vous a embarqué dans le service obligatoire du travail, sans autre forme de procès ?

— C'est juste. J'ai subi beaucoup de préjudices durant le IIIe Reich ; mes ouvrages d'enseignement sur les nouvelles connaissances en psychiatrie ont été aussi interdits, parce qu'ils mettaient en danger le nouveau programme d'euthanasie. Mais je ne suis jamais allé dans un camp de concentration. On ne m'a jamais battu ni torturé dans une cave de la Gestapo. Alors que je m'y attendais, car c'eût été normal, étant donné les circonstances ; ce furent les vrais poursuivis qui eurent à subir tout cela.

— Curieux. — Braddock sortit son chewing-gum

de sa bouche et le colla sous la table. — Vous ne sauriez croire le nombre de « vrais poursuivis » que nous rencontrons depuis que nous sommes arrivés. Tous ceux qui ont reçu une semonce de leur chef de bloc pour avoir négligé de payer leur cotisation au Parti se disent poursuivis. Nous sommes maintenant en présence d'un peuple de gens qui étaient contre le régime, qui étaient contraints, une armée de plusieurs millions d'ennemis ignorés. C'est une énigme fantastique pour nous que cette idée du national-socialisme, germée dans le cerveau d'une poignée de fous, d'après ces nouvelles découvertes. Ce serait également un problème intéressant pour un psychiatre, n'est-ce pas, monsieur le professeur ?

Le Pr Bloch hocha de nouveau la tête :

— Ce n'est nullement un problème très compliqué, Major. Ce n'est que la réaction normale et générale d'une masse de gens habitués depuis toujours à ne pas penser, à ne pas envisager les conséquences de leurs actes, rendus inertes et sans initiative personnelle.

— Vous avez raison.

Le major Braddock se mit à rire très fort.

Bientôt le sergent Phillips apporta un plateau avec du Nescafé, des gâteaux secs, des fruits, deux tranches de pain blanc beurrées et une bouteille de whisky. Braddock déposa lui-même le plateau devant Bloch :

— Bon appétit, monsieur le professeur.

Prudemment, et le plus lentement possible, Bloch mangea une des tranches de pain qui renfermait du jambon cuit. On voyait très nettement avec quelle gourmandise il laissait traîner le plus longtemps possible le jambon sur sa langue avant de l'avaler. Braddock eut l'impression que son estomac était tout d'un coup encombré d'une grosse boule qui montait et descendait, pour finalement se pétrifier ; c'était en vérité une sensation curieuse et peu agréable.

— Je vais faire chercher votre fils tout de suite, professeur, dit-il. Et il sera le premier à être relâché. Je vais immédiatement en faire la demande au quartier général.

— Qu'est-ce que la jeune fille désirait, elle ? interrogea Bloch, en avalant lentement son café brûlant.

Le visage de Braddock s'assombrit.

— Elle a un ami là-haut, à l'hôpital.

— C'est un camarade de mon fils ?

Braddock sentit l'attaque cachée sous la question. Il ne se déroba pas, au contraire, il tint tête.

— Oui.

— Elle est repartie en pleurant.

— Il y a cent mille femmes qui pleurent en Allemagne.

Bloch approuva de la tête :

— Ce sont elles, les vrais coupables, n'est-ce pas ? Ce sont elles justement qu'on doit punir le plus durement.

— Comment cela ? demanda Braddock sèchement.

— Les mères ont mis au monde leurs fils qui sont devenus des soldats, et les femmes ont épousé ces soldats et leur amour a donné à ces soldats le courage de combattre. D'après les nouvelles normes de pensées, ce sont les femmes les vraies responsables...

— Professeur ! s'écria Braddock en arpentant nerveusement la pièce à longues foulées. Même venant de vous, je ne supporterai pas ce genre d'ironie. Vous savez bien que les lois de la guerre exigent de nous cette dureté. Il est interdit aux prisonniers de guerre de recevoir des visites, c'est une loi...

— Et cette loi est naturellement aussi valable pour mon fils, Kaspar Bloch. — Le Pr Bloch se leva ; il s'était contenté de manger une tartine de pain et de boire une demi-tasse de café. — Jusqu'à présent, Major, j'ai vécu suivant le principe de la justice. Du temps des nazis... bien sûr, à quoi pouvait-on s'attendre alors ? Vous avez avec vos armées pulvérisé cette nation pour y introduire enfin l'idée de justice. Il me paraît très curieux que, même pour vous, la justice puisse avoir deux visages différents.

Le major Braddock resta immobile devant la porte-fenêtre et fixa au-dehors, le parc multicolore. « Maudit esprit germain ! » dit-il tout haut.

— Puis-je me permettre de prendre congé, monsieur le Major ? Je vous remercie pour le pain et le café, vous avez vraiment gâté un vieil homme. Et au fait, j'attendrai jusqu'à ce que mon fils soit relâché en même temps que les autres. C'est déjà beaucoup pour moi de me trouver ici, de pouvoir jeter un coup d'œil sur le château et de me dire : là-haut se trouve mon gars. A mon âge, les petites joies sont les plus précieuses.

Le major Braddock se retourna brusquement.

— Le père de cette jeune fille est un criminel de guerre, monsieur le professeur.

— Cette réponse est suffisamment claire, Major. — Le Pr Bloch repoussa le fauteuil de cuir près de la table. — C'est une insolence inouïe vraiment de la part de cette jeune fille de ne s'être pas suicidée au lieu d'avoir encore le culot d'espérer, de croire, et d'aimer.

— Sortez ! cria Braddock d'un ton menaçant. Sortez immédiatement.

Une heure plus tard, deux jeeps montèrent au château pour y aller chercher Kaspar Bloch et Walter Hertz, et les conduire en bas, à Bernegg.

Ni Kaspar Bloch, ni Walter Hertz n'avaient la moindre idée de la raison pour laquelle on était venu les chercher. Les soldats ne dirent pas un mot, et même Lisa Mainetti n'avait rien pu savoir. Braddock s'était contenté de téléphoner et de hurler dans l'appareil : « Les prisonniers Bloch et Hertz sont priés de se préparer, on va venir les chercher tout de suite. Sans bagage. » Puis il avait raccroché, avant que le Dr Mainetti ait pu demander la moindre explication.

Il était donc tout à fait normal qu'ils partissent en uniforme et sans pansement particulier, ce qui pourtant eût été nécessaire surtout à Walter Hertz. Lorsque les jeeps arrivèrent en trombe, ils se tenaient prêts, leur mutilation presque à nu.

Dans la chambre B/14, on s'était livré à toutes sortes de suppositions.

— C'est clair comme de l'eau de roche, avait dit le Berlinois. Kaspar va être relâché, et Walter va recevoir une semonce parce qu'il a fait un enfant à Pétra.

— Ridicule ! s'était écrié Walter Hertz. Elle en aurait parlé dans sa dernière lettre.

— Et cette mention : sans bagage, lança Fritz Adam en hochant la tête. Si nous étions dans un camp de concentration nazi, les gars, on saurait tout de suite ce que cela voudrait dire : sans bagage...

Walter Hertz blêmit : — Mon père était contremaître au travail obligatoire, dit-il à voix basse. ,

— C'est idiot ! affirma Erich Schwabe. Pourquoi faire des suppositions ? nous n'avons pas la moindre idée de ce que les Américains veulent. Peut-être tout simplement de nouveaux renseignements. C'est leur manière à eux, le suspense.

— Je reste pourtant persuadé qu'il s'agit de pension alimentaire, affirma le Berlinois.

Ils n'arrivèrent pas à mettre leurs suppositions d'accord. Lorsque les jeeps démarrèrent, ceux qui étaient restés dans la chambrée B/14 étaient pendus aux fenêtres et faisaient de grands signes. Ce fut pourtant Wastl Feininger qui décrocha la nouvelle idée : — Eh ! les enfants, c'est pourtant clair. Walter et Kaspar sont les plus en forme de nous tous. Ils vont devoir aller travailler.

Et tous, ils étaient tentés de se raccrocher à ce dernier avis comme étant le plus vraisemblable.

Les jeeps décrivirent à toute allure un demi-cercle dans la cour de l'école de Bernegg et s'arrêtèrent devant l'entrée. Le major Braddock sortit, le visage sombre et de très mauvaise humeur. Il regarda venir les deux prisonniers sans visage et se demanda de quelle façon, en une seule phrase ou même d'un seul mot, il pourrait déverser sur eux sa bile. Mais plus ils s'approchaient, ces deux malheureuses caricatures de la guerre, et plus Braddock avait honte de son mouvement d'humeur. Finalement, il se contenta de pousser son calot vers la nuque et enfouit ses mains dans les poches de son pantalon.

— Qui est Kaspar Bloch ? demanda-t-il d'une voix rauque.

— Ici.

Le mot échappa involontairement à Kaspar Bloch et ce fut seulement quand Walter Hertz lui donna un coup dans le dos, qu'il se rendit compte de sa gaffe. Il devint tout pâle et fixa Braddock avec angoisse. Plus de deux ans, il avait réussi à jouer de main de maître le sourd, sans jamais se trahir, au point que même le Dr Urban n'avait pas pu le démasquer. Et voilà que maintenant, sans faire attention, surpris par cette question brutale, il répondait, prouvant ainsi qu'il n'était pas sourd.

— Crétin ! murmura Hertz derrière lui.

Bloch baissa la tête. Dieu fasse, pria-t-il, qu'il ne sache pas que je dois être sourd. Au fait, il est absolument impossible que Braddock connaisse les maladies de tous les blessés de l'hôpital. Mais si un jour les papiers lui tombent entre les mains, au moment d'un dépistage en vue de la libération par exemple, et qu'en face du nom de Bloch, il lise : sourd, il se rappellera certainement ce mot : ici ! prononcé sans la moindre hésitation.

— Alors, c'est vous qui êtes Walter Hertz ? demanda Braddock.

Il examina attentivement ce visage déformé, tout de travers, ce visage qui n'était fait que de cicatrices et de recollages, l'œil qui pendait et la paupière arrachée, tout cela à nu, sans le moindre pansement. « N'est-ce pas un miracle, se dit le major Braddock, que ce pauvre homme soit aimé d'une fille comme Pétra Wolfach ? C'est vraiment incompréhensible. Mais derrière ce mur, là-bas, elle attend dans une des salles de classe, et pour pouvoir voir ce

Walter Hertz, elle a risqué une arrestation, des interrogatoires, un transfert dans un camp ! »

— Venez, dit Braddock. Vous, Bloch, dans la salle n° 1, et vous, Hertz, dans la classe n° 2. Vous avez droit à une demi-heure ; c'est vraiment le maximum de ce que je peux faire, avec la meilleure volonté du monde.

Bloch et Hertz échangèrent un regard sidéré. Ils ne comprenaient pas Braddock.

— Qu'est-ce que ça veut dire ? murmura Hertz. Est-ce que nous devons frotter les classes ? Ça commence bien.

— Si pour ce travail, ils nous donnent un supplément à bouffer, je suis prêt à nettoyer toute l'école.

Braddock se détourna et retourna vers l'école. Les soldats américains s'adossèrent à leurs jeeps et se mirent à fumer. Pour eux, l'affaire était classée. Bloch ouvrit sa veste.

— Allons, Walter, au travail, dit-il. On sait ce que c'est : partager équitablement la saleté, et jeter un seau d'eau sur l'ensemble. Ils ne peuvent tout de même pas...

Walter Hertz approuva et sourit : — Pendant mes classes, j'ai dû une fois frotter le plancher de la chambre avec une brosse à dents, puis un adjudant est arrivé, et il a laissé tomber une tartine beurrée sur le plancher, le beurre en dessous, bien sûr. Son regard longea la façade de l'école, et brusquement, il eut l'impression que quelqu'un lui donnait un coup violent sur la nuque ; il trébucha en avant, se retint à Kaspar Bloch et enfonça ses doigts dans le bras du malheureux.

— T'es malade, non ? s'écria Bloch en se préparant à le bourrer de coups de poing.

Derrière une fenêtre, une tête de jeune fille était apparue et avait disparu tout aussitôt. Un millième de seconde trop tard. Walter Hertz avait eu le temps de la voir, et il l'avait aussitôt reconnue.

— Pétra ! s'écria-t-il.

Bloch regarda la même fenêtre, et ne vit que de la poussière, de la crasse au point qu'elle était presque opaque.

— T'es complètement dingue ! dit Bloch en secouant Hertz qui se cramponnait toujours à son bras. Allez, viens.

Hertz continua à se retenir à son camarade comme s'il avait peur de s'écrouler. Son corps trem blait et tressautait au même rythme que les battements de son cœur.

— Pétra est là, dans cette classe. Je l'ai vue ! — Hertz retint cette fois Bloch de toutes ses forces, au moment où celui-ci voulut entrer dans l'école. — Kaspar, je ne suis pas fou, elle est là. Et je n'ai pas le moindre pansement sur le visage !

— Ne fais pas le crétin ! — Bloch tira Hertz à sa suite. — Tu pourras faire passer ta crise de folie en frottant de toutes tes forces.

Walter Hertz tira son mouchoir de la poche de son pantalon et l'appuya sur la moitié écrasée de son visage, et sur son œil pendant. Il trébucha derrière Bloch, se mélangea les pieds, et serait plusieurs fois tombé si Bloch ne l'avait retenu par un pan de sa veste.,

— Là, dans la classe n° 2, imbécile, dit Bloch. Pourvu qu'ils aient un balai convenable. Je vais aller jeter un coup d'œil dans ma classe n° 1.

Walter Hertz hésitait. Puis il se redressa, posa le mouchoir sur son visage, le retint de la paume de sa main et, de sa main libre, il ouvrit la porte de la classe d'un coup sec.

— Pétra ! s'écria-t-il. Pétra !

Presque au même moment, il entendit dans son dos, à la porte de la classe n° 1, un autre cri :

— Papa !

Puis les deux portes claquèrent, et tout fut parfaitement silencieux dans les deux salles.

Le major Braddock était au téléphone, en grande conversation avec le Dr Lisa Mainetti.

— Le Pr Bloch vient de nous arriver, dit-il d'un

ton presque indifférent. Il entendit à l'autre bout du fil, que le Dr Mainetti poussait un profond soupir.

— Bloch ? Mon Dieu, et c'est pour cela que vous avez fait chercher Kaspar ?

— *Yes.*

— Et Walter Hertz ? Dites-moi, Major, est-ce que, par hasard, sa petite Pétra serait là elle aussi ?

— Exactement. Elle est là, la petite fille du criminel de guerre de Bernegg.

— Pourquoi ne me l'avez-vous pas dit avant ? J'aurais fait un pansement convenable à Walter Hertz et...

— Pourquoi toujours mentir et tromper les gens ? Il faut que la petite sache exactement comment il est. Il y a bien un purgatoire, hein, pour tout nettoyer ?

Lisa Mainetti s'assit : — Je ne vous comprendrai jamais, Major. Parfois vous vous conduisez comme une machine à exécuter les ordres, comme un robot sans vie propre. Et d'autres fois, je découvre en vous un être sensationnel.

Braddock se mordit la lèvre inférieure : — Nous sommes tous plus ou moins des Janus, miss Docteur. Cela tient à la structure humaine. Au fait, j'ai recueilli quelques dépositions du Pr Bloch au sujet du Pr Rusch, que je joins au dossier, et que j'expédie au quartier général.

— Qu'est-ce que Bloch a dit de l'arrestation de Rusch ?

Braddock hésita, puis il répondit presque involontairement : — Il a été surpris.

Lisa sourit en silence. Elle connaissait Bloch. Il n'avait jamais pu cacher son opinion, pas même du temps des nazis, et il n'allait certainement pas commencer maintenant. Elle se doutait de ce que Bloch avait bien pu dire, et elle se sentait heureuse de connaître un être de valeur qui se tenait au côté de Rusch, et qui s'élevait au-dessus de tout soupçon de complaisance et de partialité.

— Est-ce que cela suffira pour libérer Rusch ? demanda-t-elle le cœur battant.

— Non, probablement pas. Mais cela abrégera sans doute les examens.

— Comment peut-on croire les allégations d'un porc comme le Dr Urban ? Il ne sait que dénoncer, alors que lui-même...

Braddock frappa l'écouteur pour tenter de couper la parole au Dr Mainetti.

— C'est un jeu vieux comme le monde, Miss Docteur. Caïn frappa Abel à mort, et Jacob trompa Esaü. Et pourtant, ils étaient tous des enfants de Dieu.

— N'aimeriez-vous pas jouer le rôle d'Isaac ? dit Lisa, et elle raccrocha.

Le major Braddock se versa un grand verre de whisky. « C'est fantastique, se dit-il, comme tout concorde dans la Bible. »

Tandis que dans l'école de Bernegg, quatre personnes passaient des minutes de bonheur, dans la grande salle d'opération de l'hôpital, le Dr Mainetti achevait les préparatifs d'une nouvelle opération. Elle avait passé les radios au Dr Stenton et au Dr Vohrer, et pendant qu'ils les étudiaient une dernière fois, en essayant de se mettre d'accord avec un anglais de collège et quelques bribes d'allemand, le Dr Mainetti était assise dans sa chambre, occupée à étudier une dernière fois la méthode opératoire qu'elle devait utiliser pour ce genre de greffe. Elle y avait souvent assisté en spectateur, lorsque le professeur opérait lui-même, mais ne l'avait jamais exécutée seule — cette méthode découverte par Rusch dite du « soudage » des os, pour éviter une pseudo-arthrose.

Cette fois, Lisa ne devait compter que sur elle-même ; personne ne pouvait l'aider. Le Dr Vohrer n'était qu'un excellent dentiste, spécialiste des prothèses et de l'orthopédie des mâchoires, et le Dr Stenton faisait de la chirurgie générale. Les opérations du style Rusch étaient maintenant le fief du Dr Mainetti, et il n'y avait personne pour la décharger de l'énorme responsabilité qui pesait à cette heure sur ses épaules.

Il s'agissait du caporal Christian Oster, que le stagiaire Baumann était en train de soumettre à la torture de l'anesthésie par tubage. Il avait déjà subi vingt-quatre opérations importantes, avant que son visage ne retrouvât une allure décente ; la dernière en date, avait été effectuée par Rusch peu de temps avant son transfert au camp de Darmstadt ; il lui avait greffé des parties molles prises sur la poitrine. Tout s'était bien cicatrisé. Et maintenant, il s'agissait de faire une greffe osseuse, prise dans la hanche, pour redonner une forme à la mâchoire inférieure.

Christian Oster était déjà étendu sur la table d'opération, endormi et prêt au sacrifice, lorsque Lisa Mainetti entra dans la salle d'opération pour commencer à se laver les mains. Le Dr Vohrer fit encore une injection de SEE, un grand soulagement dans le cas d'une anesthésie par l'éther, car elle permettait de réduire la quantité d'éther. Oster était rasé, barbouillé de teinture d'iode, et il respirait calmement sous le tuyau. Le Dr Stenton contrôla une dernière fois le pouls et les réflexes du ventre, tout était normal. Il était bien un peu excité, le chirurgien américain, on le voyait à son regard qui ne pouvait rester en place, car c'était la première fois qu'il servait d'assistant n° 1 pendant une grosse opération plastique ; c'était la place de Lisa quand le Pr Rusch opérait lui-même.

Le Dr Mainetti s'approcha de la table, et l'infirmière-chef fit sonner ses instruments. Elle connaissait d'avance tous les gestes, car elle avait été souvent la seule à suivre le rythme accéléré de Rusch, et à éviter qu'il ne se mît en colère. Elle parlait très peu, et son visage étroit, sous la coiffe blanche des Ursulines restait presque toujours grave, comme figé.

— Tout est O.K. ? demanda le Dr Mainetti.

Le Dr Stenton approuva d'un signe de tête.

— O.K., madame.

Lisa fit la première entaille, d'une extrémité de la mâchoire à l'autre, et le Dr Stenton serra les vaisseaux avec des pinces et posa les ligatures de catgut. Le stagiaire Baumann contrôlait et réglait l'anesthésie, sous la direction du Dr Vohrer. Rapidement, ne pensant qu'aux gestes restreints de Rusch qu'elle voyait se dérouler devant ses yeux comme un film, Lisa prépara un lit qui devait recevoir le fragment osseux extrait de la hanche. Les morceaux restants de la mâchoire originale furent également préparés pour qu'ils puissent s'adapter exactement aux autres. Puis à l'aide d'une fraise, Lisa réduisit toutes les aspérités ; c'était d'ailleurs un travail d'une finesse et d'une précision incroyables que de promener la fraise électrique sur cette surface osseuse, car la moindre déviation, le moindre glissement pouvaient provoquer une catastrophe, un trou entre la mâchoire et la cavité buccale.

Cela signifierait que tout le travail accompli jusqu'alors serait devenu inutile, car on ne pourrait plus garantir la stérilité de la blessure. Les muqueuses de la bouche fourmillent de bactéries et il est impossible de les stériliser.

La fraise de Lisa continuait à aplanir les moignons de la mâchoire et les parcelles d'os nouvellement formées depuis la précédente opération. Il était nécessaire de gratter très profondément pour activer la renaissance de l'os et favoriser la soudure entre les restes de la mâchoire et la greffe. Sinon, la guérison était impossible.

Durant ce travail de haute précision, le Dr Vohrer avait commencé l'incision de la hanche. Dix-huit centimètres de long, et l'os apparaissait à l'air. Le Dr Stenton prit, à l'aide d'un compas, les mesures de la parcelle à extraire pour la greffe.

Lisa Mainetti fit un signe, pour qu'on lui tendît la scie.

— Laissez-moi faire, intervint le Dr Vohrer. C'est un travail d'homme, Lisa.

Le Dr Mainetti secoua la tête. Elle se pencha un peu plus vers son malade, et la chaleur diffusée par les projecteurs lui brûla la nuque. Puis elle commença à extraire la parcelle osseuse. Tout était parfaitement silencieux dans la salle d'opération, on n'entendait que le grincement de l'outil sur l'os. Dam-dam-dam-dam... Cinquante, soixante fois le même petit bruit monotone, dans un rythme propre à endormir le plus récalcitrant. Dam-dam-dam-dam...

Enfin, le fragment fut libéré ; avec la plus grande prudence, Lisa le souleva, puis le cassa en deux endroits, pour qu'il épousât exactement la forme du menton. Stenton dut tenir un instant dans ses mains tremblantes ce morceau de vie, tandis que Lisa examinait une dernière fois le lit préparé par elle. Rien n'avait été oublié. Elle fit un signe à Stenton qui lui tendit l'os. Il s'adaptait au millième près, lorsque Lisa le plaça entre les deux moignons de mâchoire.

Stenton poussa un grand soupir.

— *Wonderful !* s'exclama-t-il presque tout bas.

Lisa ne le regarda pas. Maintenant venait cette phase de l'opération que Rusch avait lui-même mise au point. Le soudage. Il arrivait souvent que l'extrémité du fragment greffé et les restes de l'os maxillaire original ne présentaient qu'une surface de contact minime, insuffisante pour leur permettre de croître ensemble : alors, c'était une pseudo-arthrose, le grand danger, la formation d'une sorte d'articulation à un mauvais endroit. Il fallait pour y remédier un nombre incalculable de nouvelles opérations, et il devenait souvent impossible de pratiquer de nouvelles transplantations.

— Une cuiller ! dit Lisa tout haut.

L'infirmière la tenait déjà en main et la lui tendit.

A l'aide de la cuiller, Lisa commença à malaxer une sorte de plâtrage très minutieux entre les deux extrémités de l'os initial et de l'os greffé, comme Rusch avait toujours fait. Et lorsqu'elle se redressa, on ne voyait plus les deux extrémités, on ne distinguait plus qu'une surface toute plane.

Le Dr Stenton approuva de la tête sans dire un mot. Même s'il ne comprenait pas beaucoup, cette méthode en soi très primitive lui paraissait sensationnelle. Le Dr Mainetti lui avait d'ailleurs expliqué que, depuis trois ans que le Pr Rusch utilisait cette méthode, ils n'avaient plus eu un seul cas de pseudo-arthrose.

Le Dr Vohrer et Lisa mirent la nouvelle mâchoire bien en place en la ficelant, si l'on pouvait dire. La plaie fut recousue avec du fil d'argent et la tête reçut un pansement « raide », si bien qu'elle ne pouvait presque plus tourner : on la plaça dans une gaine de plâtre. Pendant ce temps, le Dr Stenton referma la plaie de la cuisse, posa un drain et pinça l'épiderme. Puis le stagiaire Baumann ôta le tube et fit une injection de réveil. Et tandis que le caporal Christian Oster s'éveillait lentement, avec sa nouvelle mâchoire qui lui donnait l'apparence d'un homme tout à fait normal, on le transporta dans sa chambre ; Baumann resta auprès de lui jusqu'à ce qu'il fût complètement éveillé et eût repris toute sa conscience.

— Eh bien ! s'écria-t-il à l'adresse du malade qui reposait très raide sur son lit, incapable de faire un mouvement, puisqu'il était emprisonné dans sa manchette de plâtre. Cette fois, ça y est. A part de la boxe, tu pourras faire tout ce que tu voudras plus tard.

Christian Oster cligna de l'œil. Il ne pouvait même pas parler. Il manifesta le désir d'écrire, et Baumann lui tendit un bloc et lui donna un crayon.

— Boxeur, je n'y pense pas, écrivit Oster. Mais j'espère avoir l'occasion de te planter un coup de pied dans le derrière. Est-ce que mon menton est vraiment réparé ? Eh vieux, c'est ma femme qui va être heureuse !

Baumann approuva, après avoir lu ces lignes.

— Sûr, dit-il. Quel boulot, avec ce morceau de poitrine qu'on t'a greffé avant ! Imagine un peu qu'on y ait mis les poils avec, ce serait devenu une belle jungle !

Les autres dans la chambre commencèrent à manifester bruyamment leur enthousiasme. La tension qui régnait quand l'un d'entre eux revenait de la salle d'opération était tombée.

« La prochaine fois, c'est notre tour, pensaient-ils. Et après, comment serons-nous ? »

Après le déjeuner, Kaspar Bloch et Walter Hertz revinrent au château. Chacun d'eux avait hérité d'une boîte de gâteaux secs et d'une boîte de jambon avec des œufs.

Lorsque, les yeux brillants, ils rentrèrent dans la chambre et posèrent leurs trésors sur la table, le Berlinois les regarda fixement.

— Moi aussi, j'aimerais aller au travail ! s'écria-t-il.

— Quoi de neuf, les gars ? demanda Schwabe. Depuis une semaine nous n'avons plus de courrier Est-ce que par hasard vous n'auriez pas aperçu quelques lettres là-bas ?

— Mon père est venu, dit Bloch en se frottant les yeux.

— Et Pétra aussi est là, ajouta Walter Hertz.

— Veinard ! Et elle t'a vu comme ça, sans pansement ? — Le Berlinois regarda Hertz d'un air consterné. — La pauvre fille !

Erich Schwabe entoura les épaules de Bloch et de Walter de ses bras. Il savait ce que cela signifiait, revenir de Bernegg avec le cœur débordant de joie.

— Je suis heureux pour vous, vieux, dit-il. Est-ce que la vie n'a pas un tout autre aspect ?

Kaspar Bloch enleva sa veste d'uniforme et la jeta sur son lit. On aperçut tout de suite les lettres luisantes : POW. Bloch les montra du doigt.

— Cela aussi, ça ne durera plus longtemps, dit-il.

— Quoi ? hurla Wastl.

— Mon père a parlé longtemps avec le major

Braddock. Il paraît qu'il serait question de nous relâcher avant Noël. Du moins, les cas graves.

— Ce sera probablement de la déveine ! dit le Berlinois. Plus la gueule sera réparée, plus on restera longtemps en captivité. Je vais tâcher de refuser de me faire opérer.

Fritz Adam se frappa le front : — Réfléchissez un peu, les enfants. Bien, vous allez être relâchés, vous rentrerez chez vous. Et après ? Est-ce que vous avez envie de passer toute votre vie dans cet état-là ? Plutôt un an de plus ici et un visage à moitié potable que...

— Bien sûr, lui, il peut parler, s'écria le Berlinois. Lui, il a sa souris à portée de la main. La petite Dora, hein, elle restera là où il est, lui. Mais nous, ça commence à nous chatouiller un peu. D'accord, on m'a arraché ma gueule... mais le reste est normal !

— Si on vous garde ici, vous recevez tout gratuitement : la pension, le lit, les opérations et les médicaments. Mais si on vous libère, vous devrez tout payer de votre poche. Et ça vous coûtera une petite fortune !

— Non, c'est mal calculé. — Le Berlinois leva sa main droite, et décompta ses doigts. — Je te propose une autre version. Ce que tu appelles la pension, c'est une misère. Sept cents calories, avant, je les avalais comme ça, à côté. Et qu'est-ce que c'est qu'un lit dans lequel je suis tout seul ? Quant aux opérations et aux médicaments... A quoi servent les caisses de maladie alors ? Je n'ai tout de même pas laissé ma gueule dans un stand de kermesse, je l'ai sacrifiée à mon pays, et, maintenant, il peut bien me payer les réparations !

— Peut-être, mais il ne le fera pas, Paul. — Fritz Adam secoua énergiquement la tête. — Quel pays alors ? Celui que tu pourrais accuser, il est à plat, il a fait banqueroute. Il n'existe même plus. Mais tant que nous restons ici, à l'hôpital, on s'occupe de nous.

— Noël à la maison, dit Walter Hertz, qui s'était

assis sur son lit et tenait en main une petite photo. Une photo d'identité toute chiffonnée. Le visage légèrement souriant d'une jeune fille aux grands yeux graves. — Je pourrais aussi bien gagner ma vie comme électricien, vous ne croyez pas, vous autres ? Dès que je sortirai d'ici, nous voulons nous marier. Le père de Pétra, maintenant, n'est plus qu'un pauvre rien du tout comme moi. Au contraire, moi, je peux travailler, lui, pas.

Erich Schwabe se dirigea d'un air pensif vers son placard et en tira la dernière lettre d'Ursula. Il la relut encore une fois, et il ressentit le même déchirement qui les secouait tous. Tant que la guerre se poursuivait, l'hôpital avait été pour eux un endroit sûr et agréable. Mais maintenant, l'orage avait cessé, et on avait la possibilité de rentrer dans son véritable foyer. La mère attendait, la femme aussi, la vie reprenait ses droits et ressuscitait des ruines. Mais leurs visages n'étaient pas terminés, et s'ils faisaient un pas vers la liberté, ils refermaient du même coup derrière eux la porte donnant accès à la possibilité de retrouver un aspect raisonnable. Peut-être seulement provisoirement, mais qui pouvait savoir maintenant combien de temps il faudrait pour que, morceau par morceau, le visage reprît une vraie forme ? Et est-ce qu'à ce moment-là il y aura encore une Lisa Mainetti et un Pr Rusch ?

Ursula écrivait qu'un maçon les aidait à préparer les pierres pour reconstruire la maison. « Comme ma présence serait bienvenue en ce moment à Cologne ! pensait Schwabe. En tant que vitrier, et plus tard, lorsque l'enfant viendra. Qui va s'occuper d'Ursula et du petit ? » Ils allaient mourir de faim, et pour pouvoir bénéficier d'une ration supplémentaire, il leur faudrait faire la queue pendant des heures ! Et alors, elles n'auraient peut-être qu'une portion de farine de maïs ou de semoule, ou deux louches de lait aux raisins secs dans les cuisines populaires. Ou bien encore des betteraves rouges qu'on pouvait manger soit en compote, soit en confiture, soit en légume ou en soupe, qu'on pouvait étendre sur une tartine de pain ou mélanger à de la farine de maïs pour en faire un gâteau...

— Peut-être que tout changera, dit tout d'un coup Schwabe au milieu du silence lourd de pensées qui régnait dans la chambre. Pourquoi se casser la tête maintenant ? Nous avons encore le temps jusqu'à Noël... et d'ailleurs, ce n'est qu'une rumeur !

Pendant deux semaines, on n'en parla plus. On avait presque oublié cette conversation. Mais alors, il arriva une sorte d'explosion dans la chambrée B/14, qui se répandit sur tout le bloc B de l'hôpital.

Un matin, le major Braddock téléphona à Lisa Mainetti de façon tout à fait imprévue.

— Miss Docteur, dit-il de bonne humeur. Voudriez-vous, je vous prie, préparer ce Kaspar Bloch, car on va venir le chercher.

— De nouveau une visite de son père ?

— Non. Avec tous ses bagages. Il va être relâché.

— Quoi ? demanda Lisa sans en croire ses oreilles.

— Relâché. Il redevient civil. C'est l'ordre du quartier général. Le nom et le destin du Pr Bloch autorisent une exception.

— Et... et les autres, Major ?

— Doivent encore attendre. — Braddock martela son bureau de son crayon. — Cela ne durera plus longtemps, Miss Docteur. Nous allons abandonner le statut de la captivité pour transformer le château Bernegg en clinique spécialisée pour les blessés de la face. Mais cela ne se fera que si nous trouvons une source de revenus ; jusque-là, c'est nous qui payons les frais, car les blessés sont des prisonniers de guerre. Mais après leur libération, ils seront des personnes civiles, et cela ne nous regardera plus.

— Cela peut devenir une situation amusante, Major.

— Vous vivez dans un pays qui ne vous convient pas, Miss Docteur.

— Avez-vous aussi l'intention de me faire une proposition pour l'Amérique ?

— Nous y serons bien obligés. Le Pr Rusch a laissé entendre qu'il allait vous épouser. Est-ce vrai ?

— Oui, c'est vrai. — Le cœur de Lisa battait. — Quand a-t-il dit cela ? Et que savez-vous à son sujet, Major ?

— Au dernier interrogatoire. Ceci pour la question n° 1. Et comment il va ? Bien. Il est occupé dans l'hôpital du camp et chargé d'arracher leurs dents aux anciens chefs nazis. N'est-ce pas une drôle de plaisanterie ?

— Votre sens de l'humour m'a toujours surprise par sa profondeur, Major.

— Au fait, l'enquête se poursuit de façon très rapide. On a dû transporter le Dr Urban dans un asile, hors de Darmstadt, car il devenait fou furieux par manque de morphine.

— Et on continue à croire ce qu'il a raconté ?

— A peine, Miss Docteur. Mais les enquêtes politiques ne sont pas menées par des soldats, mais par des fonctionnaires. Et vous savez bien que là où les fonctionnaires travaillent, il y a des documents. Et quand les dossiers sont au complet, il y a un temps mort. Tous les fonctionnaires du monde entier se ressemblent comme autant de jumeaux.

Braddock rit, mais Lisa n'arriva pas à se mettre au diapason. Elle reposa l'écouteur et son regard se perdit dans le parc du château devenu à cette époque complètement nu. Les arbres avaient rejeté leurs dernières feuilles ; le premier vent froid secouait les dernières taches multicolores des branches, et sur l'étang, les deux cygnes nageaient à proximité de la rive, comme s'ils désiraient qu'on vienne les chercher pour les éloigner de l'eau froide. Ils devaient d'ailleurs à Fritz Adam de vivre encore. Aux environs de la mi-juillet, Wastl Feininger avait conçu l'idée d'entraîner les cygnes dans un buisson pour les accommoder en vue d'améliorer un peu son ordinaire, réduit comme toujours à sept cents calories. Mais

Fritz affirma que les cygnes vivaient jusqu'à cent ans, et que ces deux-là devaient avoir aux environs de cinquante ans, et Wastl, n'ayant aucune envie d'avoir à mâcher des semelles, se retint de mettre à exécution ses idées de meurtre.

« Peut-être Rusch sera-t-il ici pour Noël, pensa Lisa Mainetti. Alors, nous pourrons nous marier, et si on n'a plus besoin de nous ici, nous nous offrirons une clientèle privée. Une clientèle privée ? Avec quoi ?

Elle alla trouver Baumann et le prévint que Bloch allait être relâché. Puis elle pénétra dans la chambre 14 et fit un signe à Kaspar Bloch en lui envoyant un joyeux sourire.

— Et voilà. Préparez toutes vos affaires. On va venir vous chercher.

— Le chercher ? demanda le Berlinois à la place de Bloch. Pourquoi donc, docteur ?

— Kaspar est le premier qui s'en aille. Libéré.

— Quoi ? Libéré ? s'écria Bloch en faisant un bond.

Dans son agitation, il renversa la table. Les autres l'imitèrent et sautèrent aussi sur leurs pieds, en trébuchant sur la table qui traînait au milieu de la chambre.

— Oui. Votre père vous attend à Bernegg.

— Je rentre à la maison ! A la maison ! s'écria Kaspar Bloch. Puis il se précipita sur son placard, ouvrit la porte d'un coup brusque et jeta toutes ses affaires sur son lit et sur le plancher.

— On devrait toujours être professeur, remarqua le Berlinois. Les fils de veuves seront les derniers, n'est-ce pas ?

— Et... et nous, docteur ? demanda Wastl sur un ton qu'il voulait léger. On a besoin de moi à la ferme. Il faut que je m'occupe des semences pour... Merde alors ! — Il se détourna et s'en alla vers la fenêtre. On ne vit qu'à ses larges épaules et à sa nuque épaisse qu'il pleurait. Wastl pleurait. On ne savait même pas qu'il en était capable, et on ne l'aurait pas cru.

Lisa Mainetti se mordit la lèvre inférieure. Les autres lui faisaient pitié. Ils voulaient avoir un nouveau visage, mais encore plus fort que tout ce qui pouvait les attendre, en sortant des murs protecteurs du château Bernegg, était leur désir de retrouver leur mère ou leur femme, ce courage de recommencer à vivre que leur a donné leur première rencontre avec elles et la certitude qu'ils n'avaient rien perdu de leur amour.

— Ce sera aussi bientôt votre tour, dit Lisa Mainetti. Mais avant, il vous faudra revenir encore de temps en temps sur le billard. A Schwabe, nous allons refaire de nouvelles lèvres et un joli front. A Hertz, nous redresserons l'œil. Feininger, à vous, nous devons rembourrer la joue gauche. Zwerch, il faut vous ôter ce boudin disgracieux et vous, Adam, vous aurez droit encore à au moins cinq greffes de peau. Ensuite, je vous rendrai à tous votre liberté.

— A votre santé, conclut le Berlinois. Retournons à nos bonnes petites parties de skat !

Adam et Schwabe aidaient Kaspar Bloch à préparer ses bagages. Il n'avait d'ailleurs pas grand-chose à emmener, et il fit cadeau de presque tout à ses camarades.

— A quoi pourraient me servir toutes ces nippes, dit-il. Un veston et un pantalon, cela me suffit. Et quand je serai à la maison, je fous l'uniforme au feu. Je crois que je n'aurai encore jamais vu un feu qui me procurera une plus grande joie que celui-là.

Baumann apparut à la porte de la chambre 14.

— Prêt ? cria-t-il. Les Américains sont déjà là !

Une dernière fois, Kaspar Bloch serra les mains de ses compagnons de chambrée. Tout d'un coup, il lui sembla pénible d'avoir à partir, malgré la joie qui lui parcourait le corps.

— Au revoir ! dit-il à chacun d'eux. Et ce n'est pas un vain mot, les gars. Nous nous reverrons, car nous resterons toujours en relation, n'est-ce pas ?

Nous n'allons plus nous perdre de vue, quel que soit le coin où chacun de nous se niche. Et s'il arrive quoi que ce soit, si l'un d'entre nous a besoin d'aide, nous l'aiderons, à nous six tous ensemble. — Il bredouilla et se passa la main sur les yeux. — Et je vous remercie pour tout, vieux !

— Suffit ! cria le Berlinois. Faut-il encore que je me mette à hurler ?

— Bonne chance. Et arrangez pour que tout se passe comme nous l'avons toujours pensé. — Il se tourna vers Lisa Mainetti et lui tendit la main ; mais avant même qu'elle ait pu la saisir, il tomba en avant, la tête sur l'épaule de la jeune femme.

— Docteur, bégaya-t-il. Vous avez été comme une mère pour moi. Vous m'avez aidé, vous m'avez protégé et caché. Je ne pourrai jamais, jamais vous remercier.

Lisa Mainetti caressa les cheveux fous de Bloch :

— Restez toujours un brave garçon, Kaspar, dit-elle à voix basse, d'une voix chevrotante. C'est ce qu'il y a de plus important. Et si vous voulez vraiment me remercier, aidez-moi à faire libérer le plus vite possible le Pr Rusch. Et alors, ce sera moi qui vous serai éternellement reconnaissante.

— Je vous le promets, docteur. Je vous le promets. — Kaspar releva la tête. — Et si jamais il m'arrive dans ma vie de me retrouver en présence de ce salaud d'Urban...

— Pourquoi donc, Kaspar ? coupa Lisa en secouant la tête. Il n'y a rien de plus méprisable que la vengeance. — Elle lui prit le visage entre ses deux mains, et plongea son regard dans les yeux remplis de larmes. — Je ne puis que vous souhaiter la bénédiction de Dieu, Kaspar, dit-elle tout bas. Et maintenant, partez. Chaque minute de liberté est précieuse.

A grands pas, Kaspar Bloch passa devant Baumann en courant, dégringola les escaliers et rejoignit le hall d'entrée. Lorsqu'il se prépara à grimper dans la jeep qui l'attendait devant le portail d'entrée gardé par la troupe, un joyeux concert de cris lui parvint. Là-haut, aux fenêtres de la chambre B/14, ceux qui étaient restés lui faisaient de grands signes avec leurs serviettes de toilette et leurs draps.

Les soldats américains répondirent aussi à ces manifestations d'amitié en riant. Puis la jeep démarra comme toujours en trombe, et disparut entre les arbres, en direction de Bernegg.

C'est le premier, dit Fritz Adam à voix basse. Je me demande si nous le reverrons jamais...

3

L'HIVER arriva plus rapidement qu'on ne s'y attendait. Un matin, le Berlinois regarda par la fenêtre, et découvrit un épais tapis de neige sur la campagne, sur le parc et le château, sur les champs et les collines. Il neigeait à flocons épais, drus et lents.

— Une nouvelle année, dit-il en laissant la fenêtre ouverte. Je me sens toujours devenir triste lorsque je vois la neige.

En bas, devant le portail de garde, deux soldats noirs ramassaient la neige à la pelle et répandaient du sel sur la route qui avait gelé au cours de la nuit. De temps en temps, ils s'immobilisaient, se frappaient le corps à grands coups de poing et faisaient un pas de course.

— La case de l'Oncle Tom commence à geler, constata le Berlinois. Quand on vient des champs de coton, et qu'on se retrouve dans la froide Germany... Eh ! Les gars ! Il y a quelque chose à faire de ce côté-là ! Je vais les retrouver, et je leur dis : Garçons, restez pas là à geler. Rentrez dans la piaule. Moi et mes copains, on va déblayer la neige. Mais seulement contre des camels et des œufs au bacon. Est-ce que c'est pas une idée, ça ?

Toute la chambrée fut unanime, car les sept cents calories par jour faisaient crier les estomacs. Dora Graff arrivait bien à grappiller un peu à droite et à gauche — ce qu'elle pouvait obtenir auprès des soldats américains qui depuis des mois lui graissaient la patte pour essayer de l'entraîner avec eux à Bernegg, pour prendre un peu de « holiday » — mais cela aussi ne réussissait pas toujours, quand ils constataient que même pour du chocolat ou un pain blanc, elle ne se laissait pas si facilement entraîner. Fritz Adam d'ailleurs n'appréciait guère. Une fois, il lui dit : — Laisse-nous plutôt avoir faim, mais arrête ce jeu ! Je ne veux pas que tu sois sans arrêt importunée par ces types-là !

Sitôt la toilette terminée et le petit déjeuner avalé, le Berlinois était parti en chasse. Il fit immédiatement un marché avec un des nègres qui travaillait déjà dans le parc à nettoyer les allées tout en poussant des soupirs.

— Hello, boy ! dit Paul Zwerch, et il constata avec surprise que le soldat commençait à rouler de grands yeux, et à rentrer la tête dans les épaules, comme s'il se préparait à subir une attaque. Plus de pousse-pousse, compris ? Plus froid, et moi, pousse-pousse, très bien !

Le soldat s'appuya sur le manche de sa pelle et fixa le Berlinois de ses gros yeux ronds, sans dire un mot. Paul Zwerch poussa un gros soupir.

— T'es un crétin, mon vieux. Ecoute. Je... pousse la snow. Dix camels. — Et il leva dix doigts en l'air. — Et une boîte de Ham and Eggs. Compris ?

— *Yes.* — Le nègre passe immédiatement le manche de la pelle à son compagnon. — Viens !

— Non. Camel et boîte. Je ne suis tout de même pas tombé de la dernière pluie ! Viens, payer ! — Il ouvrit grandes ses mains quémandeuses et fit le mouvement d'empocher. Le soldat approuva de la tête. A grands pas, il traversa la neige et disparut dans le réduit de la garde. Paul Zwerch leva les yeux vers le château, et vit les occupants de la chambre B/14 écarquiller les yeux à la fenêtre et suivre avec intérêt le déroulement de la première scène de séduction.

— Ça colle, les gars ! cria le Berlinois dans leur direction. Je pousse la neige vers la gauche, et puis Wastl arrive et continue de gauche à droite, puis Erich, de nouveau vers la gauche, et cetera. Comme ça, on se soignera !

Le nègre revint, une boîte de biscuits et un petit pot de confiture en main, ainsi qu'un paquet de cigarettes. Le Berlinois approuva de la tête, très satisfait.

— Formidable ! Confiture de fraises. Avec les fruits entiers ! Je crois que le fils de ma mère va chanter la sérénade ce soir. Mon plus grand *thank you,* Blacky.

A peine le dernier mot avait-il été prononcé, que Paul Zwerch, le Berlinois, se sentit s'élever lentement dans les airs, puis retomber lourdement dans la neige, sur le ventre. Le soldat noir s'était contenté de lui donner un coup de pied dans les fesses, sans dire un mot, mais un coup de pied d'une telle puissance que le pauvre Zwerch se demanda ce qu'il était advenu de son coccyx. Il ne sentait plus rien.

— Il faudrait que je fasse un peu plus attention à la langue anglaise, dit le Berlinois en rentrant dans la chambre 14 et en se jetant sur son lit. J'ai dû lui dire quelque chose qui ne lui a pas plu.

Ce fut Wastl qui reprit les pourparlers. Il s'y prit de manière plus intelligente que le Berlinois. Se plantant devant le nègre, les pieds dans la neige, il se mit à yodler. *Holodriyo,* chanta-t-il, les mains immobiles le long de ses cuisses.

Le nègre arrêta son travail et contempla le chanteur et son boudin de chair sur le visage. Puis il laissa tomber sa pelle à déblayer la neige, et vint rejoindre Wastl.

— Mon Dieu, se dit Feininger, ce sera la fin du dernier des yodleurs !

Mais le nègre resta immobile devant lui ; ses lèvres épaisses se retroussèrent, ses dents blanches étincelèrent, puis il se mit à rire et frappa amicalement sur l'épaule de Wastl.

— Très bien, dit-il. *Very good !* Moi aussi.

— Quoi ? interrogea Wastl décontenancé.

— Moi aussi.

— Ce qu'il parle mal anglais, ce type ! s'exclama-t-il. Quoi ?

— Moi aussi ! hurla le nègre.

— Eh ! Lui aussi, il veut chanter, cria Fritz Adam de la fenêtre de la chambre. Il faut que tu lui apprennes, Wastl !

— A yodler ?

— Oui !

— Comme nè..., commença-t-il.

— Ta gueule ! interrompit le Berlinois avec promptitude.

Wastl Feininger avala la fin du mot ; il sourit et leva les deux mains.

— Camel et à bouffer, vieux.

— O. K. ! — Le nègre fouilla la poche de son uniforme et en tira les biscuits, les cigarettes et la confiture. — Viens !

— Allons bon, il faut que je le suive. — Il enfouit ces trésors dans sa poche et précéda le nègre dans un coin du hangar où dormait bien sagement la vieille bagnole de Fritz Adam, le « taxi » de Bernegg. Puis, il leva l'index en direction de sa gorge et recommença à chanter. *Holodriyo !*

Au bout d'une heure — ce fut l'heure la plus pénible de toute la vie de Wastl —, ils rentrèrent au bloc B. Le nègre riait à pleine bouche, il reprit sa pelle et continua son travail de déblayage. Et tout en travaillant, il jetait son crâne rond en arrière, roulait les yeux et poussait des hurlements dans l'air froid. — *Yourodriloh ! Holodri !*

On aurait cru qu'une montagne de porcelaine se brisait en mille éclats. Wastl Feininger applaudit avec force, et lui frappa sur l'épaule à son tour.

— *Very nice,* ami, dit-il. Continue.

Il y eut bombance ce soir-là, dans la chambrée

B/14. Chacun obtint deux biscuits avec un peu de confiture, et trois cigarettes. Et le reste des camels fut attribué à l'unanimité à Wastl en récompense de tout le mal qu'il s'était donné.

— Et demain, qu'est-ce que nous allons faire ? demanda Erich Schwabe. Tu ne peux tout de même pas faire des exercices de chant tous les jours avec l'autre !

— On trouvera bien quelque chose. — Walter Hertz mâchonnait lentement ses biscuits ; il les laissait ramollir et fondre sur sa langue, et tournait et retournait les fraises dans sa bouche comme si c'étaient des bonbons. Il faut profiter du goût merveilleux jusqu'à la dernière extrémité !

— Est-ce qu'il y en aurait un parmi nous qui saurait faire de la prestidigitation, par hasard ?

Mais personne n'en était capable ; le Berlinois connaissait tout au plus quelques tours de cartes. Ils suffisaient bien pour arriver à tricher au 17-4, mais pas pour la prestidigitation.

— Christian Oster sait faire ça, dit Fritz Adam.

— Qui est Oster ?

— Un type qui s'est fait faire un nouveau menton il y a quelques semaines. Une merveille de travail du Dr Mainetti. J'ai déjà vu quelques échantillons de sa science, quand il les a présentés aux gars de sa chambrée. Il se trouve au 4.

— C'est ça, la poisse. — Paul Zwerch était en train de lécher le pot de confiture, car on lui avait accordé cette grâce à titre de dédommagement pour les efforts, malheureusement peu couronnés de succès, qu'il avait déployés.

— A quoi cela peut-il nous servir, un Oster dans la chambre 4 ?

— On devrait le faire transporter chez nous, proposa Schwabe.

— Mais comment ?

— Je dirai à la petite Mainetti que le lit vide de Bloch me gêne. Des lits vides, cela me donne toujours des troubles. Et il est interdit d'avoir des troubles chez nous. Et ensuite, je proposerai Oster.

— Cela ne me paraît pas excellent, dit Schwabe.

— On peut toujours essayer.

— Et si jamais la chambre 4 s'aperçoit de la raison pour laquelle on leur a enlevé Oster, il y aura une révolution dans tout l'hôpital.

— Regardez un peu comment je suis bâti, s'exclama Wastl Feininger en gonflant ses muscles. Je pourrais renverser un bœuf.

— Allons-y ! s'écria le Berlinois. Allons chercher le brave petit Oster.

On ne sut jamais exactement comment Paul Zwerch y réussit, mais, le lendemain midi, Dora Graff apparut, soutenant le caporal Christian Oster, et lui transportant tout son paquetage. Il n'était pas d'humeur charmante et s'était défendu avec feu contre ce transfert de chambre. Il se trouvait très bien dans la chambre 4, car il y était déjà depuis plus d'un an ; il en connaissait tous les occupants et se sentait un peu comme chez lui. Ce changement brusque lui fit l'effet d'une chicanerie personnelle. Même le Dr Mainetti ne réussit pas à s'y opposer, et, finalement, la chambre 14 apprit que l'ordre n'avait pas été donné par Lisa, mais par le lieutenant Potkins, le bras droit de Braddock au château Bernegg. Que s'était-il passé entre Paul Zwerch et le lieutenant Potkins ? Tout le monde l'ignorait.

— Salut, vieille branche, dit Walter Hertz.

Oster lança ses affaires dans son paquetage et se jeta sur son lit.

— Tu me fais chier, répondit-il en se tournant vers le mur.

— Il faudrait pour cela que tu commences par ôter ton pantalon, répliqua gaiement le Berlinois.

Les autres se mirent à hurler, et Oster se retourna vers les blessés :

— Qu'est-ce que vous pouvez être crétins, vous autres !

— As-tu déjà entendu parler de Théo ? demanda Walter Hertz.

Oster s'assit et son visage s'éclaira.

— Naturellement.

— C'était notre découverte, à nous ! — Le Berlinois fit un grand geste du bras à travers toute la chambre.

— Eh bien, toi, tu es notre découverte aussi !

— Moi ? s'étonna Oster en se passant la main sur son nouveau menton qui s'était d'ailleurs très bien reformé et très bien guéri. Est-ce que vous allez aussi me... ?

— Imbécile ! — Fritz Adam s'assit sur le lit de Oster.

— Je suis le vétéran ici. Tous ceux que tu vois là sont des camarades, mon vieux, à la vie à la mort. Nous tous, on pourrait même voler des chevaux, tu verras bien. Je suis sûr que tu te plairas ici.

— Mais pourquoi m'a-t-on changé ?

— Peut-être parce qu'il y a un lit inoccupé ici. Peut-être va-t-on amener un nouveau cas dans la chambre 4, un d'un autre hôpital. Qui peut savoir ? — Fritz Adam montra Wastl du doigt, qui justement commençait à battre les cartes. — Tu le vois, lui ? Hier il a appris à un nègre à yodler !

— A yodler ? A un nègre ? — Oster éclata de rire. — Bande de fous !

— Eh bien, tu vois ça..., dit Erich Schwabe en présentant un biscuit à Oster. — Il l'avait mis de côté la veille au soir, pour avoir quelque chose à mâchonner entre les repas de midi et du soir. — Nous sommes peut-être une bande de fous, mais si, toi, tu t'en mêles, on pourra encore avoir mieux peut-être !

On voyait bien que Oster commençait déjà à se sentir à l'aise. Il mit de l'ordre dans son placard, et, avec une agrafe, il accrocha une photo sur la porte intérieure. Une jeune femme aux joues rebondies, avec une fossette du côté droit.

— Il a du goût, dit le Berlinois admiratif.

— Ma femme, expliqua Oster avec fierté.

— Mes félicitations ! Avec ça, ce doit être vraiment difficile d'arriver à dormir la nuit, hein ?

Oster se mit à rire de nouveau, et bourra le Berlinois de coups.

— Vous êtes vraiment une bande sensationnelle, s'écria-t-il. Les gars, il ne faut pas m'en vouloir si j'ai... au début...

— Déjà du passé ! affirma Walter Hertz.

Le soir même, Christian Oster fit une exhibition de ses talents. Du nez tordu de Wastl, il retira un mark, et de l'oreille du Berlinois, il ôta trois boutons de culotte. Erich Schwabe retrouva dans ses chaussettes un dix de cœur qui manquait dans le jeu de cartes, et Fritz Adam constata avec stupéfaction que la montre-bracelet de Walter Hertz se trouvait dans son propre portefeuille.

— Ça, c'est une fortune ! s'écria le Berlinois. Avec ça, nous allons leur barboter toutes leurs rations, aux braves Amerloques !

Sans prévenir, un jour, le major Braddock apparut au château Bernegg. Il ne s'était pas annoncé par téléphone, cette fois, comme il le faisait toujours. Brusquement, quatre jeeps passèrent le portail principal et s'arrêtèrent devant l'entrée du bloc B. Dix hommes emmitouflés dans d'épais manteaux à cols de fourrure en descendirent, secouèrent la neige qui les enveloppait, pénétrèrent dans le hall, et enlevèrent leurs calots d'hiver, doublés de peau de mouton. Le Dr Mainetti était en pleine opération, et ce fut le stagiaire Baumann, qui venait juste de ramener un nouvel opéré dans sa chambre, qui l'avertit de la visite.

— J'opère, répondit-elle sèchement. Il n'a qu'à prévenir.

— Il y a dix hommes, docteur. Tous des officiers.

— Et même s'il y avait cent officiers ! Je ne peux pas interrompre mon opération. Allez dire cela au major !

Mais Baumann n'eut pas le temps de transmettre le message, car Braddock entrouvrit lui-même la porte de la salle d'opération et passa la tête dans l'entrebâillement.

— Miss Docteur ! s'écria-t-il en plein silence.

— Merde ! répliqua Lisa en se retournant, furieuse. Vous voyez bien que j'opère, pourtant ! Foutez-moi le camp, et le plus vite possible. Vous n'êtes pas stérilisé !

— Heureusement, car ma femme n'approuverait pas ! rétorqua le major Braddock avec bonne humeur, en refermant la porte. Dans le couloir, il haussa les épaules et secoua la tête.

— Messieurs, on est justement en train de refaire un visage. En attendant, allons rejoindre Potkins. Si jamais nous avons le malheur de la déranger, cette femme est capable de nous poursuivre avec un bistouri.

— J'en ai déjà entendu dire, sur elle ! affirma un grand officier très maigre, un colonel, en regardant la porte fermée de la salle d'opération.

— Oh ! vous verrez bien ! Vous allez faire sa connaissance. Une lionne qui protège ses jeunes n'est qu'un petit chien de salon à côté d'elle.

— Elle doit être très jolie.

— Une Romaine à la beauté classique.

— Et sauvage à ce point-là ?

— Comme si elle descendait directement d'un volcan. Venez, messieurs, nous pourrons nous réchauffer près de Potkins. Il a toujours une petite réserve dans son armoire.

Ils se dirigèrent rapidement vers le bloc A où était logée l'administration de l'hôpital et où le lieutenant Potkins supervisait la bonne marche des finances, aux côtés d'un comptable allemand.

Au bout d'une heure, le Dr Mainetti fut enfin prête à recevoir dans le bureau directorial, le major Braddock et les autres officiers. Le grand officier maigre, manifestement, tombait sous le charme de cette apparition. Il sembla incapable de résoudre l'énigme qui faisait que cette femme était capable de passer des heures près d'une table d'opération, de découper des lamelles d'os prises dans une jambe ou à la hanche, ou de couper des côtes en tranches.

— Vous avez organisé une véritable délégation, Major, dit le Dr Mainetti en examinant attentivement les dix officiers l'un à la suite de l'autre, d'un œil critique. J'ai l'impression qu'il s'agit d'une démarche très officielle.,

— Il y a deux raisons qui me font venir vous déranger aujourd'hui. — Braddock offrit des cigarettes à la ronde, et fit faire le tour à son briquet. — Tout d'abord, une raison officieuse, qui ne regarde que mon petit domaine. Savez-vous que la garde du château, et tous mes soldats, qui dépendent d'ici, se sont découvert une nouvelle passion ? Jouer les enchanteurs !

— Quoi ? interrogea Lisa sidérée.

— Pratiquer la magie ! Zimba-la-bim ! Ils sont complètement cinglés, ces types-là. Au cours d'une répétition avec des œufs, il y a eu trente-neuf œufs cassés.

— Vous me voyez complètement désemparée, Major. — La voix de Lisa laissait percer l'ironie. — Vos gens s'entraînent à des tours de prestidigitation avec des œufs, pendant que, autour d'eux, les femmes et les enfants meurent de faim. On devrait faire de la magie dans un autre sens, je trouve.

Braddock se tourna vers les autres officiers :

— Est-ce que je ne vous ai pas prévenus, messieurs ? Une lionne. — Il arpenta la pièce, tourna autour de Lisa comme un chien de chasse qui a découvert une proie. — Mais nous verrons cela plus tard. Je sais que cette affaire de magie a ses sources ici, dans l'hôpital.

— Nous n'avons pas d'œufs.

Du coup, Braddock s'immobilisa.

— Miss Docteur, votre vivacité à répliquer est désarmante. Il y a quelqu'un, j'ignore qui, qui apprend à mes hommes ces nouveaux tours de passe-passe, et qui, en échange, empoche une bonne quantité de ravitaillement.

— Ah ! bon. — Lisa éclata de rire. « Quelle bande ! se dit-elle avec une indulgence très maternelle. Est-ce qu'on n'est pas obligé de les admirer ? Ils n'ont plus de visage, mais ils ne cessent jamais d'aimer la vie. On devrait tous les prendre dans ses bras et les serrer contre soi. »

— Avec sept cents calories par jour, c'est une sorte d'autoprotection, Major.

— Bon. Nous en reparlerons plus tard. Ces messieurs, — ajouta Braddock en indiquant d'un geste du bras les officiers qui étaient assis autour du bureau — forment une commission. Ils sont envoyés par le quartier général de Heidelberg pour inspecter l'hôpital.

Le Dr Mainetti leur fit un signe de tête amical.

— Pourquoi pas ? Au Louvre, on visite les peintures, à Hambourg, les rues à putains. Ici, vous vous trouverez en face d'une caricature de la guerre. Puis-je me permettre de faire le guide ?

Le major Braddock renifla avec bruit.

— Miss Docteur, je me demande vraiment par quelle aberration je me laisse aller à bavarder avec vous. Ces messieurs font partie de la commission chargée de décider des premières libérations. On veut libérer les prisonniers qui se trouvent dans les hôpitaux, et ce, en commençant par les plus gravement atteints. Tous les amputés, tous les blessés qui ne sont plus capables de travailler seront relâchés en premier.

Le Dr Mainetti contempla le cercle des officiers, d'un air mi-satisfait, mi-soucieux.

— Cela peut être sans doute juste quand il s'agit de blessés normaux, messieurs, dit-elle d'une voix forte. Et un blessé de la face remplit toutes les conditions requises, certes. Mais ce ne sera pas pour lui une satisfaction, que d'être libéré. Car il doit toujours, et régulièrement, passer sur la table d'opération ; on doit lui faire sans cesse de nouvelles greffes et de nouvelles transplantations. Qui le fera, si on relâche ces gens ? Une libération prématurée serait, dans de tels cas, rien d'autre qu'un nouveau châtiment, injuste.

— Cette femme n'est jamais contente ! s'écria le major Braddock. Ne vous l'avais-je pas dit, messieurs ? Il faut toujours qu'elle découvre un cheveu dans la soupe. Nous avons maintenant décidé de libérer tous les prisonniers de guerre... et voilà que ce n'est pas encore bien !

— Donnez aux soldats le statut des civils, Major, mais laissez-les au château.

— Il n'y a que le quartier général qui peut décider. Et qui paiera les frais ?

— On va bien inventer quelqu'un qui en prendra la responsabilité. Je le suppose du moins. Vous avez créé des lois de transition. Je ne m'en suis jamais occupée, je n'ai fait qu'opérer, que former de nouveaux visages. Mais il me paraît impossible qu'on renvoie un type comme Schwabe, par exemple, à Cologne — vous le connaissez bien, Major, n'est-ce pas ? — et qu'on lui dise : Bon, eh bien ! maintenant que tu peux de nouveau manger et croquer, avaler et entendre, voir et sentir, cela suffit. Va-t'en, débrouille-toi pour vivre.

— Pourquoi ne pourrait-on faire cela, madame ? intervint le grand colonel.

— Parce que nous avons des obligations humaines vis-à-vis de ces mutilations cruelles.

— Nous, madame ? Est-ce que l'Amérique a perdu la guerre ?

— Elle a gagné la guerre pour nous apprendre ce qu'était la véritable humanité, ou bien, est-ce que, par hasard, je me tromperais ?

— Qu'est-ce que je disais ? répéta Braddock ravi. Vous êtes K.O. mon cher Seymore.

Le colonel Seymore se prit le nez entre le pouce et l'index ; il était complètement désarçonné, et ne savait plus que répondre.

— Est-ce qu'il nous faudra devenir les gouvernants de l'Allemagne ? demanda-t-il enfin.

— Non, mais son tuteur, jusqu'à la majorité d'un nouveau peuple.

— Un à zéro ! s'écria Braddock enchanté.

— Est-ce que je fais de la politique ? reprit Lisa. Je ne suis que médecin, et je ne vois que le monde de la souffrance infinie. Il faut absolument arriver à limiter cette souffrance. C'est le devoir primordial d'un chrétien et d'un être humain. Qui doit en supporter les frais, quelles peuvent être les conséquences de cette attitude, cela ne m'intéresse pas. Je ne demande qu'une chose, c'est que la misère et la souffrance de ces mutilés soient abrégées et adoucies, dans la mesure du possible.

— C'est votre dernier mot qui est le plus important, madame, reprit le colonel Seymore en agitant la tête énergiquement. Dans la mesure du possible. Les possibilités sont épuisées.

— Et c'est la grande et riche Amérique qui fait cet aveu ?

— Deux à zéro ! précisa Braddock en jouisseur. Vous ne sortirez pas vainqueur du match, Seymore. Miss Docteur a le secret de quelques coups impitoyables sur le plexus solaire !

Seymore sourit d'un air un peu crispé.

— Ce sera le quartier général qui prendra la décision, pas nous. Pourrions-nous visiter l'hôpital, madame ? Je voudrais commencer par vous présenter quelques-uns de ces messieurs. Ce sont des collègues de Rochester, de Cincinnati. Des chirurgiens et des spécialistes de l'esthétique.

Il en présenta quatre, dont Lisa oublia immédiatement les noms. Une seule chose importait, c'est qu'ils fussent spécialistes de la chirurgie du visage, capables de porter un jugement valable sur le travail qu'elle réalisait, et qu'ils fussent capables aussi de comprendre ce que signifiait pour ces malheureux patients, d'être renvoyés avec un visage à moitié refait et d'être lancés dans la vie, sans que personne prît en charge leur traitement à venir.

— Bien, allons-y, dit Lisa. — Parmi tous les dossiers, elle chercha un porte-documents épais contenant toutes les fiches de renseignements sur les différents processus de traitement et de guérison de chaque malade. Justement, le stagiaire Baumann, le Dr Vohrer et le Dr Stenton revenaient de la salle d'opération, après avoir ramené le dernier opéré dans sa chambre. — Venez, Baumann, et emmenez-moi toutes ces feuilles, s'écria-t-elle à son endroit. Ces messieurs voudraient conduire notre troupeau de moutons sur le pré privé.

— Plexus solaire, prononça Braddock à haute voix. Il faut savoir se retenir, n'est-ce pas, messieurs ? Mais dites-moi, est-il vraiment possible d'en vouloir à une telle femme ?

Le cri poussé par Lisa se propagea en une seconde dans tout le bâtiment, de chambrée en chambrée, et là où il parvenait, il faisait l'effet d'un coup de tonnerre, dont la foudre aurait fait tomber le toit et écrasé les têtes. Un homme de la chambre voisine du 14 hurla également : « Dix Américains arrivent, pour la libération ! »

Et toute la chambre 14 s'en trouva paralysée.

Toute une colonne déambulait maintenant à travers les chambres : dix officiers, trois médecins, des infirmiers et des infirmières. Ils allaient de lit en lit, et à chaque arrêt, Lisa lisait le compte rendu résumé sur la fiche de maladie, ainsi que les traitements poursuivis jusqu'à ce jour. Les quatre chirurgiens venus d'Amérique faisaient défaire les pansements, palpaient des visages aux cicatrices durcies, des nez en cours de remodelage, des lèvres boursouflées et de nouvelles mâchoires en convalescence, des bourrelets de chair et des lamelles de peau en cours de croissance. Cela n'était rien d'autre qu'une marche à travers l'horreur et un appel désespéré à l'aide. Le major Braddock marchait en silence à côté de Lisa. C'était la première fois qu'il voyait l'hôpital dans toute sa réalité. Pendant six heures, la colonne de blouses blanches et de vestons bruns évolua de chambre en chambre. On prit des notes, on indiqua des noms, on dessina sur les feuilles de température des courbes rouges ou vertes, dont on ne savait qu'une chose, c'était que l'une d'elles représentait le relâchage. Que ce soit la rouge ou la verte, tous l'ignoraient, sauf les quatre médecins américains qui procédaient aux examens.

Le major Braddock s'attarda longtemps dans la chambre B/14.

— La pièce la plus célèbre de tout le château, messieurs, dit-il aux dix officiers. Quand il se passe quelque chose d'extraordinaire ici, on peut être certain que le point de départ se trouve dans cette chambre. Et je ne crois pas me tromper en affirmant que toute l'affaire de prestidigitation vient également d'ici !

Christian Oster ne réagit pas. Il resta debout près de son lit et crispa seulement très légèrement son visage couturé. Même lorsque Braddock ouvrit une armoire — c'était celle de Paul Zwerch — les six blessés gardèrent leur immobilité de statue. Sur les étagères, apparurent, au milieu du linge, quatre boîtes de conserve, d'une marque américaine, de fruits secs, trois sachets de Nescafé, deux paquets de Chesterfield et trois paquets de biscuits.

— Ah ! dit seulement le major Braddock à haute voix.

— Je suis un homme économe, monsieur le Major, lança le Berlinois. En outre, j'ai la colique.

— Parce que vous bouffez trop. — Braddock fit le vide sur l'étagère, et déposa le tout sur une couverture. — D'où cela vient-il ?

— J'ai jeûné, monsieur le Major.

— Etes-vous spécialiste de la prestidigitation ?

— Ce serait trop beau !

— Faites-moi un peu le coup des œufs.

— Des œufs ? — Le Berlinois regarda ses camarades. — Eh, les gars ! Qui sait encore comment est fait un œuf ? Moi, j'ai oublié.

La chambrée B/14 ne broncha pas. Il n'y eut que

Wastl qui ne parvint pas à se retenir et poussa un gros soupir bruyant.

— Des œufs, dit-il comme en extase.

— Vous êtes bien l'imbécile qui m'a salué en criant : *Heil Hitler,* n'est-ce pas ? lança Braddock en foudroyant Feininger du regard. Wastl approuva vivement du chef.

— C'était marrant, hein ?

— Celui-là, nous le relâchons immédiatement, dit Braddock en montrant Feininger du doigt.

Un tremblement parcourut tout le corps de Wastl, mais il se domina et se contenta de lancer un regard suppliant à Lisa Mainetti, qui lui sourit gentiment, en cherchant à le calmer, comme un enfant à qui on dirait : Allons, petit, ne pleure pas. Tout cela va s'arranger.

Libéré, pensa Wastl en soupirant. Noël à la maison, près de Rési, près des enfants, près des vaches et des champs, dans le jardin enneigé, près du bon feu de cheminée, dans l'odeur bruissante des pommes de terre sautées. Et Rési va préparer des knödel avec de la choucroute, et placera sur la table un grand pot de bière. Mon Dieu, c'est alors que je saurai que je suis de nouveau à la maison, en paix.

Quant au visage, il passerait bien. Rési l'avait déjà vu, et les vaches s'en foutaient. Les enfants auraient vite fait de s'y habituer. A la maison...

Ce ne fut que très tard dans la soirée que les résultats de la visite furent connus et publiés. Sur les deux cents blessés, cent soixante pouvaient rentrer chez eux. Toute la chambrée B/14 faisait partie des libérables. Même Erich Schwabe.

— Pour lui, ce ne sera pas drôle, dit un des médecins de Cincinnati. Mais il pourra faire poursuivre son traitement dans un hôpital civil. Il n'est pas nécessaire qu'il demeure dans un hôpital militaire.

En déclarant cela, il regarda le Dr Lisa Mainetti qui se tenait très raide devant la fenêtre, les bras croisés sur la poitrine. Jusqu'alors, elle n'avait pas prononcé une parole, mais avait contemplé le travail de la commission américaine.

— Comment réagissent les blessés, dans ces cas-là, au point de vue psychique ? ajouta le docteur américain.

— C'est gentil à vous d'y penser aussi, répondit Lisa d'une voix amère. Je croyais que vous n'étiez capable de penser qu'à la guérison physiologique. A vrai dire, j'avais déjà vécu ce genre de réactions... il y a des milliers d'années.

— Voilà que ça recommence, s'écria Braddock avec curiosité. Un nouveau round !

— Qui, parmi ceux qui font partie de la liste des libérables, a encore des complexes ? demanda de nouveau le docteur.

— Tous.

— Quoi ?

— Je vous propose de vous faire raboter le visage avec une véritable machine à raboter le bois. Ensuite, nous pourrons discuter de nouveau de cette question en toute tranquillité.

Le médecin de Cincinnati se racla la gorge et feuilleta ses notes : — Naturellement, ils vont rencontrer des difficultés domestiques, ajouta-t-il d'un air tendu. Mais ils ont tous une apparence présentable.

— Pour un médecin, oui. Nous avons des normes un peu différentes de celles du commun des mortels. Quand nous affirmons : « Ce visage est guéri », nous voyons cela avec l'œil d'un médecin. Mais pour la mère ou pour l'épouse, le blessé continue à avoir l'apparence d'un monstre. Et lui aussi, il le sent. Car il sait comment il était avant.

— C'était la guerre, collègue.

— C'est vraiment trop bête de notre part de l'oublier sans cesse !

— Houp !... Plexus solaire, s'écria Braddock gaiement.

— Vous croyez qu'il y aura des difficultés si nous les relâchons.

— Je ne le crois pas, je le sais ! Pas pour tous, d'ailleurs. Pas pour Schwabe, par exemple, ou pour Feininger, ou pour Oster. Pour Adam, absolument pas non plus. Mais Walter Hertz est un cas critique. Et des cas comme le sien, j'en ai encore quatorze dans l'hôpital. Chez eux, persiste encore la crainte de ne plus pouvoir se réadapter à une vie normale. Il suffit d'un regard de travers ou d'une réflexion imprudente pour provoquer des catastrophes. Un blessé de la face est également un blessé de l'âme. Il faudrait qu'on s'en souvienne comme d'un principe directeur !

Dans la nuit même, la commission retourna à Bernegg. Dans toutes les chambres du bloc B, les lumières restèrent allumées, les blessés demeurèrent assis sur leurs lits ou autour des tables. Les uns, contractés et effrayés, les autres tremblants de joie et d'impatience. Aucun d'eux ne pouvait dormir.

Libérés...

La véritable fin de la guerre.

A la maison. Près de la mère, de l'épouse, de la fiancée.

Retour à la vie.

Et ils faisaient des projets, ces êtres sans visage, et ils se cramponnaient à ces projets, parce que c'était tout ce qui leur restait.

La foi et l'espérance.

Ainsi arriva la date du 10 décembre.

Les blessés furent appelés en groupe pour se rendre dans le bureau du secrétaire. Là se trouvaient le lieutenant Potkins, l'intendant, et quatre secrétaires, eux aussi, blessés de la face : ils triaient les papiers, les permis de libération et les laissez-passer pour le voyage de retour dans la patrie. Tout se déroulait dans le plus grand calme, sans précipitation et avec beaucoup d'ordre, mais sans la moindre expression de joie, comme on aurait pu s'y attendre, à la minute du retour à la vie. Les hommes avaient un visage grave ; ils prenaient leurs papiers, leurs billets de chemin de fer ; ils signaient d'immenses formulaires aux paragraphes nombreux, qu'ils ne prenaient même pas la peine de lire, puis ils retournaient dans leurs chambres, s'asseyaient sur leurs lits et contemplaient leurs billets et les remarques inscrites sur la fiche de maladie, en conclusion.

— Invalide... — Invalide pour quoi ?

Invalide pour la vie aussi ?

— Je me demande si on peut envoyer un télégramme, dit tout haut le Berlinois. Il faut bien que je prévienne ma mère que son petit Paul revient.

— Peut-être de Würzburg. — Erich Schwabe commença déjà à empaqueter ses affaires. — Nous partons tous ensemble à Würzburg, n'est-ce pas ?

— Il faut bien. — Fritz Adam joignit les mains sur la table. — Et comme Bloch, nous allons nous jurer de rester ensemble. A l'avenir, nous ne nous perdrons plus de vue, et chacun sera toujours prêt pour les autres. D'accord ?

— Parole d'honneur ! affirma Walter Hertz.

Ils inscrivirent leurs adresses respectives, et firent circuler les papiers.

— Je serais curieux de savoir si Lisa restera ici, dit Hertz.

— Dans le cas contraire, on arrivera toujours à savoir où elle est allée. — Fritz Adam fit le tour de la chambrée du regard. — Je vous propose qu'on se réunisse tous l'année prochaine pour lui rendre visite ensemble. On peut bien convenir d'un jour.

Ils approuvèrent, et leurs pensées rejoignirent de nouveau leurs foyers. Sauf Walter Hertz, car il n'avait pas de foyer. Au moment de la libération, il avait indiqué la ville de Francfort, tout simplement, et maintenant son billet de chemin de fer portait Francfort comme lieu de destination. Mais il n'avait pas la moindre idée de ce qu'il allait faire, une fois arrivé à Francfort. Il trouverait bien quelque chose. A moins qu'il ne rejoigne Pétra ? Qu'il n'aille travailler avec elle dans la cantine américaine ? Je ne pourrai jamais l'épouser, se disait-il. Pas même maintenant, qu'elle est aussi pauvre que moi. Tout cela changera un jour, et je sais que ses parents ne lui donneront jamais l'autorisation. Pour eux, je ne suis même plus un être humain.

Les visages reçurent un ultime pansement ; et pour la dernière fois, on colla les bandes de leucoplast. Et chaque fois que l'un d'entre eux était terminé, Lisa Mainetti serrait la main du blessé en lui disant : « Bonne chance, mon petit. Et bon courage ! »

Et tous, sans exception, répondaient :

— Au revoir, docteur. Et merci pour tout !

Walter Hertz se mit à pleurer lorsqu'il serra la main de Lisa. Elle lui prit la tête entre ses deux mains, et le regarda droit dans les yeux.

— Tu peux toujours venir me retrouver, lui dit-elle à voix basse. J'arriverai bien à te dénicher quelque chose. Si tu en as assez, à l'extérieur... Il y a toujours une place dans le monde où tu pourras vivre. N'aie aucune fausse honte, et n'hésite pas à revenir ici.

Sans répondre, Walter Hertz secoua la tête. Puis il s'arracha à l'étreinte des deux mains et se sauva de la salle de pansement en courant.

Le départ du premier groupe auquel appartenait toute la chambrée B/14, ressembla à une petite fête de village. Médecins et infirmiers, le stagiaire Baumann et les religieuses, les autres blessés, ceux qui devaient partir le surlendemain, et même les soldats américains se rassemblèrent près du portail du château et suivirent des yeux aussi longtemps que possible le camion qui emmenait le premier contingent jusqu'à la gare de Bernegg, en poussant des cris et en agitant les mains.

Dora Graff courut derrière le camion qui transportait Fritz Adam, un Fritz Adam à la figure emmitouflée dans un grand foulard, au col de manteau relevé ; il était frigorifié, et les cicatrices de son visage en étaient toutes bleues et enflées.

— Je te rejoins dans deux semaines, Fritz ! hurla-t-elle pour essayer de dominer le bruit du moteur

Entends-tu ? J'ai reçu un coup de téléphone. Dans deux semaines. A Heidelberg. La clinique chirurgicale de l'Université a repris son service. Je peux y aller. Entends-tu, Fritz ? Dans deux semaines, à Heidelberg...

Fritz Adam fit oui d'un signe de tête et sa main s'agita dans l'air glacial. Lui aussi, il cria quelque chose en réponse, mais on ne pouvait plus comprendre ses paroles, on ne voyait que la vapeur de sa respiration qui sortait de sa bouche ouverte, et on avait l'impression que les mots succombaient au froid avant même d'avoir pris vie.

Lisa Mainetti était debout, immobile, à l'entrée principale du bloc B et suivait des yeux les camions hurlants. Elle aussi, elle agitait les deux mains, mais son visage ne reflétait pas la joie ; pas de sourire, pas de rire vibrant. Elle était grave et pensive.

Allons, les voilà partis, mes garçons, pensait-elle. Qu'est-ce qui les attend maintenant dans la vie ?

Et brusquement, elle eut peur.

A Würzburg, Christian Oster, Erich Schwabe, Wastl Feininger, Fritz Adam et Paul Zwerch se penchaient au guichet de la poste provisoire, pour envoyer leurs télégrammes. Walter Hertz les avait déjà quittés, car on était venu le chercher à Bernegg. Pétra Wolfach avait été mise au courant de sa libération par le major Braddock lui-même.

— C'est ainsi que nous sommes, avait-il dit à Pétra. Même si vous persistez à cacher la retraite de votre père.

Lorsqu'il aperçut Pétra dans l'école de Bernegg, Walter Hertz faillit étouffer de surprise. Du même coup, tous les soucis, toutes les pensées lancinantes des dernières semaines s'envolèrent, pour ne laisser place qu'à l'amour que Pétra lui prouvait en venant le chercher avec le plus grand naturel, comme s'il eût été un mari ou un frère.

— Que va-t-il se passer maintenant ? demanda-t-il,

lorsque le major Braddock lui remit son billet de chemin de fer, après en avoir changé de direction.

— Viens d'abord avec moi, répliqua fermement Pétra en lui serrant la main. Et ne pense pas trop, Walter. J'ai attendu cette minute une année tout entière.

Ce fut à Würzburg qu'eut lieu le grand adieu. Tous, ils accompagnèrent en groupe les premiers partants, et à chaque nouveau départ, renouvelèrent leur promesse de ne pas se perdre de vue. Ils partirent ainsi vers leur nouvelle vie, les uns après les autres, jusqu'à ce qu'Erich Schwabe demeurât seul sur le quai de la gare. Le train en direction de Cologne était le dernier à partir. Il attendit encore une heure, assis sur un banc, sous les regards curieux des voyageurs. Mais cela ne le gênait plus. Il gardait son visage baissé, ce visage recouvert d'une montagne de gaze et de bandes de leucoplast ; il avait relevé le col de son pardessus, et rentré la tête dans les épaules.

Que va-t-il se passer maintenant, à Cologne, se demandait-il. Elles doivent avoir reçu le télégramme, et maman doit probablement courir partout pour se procurer un extra ; quant à Ursula, elle perd certainement la tête, et ne doit plus savoir par quel bout commencer. Elle est déjà enceinte de six mois, et on doit sûrement le voir. Elle-même en souffre, d'après ses dernières lettres car, le matin surtout, elle a des nausées, et, souvent dans la journée, elle éprouve des sortes de vertiges qui l'obligent à s'asseoir immédiatement, quel que soit l'endroit où elle se trouve, soit dans la rue, sur les ruines d'un pan de mur, ou sur le châssis de fenêtre d'un appartement détruit. Ses jambes se ramollissent, tout simplement, comme si elles ne voulaient plus lui obéir. Il est plus que temps que j'arrive, pensait Schwabe, en regardant sa montre. Encore vingt minutes, si le train venant de Munich est à l'heure. Et le soir même, vers neuf heures, il serait à Cologne. Et sur le quai, il apercevrait sa mère et Uschi qui courraient à la rencontre du train au moment où il entrerait dans la gare détruite. « Erich ! crieraient-elles. Erich ! »

Comme c'était bon de rentrer à la maison !

Une infirmière de la Croix-Rouge vint le tirer de ses pensées en lui tapant sur l'épaule.

— Voulez-vous une tasse de café chaud ? Venez avec moi, dans la baraque, là-bas.

Schwabe secoua la tête : — Merci, mademoiselle, merci beaucoup. Mais mon train va arriver d'une minute à l'autre.

— Ils ont toujours du retard. Au moins vingt minutes. Vous avez l'air complètement gelé. Venez donc vous réchauffer un peu, cela vous fera du bien.

— Merci beaucoup.

Erich Schwabe prit sa valise, et suivit l'infirmière jusqu'à une baraque située à l'autre extrémité du quai. Un panneau avait été placé au-dessus de la porte : Croix-Rouge allemande. Charité. Entraide protestante.

Une grande pièce étroite, surchauffée. Le long des murs en bois, des bancs. Un feu au milieu avec une casserole d'aluminium pleine d'ersatz de café. Des gobelets et des tasses en faïence portant encore la mention : Armée allemande. Sur les bancs, d'autres soldats et des civils frigorifiés. Ils ne firent même pas attention à Schwabe. Ils se contentaient d'ingurgiter leur café brûlant, et ils étaient reconnaissants pour cette chaleur qui peu à peu leur imprégnait tout le corps.

Schwabe aussi obtint bientôt un gobelet, et il le but à petites gorgées. Le changement brutal entre le froid glacial du dehors et la chaleur trop forte de la pièce, accentuée encore par le café bouillant, commença à faire son effet : il se mit à transpirer. Il se leva de son banc et lança à l'infirmière un sourire de reconnaissance.

— Je suis désolé, mademoiselle, dit-il. Mais il faut que je sorte d'ici. Sinon, je vais mouiller le pansement, tellement je transpire, et ce n'est pas bon. Car ensuite, tout cela va geler, et ma peau est encore extrêmement sensible. Vous comprenez...

Il se retrouva bientôt debout, dehors, sur le quai, dans le froid et dans le vent qui poussait la neige jusque sous le hall. Il offrit son dos à la caresse de la neige, et, de nouveau, rentra la tête dans les épaules et le col de son manteau.

Finalement, le train de Munich arriva. Erich Schwabe contempla tous les wagons ; ils étaient pleins à craquer. Des gens se serraient les uns contre les autres dans les couloirs et les soufflets, et personne ne descendit, comme si chacun avait peur de perdre sa place. Schwabe courut le long du train, ouvrit des portes, essaya de se faufiler dans la masse qui l'enserrait, le repoussait, se refermait devant lui, une masse de gens ennemis, hostiles, sans pitié.

— Laissez-moi donc entrer, cria Schwabe. On doit bien pouvoir encore faire de la place pour un homme !

— Occupé, lui répondit-on, en refermant la porte à son nez. Qu'est-ce que cela pouvait bien signifier, un homme seul, libéré, mais qui n'avait plus de visage ?

Il continua sa course éperdue le long du train, mais partout, on le rejeta. Dans quelques wagons même, on retenait fermement les portes de l'intérieur, quand on s'apercevait qu'il essayait de les ouvrir, et on lui faisait des grimaces par les fenêtres.

— Bande de salauds, cria-t-il, bande de cochons !

Puis il abandonna. Les bras ballants, il resta immobile sur le quai balayé par le vent et la neige, le regard fixé sur le train, désespéré. C'était le dernier train de la journée, et le suivant ne passait que le lendemain à 7 heures du matin et serait vraisemblablement aussi plein.

La première rencontre avec la vie, et Erich sentit monter en lui le dégoût et le mépris. Il se détourna avec l'intention de s'en aller.

A ce moment, une main saisit sa manche.

— Venez, dit la jeune infirmière de la Croix-Rouge qui lui avait offert une tasse de café. Il y a ici un compartiment réservé aux grands blessés. Venez avec moi, j'arriverai bien à vous trouver encore une place libre.

Ce fut effectivement un miracle, que Schwabe réussisse à obtenir une place dans les compartiments réservés aux blessés de guerre, mais tout aussi remplis de gens qui n'appartenaient pas à cette catégorie. L'infirmière ne l'obtint d'ailleurs que par la force, et en menaçant d'aller chercher la police et les représentants de l'armée américaine.

— Bon voyage ! cria-t-elle encore, en sautant du train en marche.

Autour de Schwabe, un bataillon gigantesque d'êtres hostiles et silencieux. On le regardait comme s'il n'était rien d'autre qu'un animal préhistorique affamé.

— Et voilà, finit par dire quelqu'un de cette masse anonyme. D'abord, tenir le coup jusqu'à ce que tout soit foutu, et ensuite devoir encore tenir compte des droits de priorité.

Schwabe ne répondit rien ; il baissa seulement la tête.

Voilà les gens avec lesquels je dois vivre maintenant, pensa-t-il. Voilà ce que sont devenus les Allemands qui ont perdu la guerre.

De nouveau sa gorge se noua. Déception. Amertume. Mépris. Nausée.

Le train n'arriva dans la gare principale de Cologne que très tard dans la soirée.

Erich Schwabe se tenait debout, le front contre la fenêtre, son visage strié de bandes de leucoplast, écrasé contre la vitre sale et gelée. Le quai était vide. On ne voyait que quelques fonctionnaires courir çà et là, et quelques lampes distribuaient une lumière parcimonieuse là où c'était absolument nécessaire. Les tours de la cathédrale se dressaient vers le ciel obscur et froid de l'hiver.

Cologne, pensa Erich avec émotion. Ma ville. Mon foyer. Me voilà de retour à la maison, et pour toujours. Je me suis battu partout, en Pologne, en France, en Russie, sur tous les fronts. Plus de six ans sous l'uniforme. Pendant six fois 365 jours, j'ai dormi en compagnie de la mort. Des camarades sont morts près de moi ou dans mes bras. Et maintenant ce cauchemar est terminé. Définitivement fini. C'est la paix de nouveau.

Le train s'arrêta brusquement, mais Schwabe resta collé à la vitre et continua à fixer la nuit. Des gens se précipitèrent hors des wagons, coururent sur les quais, et s'engouffrèrent dans les deux sorties, comme s'ils étaient engloutis par un monde souterrain. Schwabe attendit que tout le monde ait quitté le compartiment et que tout le wagon soit vide. Puis, lentement, il descendit à son tour et demeura immobile sur le quai désert, seul, secoué par le vent glacial.

Ursula n'était pas là. Et sa mère non plus n'était pas venue. Il regarda sa vieille montre. Bien sûr, plus d'une demi-heure de retard. Elles avaient certainement eu froid et étaient allées se réchauffer dans une salle d'attente. Maintenant, elles allaient venir d'un des escaliers, et déboucher d'une minute à l'autre en faisant de grands signes et en pleurant de joie. Et lui, il allait ouvrir ses bras tout grands, presser contre lui sa mère et sa femme, les embrasser, et leur murmurer avec bonheur : — C'est moi qui suis revenu !

Erich Schwabe resta encore longtemps sur le quai, et attendit. Le train, derrière lui, repartit en direction d'une voie de garage. Deux employés de la gare, chacun une pipe à la bouche et des marteaux à longs manches en main, passèrent devant lui.

— Il n'y en a plus maintenant, vieux, dit l'un d'eux en le regardant. Celui-là, ajouta-t-il en indiquant du doigt la lumière rouge du train que Schwabe venait de quitter, vient d'arriver et ne repart que demain matin.

Erich fit un signe de tête : — Merci, dit-il le cœur serré. Mais il ne fit pas un mouvement, et continua à attendre.

Au bout d'une demi-heure, il prit son paquetage et le lança sur son épaule. Il n'arrivait pas à comprendre pour quelle raison ni Ursula, ni sa mère n'étaient venues. Il chercha désespérément une excuse, mais n'en trouva pas. Peut-être maman était-elle tombée malade, mais dans ce cas, Uschi aurait pu venir. Ou bien, Uschi ne se sentait pas bien, et dans ce cas-là, c'était maman qui aurait pu venir. Ou bien encore, il s'était passé quelque chose ? Ursula ? L'enfant ? Peut-être était-elle à l'hôpital.

Erich Schwabe commença à courir. Il avala littéralement les marches de l'escalier, montra en vitesse au passage son billet de chemin de fer, puis traversa en courant encore le hall détruit de la gare, puis la place de la cathédrale, sur laquelle autrefois, des milliers de pigeons s'amusaient. Il s'arrêta alors, et faisant le tour de la place du regard, il se sentit envahi d'une souffrance indicible. La rue Haute... un amas de décombres. La rue de la Comédie... une montagne de ruines. La Deichmannhaus... brûlée. La tour gauche de la cathédrale... arrachée au-dessus de sa base. Où que le regard se portât, on ne voyait que maisons brûlées ou détruites. Une ville morte.

Puis il continua son chemin, à travers des rues vides et nettoyées, à travers une nouvelle Pompéi, un cimetière gigantesque aux croix monumentales représentées par les pans de mur restés droits et les cheminées échappées au désastre. Il s'arrêta encore une fois sur le Ring, et ses souvenirs d'enfance commencèrent à valser dans sa tête : la piscine Hohenstaufen, la rue Humboldt dans laquelle se trouvait le lycée qu'il avait fréquenté jusqu'à la troisième, avant d'entrer en apprentissage pour devenir vitrier. Il traversa lentement les parcs autrefois verts de l'ancienne place Horst-Wessel, devenue maintenant place Rathenau, et il revit les endroits où, enfant, il s'était caché dans les buissons, ou avait joué sur les tas de sable. Tout cela n'était plus maintenant qu'une place informe parsemée de troncs d'arbres déchiquetés, et les gouffres géants des fenêtres de la synagogue, dont tous les vitraux avaient été détruits, semblaient le contempler d'un air hostile.

Enfin, il aperçut sa maison. La maison n° 4. Le mur de façade était resté debout, sur une hauteur de trois mètres. Derrière, on avait déjà déblayé tous les décombres, et deux nouveaux murs se dressaient fièrement vers le ciel froid de la nuit.

Puis il recommença à courir, sur la route, trébuchant sur des pierres ou des charpentes, et atteignit enfin l'entrée de la cave, à bout de souffle, et son pauvre visage en feu.

« Ursula ! Maman ! pensa-t-il en gémissant. Je suis là. Me voici. »

En s'appuyant contre le mur humide et glacé, il descendit l'escalier en tâtonnant.

Dès les premières marches, il se sentit envahi d'un chaud parfum de viande rôtie. Et il entendit des voix. Elles faisaient beaucoup de bruit, et riaient.

4

LENTEMENT, Erich Schwabe continua à descendre les marches de l'escalier ; devant la lourde porte neuve, il resta immobile et colla son oreille contre le bois. Son cœur se mit à cogner et il sentit sa gorge se nouer. Ses tempes bourdonnèrent, comme si on les frappait avec un marteau à coups réguliers. Puis il s'efforça de retenir sa respiration, et approcha son oreille le plus près possible des planches.

La voix de maman, pensa-t-il. Et cela... c'est le rire d'Ursula, un rire clair et heureux. Et il y a encore une autre voix, une voix masculine, profonde et légèrement trébuchante, comme noyée dans l'alcool. Qu'est-ce qu'ils peuvent bien raconter ? Pourquoi sont-ils tous ici, tout simplement assis au lieu de l'attendre sur le quai de la gare ? Naturellement, le télégramme n'est pas arrivé, ou bien lui, Erich, est allé plus vite que le télégramme. Voilà de nouveau le rire d'Ursula. Puis il entendit distinctement une phrase prononcée au milieu des rires : — Quel type tu es, Karlheinz !

Qui est donc ce Karlheinz ? pensa Schwabe, en reprenant sa respiration. De nouveau, il pensa brusquement à la première impression qu'il avait ressentie en contemplant sa maison détruite. Tout était brûlé, mais il y avait déjà deux murs neufs, dressés droit vers le ciel. Qui avait construit ces deux murs ? Il posa la main sur la poignée, et de l'autre main, il s'essuya le visage, ou plus exactement le masque froid et sale strié de leucoplast qui lui servait de visage. Dans la cave, la voix profonde de l'homme commença à chanter. « Fillette, je suis tout pour toi... » On entendit cliqueter de la vaisselle.

— Encore un grog, Karlheinz ? — C'était la voix de sa mère, et elle aussi, elle appelait l'étranger par son prénom.

— Toujours, petite mère.

Erich Schwabe appuya la tête contre la porte. Le retour au foyer, pensa-t-il amèrement. C'est ainsi qu'on revient à la maison. Après six ans de guerre, sept blessures, et un visage mutilé. Pendant des années, on a attendu ce jour, on n'a vécu que pour cette heure, on a cru en cet instant, même quand le monde semblait sombrer autour de soi. Je reviendrai, s'était-on dit inlassablement. Merde alors ! Voilà que, tout d'un coup, le chaos prend fin ; on se trouve devant la porte, on ouvre les bras à la mère et à l'épouse, en s'écriant : Me voici de nouveau avec vous ! — Que peut-il y avoir de plus beau que cet instant qu'on a attendu et espéré si longtemps ?

Mais voilà que la réalité est bien différente. On se trouve effectivement devant la porte, grelottant de froid, et on a peur de l'ouvrir. Peur de ce qu'on va trouver de l'autre côté. C'était une erreur, de rentrer tout simplement à la maison. On aurait dû téléphoner avant, ou bien prévenir de n'importe quelle façon. Deux heures avant, déjà, quand on s'est retrouvé tout seul sur le quai de la gare, et que personne n'était venu accueillir le rapatrié.

Est-ce que cela s'est passé de la même façon pour Wastl aussi ? se demanda tout d'un coup Schwabe. Et pour Oster ? Et que faisait le Berlinois ? Qu'est-ce que Fritz Adam avait retrouvé ?

« Mon amie, mon amie des bords du Rhin..., », continuait à chanter de l'intérieur la voix chevrotante. Erich Schwabe rejeta la tête en arrière et appuya sur la poignée. Puis il donna un coup de pied violent à la porte et la fit claquer contre le mur. La chanson s'évanouit, une chaise se renversa, la voix aiguë d'Ursula se fit entendre : — Qui est là ?

Debout devant un baquet de faïence, Frau Hedwig Schwabe lavait des verres. Ses yeux étaient fixes et grands ouverts, mais elle ne pouvait rien voir car elle était aveuglée par la lumière ardente qui brillait dans la cave.

— Qui est là ? cria de nouveau Ursula, d'une voix tremblante de peur contenue.

— Attends, on va le savoir immédiatement ! prononça la voix de l'homme. — Alors, une silhouette épaisse s'éleva bientôt dans la lumière, celle d'un jeune homme aux épaules puissantes, habillé d'un bleu de maçon, et portant un verre de grog bouillant dans la main.

Lentement, Erich Schwabe fit un pas en avant, comme une apparition qui sortait brutalement de l'obscurité pour paraître en pleine lumière. Il resta sur le seuil de la cave, enveloppé de sa vieille capote militaire, le visage emmitouflé dans un grand châle de laine. Ainsi accoutré, il ressemblait à la tête d'une poupée qui avait été abîmée, et réparée tant bien que mal.

— Erich ! s'écria Ursula d'une voix grêle. Elle jeta les deux bras en avant, mais elle ne réussit pas à faire les trois pas qui la séparaient de la porte. Elle tomba en avant, sur les genoux, et roula sans connaissance sur le sol de la cave.

— Mince alors, Erich, mon vieux ! dit tout haut Karlheinz Petsch en se penchant pour prendre Ursula sous les bras et la mettre sur le lit. Il arrive comme ça, tout bonnement, comme un fantôme de théâtre. Les femmes vont en avoir un coup au cœur !

— Mon petit ! bafouilla Frau Schwabe, en laissant tomber les verres qu'elle tenait à la main. Les débris s'éparpillèrent dans la cave, et toute l'eau éclaboussa le costume d'Erich et les chaussures de Karlheinz Petsch. — Te voilà... Tu es libéré, Erich !

Elle courut à lui, l'entoura de ses bras, serra contre elle le corps figé du revenant. Mais bientôt elle perdit elle aussi ses forces, et brusquement, elle se mit à pleurer et s'effondra dans les bras de son fils.

— Vous... vous ne m'avez pas attendu, n'est-ce pas ? dit Erich Schwabe par-dessus la tête baissée de sa mère, en direction de Karlheinz Petsch.

— Bien sûr que non. Pourquoi donc ?

— Mon télégramme...

— On n'a reçu aucun télégramme.

Petsch alla refermer la porte derrière Schwabe et s'essuya rapidement le visage. Zut, pensa-t-il, voilà une panne. Cela ne devrait pas exister non plus ! On devrait pouvoir toujours s'habituer tout doucement à une situation nouvelle.

— Je m'appelle Karlheinz Petsch, dit-il, en se plantant devant Erich. J'étais autrefois adjudant dans l'aviation, et votre femme m'a sauvé la vie.

— Ursula ?

— Plus exactement, votre cave. Je passais juste devant au moment d'un bombardement, et je me suis réfugié ici en vitesse. Et je me suis dit : « Cela, tu ne l'oublieras jamais. Et plus tard, quand tout sera terminé, tu leur reconstruiras leur maison. » Et voilà. C'est ce que je fais.

Erich Schwabe hocha la tête. Il conduisit sa mère jusqu'à une chaise, ôta son manteau et libéra sa tête du châle qui l'entourait. On put voir alors la mutilation de son visage dans toute son horreur, la bouche sans lèvres, le nez qu'on n'avait pas eu le temps de remodeler en détail, les cicatrices des greffes qui avaient pris une couleur violette à cause du froid.

— Un grog, vieux ? demanda Petsch d'une voix sourde en lui tendant un verre.

Schwabe secoua la tête, puis alla s'asseoir auprès d'Ursula, sur le lit. Il la contempla sans prononcer un mot. Finalement, il leva une main tremblante et caressa avec une tendresse maladroite et immense les cheveux blonds et le visage mince et pâle. Ce fut seulement à cet instant qu'il se rendit compte de la rondeur qu'avait prise le corps d'Ursula, et du gonflement du ventre. Sa main alors glissa le long du corps allongé, et s'attarda à l'endroit où vivait l'enfant.

Mon enfant, pensa Schwabe, et brusquement, il oublia toutes les raisons pour lesquelles il avait adopté cette attitude pétrifiée. La solitude qu'il avait ressentie de manière presque intolérable sur le quai glacial de la gare de Cologne, le désespoir sauvage qui l'avait envahi lorsqu'il appuya la tête contre le mur humide de l'escalier de la cave, l'effroi en constatant la familiarité qui unissait sa mère et sa femme à l'étranger. Tout ce qui l'avait déchiré dans son âme s'envola comme une brume du matin devant le premier rayon de soleil, lorsqu'il posa la main sur le corps rebondi d'Ursula et qu'il sentit sous la légère pression de ses doigts, les tressautements et les bonds légers de l'enfant.

Mon enfant, pensa-t-il encore, et il ferma les yeux de bonheur. Mon Dieu, mais je suis rentré à la maison ! Je suis vraiment à la maison ! Il n'y a plus de guerre, et nous allons tout recommencer depuis le début, vraiment recommencer, surtout avec l'enfant.

— On devrait lui donner quelque chose à boire, hasarda Petsch en indiquant Ursula du doigt.

Schwabe approuva. Il prit un verre de schnaps des mains de Petsch et le versa lentement et prudemment entre les lèvres d'Ursula. Elle l'avala en toussant, en crachant et en se raidissant comme pour se défendre. Puis elle ouvrit les yeux et fixa le visage sale et collé d'Erich, la tête informe, qui n'avait plus rien d'humain que les yeux.

— Erich, dit-elle faiblement en entourant son cou de ses deux bras. Comme je suis heureuse !

— Est-ce que tu as mal quelque part ? demanda-t-il soucieux. Est-ce que tu sens quelque chose depuis ta chute ?

Elle secoua la tête : — Non, rien, répondit-elle sans force. Tout va bien maintenant. Te voilà. Enfin, te voilà !

Elle l'embrassa, en attirant sa tête tout contre elle.

Lorsque Schwabe se redressa, Karlheinz Petsch avait disparu de la cave. Il était parti, sans que quiconque s'en aperçût. Erich ne le réclama pas. Il viendrait suffisamment de jours où de nombreuses questions se poseraient. Il resta assis sur le lit, entre sa mère et sa femme, et tout en tenant leurs deux mains dans les siennes, il raconta les dernières heures passées au château Bernegg.

Son récit dura jusqu'au petit matin. Puis il s'étendit dans le lit, à côté d'Ursula, et il lui passa le bras autour des épaules. Elle posa sa tête sur la poitrine de son mari, comme elle en avait l'habitude, et il en sentait à peine le poids, tant elle était petite et légère. Je suis à la maison, se redisait sans cesse Erich Schwabe. Et il se sentait tellement heureux, qu'il en aurait pleuré. Dans le lit voisin, on entendait la respiration bruyante de Frau Schwabe qui, dans son sommeil, avait joint les mains sur la poitrine, comme si elle priait en rêvant.

Demain commence une nouvelle vie, pensa Schwabe, même si, en apparence, rien ne semble changer. Il écouta la respiration des deux femmes, mais lui-même ne réussit pas à trouver le sommeil.

Vers sept heures du matin, il entendit des bruits de pas dans l'escalier. Repoussant avec précaution la tête d'Ursula loin de lui, il se leva et, sur la pointe des pieds, alla vers la porte. Un petit saute-ruisseau lui tendit une enveloppe mince, d'un geste frileux, dès qu'il vit apparaître sa tête dans l'entrebâillement de la porte.

— Un télégramme, dit-il. Etes-vous Schwabe ?

— Oui.

— Voilà.

Erich Schwabe referma la porte ; puis il contempla longuement le télégramme, et le déchira en mille morceaux qu'il jeta ensuite dans la caisse à charbon, près du feu. Il lui sembla que ce message venait d'un pays d'au-delà des astres.

Puis il se glissa de nouveau dans le lit, attira encore Ursula contre lui, et bientôt la chaleur du corps familier se répandit dans tout son corps glacé.

A la maison, se dit-il encore. Dieu, que c'est bon !

Pour le caporal Christian Oster, le prestidigitateur du château Bernegg, le retour au foyer était une épreuve décisive.

Sa femme Suzanne, une petite brunette aux bonnes joues rebondies et aux cheveux bouclés, n'avait jamais eu encore l'occasion de lui rendre visite à l'hôpital. Aussitôt après son admission, il avait évité, comme presque tous les blessés de la face, de rencontrer qui que ce soit. Puis il avait fait venir sa mère et lui avait avoué toute la torture dont souffrait son âme. Mais les deux fois où Suzanne Oster était apparue à l'entrée du château Bernegg, sans avoir prévenu, elle s'était fait éconduire par le Dr Lisa Mainetti, avant même d'avoir pu pénétrer dans le territoire interdit. Comme à toutes les autres femmes, Lisa lui avait dit aussi : La patience est le plus beau cadeau que vous puissiez faire à votre mari. Chaque jour d'attente vaut plus que tout l'or du monde.

Ce fut tout ce que la petite Suzanne Oster réussit à apprendre sur l'état de son mari. Au cours des mois, l'échange de correspondance s'était fait pressant, et toujours on pouvait lire : « Je vais bien. On fait pour moi tout ce qu'il est possible de faire. Et de semaine en semaine, on peut voir les progrès de la guérison... »

Christian Oster envoya même une photo à sa femme, une photo de profil, qui ne laissait voir que la partie gauche du visage, et Suzanne portait cette photo partout avec elle, en la montrant à tous, avec ce commentaire : « Vous voyez, ce n'est pas tellement terrible. On ne voit même rien... »

Elle ignorait tout de la terrible mutilation du nez, de la bouche, et de la partie droite du visage, complètement arrachée et burinée par un éclat de grenade, à tel point que, lors de l'admission du blessé, le Dr Lisa Mainetti avait regardé le Pr Rusch en disant à voix basse : — Mon Dieu... Par où pouvons-nous commencer?

Grâce à quarante-cinq grandes opérations, Christian Oster avait repris une allure à peu près décente. Lisa et le professeur ne s'était pas contentés de rétablir les fonctions essentielles du visage et de lui redonner une couverture, ils l'avaient véritablement remodelé comme un sculpteur une œuvre d'art. Avec une patience inlassable, on lui refit millimètre par millimètre le rouge des lèvres, à l'aide d'une méthode appelée en Allemagne Abbé-Plastik, par laquelle des petits bourrelets de chair reprenaient lentement la forme des lèvres. Des lèvres qui plus tard pourraient de nouveau embrasser une femme sans soulever la nausée.

Ce qu'on avait fait pour le visage de Christian Oser était l'exemple type d'un « nouveau visage ». Après la quarante-cinquième opération — on ne prit même pas la peine de compter les multiples petites interventions — Oster s'était regardé dans une glace, sidéré et pensif. Puis il était allé chercher une photo d'identité dans son portefeuille et l'avait comparée avec l'image que lui renvoyait la glace. Il ne se reconnaissait plus. L'ancien Christian Oster avait été supprimé par un éclat de grenade ; de lui, il ne restait plus que la couleur des cheveux et l'expression du regard bleu. Mais le visage appartenait maintenant à un étranger. Christian Oster s'envoya un sourire crispé.

— J'ai l'impression que je dois me dire « vous » maintenant, dit-il à voix basse.

Le Dr Mainetti lui posa la main sur l'épaule :

— Dites-vous que c'est votre visage du temps de

paix. La guerre vous a pris l'ancien ; c'était le prix inévitable qu'il fallait payer pour avoir le droit de continuer à vivre.

— Moi, je pourrai certainement m'y habituer... mais ma femme ?

Christian Oster se détourna du miroir. — Elle a épousé un autre homme, poursuivit-il, que celui qui va revenir, n'est-ce pas ?

— On n'épouse pas seulement un visage, Oster.

— Mais il a une grande importance, docteur. — De nouveau, il fit face à la glace, et doucement, palpa les nouvelles joues, le nouveau nez, la nouvelle bouche. Tout lui était étranger, comme un masque derrière lequel on s'attend à trouver le visage réel et familier. — Qu'est-ce qu'elle va dire, ma petite Suzanne ? Je suis devenu un homme complètement différent.

— Nous la préviendrons d'avance par lettre, Oster.

Mais Lisa Mainetti ne pouvait écrire que des mots à Frau Oster, et rien d'autre. Suzanne les lut, et agita la tête. Bien sûr, Christian sera changé, pensa-t-elle. Il aura des cicatrices, ou bien un visage un peu de travers. Mais on s'y habitue, et d'ailleurs, on pourra un peu à la fois faire arranger tout ce qui sera nécessaire. Christian lui-même écrivit : « Ne sois pas effrayée quand je reviendrai à la maison. Je suis très différent maintenant, de ce que j'étais avant, mais ce sera moi quand même... — En lisant cela, elle s'était contentée de rire intérieurement, et de penser qu'il n'avait effectivement pas changé beaucoup, puisqu'il continuait à faire des plaisanteries stupides. Comme si je n'allais pas reconnaître mon Christian...

Il y avait déjà des mois de cela, et brusquement, sans qu'on ait pu s'y préparer, le jour était arrivé où Christian Oster devait rentrer chez lui, et quitter les murs du château derrière lesquels on cachait soigneusement l'héritage hideux de la guerre.

Comme tous ceux de la chambre B/14, Oster aussi avait envoyé un télégramme de Würzburg :

« Arriverai aujourd'hui 11 h 23, gare centrale. Christian. »

Puis il avait pris place dans le train bondé ; et avait parcouru la campagne enneigée qui conduisait vers le nord. Et plus il se rapprochait de sa patrie, plus il sentait son cœur battre, et sa gorge se nouer d'angoisse. Voilà plus de deux ans que je n'ai pas vu Suzanne, se dit-il. Deux ans pendant lesquels on a fait de moi un être nouveau. Je suis maintenant un être qui a pour père un bistouri et pour mère des greffes et des transplantations de morceaux de cuisse, de front et de poitrine.

Avec une heure de retard, le train finit par entrer en crachant dans la gare détruite. Les poutres d'acier tordues et arrachées faisaient l'effet de squelettes se dressant désespérément dans le ciel d'hiver. Quelques lampes minables brillaient sur le quai et éclairaient les tas de neige accumulée et les sentiers tracés qui conduisaient à la sortie. Seul un petit groupe de personnes recroquevillées de froid attendaient en fixant le train d'un regard figé.

Christian Oster essaya de percer le mystère des vitres malpropres pour deviner le groupe de ceux qui attendaient, et qui s'était approché légèrement. Elle est là-bas, se dit-il soudain, et une chaleur monta dans tout son corps. Là-bas, la petite femme revêtue d'un manteau de lainage au col de fourrure relevé. Ce col de fourrure... il avait été le cadeau de noces de sa mère, et, au premier Noël qui avait suivi, il lui avait acheté un manteau noir assorti. Suzanne avait cousu elle-même le col et il avait été heureux chaque fois qu'elle manifestait sa fierté, quand les autres femmes examinaient attentivement le col et enviaient la propriétaire.

Le train s'arrêta. Christian Oster vit Suzanne percer elle aussi l'obscurité des wagons et contempler avec insistance tous les voyageurs qui descendaient. Il la vit courir au-devant d'un soldat qui lui tournait le dos, puis se détourner avec déception en constatant que ce n'était pas « son » Christian.

Oster était encore debout dans le couloir, auprès de la porte, et n'osait pas sortir. Il ne pouvait s'empêcher de passer sans cesse la main sur son nouveau visage strié de cicatrices. Finalement, le dernier, il descendit du wagon, et sauta de la dernière marche dans la neige. Derrière lui, il traînait son sac à dos, qu'il finit par mettre sur son bras gauche, et brusquement, il fit face à Suzanne, qui continuait à examiner le train dans toute sa longueur d'un air attentif.

Une fois, le regard de la jeune femme croisa le sien, s'attarda un instant, puis s'égara de nouveau. Oster dut faire un effort pour retenir le cri qui lui montait à la gorge, l'étouffait, lui séchait le palais et lui broyait le cœur comme un poing malfaisant.

« Elle ne me reconnaît plus ! criait une voix intérieure. Mon Dieu... elle me regarde et ne me reconnaît plus ! »

Tous les wagons étaient vides, et tous les gens avaient quitté le quai. Deux employés couraient le long du train pour refermer les portières béantes ; de l'autre extrémité du train, on entendit un long sifflement. Seuls au milieu des pylônes mutilés de la gare, Christian Oster et Suzanne Oster se faisaient face et se regardaient en silence.

Le regard de Suzanne s'attarda une dernière fois sur tout le train, jusqu'à ce qu'il ait disparu sur une voie de garage, puis d'un geste frileux et résigné, elle haussa les épaules. Elle ramena le col de fourrure contre son visage, et en hésitant, parcourut les quelques mètres qui la séparaient de Christian Oster. Dans ses yeux agrandis brillaient quelques larmes contenues, cristallisées par le froid.

— Excusez-moi, dit-elle à Christian, est-ce que c'est le dernier train en provenance de Würzburg ?

Christian sentit ses oreilles bourdonner. Il fixa Suzanne dans les yeux et constata qu'elle aussi le regardait d'un air suppliant, mais sans la moindre émotion qu'elle aurait pu éprouver si elle l'avait reconnu. « C'est moi, voyons ! » voulut-il hurler. Il aurait aussi voulu jeter les bras en avant, attirer Suzanne à lui, et la serrer bien fort ; il aurait voulu hurler, jusqu'à ce que son cœur bondisse hors de sa gorge : « C'est moi ! c'est moi ! » Mais il resta immobile, comme paralysé, et ne put que secouer la tête.

— Il n'y en a plus d'autre ? interrogea de nouveau Suzanne, avant de se détourner. Merci. Il arrivera sans doute demain...

Elle fit lentement quelques pas vers la sortie, et tout d'un coup, Oster sentit s'envoler sa léthargie. En poussant un cri rauque, il jeta son sac à dos dans la neige, et tendit les deux bras vers la petite femme boulotte qui s'en allait.

— Suzanne..., bégaya-t-il. Je... je...

Il se précipita en avant, saisit sa femme et l'attira contre lui. Mais quand il voulut l'embrasser, elle se défendit.

— Suzanne ! supplia-t-il. Suzanne, tu dois bien me reconnaître pourtant ! Mes yeux, mes cheveux... — Il arracha son calot, et gémit tout en serrant de nouveau sa femme contre lui et en sentant son corps trembler. — Suzanne, je...

Suzanne Oster enfonça ses ongles dans les épaules de son mari. Les yeux agrandis d'effroi, elle contempla le visage étranger. Elle commençait seulement à comprendre, en reconnaissant les yeux de Christian, ses cheveux, sa voix. Et pourtant, elle avait l'impression d'être emprisonnée dans les bras d'un homme qu'elle ne connaissait pas ; il lui semblait que ces lèvres lui étaient totalement inconnues, qui parcouraient lentement son visage, en mendiant un peu de tendresse.

— Quoi... c'est toi ? dit-elle à voix basse.

Ce fut la phrase la plus odieuse qu'on pouvait prononcer, et elle s'en rendit compte, à peine les mots s'étaient-ils échappés de sa bouche.

— Christian, s'efforça-t-elle de dire alors. Christian, comme je suis heureuse que tu sois là. Je... je t'ai tellement attendu ! Viens, rentrons à la maison.

Elle lui prit la main et l'emmena hors de la gare

Et lui, il la suivit comme un aveugle, en trébuchant, comme si toute vie l'avait abandonné. Le sac à dos resta dans la neige, oublié.

Ils traversèrent la ville détruite et morte, au hasard de rues qui semblaient appartenir à un paysage lunaire, au milieu des montagnes de décombres et de murs démolis. Ils allèrent ainsi, muets, pendant près d'une heure, la main dans la main, à travers toute la ville, jusqu'à ce qu'enfin apparût la petite maison, tache claire sortie de l'obscurité à la lisière d'une rangée d'arbres. Sa maison. Le père avait commencé à la construire, et lorsqu'il était mort à la suite d'un accident, Christian avait continué. Il s'arrêta à la porte du jardin et leva les yeux vers le toit.

— C'est... c'est vraiment moi, dit-il péniblement. Juste derrière la porte, il y a un trophée que mon père a rapporté d'une chasse à laquelle il a été invité une fois. Et sous la voûte du corridor, il y a un panneau avec une inscription pyrogravée : « Que Dieu protège cette demeure... » C'est juste ?

— Entre, répondit Suzanne d'une voix à peine intelligible, sans même oser regarder Christian.

— C'est vraiment moi, répéta-t-il d'une voix enrouée. Je t'ai pourtant bien écrit...

Suzanne appuya la tête contre la poitrine glacée et enneigée de son mari.

— Mais viens donc ! cria-t-elle dans l'étoffe. Viens... Je le sens bien, que c'est toi !

Elle le sent, pensa Oster, et de nouveau une sorte de vertige le saisit. Elle le sent, mais elle ne le voit plus. O mon Dieu... Nous ne tiendrons pas le coup !

Il trébucha comme un ours de cirque, toujours traîné par sa femme, traversa le jardin et entra chez lui. Dans le corridor, il se redressa et fit des yeux le tour des murs. Le trophée avait disparu, et l'inscription : « Que Dieu protège cette demeure », avait été enlevée aussi.

— Même ça, on l'a fait disparaître, dit-il tout haut.

Puis il s'effondra sur un vieux coffre et se mit à

pleurer. Et devant lui, Suzanne resta debout, sans faire un mouvement, le regard fixé sur cet étranger, paralysée, incapable de penser à autre chose qu'à cette phrase obsédante : « Le voilà qui pleure ici, assis devant moi... et je ne le connais pas... »

Que pouvait-on faire ?

Peu de temps avant Noël, le major Braddock remonta au château en apportant une bouteille de whisky. Il profita de cette visite pour faire une tournée d'inspection dans tout l'hôpital et se laissa guider par le Dr Stenton et le lieutenant Potkins à travers les chambres et les salles à moitié désertées.

— C'est monotone, hein ? dit-il à Lisa Mainetti après avoir achevé son tour, tout en versant deux doigts de whisky dans les verres. Même mes gars commencent à bâiller. On croirait que cette chambrée 14 était le moteur qui actionnait toute la machine. Maintenant que le moteur a été démonté, toute la carriole gît et se rouille.

— Il me reste tout de même trente-quatre grands blessés qui ont besoin de soins quotidiens et que je dois continuer à opérer régulièrement. — Tout en parlant, Lisa sirotait son whisky et en profitait pour examiner le major Braddock à travers son verre. Qu'est-ce qu'il me veut, se demandait-elle. A-t-il eu des nouvelles de Walter Rusch ? Est-ce qu'il s'est passé quelque chose ? Elle retint une angoisse qui ne faisait que grandir et, d'un geste calme, reposa son verre sur la tablette.

— Est-ce que notre clinique va être dissoute ?

— Provisoirement, non. Vous allez même recevoir de nouveaux pensionnaires, transférés à Bernegg, et venant d'autres hôpitaux. On a laissé entendre un peu partout avec quelle douceur une main caressante soignait les blessures ici.

— Ne dites pas de sottises, Major ! répliqua grossièrement Lisa. J'avais pensé que...

Le major Braddock agita plusieurs fois la tête. Il but avec volupté son verre de whisky jusqu'à la dernière goutte, et claqua de la langue comme s'il voulait appeler un cheval.

— Je sais qu'à vous on ne peut pas raconter d'histoires, Miss Docteur. Bon... nous pourrions peut-être entreprendre un petit voyage.

— Nous ?

— En direction de Darmstadt.

— Quoi ?...

— Parfaitement, pour faire une visite au Pr Rusch.

Le major Braddock se versa une nouvelle rasade de whisky, mais il évita de regarder Lisa en face. Il se doutait bien que toute assurance et toute dureté avaient disparu de son visage, et c'était cette brusque nudité de son être qu'il ne voulait pas voir.

— Je me suis renseigné et j'ai obtenu des nouvelles : vous pouvez rendre visite à Rusch avant Noël, et lui parler. Bien sûr, seulement en présence de deux soldats, mais quand même...

— Vous avez... — Le Dr Mainetti saisit la main de Braddock au moment où il voulait poser la bouteille de whisky de nouveau sur la table. — Major !... Pourquoi faites-vous cela ?

— Merde alors... pardon... Cette insistance germanique, ce besoin de vouloir tout analyser ! Prenez donc les choses comme elles viennent ! et partons pour Darmstadt.

— Quand ? — C'était presque un cri, un cri de joie.

— En ce qui me concerne, nous pouvons partir dès demain.

— Demain, j'ai quatre opérations prévues. Après-demain ?

— Bien. Après-demain. Vous devriez apporter de la nourriture avec vous, de la nourriture qui ne se trouve pas en boîte...

— De la nourriture ? Vous êtes cynique, Major. — Le Dr Mainetti avait bondi de sa chaise. — Puis-je emporter les fiches de renseignements médicaux... ?

Braddock la foudroya du regard, mais son visage reflétait une incompréhension totale.

— Des fiches de renseignements ?

— Oui, des radios et des projets de modelage esthétique et...

— Vous êtes complètement ivre, Miss Docteur ?

Lisa secoua la tête avec énergie, et ses longs cheveux noirs lui couvrirent le visage comme un voile sombre agité par la tempête.

— Vous ne comprenez pas, Major. Walter Rusch est médecin, et médecin avant tout. Son monde est formé de la salle d'opération, de ses malades, et des résultats obtenus par sa pensée et ses mains. Pour lui, le meilleur cadeau, plus important que cinq kilos de beurre ou trois morceaux de pain, — pour parler en profane — c'est de venir le trouver dans un cas désespéré, en disant : « Voilà les radios... Que feriez-vous maintenant, que devons-nous faire ? »

Braddock avança les lèvres. Quelle femme ! se dit-il. Bien sûr, c'est elle qui a raison. Cela lui redonnera du courage ; cela lui montrera que malgré tout, on a encore besoin de lui, cela lui rendra le courage de vivre.

— Essayons, dit-il pensivement. Je vais en parler au commandant. Des radiographies ne sont pas des documents dangereux ; au fait, il faut que je vous prévienne, elles seront examinées très soigneusement. A cause de nouvelles secrètes, ou de signes de reconnaissance, ou que sais-je encore ?

— Et nous partirons certainement après-demain ?

— Est-ce qu'il est jamais arrivé à James Braddock de manquer à sa parole, Miss Docteur ?

— Non. — Lisa lui tendit les deux bras. — Je voudrais vous embrasser, Major ! s'écria-t-elle tremblante de bonheur.

— Je vous en prie. — Braddock ferma les yeux. — Je ferme les yeux, non pas à cause d'un excès de passion, mais seulement pour que le commandant de la place de Bernegg ne puisse pas voir cette marque de fraternisation interdite.

— Un jour viendra où vous étoufferez à cause de votre propre cynisme, Major, répondit Lisa en riant.

Puis elle prit la tête de Braddock entre ses deux mains et l'embrassa d'abord sur le front, puis sur les lèvres tendues et serrées. Braddock ouvrit les yeux de nouveau en souriant.

— C'est ainsi que ma sœur m'a toujours embrassé, quand le petit James était tombé et que ses genoux étaient tout ensanglantés. Mais quand même... Si je raconte un jour que la Miss Docteur m'a embrassé, les autres vont crever d'ahurissement ! — Il cacha la bouteille de whisky dans la poche de son veston et remit son calot. — Ce sont les petites joies accordées à un homme qu'on a placé sur une voie de garage, dit-il en riant. Au fond, on devrait punir le Pr Rusch à cause de cela, parce qu'il se permet d'être aimé de vous ! Allons... à après-demain. Je viendrai vous chercher.

Le reste de la journée se passa pour Lisa Mainetti comme une torture. Elle ne savait pas que faire de sa joie et de son bonheur. Elle courut à travers le parc du château glacial et recouvert de neige ; elle contourna l'étang gelé, et contempla la campagne silencieuse jusqu'à ce que le froid envahît tout son corps, et que ses oreilles et son nez eussent commencé à démanger. Alors, elle rentra en courant au bloc B, se précipita dans le bureau de Rusch, et rechercha toutes les radios qui lui parurent intéressantes, et même des photos de blessés relâchés depuis longtemps. Pendant presque toute la nuit, elle recopia des renseignements médicaux, en changeant seulement les noms, et en se contentant des premiers résultats d'examen. Tout le reste, elle le laissa en blanc, le traitement à suivre et les opérations à entreprendre. Elle créa ainsi de nouveaux « cas » pour lesquels elle voulait demander conseil au Pr Rusch. Vers le matin, elle s'étendit et dormit comme une souche jusque vers dix heures. Ce fut Dora Graff qui vint l'éveiller, après avoir beaucoup hésité.

— Le Dr Vohrer et le Dr Stenton ont déjà commencé à opérer, dit-elle lorsque Lisa enfin consentit à s'éveiller et à reprendre lentement conscience. Ils ne voulaient pas que je vienne vous réveiller, mais j'ai pensé que...

— J'arrive tout de suite !

Lisa Mainetti bondit et courut jusqu'à la salle de bains. Sous le jet bouillant de la douche, elle se sentit reprendre sa forme, et laissa la chaleur bienfaisante pénétrer tout son corps.

Encore une journée, se dit-elle, et je vais revoir Walter.

Est-ce qu'il aura changé ?

Elle tendit de nouveau la tête au jet d'eau chaude et se laissa doucement caresser.

Pour la première fois, elle reconnut qu'elle désirait passionnément l'étreinte de Walter, qu'elle en avait besoin, et elle se rendit compte que cette espérance était déjà le bonheur.

Seule et les mains jointes sur les genoux, le Dr Lisa Mainetti était assise sur une simple chaise, dans le bureau glacial du commandant du camp de Darmstadt, dont le seul ornement était un drapeau national américain étalé sur l'un des murs. Devant, il y avait une table, et Lisa occupait l'unique chaise. A part cela, la pièce était complètement vide.

Le major Braddock l'avait laissée toute seule, et s'en était allé quelque part, avec le gros paquet de radiographies et de fiches médicales sous le bras. Il était probable que quelques experts du service de défense feuilletaient maintenant ces papiers et les étudiaient, aidés dans cette tâche par le major Braddock qui ne cessait d'affirmer l'innocence des écrits et des photos.

En pénétrant dans le camp immense, Lisa n'avait pour ainsi dire rien regardé. Un rempart de fils de fer barbelés et électrifiés, quelques miradors, de nombreuses baraques, un tourbillon d'uniformes américains bruns et de gigantesques colonnes de voitures qui, dans l'ensemble, étaient pilotées par des chauffeurs nègres. Ils durent passer trois postes de contrôle avant de parvenir jusqu'au représentant du commandant, un jeune officier peu bavard, très rigide qui fit conduire Lisa dans cette pièce froide où elle attendait maintenant, sans lui avoir donné beaucoup d'explications. Et là, seule, elle sentit monter en elle un mélange de peur et de souffrance.

Le Pr Rusch ne savait rien lui non plus. Il était libre ce jour-là et n'avait pas besoin de se rendre à la clinique du camp. Dans le même bâtiment, travaillait également le Dr Fred Urban, devenu un peu moins arrogant, un peu moins fier, mais toujours aussi inchangé : quoi qu'il se passât dans le camp, il se faisait un devoir de le signaler à la direction. Un jour même, il découvrit un écriteau au pied de son lit, portant cette inscription dessinée au cirage : « Salaud... », mais il s'occupa beaucoup plus de savoir par quel miracle le cirage était parvenu jusqu'au camp.

On avait donné au Pr Rusch une tâche spéciale qui devait lui permettre de perdre un peu de sa supériorité : il devait travailler dans l'équipe de Urban, non pas comme patron, mais comme assistant. Le chef de l'équipe était le Dr Urban lui-même. Mais Urban évita toujours de se mesurer avec Rusch. Il ne lui donna jamais de directives, et ne se défendit même pas lorsque Rusch, le poussant de côté sans ménagement, se mettait à opérer à sa place... mais la seule présence de Urban était une torture continuelle pour Rusch ; Urban s'en apercevait bien, et examinait son ancien patron comme un chat surveille une souris.

Ce jour-là, Rusch était occupé à laver sa vieille chemise dans une bassine. Il avait réussi à ramener de l'hôpital un petit morceau de savon qui faisait maintenant les délices de tous, car on se le passait de main en main comme un objet précieux capable de fabriquer une mousse délicieuse dans laquelle on éprouvait une sorte de volupté à tremper chemises, slips, mouchoirs et chaussettes. L'eau ainsi utilisée et savonneuse était ensuite revendue pour quelques cigarettes, quelques biscuits secs, jusqu'à ce qu'elle soit vraiment trop noire et trop épaisse pour pouvoir servir davantage.

— Venez immédiatement chez le commandant ! dit tout d'un coup un jeune soldat américain, alors que Rusch se préparait justement à aller suspendre sa chemise pour la faire sécher. Il haussa alors les épaules en indiquant du doigt la chemise trempée.

— Comment ? demanda-t-il. Je n'ai que cette seule et unique chemise. Je ne peux tout de même pas...

— Allons, vite, dit le jeune soldat en agitant les mains.

— Mais je ne peux tout de même pas aller chez le commandant torse nu !

— Vite, vite, cria le soldat avec impatience.

Le Pr Rusch haussa de nouveau les épaules d'un geste résigné et enfila son veston sur la peau nue, releva le col et les revers, et les maintint de ses deux mains ; puis il emboîta le pas au jeune soldat américain à travers les ruelles enneigées du camp. Arrivé chez le commandant, il attendit dans le couloir, et s'appuya avec délices contre le mur de bois chaud ; de ses doigts écartés, il essaya de remettre un peu d'ordre dans la toison humide et folle de ses cheveux grisonnants.

Bientôt, le major Braddock apparut à une porte. Il faillit tomber lorsqu'il aperçut Rusch, puis à pas rapides, il le rejoignit.

— Professeur, vous ? Déjà là ?

— Major Braddock ? Vous ici ? Est-ce qu'on vous a changé d'affectation ?

Braddock serra les deux mains de Rusch, ce qui eut pour effet de laisser tomber les revers du veston du professeur et le major eut la surprise d'apercevoir la poitrine nue.

— Qu'est-ce que cela signifie ?

Rusch sourit faiblement : — J'étais en train de laver ma chemise et de la faire sécher lorsqu'on est venu me chercher.

— Je vais vous fournir sur-le-champ une nouvelle chemise, professeur. — Braddock regarda le jeune soldat qui tenait les yeux fixés droit devant lui comme s'il n'entendait rien et n'était autre qu'une statue de cire. — N'aviez-vous vraiment pris qu'une seule chemise avec vous ?

— Quatre, Major.

— Et où sont les trois autres ?

Rusch baissa la tête : J'avais faim, dit-il à voix basse, et je les ai échangées contre du pain.

Braddock ne répondit pas. Il fixa un court instant le Pr Rusch, puis se détourna et enfila le long corridor d'une allure saccadée. Un lieutenant sortit bientôt d'une des nombreuses pièces qui ouvraient sur le couloir et fit un signe au soldat de garde.

— Professeur Rusch ? cria-t-il.

— Oui, cria-t-il à son tour en réponse.

— O. K. ! Chambre 6. Une heure.

La porte se referma. Ebahi, Rusch regarda autour de lui.

— Qu'est-ce que cela signifie, une heure ?

Le soldat le regarda sans réagir.

— *Go on.* — Il alla jusqu'à la chambre 6 et l'ouvrit d'un coup brusque. Lentement, Rusch le suivit, avec prudence, comme un animal inquiet. Un nouvel interrogatoire, pensa-t-il. Est-ce que Urban a menti encore une nouvelle fois ? Est-ce qu'on veut encore une fois me réduire, d'une manière « humaine », pour me forcer à des aveux stupides ? On parlait tellement à travers tout le camp de ces méthodes utilisées qui amenaient les prisonniers au bord de la folie. On appelait cela un lavage de cerveau.

La première chose que Rusch aperçut en entrant dans la pièce fut le drapeau étalé sur le mur. Puis il remarqua une table, vide et un peu poussiéreuse. « Qu'est-ce que cela veut dire ? », se demanda-t-il, sidéré. Il avança d'un pas dans la chambre, puis encore un peu plus rapidement, pour prouver qu'il avait surmonté la peur.

Devant lui, quelque chose s'éleva dans l'air, tellement brusquement qu'il n'eut pas le temps de se rendre compte de ce que c'était. Mais il entendit un cri, et reconnut immédiatement la voix, avant même que ses yeux aient distingué la silhouette de la jeune femme et qu'il sentît la chaleur et la douceur de ses bras entourant sa nuque.

— Lisa, bredouilla-t-il. Lisa. Est-ce vrai, Lisa ?

Le jeune soldat avait refermé la porte, et se tenait debout contre le mur, comme un piquet. D'un visage impassible, il contempla l'homme aux cheveux blancs et la belle femme aux longues boucles brunes qui s'embrassaient sans retenue et sans cesse ; puis il remarqua avec quelle tendresse Rusch conduisait la femme jusqu'à la chaise où elle s'assit de nouveau, toutes ses forces semblant l'avoir abandonnée. Elle garda la tête dans les mains de l'homme.

— Tu es venue, dit Rusch en bégayant. Comme je suis heureux !

— Comme... comme tu as maigri ! — Lisa caressa du bout des doigts la peau qui laissait saillir les côtes. — Comment vas-tu, Walter ? As-tu eu très faim ? Est-ce qu'on te traite convenablement ? Tu n'as jamais fait de mal à qui que ce soit, au contraire, tu as toujours cherché à venir en aide aux autres.

— Il ne s'agit pas de cela en ce moment, Lisa. — Il s'assit sur un coin de la table, et referma le col et les revers de son veston. — Comment as-tu réussi à venir jusqu'ici ?

— C'est Braddock qui a tout arrangé.

— Je crois qu'il est notre seul ami.

— Il arrivera bien à te faire sortir aussi de ce camp.

Rusch secoua lentement la tête :

— Je ne le crois plus, Lisa...

— Mais tu n'as pourtant jamais...

— Urban a prêté serment.

— Quel salaud ! — Lisa bondit, son visage s'enflamma de colère et elle serra les poings, de fureur impuissante. — Et toi, qu'est-ce que tu as fait ?

— Que veux-tu que je fasse ? J'ai prêté le serment contraire. Mais apparemment, on a plus confiance en Urban qu'en moi. — Rusch baissa la tête. — Ils lui donnent des petites doses de morphine et, en échange, il leur dit tout ce qu'ils désirent et prête tous les serments qu'on lui demande. Bien sûr, on finira bien par découvrir que tout cela n'est que mensonges monstrueux, mais quand, Lisa, quand ? Cela peut durer encore des mois. Tu penses, jusqu'à ce que toutes les listes soient examinées, que tous les cas ayant des rapports avec les histoires de médecine dans les camps de concentration et les affaires d'euthanasie soient passés au peigne fin ! Et c'est ce que Urban a affirmé sous la foi du serment : j'ai donné mon acceptation au cours d'une commission chargée d'un cas d'euthanasie. — Rusch leva les deux bras, puis les laissa retomber d'un air résigné. — Je ne peux pas prouver le contraire, car je n'ai aucune preuve. Je dois me contenter de répéter inlassablement : Ce n'est pas moi.

— Ce n'est pas moi ? répéta Lisa consternée. Qu'est-ce que cela signifie ?

Rusch dut avaler plusieurs fois sa salive avant de continuer à parler.

— Il y a eu un Dr Rusch dans cette fameuse commission.

— Walter ! s'écria Lisa Mainetti, épouvantée.

— On m'a tout montré. Des diagnostics et les recommandations signées du nom de Rusch. Comme preuve du contraire, j'ai donné ma signature, mais on m'a dit que je changeais mon écriture exprès maintenant. J'ai essayé de prouver que ce fameux Dr Rusch était plus jeune que moi de neuf ans, et on m'a répondu que c'était moi qui avais de faux papiers maintenant : « Tous les nazis ont de faux papiers. Vous êtes ce Rusch que nous recherchons... Vous avez consenti à tous les crimes commis contre l'humanité... Avouez ! » J'ai crié que ce Rusch-là était psychiatre, et que moi, j'étais chirurgien ! Et on m'a répondu que tout cela n'était que du camouflage. Nulle part, il n'est précisé que ce Rusch était psychiatre. Et Urban, ce salaud, a juré que j'étais bien ce Rusch-là.

Le major Braddock arriva dans la chambre, portant sous le bras une chemise américaine verte, et une expression de fureur sur le visage.

— Quelle bande d'imbéciles ! cria-t-il sur le seuil de la porte restée ouverte. Je sais ce qu'on vous reproche, professeur. Ce ne sont tous que des idiots ! Mais il est impossible de leur faire entendre raison. Ils veulent seulement faire quelque chose, pour l'argent qu'on leur verse. Et ils ne font que des conneries. Puis plus tard, ils présentent des excuses et vous rejettent sur la route. Vous verrez, c'est ainsi que cela se passera ! Pour l'unique raison qu'il existe deux docteurs Rusch, ils s'amusent à ce jeu de fous. Et, pendant ce temps-là, on vous retrouve sur la liste des gens à qui on veut faire une offre magnifique pour les U.S.A. Une offre d'amis ! Je ne serais pas du tout étonné que ce soit cet autre Rusch qui s'en aille vers l'Amérique. Il y a de quoi hurler, quand on pense à l'idiotie de la bureaucratie militaire !

Il jeta la chemise olive à Rusch en secouant la tête :

— Elle est toute neuve. Passez-la tout de suite, professeur !

— Demain on me l'enlèvera.

— Je l'ai achetée moi-même.

— Peut-être, mais le lieutenant du camp n'en sait rien !

— Dans ce cas, j'y ferai peindre cette inscription dans le dos : c'est le major James Braddock qui a acheté cette chemise ! hurla le major.

Deux jeunes officiers entrèrent dans la chambre, en apportant un tas de feuilles écrites qu'ils jetèrent sur la table.

— O. K., dit l'un d'eux. Vous pouvez poser vos questions, Miss Docteur.

Rusch regarda fixement les radiographies qui reposaient près de ses mains. Il reconnut les formulaires sur lesquels étaient inscrits tous les renseignements concernant les blessures, et ses mains palpèrent lentement une grande photo, en négatif.

— Qu'est-ce que... qu'est-ce que c'est, Lisa ? demanda-t-il d'une voix enrouée par l'émotion intérieure.

— Ce sont quelques nouvelles fiches, Walter, répondit le Dr Mainetti. Je voulais te les montrer pour que tu me donnes un conseil. Parfois, il m'arrive de ne plus savoir comment m'y prendre. Tu nous manques dans tous les domaines.

Le major Braddock commença à renifler et à respirer avec bruit. Il vit combien les yeux de Rusch reprenaient vie, avec quelle attention il lisait les quelques lignes de chaque fiche au point que son visage se plissait de concentration et qu'une légère rougeur envahissait la peau blême. Comme elle le connaît bien, cette femme, pensa-t-il. On peut vraiment l'envier sans en avoir honte.

— Il vous reste une demi-heure, dit-il tout haut. Je m'en vais voir si ces imbéciles de chiens n'ont pas trouvé de nouvelles raisons de recommencer à aboyer.

Et ils se retrouvèrent seuls ; il ne restait plus que le gardien muet ; toujours appuyé contre la porte, sans avoir fait le moindre mouvement depuis son entrée, sans avoir même manifesté la moindre réaction, comme s'il n'était qu'une statue. Il n'était pas gênant, car il semblait n'être rien d'autre qu'un des objets appartenant à la chambre, au même titre que le drapeau étalé sur le mur.

Toujours attentivement, Rusch continua de lire les renseignements portés sur les fiches, et de lever dans la lumière pâle venant de la fenêtre, les radiographies que Lisa avait apportées. Au bout de la quatrième, un léger sourire se peignit sur son visage. Il les reconnaissait, bien que les noms aient été changés et remplacés par d'autres, imaginaires. Sa mémoire merveilleuse n'avait pas failli. Celui-là, se dit-il, c'était l'homme venant de Dresde... Je lui ai fait un nouvel os temporal. Et celui-ci, pensa-t-il en levant une nouvelle photo en transparence, c'était le sous-officier originaire du Wuppertal. Un cas difficile. La mâchoire supérieure était tombée sur la mâchoire inférieure, comme si une hache l'avait enfoncée, tout l'espace du nez gisait à l'air libre.

« Chère, chère Lisa... quel mensonge merveilleux ! » Et comme je t'en suis reconnaissant ! »

— Quand a-t-il été admis ? demanda-t-il en jouant le jeu.

— Il y a neuf semaines, Il vient d'un autre hôpital.

— Un cas difficile, Lisa.

— C'est pour cela que je te l'ai apporté, Walter. Il n'y a que toi qui puisses me dire comment je dois m'y prendre.

Il approuva d'un signe de tête, et avec beaucoup de précaution, il déposa les radios sur la table ; puis il embrassa Lisa avec une ferveur tremblante.

— Tu es tout ce qui me reste maintenant, dit-il à voix basse. Et pourtant, je me sens plus fort que jamais, et plus riche, Lisa. Beaucoup plus fort...

Trois jours après son retour, Erich Schwabe alla rendre visite à Karlheinz Petsch dans la cave voisine. Depuis cette soirée, Petsch n'avait plus reparu chez les Schwabe. Et comme il commençait à geler, les travaux de maçonnerie avaient dû être momentanément interrompus. Petsch s'occupait à remettre en état des murs intérieurs, dans des pièces chauffées, contre des tickets de pain, de tabac et contre du jambon. Il partait aussi parfois sur sa bicyclette, — fruit également d'un échange — jusque dans les environs de Cologne, à la lisière de la forêt, pour réparer des étables et des fermes. Le soir, il rentrait avec des sacs pleins à craquer sur son porte-bagages, et faisait signe aux fournisseurs de matériaux de construction de venir chez lui. C'était un marché hardi et productif.

— Nous devrions travailler la main dans la main, dit Schwabe, après avoir bu une gorgée d'un cognac français authentique que lui avait offert Petsch. Maçon et vitrier, cela va de pair. J'en ai déjà parlé à Uschi. Tu t'es bien conduit, vieux. Il est plus que temps que je songe à te remercier.

— Ferme ta gueule, et ne dis pas de conneries.

Karlheinz Petsch piaffait. Elle ne lui a certainement pas tout raconté, pensa-t-il. Pourquoi aussi l'aurait-elle fait ? Et il va y avoir bientôt du nouveau, dans les mois qui vont suivre. Car malgré tout son amour, il est impossible que Uschi puisse consentir à passer toute sa vie auprès d'un visage aussi horrible. Il va se passer exactement ce que j'ai prédit. Et d'ailleurs, les autres vont certainement m'y aider aussi.

— Que se passe-t-il dans le domaine de la vitre ? demanda-t-il.

Schwabe haussa les épaules : — Je vais aller voir si mes anciens fournisseurs...

— Ils vont te rire au nez, mon vieux. Sans compensation, on ne trouve plus rien sur le marché allemand. Viens donc ici. Voilà un kilo de lard que je te cède à titre de capital de début. Tu t'en vas avec ton paquet sous le bras, et arrivé près de tes gens, tu le leur passes légèrement sous le nez, en disant : « J'ai besoin de ceci, et de cela... Sinon, je bouffe tout le colis moi-même. » Tu verras comment ils vont se glisser dans tous les coins de leur baraque pour t'apporter de belles vitres qui correspondent exactement à ce qu'il te faut. Et après-demain, je t'emmène à Efferen ; il y a là un paysan qui veut faire construire un poulailler. Un poulailler, tu imagines un peu ? Mince, Erich... ce serait vraiment le diable que nous ne nous en sortions pas, hein ?

Nanti de son précieux kilo de lard qu'il serrait voluptueusement sous le bras, Erich Schwabe se faufila hors de la cave.

Il existe encore de vrais camarades, pensa-t-il avec joie.

5

URSULA avait profité du temps qu'Erich était parti chez Karlheinz Petsch pour discuter avec sa belle-mère de cette situation impossible. Pendant les trois jours précédents, elle n'en avait pas trouvé l'occasion, car Erich ne les avait pas quittées. On aurait cru qu'après tous ces mois de séparation, il ne voulait plus perdre une minute sa mère ou sa femme de vue.

La nuit même de son retour, Frau Schwabe avait préparé pour son fils le repas qu'il avait nommé depuis un an « retour de l'enfant au foyer », et auquel il avait rêvé souvent. Elle avait épluché pour lui quelques pommes de terre et les avait fait sauter, puis elle lui avait fait cuire toute une pile de crêpes. Comme boisson, une sorte de cidre, préparé par elle-même avec les pommes rapportées à l'automne précédent par Petsch, de ses randonnées à la campagne.

— C'était juste avant Noël, dit Frau Hedwig Schwabe en garnissant l'assiette de son fils d'une nouvelle crêpe. J'étais auprès de toi à Bernegg. Il y a eu encore une fois un bombardement sur Cologne et Petsch est venu chercher asile ici, dans la cave. Il était alors encore adjudant et avait quelques jours de permission. Et c'est depuis ce temps-là qu'il nous connaît, et il nous a beaucoup aidées, Ursula et moi.

Erich Schwabe approuva d'un signe de tête et passa son bras sur les épaules étroites d'Uschi.

— C'était une bonne chose pour vous de n'être pas complètement seules, dit-il d'un air heureux. Je vais aller lui parler très vite, et lui laisser entendre qu'il n'y a rien de changé. Nous allons tout simplement construire la maison tous ensemble.

C'était cela qu'Ursula ne put s'empêcher de hurler, à peine Schwabe eut-il quitté la cave.

— C'est impossible, mère. C'est tout simplement impossible. Il arrivera un jour où il apprendra tout. Karlheinz doit absolument aller s'installer dans un autre coin ; il ne manquera d'ailleurs pas d'occasions.

— Nous ne pouvons pas l'y obliger, tout de même.

— Mais il faut le lui demander, le supplier même ! Il ne faut pas qu'Erich apprenne la vérité, jamais !

Frau Hedwig Schwabe regarda d'un air soucieux ses mains usées par le travail et ridées. Elle savait quel choc ce serait pour son fils si la vérité venait à se savoir. Et elle-même, elle n'avait aucune excuse à offrir, pour avoir supporté la présence de ce Petsch durant tous ces mois passés. Elle avait pourtant fait très attention, et elle pouvait affirmer qu'entre lui et Ursula, il ne s'était rien passé de plus que le souvenir de ce qui était né de l'angoisse et de la peur de la solitude. Est-ce qu'un homme comme Erich comprendrait cela ? Mais Petsch était toujours revenu, bien qu'elle l'ait chassé quatre fois de chez elle ; et lorsqu'elle se rendit compte qu'il commençait à préparer les pierres pour reconstruire la maison, et qu'elle vit s'élever le premier mur, elle avait renoncé à résister davantage. En outre, elle avait faim, et Petsch apportait tous les jours quelque chose à manger ; du beurre, des œufs, du jambon, des pommes de terre, des tickets de pain, des gâteaux, des légumes frais, une fois même, un sac contenant dix têtes de choux-fleurs, de la choucroute, des betteraves rouges et un paquet de sucre roux. Et chaque fois, Frau

Schwabe avait dit : « Emportez tout cela, nous ne sommes pas à vendre ! » Mais Petsch s'était contenté de laisser toutes ces choses traîner sur le plancher de la cave, tout en sachant parfaitement qu'au bout de deux heures, Frau Schwabe lèverait les épaules d'un air résigné et commencerait à faire cuire les légumes et à préparer le repas.

Finalement, ce petit manège était devenu une habitude. Petsch s'occupait du ravitaillement de Frau Schwabe et d'Ursula comme un fils et un époux, et il mangeait avec elles puis il finit par passer chez elles tout son temps libre, et les accompagnait le dimanche quand elles allaient se promener dans la campagne. Il devint peu à peu un habitué de la maison, et finit par se sentir tout à fait chez lui.

Mais tous se demandaient avec un peu d'angoisse ce qui allait se passer lorsque Erich Schwabe reviendrait à la maison. Personne n'en parlait d'ailleurs. Seul une fois, Petsch avait dit à Ursula : « J'aimerai cet enfant comme si c'était le mien », ce à quoi Ursula avait répondu : « Je ne veux plus entendre parler de cela. J'aime Erich, et seulement Erich ! Et tâche de ne plus l'oublier ! »

Et voilà qu'Erich était revenu, un être privé de visage, dont l'avenir n'était basé que sur l'amour et la confiance, un homme respirant une joie tellement enfantine qu'on ne pouvait s'empêcher d'éprouver un choc au cœur en le regardant quand on pensait à ce qu'il ignorait.

— Erich va se lier d'amitié avec Karlheinz, dit Hedwig Schwabe lentement. Nous devons et nous voulons oublier ce qui s'est passé, Uschi. Impossible de faire que rien ne se soit passé, certes, mais on peut en tuer le souvenir en soi.

— Non, pas si je le vois tous les jours ! s'écria Ursula avec désespoir.

Frau Schwabe leva les mains en signe d'impuissance :

— Que faire d'autre, sinon ?

— Et si je le lui avouais ?

— Pas maintenant. Peut-être plus tard. Il est tellement heureux.

— Nous allons avoir un enfant, maman. Pour l'amour de son enfant, Erich saura certainement ..

Frau Schwabe baissa la tête et porta ses deux mains à son visage.

— Je ne sais pas, marmonna-t-elle. C'est trop horrible. Moi aussi, je me suis mal conduite. Moi aussi, je suis coupable. Je ne sais vraiment pas ce que nous pourrions faire.

— Il n'y a qu'une solution : Petsch doit s'en aller !

— Oui, mais il ne partira pas.

— Je vais l'y obliger.

— Comment ?

— Je vais lui dire que j'ai l'intention de tout avouer à Erich.

— Il n'attend que cela, c'est sûr.

— Alors, je vais l'assommer avec une pierre ! s'écria Ursula avec violence. Je ne me laisserai pas enlever inutilement mon bonheur. — Et brusquement, elle se mit à pleurer, en appuyant sa tête contre le mur humide. — Qu'est-ce que j'ai fait ? sanglota-t-elle. Ce n'était que du désespoir ; je ne savais même pas ce que je faisais ; je ne voulais qu'un peu de chaleur, la sensation de n'être pas toute seule, et toi... c'est toi qui es coupable !

— Moi ? interrogea Frau Schwabe en faisant un bond.

— Oui, toi ! Pourquoi n'as-tu pas voulu m'emmener à Bernegg avec toi ? Tu n'avais aucune confiance en moi. Tu voulais seulement passer Noël seule avec Erich ! Tu n'as été qu'une égoïste... Tu n'as pensé qu'à toi et à ton fils, et moi, à ce moment-là, je n'étais qu'une rien du tout à tes yeux, qu'on laisse tomber, dans un coin, comme une vieille loque. Je l'ai bien senti, va, et j'avais peur... peur des nuits et des journées, de l'avenir et de vous deux. Et c'est tout !

Elle se jeta sur le lit et enfouit son visage dans

l'oreiller. Frau Schwabe n'avait pas fait un mouvement, elle restait debout, raide et impassible en apparence, au milieu de la cave. L'accusation d'Ursula n'était que l'expression du sentiment de culpabilité dont elle souffrait en secret ; elle n'avait plus rien à répliquer...

— C'est bien, dit-elle d'une voix ferme. Je partirai. Je vous laisserai la place libre. Une vieille femme de plus ou de moins... quelle importance cela peut-il avoir ? Tandis que vous, vous êtes jeunes, vous avez toute la vie devant vous, et l'enfant a besoin de vous, de même qu'Erich, dans le temps, a eu besoin de moi. Je m'en vais tout de suite.

— C'est de la folie, Mère.

— Non, non. Si jamais Erich apprend cela un jour... je prendrai toute la responsabilité sur moi. Je ne suis qu'une vieille femme, et on me pardonnera. Et sinon... je m'en fiche. J'ai fini ma vie, j'ai bien travaillé... il ne s'agit plus de moi maintenant. L'essentiel, c'est que vous, vous soyez et restiez heureux.

Frau Schwabe était justement en train de préparer une petite valise, lorsque Erich revint de chez Karlheinz.

— Que se passe-t-il ici ? demanda-t-il en jetant un coup d'œil sur Ursula qui était assise sur le lit, les yeux rouges et gonflés, misérable.

— Je déménage, répondit brièvement Frau Schwabe.

— Tu es folle ? — Erich Schwabe saisit la valise à moitié remplie et la jeta entre le lit et l'armoire. — Que signifie cette bêtise ? Vous vous êtes disputées ?

— Non, mais la cave est trop petite. — Frau Schwabe tourna le dos à son fils. — Et quand le petit sera là... Je peux très bien m'installer chez une amie, dans les environs. Crois-moi, c'est préférable.

— Qu'il n'en soit plus question, maman, c'est compris ? — Erich Schwabe posa son paquet contenant les deux livres de lard sur la table. — En ce qui concerne l'espace vital, cela aussi c'est arrangé. Nous allons faire un échange.

— Un échange ?

— Karlheinz a installé sa cave de manière formidable. Il en a fait trois pièces, presque confortables, le malin. Il est prêt à faire un échange avec nous et à s'installer ici.

— Impossible ! s'écria Ursula épouvantée.

— Mais pourquoi donc ? Une offre pareille, Uschi ! Karlheinz est un ami véritable.

— Non, ça ne colle pas, ajouta Ursula faiblement. Ça ne colle pas, tout simplement.

— Ce ne sera de toute façon que du provisoire. Jusqu'à ce que notre appartement soit habitable, là-haut. Au printemps, nous pourrons nous y installer, et nous construirons aussi un petit appartement pour Petsch. Parole d'honneur !

Frau Schwabe leva les deux bras en l'air.

— On ne peut rien y faire, dit-elle comme figée. C'est un cercle vicieux.

— Comment cela, un cercle vicieux ? demanda Erich Schwabe sidéré.

— Je ne peux pas voir ce Petsch, s'écria Ursula d'une voix aiguë. Il me rend malade !

— Mais c'est pourtant un camarade sensationnel, répliqua Erich à bout d'arguments. Nous déménagerons demain. Qui pourrait nous faire une offre pareille, à l'heure actuelle ?

— Restons ici, supplia Ursula. La cave est assez grande, même quand le bébé sera là.

— Je ne vous comprends vraiment pas ! — Erich Schwabe ôta son veston et jeta quelques morceaux de charbon dans le poêle qui ronronnait doucement. — La cave de Karlheinz est plus chaude. Il l'a même climatisée avec des plaques. Et Maman aura sa chambre pour elle toute seule. Il a même installé l'eau chaude ; il a découvert, je ne sais où, un chauffe-eau électrique, il l'a démonté, et s'est construit une douche. Et il nous cède tout ! Et moi, il faudrait que je réponde non ? Ursula pourra baigner l'enfant, et au moins, le petit ne sera pas obligé de passer ses journées dans une cave humide et sans air.

— Bon, si c'est ainsi ! dit Frau Schwabe à voix haute, tout en faisant un geste énergique de la main, lorsqu'elle s'aperçut qu'Ursula voulait protester. Tout cela n'a aucune importance... Nous déménagerons demain ! Tout se passera comme ça doit se passer.

— Pourquoi ne veux-tu pas m'aider, Mère ? s'écria encore Ursula.

Sans comprendre, Erich Schwabe contemplait tour à tour les deux femmes. Il se demandait ce qui provoquait un tel énervement chez Uschi. Frau Schwabe secoua vivement la tête.

— Est-ce que nous pouvons y changer quelque chose ? cria-t-elle durement. La vie suivra son chemin... Mais nous aurons au moins trois pièces bien chauffées et bien installées.

— Et même un poêle de faïence.

— Alors !... Demain, nous déménagerons !

Sans trouver le sommeil, la nuit suivante, Ursula était étendue à côté de son mari et fixait un coin sombre de la cave. La peur envahissait et paralysait tout son cœur, comme une douche glacée. Elle avait conscience qu'on avait enflammé aujourd'hui même une mèche qui allait se consumer lentement.

Peu de temps avant Noël, les occupants de la chambrée B/14 s'étaient retrouvés. En fait, seulement par l'intermédiaire de cartes postales, mais c'était déjà une sorte de pont qui les reliait par-dessus tous les kilomètres qui les séparaient. Seul Walter Hertz était resté silencieux. « Le cas est clair, écrivait le Berlinois, réfugié dans le Hartz où il avait retrouvé sa mère en bonne santé. Il plane au septième ciel. Tout seul avec la petite... Il faut avoir un peu de compréhension, les enfants ! »

Kaspar Bloch et Fritz Adam avaient repris contact avec l'Université, et ils recommençaient leurs études sur-le-champ, là où ils les avaient laissées. Christian Oster n'écrivait qu'une carte très courte : « Je vais très bien. Le temps est épouvantable. Comment allez-vous, vous autres ? Amitiés. Christian. » Rien de plus, une carte stupide qui ne disait rien et avec laquelle il était impossible à qui que ce soit de se faire une opinion. Le plus prolixe de nouvelles, mais aussi le plus illisible, fut Wastl Feininger. « Rien à craindre du côté des nègres, racontait-il. Rési est restée fidèle, ce qui d'ailleurs le surprenait fort, car avant... la fenêtre de Rési était constamment ouverte. Au fait, le cochon a fait des petits, le dernier cochon, celui qu'on avait réussi à conserver, et on n'avait gardé que six exemplaires de la portée, bien qu'il y en ait eu neuf ! Il y aurait bientôt une bonne régalade de rôtis juteux, en secret, dans l'étable naturellement, et tous ceux qui avaient envie de venir étaient cordialement invités. Il suffisait d'envoyer un petit mot. Aucun des camarades de Bernegg ne devait jeûner chez Wastl... »

Ils avaient écrit aussi au Dr Mainetti, et, comme s'ils s'étaient donné le mot, toutes les cartes de vœux arrivèrent au château Bernegg presque en même temps. Wastl avait même joint un petit colis contenant quelques saucissons et un gros reblochon des montagnes, de la taille d'une assiette. Mais là aussi, on ne reçut rien de Walter Hertz. Lisa avait trié toutes les lettres et toutes les cartes et était restée très pensive. Elle ne croyait pas à la lune de miel qui fait tout oublier ; au contraire, elle ne pouvait s'empêcher d'éprouver un curieux sentiment de malaise en pensant à Walter Hertz, ce grand jeune homme à l'âme si douce et si fragile, bourrée de complexes déprimants, torturée par la peur de l'avenir qui s'étendait devant lui comme un désert inexploré.

Le 24 décembre, dans la soirée, James Braddock fit une apparition inattendue au château Bernegg. Il avait abandonné le mess des officiers, et avait pris la jeep tout seul, en conduisant à une allure vertigineuse, au risque de se rompre le cou. Et sans se faire annoncer, il fit une entrée brutale, provoquant l'étonnement et un sursaut chez tous les occupants du château, réunis en une petite fête de famille autour d'un arbre décoré et occupés à déballer les colis et les cadeaux reçus. Le curé de Bernegg était venu faire un petit discours, et on avait agité la cloche de la chapelle qui tinta joyeusement jusque dans la vallée. Un autre sonneur était maintenant suspendu à la vieille corde, car l'homme au demi-visage avait aussi été relâché et vivait quelque part dans la Hesse.

— *Merry Christmas!* s'écria le major Braddock tout en remettant à Lisa Mainetti un petit paquet ficelé avec art. Il était enveloppé d'une feuille d'étain et enjolivé d'une grosse cocarde.

Ils étaient assis dans un coin de la grande salle commune, tandis que quatre blessés préparaient un banquet à l'aide de grandes boîtes américaines à système isolant du genre bouteille Thermos. Ils en tirèrent une épaisse crème aux raisins secs, et des biscuits et fruits secs. Dans la pièce voisine, attendait la grande surprise, qu'on ne voulait dévoiler qu'après la distribution de thé : dix gâteaux à la pâte d'amande qui avaient été fabriqués par le mess des sous-officiers américains stationnés à Bernegg.

— J'ai encore un cadeau pour vous, Miss Docteur, dit le major Braddock en bégayant légèrement.

— Oui, je vais le déballer tout de suite.

Mais le major retint fermement la main de Lisa, avant qu'elle n'ait eu le temps de toucher au colis.

— Non, pas le paquet, cela n'est pas important. J'ai une autre nouvelle pour vous, qui va vous faire plaisir ; je vais être muté très prochainement.

La main du Dr Mainetti laissa tomber le paquet sur la table : — Et c'est cela que vous appelez un cadeau, Major ?

— Je pensais que vous seriez heureuse de ne plus me voir.

— Vous savez parfaitement combien je... Comment je serai...

Elle ne poursuivit pas, et le major fit un petit signe d'approbation qui n'avait rien de gai.

— Que va devenir maintenant notre passionnant commerce fait d'un mélange de haine et d'amour,

Miss Docteur ? Je retourne aux Etats-Unis où je possède une charmante petite ferme ; c'est là que je finirai mes jours. Mammi m'attend, et tous les jours, elle me préparera une portion d'œufs au plat et de lard, ainsi que des toasts et du jus de tomate, bien frais, une tasse de Nescafé, et ensuite, un grand Virginia. Puis je passerai mes journées à parcourir la prairie sur mon cheval ou bien à surveiller les étables ; je me trouverai toujours dans les jambes des autres, et le soir, les voisins viendront, les Burn et les Welle, les Smith et les Fairwell, et nous jouerons au bridge jusqu'au milieu de la nuit, et moi, je raconterai mon séjour dans la bonne vieille Germanie. N'est-ce pas une vie formidable en perspective, que chacun pourrait m'envier ? C'est le secret désir de millions de gens que je ne connais pas : une petite maison, une petite femme, quelques petits-enfants et beaucoup, beaucoup de temps libre. Et il faut aussi que je déguste mon whisky en cachette, dans un coin d'écurie. Je cache toujours mes bouteilles dans un coffre à foin, sous les betteraves coupées.

Le Dr Mainetti éclata de rire : — C'est cela que j'aimerais voir. Le puissant major Braddock se glissant subrepticement dans l'écurie et buvant son whisky en cachette et en tremblant, appuyé sur la bassine contenant la nourriture des porcs...

— C'est ainsi que chacun dans la vie reçoit la part qui lui est due. — James Braddock posa la main sur le bras de Lisa. Ses doigts étaient durs et froids. — Il faut que je vous dise quelque chose, Miss Docteur.

— C'est tellement grave, Major ?

— On devrait prendre les sottises un peu plus au sérieux, cela éviterait bien des catastrophes dans le monde. En tout cas, l'essentiel, c'est de reconnaître à temps les sottises.

— Et vous, vous l'avez reconnu à temps ?

Le ton de cette phrase aurait dû être ironique, mais le major Braddock y sentit une sorte de communion de sentiment. Il agita plusieurs fois la tête.

— C'est justement parce qu'il s'agit de sottise, que je n'ai pas de honte à l'exprimer tout haut : je suis tombé amoureux de vous, Lisa.

— Je le sais, Major, répondit brièvement Lisa Mainetti.

— Quoi, vous le saviez ?

— On aurait tendance à l'oublier... mais je suis une femme ! Nous sentons les désirs inexprimés, comme s'ils étaient criés à haute voix. J'ai toujours admiré, Major, avec quel courage vous aviez toujours caché ce qui vous étouffait

— J'ai toujours détesté le Pr Rusch, en secret. A cause de vous, Lisa

— Mais vous avez été assez intelligent pour reconnaître que vous ne pouviez rien entreprendre contre Rusch.

— Je me suis forcé à supporter cette situation. Cela s'est passé pour la dernière fois lorsque nous sommes allés à Darmstadt lui rendre visite. Ce n'est ni pour vous ni pour le Pr Rusch que j'y suis allé. Je voulais tout simplement me guérir de la folie d'espérer que je pourrais un jour vous posséder. — Braddock contempla ses mains. — Ce fut une excellente thérapie, ajouta-t-il tout bas. Une opération chirurgicale radicale. Bon, et maintenant, comme je vais bientôt retourner définitivement chez moi, je puis me permettre de vous faire ces aveux, sans risquer de perdre le nord ou de rougir comme un écolier amoureux.

Ils se turent, et leurs pensées se rejoignirent dans le souvenir de toutes ces semaines et de tous ces mois qui venaient de s'écouler. Ils avaient vécu en un temps très court des événements qui suffiraient à remplir toute une vie, et ils ne pourraient jamais l'oublier.

— Est-ce que vous avez reçu des nouvelles de Rusch ? demanda le Dr Mainetti, en rompant brutalement le lourd silence.

La tête de Braddock sembla faire un saut vers le

haut. Arraché ainsi à ses pensées, il fixait Lisa d'un œil absent.

— De Rusch ? Non, rien...

— Il n'a pas écrit à Noël.

— Peut-être recevrez-vous une lettre entre Noël et Nouvel An.

De nouveau, quand elle voulut reprendre le paquet, il la retint fermement par la main.

— Je vous en prie, seulement quand je serai parti, dit Braddock d'un ton grave.

— C'est donc tellement mystérieux ? — Elle soupesa le colis dans sa main. — C'est pourtant bien léger. Ai-je le droit d'essayer de deviner ?

— Si vous le voulez.

— Savonnette, bas nylon, lingerie ?

— Non.

— Une boîte de pralines ou de gâteaux secs.

— Non.

— Du café ou du thé ?

— Non.

— Je donne ma langue au chat. — Lisa reposa le paquet sur la table. — Tout le reste pèse trop lourd.

— Pour moi, le contenu est assez lourd. Trop lourd.

— Pour vous ? — Le Dr Mainetti contempla le petit paquet en inclinant légèrement la tête. — J'éclate de curiosité. Major !

Après avoir bu le thé et mangé une part du gâteau à la pâte d'amande, Braddock reprit la route de Bernegg. Lisa Mainetti emporta son mystérieux cadeau dans sa chambre et enleva soigneusement le papier d'étain. Peut-être était-ce quelque chose de cassable ; avec le major Braddock, on pouvait s'attendre à toutes les surprises.

Un morceau de carton tout en longueur apparut. Dessous, Lisa découvrit seulement une mince feuille de papier à lettres posée sur quelques branches de sapin. Intriguée, elle prit la lettre et, l'approchant de la lampe, elle y lut l'adresse suivante : James Braddock, major.

Lisa hésita à ouvrir le papier ; elle le contempla encore, les doigts tremblant légèrement ; puis elle s'aperçut que la lettre avait déjà été dépliée et remise en place avec beaucoup de soin.

C'était une lettre personnelle, car elle ne découvrit pas d'en-tête imprimé. « Dear Sir », commençait-elle. C'était effectivement une lettre adressée au major Braddock.

Lisa approcha la lampe un peu plus près et commença à traduire la lettre :

« En réponse à votre demande, nous vous informons qu'en accord avec les autorités militaires et civiles, avec les services d'enquêtes et les avocats allemands, l'instruction en cours contre le Pr Walter Rusch, interné au camp de Darmstadt, vient d'être déclarée close. Les soupçons portés contre lui se sont révélés sans fondement. Le Pr Rusch sera libéré, très prochainement, du camp de Darmstadt, mais la date reste encore incertaine.

« Nous espérons par la présente avoir... »

Lisa ne continua pas sa lecture. La feuille de papier lui échappa des mains. D'un coup de coude, elle jeta la lampe loin de la table, par terre, et se trouva bientôt plongée dans l'obscurité totale.

— Braddock, murmura-t-elle. James Braddock... Cela, je ne l'oublierai jamais, je te le promets !

Elle se précipita sur le téléphone et appela le bureau du commandant de Bernegg. Un sergent lui répondit.

— Non, le major Braddock est parti. Non, je ne sais pas où... Parti avec la jeep, précisa-t-il.

Lisa Mainetti laissa retomber l'écouteur, puis elle s'assit dans l'obscurité devant la fenêtre et contempla le parc enneigé. A l'étage en dessous, dans la grande salle, tous les blessés réunis chantaient des chants de Noël. Dehors, le vent soulevait un nuage de neige poudreuse autour du château, qui allait se répandre dans la vallée jusqu'au village.

— Peu après le 1er janvier, se dit Lisa tout bas, en

posant son front brûlant contre la vitre glacée, je serai là, Walter.

Le matin du 1er janvier, elle partit à Darmstadt. Braddock lui avait accordé deux semaines de congé et avait envoyé à l'hôpital de Bernegg un médecin américain de la place de Würzburg, comme remplaçant pendant son absence.

L'après-midi, elle se trouvait devant l'entrée principale du camp, enfoncée dans la neige fraîche que les chasse-neige avaient accumulée sur le bas-côté de la route, et elle attendait. Chez le commandant du camp où elle s'était tout d'abord rendue et où elle avait montré la lettre du major Braddock, on avait haussé les épaules.

— Cela vient du C.I.C., Miss, lui avait dit un jeune lieutenant à qui on l'avait envoyée.

— Et quand va-t-il être relâché ?

— C'est très incertain. Demain, après-demain... On en relâche tous les jours quelques-uns.

— Et quand sont-ils libérés en général ?

— La plupart du temps le matin.

— Alors, je vais attendre.

Le lieutenant haussa les épaules et fit un salut ennuyé et indifférent lorsque Lisa Mainetti quitta la pièce.

Quatre jours de suite, Lisa prit son poste de surveillance chaque matin à la porte du camp. Les équipes de travailleurs qui partaient en défilant la saluaient déjà comme une vieille connaissance, et les soldats de garde lui criaient : *Hello ! How do you do ?...* Elle se tenait debout au milieu de la neige, les pieds enfouis dans de grosses bottes, le col de son manteau relevé, et chaque fois qu'une colonne de libérés franchissait le double poste de garde, elle courait à sa rencontre et dévisageait tous ces êtres debout au milieu de la route, indécis et étonnés de ce que la liberté leur fût rendue, de ce qu'aucun soldat américain ne fût là pour leur crier durement « *Go on !* », de ne plus voir les grands panneaux annoncer qu'il était interdit de manger des limaces sous peine de punition !

Le cinquième jour, le Pr Rusch passa à son tour les deux postes de garde, montra son billet d'exeat, et fit un grand pas hors du royaume des fils de fer barbelés, pour atteindre enfin la route boueuse et rongée par les roues épaisses des camions.

En poussant un grand cri, Lisa Mainetti courut à sa rencontre, les deux bras étendus.

Christian Oster s'était de nouveau réintégré chez lui. Tout était resté comme avant ; même la tache rousse qu'il avait toujours connue derrière le lit n'avait pas disparu ; une fois, il avait failli mettre le feu à la maison, en s'endormant avec une cigarette à la main, et la tapisserie avait commencé à fumer.

Suzanne Oster aussi s'efforçait de retrouver son mari, malgré le visage devenu complètement différent. Après l'arrivée de Christian, et le repas du soir pris en commun, sans appétit et en silence, elle s'était mise au lit en tremblant. Comme si elle s'était trouvée en présence d'un étranger, elle était allée se déshabiller dans la salle de bains et s'était glissée très rapidement entre les couvertures, avant même que Christian fût revenu de son tour du propriétaire à travers toute la maison. Il avait toujours fait ce tour pour contrôler si toutes les portes étaient bien fermées — la porte d'entrée, la porte de la terrasse, la porte de la cave et celle de la buanderie, la porte de la cuisine qui conduisait au jardin potager et la porte donnant sur le garage. C'est seulement le soir qu'on remarque le nombre invraisemblable de portes que peut avoir une maison.

L'angoisse de Suzanne se révéla inutile. L'homme au visage étranger qui était son mari prit une douche, puis vint s'allonger à côté d'elle. Il lui toucha légèrement le bras, lui caressa les cheveux et se contenta de murmurer très tendrement : « Bonne nuit, Suzi. »

Puis il éteignit la lumière et fit semblant de s'endormir.

En fait, ils étaient étendus tous deux l'un à côté de l'autre, éveillés et scrutant attentivement la respiration de l'autre. Ils ne faisaient pas un mouvement, et chacun d'eux attendait que l'autre remuât, qu'un mot fût prononcé, ou bien seulement un soupir qui pourrait déjà représenter un pont entre leurs deux âmes. Mais ils gardèrent le silence, en fixant dans l'obscurité un point quelconque du mur, et finirent par s'endormir en espérant que la journée du lendemain éclaircirait la situation.

Le lendemain, commença le défilé des amis et des voisins, qui apportèrent des petits cadeaux en signe de bienvenue, la plupart du temps d'ailleurs, des choses à manger qu'ils avaient échangées contre autre chose. Et dans tous les yeux, Christian put lire une épouvante, une incrédulité totale, un embarras qui ne disparaissait que lorsqu'il se mettait à parler ; alors, tous se rendaient compte qu'il était vraiment le Christian Oster qu'ils avaient connu autrefois.

— Tous mes respects pour l'art des médecins ! s'écria l'oncle Ferdinand en buvant une grande gorgée du vin qu'il avait apporté. Si un visage ne plaît pas à son propriétaire... on... on en change ! Vous vous rendez compte, au fait, qu'avec ce système-là même Bormann peut s'enfuir ? Un nouveau visage... et il disparaît avant même qu'on n'ait eu le temps de s'en apercevoir.

On s'en tint là sur ce sujet. L'oncle Ferdinand avait toujours été un lourdaud mal dégrossi ; il s'en alla rapidement après avoir consommé lui-même toute la bouteille de vin.

Peu après le nouvel An, Christian Oster s'en alla en ville avec sa vieille bicyclette pour se présenter à son ancienne entreprise. La direction du personnel lui avait écrit à Bernegg pour l'informer qu'il serait immédiatement repris dès son retour. Il lui suffisait de revenir au bureau après sa sortie d'hôpital, pour reprendre contact.

L'usine avait à peine été abîmée, mais, au lieu de fabriquer comme auparavant des chambres à coucher et des tables de travail de style Renaissance, on produisait des portes toutes simples et des étagères d'armoires. Le grand hall qui servait autrefois de dépôt pour les meilleurs bois étrangers avait été transformé en station-service de l'armée américaine.

Le directeur de l'usine, M. Berger, tint à recevoir lui-même Christian Oster, le rapatrié, et à lui souhaiter personnellement la bienvenue. Emmanuel Berger avait eu de la chance. Il s'était contenté durant la guerre de n'être qu'un membre bienfaiteur du Parti, ce qui se limitait au paiement des cotisations ; on avait bien posé sur la porte de l'usine un placard portant la mention « Entreprise-pilote du parti nazi », mais cela n'avait été qu'une lubie du service du travail, avait-il toujours répété. On voulait pouvoir transmettre à Berlin de grands pourcentages de production, et c'était la raison pour laquelle on mettait des panneaux de ce genre justement sur les portes des usines qui étaient « contre ». Une preuve ? Au lieu de fabriquer des lits de camp destinés aux abris, l'usine Berger avait sorti des chaises de cuisine. N'était-ce pas un vrai signe de pacifisme ?

Toujours est-il qu'Emmanuel Berger avait eu le droit de conserver son usine, qu'on ne l'avait pas expédié dans un camp de prisonniers nazis et qu'on lui avait même envoyé des commandes importantes destinées à la reconstruction. Même de la part des Américains. Des meubles pour les baraques et les casernes.

M. Berger lança un regard réprobateur à l'homme qui arrivait dans son bureau.

— Eh bien ? D'où venez-vous donc ? demanda-t-il d'un ton rogue. J'attends une visite. Qui vous a permis d'entrer ?

— Je suis la visite que vous attendez, répondit Christian Oster.

— Qui êtes-vous ? hurla Berger.

— Christian Oster.

Berger bondit de son fauteuil, rouge de fureur, et

tout en parlant. il écartait les doigts comme une grenouille en plein saut.

— Ecoutez-moi. Je connais M. Oster depuis des années ! Il était chef du service de la comptabilité chez moi ! Et si vous ne...

Christian Oster contemplait son chef d'un regard ébahi :

— Mais je suis pourtant bien Christian Oster, monsieur Berger. — Il dut reprendre son souffle, sa gorge lui faisait mal. — Mes yeux, mes cheveux... Tout cela n'a pas changé. Le reste, je l'ai abandonné en Russie. J'ai été blessé au visage, vous le savez bien, et on m'a refait un nouveau visage.

M. Berger se passa la main devant les yeux, et son regard s'emplit d'effroi.

— Mais ce... ce n'est pas possible !

— Malheureusement si. On ne peut plus rien y changer.

— Et que... que dit votre femme ?

— Elle finira bien par s'y habituer. Je suis malgré tout resté le même homme, je suis toujours Christian Oster. Il n'y a que l'aspect extérieur qui a changé.

— Justement, justement ! C'est bouleversant. Nom de Dieu... Il faut que je boive un cognac ! Venez en boire un avec moi, monsieur... monsieur Oster.

— Je vous remercie, monsieur Berger.

Deux heures plus tard, Christian Oster reprenait sur sa vieille bicyclette le chemin de chez lui. On lui avait rendu sa situation, et il se retrouvait chef du service de la comptabilité. Son remplaçant allait être muté comme chef du service des achats. Il pouvait déjà commencer à travailler le lendemain, et son bureau l'attendait déjà, propre et remis en ordre. C'était le même bureau qu'avant sa mobilisation, il l'avait reconnu à une grosse tache d'encre qui ornait le côté gauche, occasionnée autrefois par son stylo.

Lorsque Christian Oster démarra, Emmanuel Berger le suivit des yeux, de la fenêtre du bureau directorial.

« Eh bien, vrai ! se dit-il à lui-même en mordillant le bout de son cigare. Eh bien, vrai ! Un visage complètement différent. Je me demande ce que cela va donner ! »

Tous les trois jours, Erich Schwabe se rendait à l'hôpital principal de Cologne « Lindenburg », pour faire changer son pansement. Mais, même dans cette ville où les blessés pullulaient, il ne passait pas inaperçu. On ne le lui montrait pas, bien sûr, mais il s'était bien rendu compte qu'à chaque séance de pansement, des têtes nouvelles de médecins apparaissaient, bien souvent même des sommités médicales qu'on appelait monsieur le professeur et qui, sans dire un mot, palpaient son visage, le nez nouvellement recréé et les lèvres remodelées avec tant de patience par le Dr Lisa Mainetti. Elles n'étaient d'ailleurs refaites que d'une façon assez grossière, mais les spécialistes se rendaient déjà compte de l'aspect qu'elles présenteraient lorsque le travail serait achevé.

A l'hôpital Lindenburg, Schwabe était souvent remis aux soins de deux médecins français, qui étaient arrivés là en tant que prisonniers de guerre, et qui, après la capitulation de l'Allemagne, y étaient restés parce que les méthodes de travail leur plaisaient et qu'ils s'y sentaient chez eux. Tout comme le stagiaire Baumann à Bernegg, ils humidifiaient les bandages avec beaucoup de précaution avant de les ôter, nettoyaient les plaies qui continuaient à suinter et recollaient de larges bandes de leucoplast rose sur tout le visage.

Trois jours avant Noël, la famille Schwabe avait déménagé et s'était installée dans la cave de luxe de Karlheinz Petsch. Et pour prévenir toutes complications désagréables, Petsch avait refusé l'invitation des Schwabe de passer les jours de fête ensemble, en alléguant une visite qu'il devait faire à son cousin à Düsseldorf. En fait, il passa Noël et nouvel An chez un paysan, chez qui il but du schnaps distillé à la maison, démonta un grenier qui avait appartenu à l'ancienne ferme, et fit l'amour avec une de ses nièces venue de Krefeld pour essayer d'obtenir de son oncle un bon rôti à manger le Premier janvier.

Après les jours de fête, il revint lourdement chargé, et le défilé des fournisseurs de matériaux de construction et de vitres recommença ; on échangea du matériel contre du beurre et du jambon, des cigarettes et des fruits secs venant de l'armée américaine.

— Pourquoi fais-tu tout cela ? demanda un jour Schwabe, alors qu'ils construisaient ensemble une serre chez un paysan des environs. — C'était pendant la pause du déjeuner, et on leur avait servi une portion de choucroute avec un pied de porc.

— Un jour, ta femme m'a porté secours, alors que j'étais en grand danger...,

— C'était pourtant tout à fait normal.

— Peut-être, et ce que je fais maintenant est tout aussi normal. Si nous ne nous tenons pas par la main, maintenant, vieux, solide comme un corset, nous dégringolons !

Ils se mirent à rire, et tout semblait facile. Entre hommes, les problèmes psychologiques se résolvaient facilement et très vite. Erich Schwabe mit un pied de porc de côté et l'enveloppa dans un morceau de papier, ce qui fit lever des yeux étonnés à Petsch.

— Que se passe-t-il donc ?

— C'est pour Uschi. Elle aime tant çà !

— Imbécile ! Mange-le toi-même, Erich. Et pour Uschi, nous irons en chercher encore deux chez le paysan. Sinon, je lui fourre du sel dans son béton, et dans deux ans, tout son échafaudage tombera en poussière, sans que personne ne puisse s'expliquer pourquoi.

Le soir, ils se réunissaient très souvent dans le nouvel appartement de Schwabe et buvaient le habra, ce qui, en langage populaire signifiait l'alcool distillé en secret dans les caves, extrait de maïs ou de pommes de terre. Des installations géniales de distillation, issues de bidons à lait ou de marmites, bouillonnaient dans des centaines de caves sur des poêles rouillés, et tout le monde, depuis le grand-père jusqu au petit-fils, tournait autour de ces appareils primitifs ; on filtrait le schnaps à travers du noir animal, on le coupait d'eau distillée jusqu'à 38 % et on le versait dans des bouteilles de vin. Un parfum d'alcool traînait sur les décombres, de manière constante, et personne n'y faisait plus attention, pas même la police qui se contentait de prendre de temps en temps en flagrant délit un distillateur « noir », pour satisfaire à la loi.

Karlheinz Petsch aussi fabriquait de l'alcool en cachette Il s'était procuré des tuyaux de cuivre et y avait fixé de longs serpentins. Il distillait l'alcool deux fois avant de le filtrer. « Je n'en ai jamais vu de plus pur, fourni par l'Etat », avait-il dit fièrement, la première fois qu'il apporta une bouteille chez les Schwabe. « Après-demain, je vais avoir trois quintaux de grain Nous les consacrerons tous les trois au schnaps. Et on va distiller chez nous comme dans une fabrique de vodka. »

— Et où allons-nous entreposer les centaines de bouteilles ? demanda Erich Schwabe.

— Cela aussi, je l'ai prévu ! annonça Karlheinz Petsch en éclatant de rire et en donnant une grande tape sur l'épaule d'Erich. Pour trois cents flacons de habra, je peux avoir une vieille bagnole, une Opel P 4. Mais la vieille charrette roule encore à la vitesse d'une jeune vierge qui court à son premier rendez-vous. Mince, Erich, une voiture à nous ! Tu te rends compte de ce que cela représente ! Arrivages rapides de matériel, une clientèle élargie, des petits tours de prospection en Bavière. Nous allons poser les premiers fondements de l'entreprise Schwabe et Petsch, hein ?

Pendant toute une semaine, Erich Schwabe et Karlheinz Petsch distillèrent trois cent trente-neuf bouteilles de schnaps dans une cave vide de l'ancien immeuble appartenant aux Schwabe. Lorsqu'ils en sortirent, ils dégageaient une telle odeur d'alcool, qu'on aurait pu croire qu'ils s'y étaient baignés.

— Voilà notre carrosse ! dit Erich Schwabe. Où allons-nous faire l'inauguration ?

— Où voudra notre Uschi ! s'écria Petsch.

Sans dire un mot. Ursula se détourna et retourna dans la pièce voisine, à côté d'Hedwig Schwabe. Erich haussa les épaules.

— Malgré tout, Karlheinz... Tu n'es pas son type...

Petsch se moucha avec bruit. Merde, pensa-t-il, c'est vraiment un chic type, et ce serait vraiment dommage de tout casser à cause de ce qui s'est passé autrefois. Mais je n'arrive pas à renoncer à cette petite peste blonde d'Uschi. Qu'y puis-je ?

Le dimanche suivant, ils s'en allèrent tous ensemble dans la P 4 toussante et crachante, en direction de la forêt. Les routes étaient encore enneigées, et la forêt ressemblait à une forêt de conte de fées, avec ses innombrables bonnets de neige éclatante.

On emmena de la soupe, une préparation secrète de Frau Hedwig Schwabe, dans une bouteille Thermos que Petsch s'était procurée dans une cantine américaine, d'une manière qui était restée très mystérieuse. Quelques jours auparavant, il y avait eu une distribution exceptionnelle de harengs saurs fraîchement fumés, contre deux coupons de la carte des œufs. La partie charnue des poissons disparut vite, mais Frau Schwabe ne put se résigner à jeter la peau aux reflets d'or.

— Les enfants, toute cette graisse inemployée, dit-elle d'un air sensuel, on peut certainement en tirer quelque chose.

Et elle essaya : elle fit bouillir les harengs saurs, les passa à travers un linge assez grossier et il en sortit un jus merveilleux, brillant de graisse qui avait un goût de fumée comme si on l'avait extrait d'un jambon fumé. Elle y fit cuire de l'orge avec beaucoup de poireaux séchés qu'elle avait fait pousser l'été précédent au milieu des ruines de la maison. C'était délicieux.

— Notre petite mère est un véritable génie, affirma Karlheinz Petsch avec ravissement. Elle arrive à faire un repas complet avec presque rien. Combien de fois je me suis aperçu depuis peu à quel point ma mère me manque !

Cela sembla un peu sentimental, et personne ne se rendit compte que les lèvres d'Ursula se serraient de colère muette, et que ses poings voulaient frapper.

L'excursion dans la nouvelle voiture se termina par un court dialogue entre Uschi et Petsch. Erich et Frau Schwabe étaient déjà rentrés dans l'appartement, et Ursula était restée en arrière pour aider Petsch à décharger l'auto. Elle voulut saisir la Thermos, mais Petsch mit aussi la main dessus et ne la lâcha pas.

— Est-ce que tu as l'intention de rester avec lui lorsque l'enfant sera né ? demanda-t-il à voix basse.

Ursula lui arracha la bouteille des mains.

— Oui, grinça-t-elle.

— Il ne retrouvera jamais un autre visage que celui qu'il a en ce moment. Tu ne peux tout de même pas éternellement...

— Je l'aime.

— Peut-être, mais seulement quand tu fermes les yeux. Si tu étais obligée de le regarder à ce moment-là...

— Si tu ne me laisses pas en paix, je dirai tout à Erich !

— Je n'attends que ça !

— Salaud ! Espèce de salaud ! s'écria Ursula en serrant la bouteille contre sa poitrine. Jamais plus, tu ne m'auras... tu m'entends ? Même si tu étais millionnaire ! Je ne me laisserai pas acheter, moi !

— Bien, attendons ! — Karlheinz Petsch reprit sa place au volant. — Ce spectacle continuel finira bien par te tuer le moral.

Ursula plia le dos sous ces paroles comme sous un coup de fouet. Puis elle leva les deux bras et jeta la bouteille Thermos à la tête de Petsch qui réagit trop tard et reçut l'arête de métal contre le front. La peau éclata et le sang gicla et coula sur les yeux et la bouche grande ouverte, mais qui ne laissait sortir aucun son.

— Je te tuerai, hoqueta Ursula. Je le jure, je vais te tuer.

Le moteur hurla et Petsch démarra en trombe. La neige réduite à l'état de bouillasse gicla sous les roues arrière et inonda Ursula d'une eau boueuse et noirâtre.

Lentement, elle se frotta, reprit la Thermos qui était tombée dans la neige, et rentra dans la cave.

Dans dix jours environ, l'enfant va arriver, pensa-t-elle. Et cette pensée ressemblait davantage à une supplication muette et émouvante. Comme ce serait bon de donner la vie à un être en y laissant la sienne ! Comme ce serait bon... et quelle solution facile à tous les problèmes !

Dès sa sortie du camp de Darmstadt, le Pr Rusch manifesta la volonté de rentrer immédiatement à Bernegg.

— Il faut que je voie encore une fois Braddock, allégua-t-il, avant qu'il ne reparte aux Etats-Unis. Et les blessés aussi ont besoin de moi. Nous avons déjà perdu trop de temps.

Mais Lisa Mainetti secoua énergiquement la tête :

— Non, dit-elle. Et si je dis non, c'est en tant que femme. C'est toi-même qui l'as voulu, Walter... et maintenant il faut bien que tu en subisses les conséquences. Non, nous ne rentrons pas tout de suite à Bernegg. J'ai encore neuf jours de congé que nous allons passer ensemble, tout seuls, dans le plus grand calme.

— Oh ! Ça commence bien ! — Rusch serra fermement le bras de Lisa contre lui. — Pas encore mariés, et je dois déjà obéir à tes ordres !

— Tu as toujours la possibilité de réfléchir, il n'est pas trop tard !

— Mon Dieu ! — Il posa son bras sur l'épaule de Lisa. — Je me rends. Où veux-tu me traîner ?

— Là où je t'aurai pour moi toute seule, et où j'ai été heureuse, vraiment heureuse, il y a des années de cela, pour la dernière fois, quand j'étais encore toute jeune... A Heidelberg !

— Moi aussi, j'ai fait mes études à Heidelberg.

— Je sais. C'est pourquoi nous allons y retourner.

Dans un des rares hôtels qui n'avaient pas été réquisitionnés par les Américains, ils trouvèrent une petite chambre. Le propriétaire se souvenait encore de l'assistant de faculté, le Dr Rusch, qui venait chez lui régulièrement tous les jeudis soirs avec une bande d'amis, derrière la salle principale, dans un coin réservé.

— A cette époque-là..., soupira-t-il. Autrefois, nous avions une carte du jour qui comprenait six pages, un vrai livre... Et maintenant, que reste-t-il ? Soupe à la semoule de maïs, bœuf-mode garni... Mais ne me demandez pas ce que signifie « garni ».

Tout ce qui se passait autour d'eux ne semblait pas les concerner. Tout leur était indifférent. La guerre était finie, le camp et l'enquête... Il ne restait qu'une chose : eux seuls, leur amour qui était devenu lourd et riche comme un vieux vin conservé en cave, leurs pensées communes et leur bonheur partagé, et les projets qu'ils pouvaient faire avec réserve et timidité presque en évoquant « notre avenir commun ».

— Dois-je vraiment partir pour l'Amérique ? ne cessait de questionner Rusch. Souvent, il sursautait et s'effrayait, au milieu des gestes tendres de Lisa ; il se relevait, contemplait les yeux profonds et brillants de bonheur de sa compagne, et demandait en tremblant d'incertitude : Devons-nous vraiment partir pour l'Amérique ?

— Je ne sais pas, Walter. Je ne sais vraiment pas, disait-elle sans désemparer, mais il sentait bien dans le ton de sa voix qu'elle pensait « non ».

— Nous n'aurions plus aucun souci, Lisa. On me fournirait tous les éléments nécessaires au développement de la technique de la chirurgie plastique, et on m'ouvrirait toutes les portes. Nous n'aurions plus jamais faim, plus de soucis financiers : on nous procurerait sur-le-champ une maison, que nous pourrions payer à terme, et je deviendrais citoyen américain. Ce serait comme un pays de cocagne... Et ce serait véritablement une nouvelle vie.

— Je sais. — Lisa posa la tête sur sa poitrine et lui serra les épaules. Tendrement enlacée, elle demeura ainsi étendue à côté de lui, écoutant les battements précipités de son cœur. — Je ne sais plus rien. Je sais seulement que je suis heureuse... heureuse... heureuse...

— Comme une toute petite fille.

Elle approuva et se frotta le nez sur la poitrine de Walter, comme un chat. — C'est d'ailleurs à ce stade-là que je dois commencer, et j'ai beaucoup d'années à rattraper. — Quand je pense que cette femme, jadis, engueulait les troufions comme un adjudant prussien !

— Oh ! je n'en ai pas encore perdu l'habitude. Veux-tu un exemple ? — Elle se redressa, se mit à genoux près de Rusch et rentra la tête dans les épaules. — Rusch, hurla-t-elle. Penseur impénitent, ne pourriez-vous pas enfin en finir une bonne fois avec cette idiotie ? — Sa voix était aussi dure et forte que jadis à l'hôpital. — Vous ne devriez pas toujours réfléchir, vieux... Vous devriez plutôt... aimer ! Merde alors, c'est le comble qu'on soit obligé de vous le rappeler plusieurs fois de suite !

Rusch éclata de rire et l'attira contre lui.

— Chère Dr Mainetti, lui murmura-t-il à l'oreille. Vos capacités thérapeutiques dépassent tout ce que les bouquins peuvent contenir.

Mais un peu plus tard, sans raison apparente, Rusch se releva de nouveau, et contempla le lit avec effroi. Lisa s'était endormie, souriant d'un air béat, les poings serrés comme un enfant plongé dans un rêve délicieux.

— Amérique..., prononça-t-il tout bas. Mon Dieu, devons-nous vraiment partir pour l'Amérique ?

Le soir, ils refirent une promenade à travers les rues de Heidelberg. Les uniformes américains dominaient très nettement, et seulement de temps en temps, on apercevait un costume civil ; un Allemand blême, les épaules basses, marqué par la guerre, des yeux vides, qui ne reflétaient pas la moindre espérance.

Dans les environs de la gare, ils entendirent du bruit et des cris humains. Ils aperçurent bientôt un attroupement ; puis deux agents de police se faufilèrent à travers la foule ondoyante, et ils réapparurent, entourant un homme qui se débattait, donnant des coups de pied dans les jambes des deux policiers, et dont la voix dominait toute la place envahie par la paix du soir.

— Bande de salauds ! hurlait l'homme. Il n'y a pas encore une année de cela, et, de nouveau on est obligé de supporter les nouveaux dieux en uniforme. Vous, vous touchez votre salaire, à la fin du mois, vous pouvez bouffer, hein ? Mais qui s'occupe de moi ? Foutez-moi la paix, que je vous dis, foutez-moi la paix ! Bande de salauds... Eh ! les gars, aidez-moi donc ! Merde... On ne voit que des ennemis. Des ennemis ! Partout ! Ils m'ont enlevé mon visage... et maintenant, je suis condamné à mourir de faim à cause de ça !

Lisa Mainetti saisit le bras de Rusch de ses doigts crispés : — As-tu entendu, Walter ?

Le Pr Rusch répondit oui d'un signe de tête rapide puis il entraîna sa voisine :

— Viens, dit-il, il faut que j'aille voir de plus près.

Ils traversèrent la place de la gare en courant, écartèrent sur leur passage les grappes humaines qui les gênaient, et rejoignirent le malheureux qui hurlait au moment où les agents le contraignaient à se mettre à genoux au milieu de la route.

L'homme portait un vieux costume à rayures bleues et blanches ; ses longs cheveux blonds pendaient sur son front, et la sueur inondait son visage couvert de cicatrices, de creux et de bosses, et dont les yeux ne se trouvaient plus au même niveau. L'un pleurait, tandis que l'autre semblait vouloir sauter hors de la tête, de désespoir et de rage impuissante.

— Cochons ! hurla encore l'homme. Bande de lâches !

— Hertz ! s'écria Lisa Mainetti en voyant le visage mutilé. Walter Hertz !

L'homme s'agrippa aux mains des agents et sa tête se redressa d'un bond. Les yeux écarquillés, il contempla Lisa et le Pr Rusch, qui avaient réussi à percer le cercle de curieux.

— Docteur... Docteur, hoqueta Walter Hertz. Professeur... — Puis toutes ses forces l'abandonnèrent, sa révolte et sa fureur tombèrent et il s'amollit entre les mains des agents, qui l'aidèrent à se relever sans qu'il manifestât la moindre opposition.

— Vous connaissez cet homme ? demanda l'un des agents. Qui êtes-vous donc ? — Le ton indiquait le désir de blesser, et le Pr Rusch se détourna lentement.

— C'est vraiment curieux, dit-il très haut pour que tout le monde l'entendît. Mais qui croyais que le militaire allemand avait rendu le dernier soupir le 9 mai 1945 pour toujours... Comme quoi on peut se tromper !

— C'est l'effet de l'uniforme, répondit Lisa d'une voix aussi forte. Un bout de chiffon multicolore sur une poitrine d'Allemand, et un demi-dieu est né !

Le cercle de curieux se mit à rire, et les deux agents de police contemplèrent Lisa et Rusch d'un air furieux.

— Vos papiers d'identité, s'écria l'un des deux.

— Il existe, je crois, dans la langue allemande, l'expression « s'il vous plaît » ; même si cela semble difficile à prononcer pour des bouches d'agents de police, dit Lisa.

— Suivez-nous !

— Voilà justement ce que nous désirons. — Le Pr Rusch fit un pas vers Walter et lui releva doucement la tête. — N'aie pas peur, mon petit, dit-il gentiment. Nous arrangerons tout cela, de la même manière que nous avons réussi à arranger ta bouille.

Walter Hertz approuva d'un signe de tête, puis il fixa les deux agents d'un regard où on pouvait lire cette fois le triomphe. — « C'est le Pr Rusch, bande d'imbéciles ! dit-il. Le roi des chirurgiens ! »

Au commissariat de police, la situation fut rapidement éclaircie ; Walter Hertz avait été pris au moment où il essayait de revendre une cartouche de Camel.

— Nous ne voulions que confisquer la cartouche, dit l'agent. Nous savons ce que c'est, allez, ce n'est pas la première fois. Mais le type s'est mis à faire du foin et à aboyer, et il nous a bien fallu... On a été obligé de...

Un peu plus tard, ils se retrouvèrent dans la rue, et Walter Hertz enfouit son visage dans ses deux mains et éclata en sanglots.

— Où loges-tu ? demanda Rusch.

— Dans une cave abandonnée.

— Mais... — Le Dr Mainetti se tut en apercevant un geste de prudence que faisait Rusch dans sa direction.

— Tu nous raconteras plus tard tout ce qui s'est passé. Voilà un peu d'argent, qui va te servir à prendre un billet pour Bernegg. Tu diras au major Braddock que c'est moi qui t'envoie et que j'aimerais bien te voir réintégrer le château. À partir de maintenant, tu resteras avec nous, comprends-tu ?

Walter Hertz secoua la tête : — Non, monsieur le professeur, bégaya-t-il. Je ne veux plus. Je ne peux plus, tout simplement... Aujourd'hui, c'était le comble. J'arrête, je ne veux pas continuer !

— Imbécile ! Nous parlerons de tout cela en toute tranquillité, là-haut, à Bernegg.

— Je ne veux plus, cria Walter Hertz. Un être qui n'a plus de visage n'est plus un être humain !

— Ah ! bon, répondit Lisa à voix basse. C'est donc cela ! — Elle posa son bras sur les épaules tremblantes de Hertz, et évita de regarder Rusch. — Demain matin, nous partons tous les trois ensemble en direction du château Bernegg, n'est-ce pas ? Ce serait vraiment trop ridicule qu'un homme comme Walter Hertz se laisse sombrer à cause de son entourage !

— Non, je ne marche plus, bredouilla Hertz.

Le Dr Mainetti le lâcha.

— Encore une fois une réponse de ce genre et je vais hurler ! cria-t-elle. — Hertz sursauta, et releva son visage inondé de larmes. — Demain nous partons tous ensemble pour Bernegg... à moins que vous ne vouliez vraiment vous opposer à ma demande, espèce d'andouille ?

— N... Non, docteur. — Walter Hertz leva le bras. — Je viendrai, parole d'honneur.

Il se mit même à sourire faiblement, mais toute son attitude reflétait la capitulalion.

Pendant la nuit suivante, Rusch de nouveau se réveilla en sursaut ; il s'aperçut que Lisa ne dormait pas non plus et gisait à côté de lui, les yeux grands ouverts dans l'obscurité.

— Lisa, appela-t-il tout bas, d'une voix curieusement enrouée.

— Oui ?

— Maintenant, je sais. L'Amérique...

— Oui...

— Je n'irai pas. On a bien davantage besoin de moi ici.

— Je le sais bien, Walter. — Lisa saisit la main de Rusch qui pendait à côté d'elle et l'embrassa. — D'ailleurs il n'y avait pas d'autre possibilité, car moi, je ne t'aurais pas accompagné.

Le lendemain, de très bonne heure, ils partirent tous trois par le premier train vers Bernegg.

6

LORSQUE le Pr Rusch et le Dr Mainetti rentrèrent à Bernegg, le major Braddock avait déjà terminé ses bagages, et il attendait les derniers renseignements concernant les heures de départ de son bateau, du port de Gênes en direction de New York.

— Soyez les bienvenus, s'écria-t-il en les voyant débarquer, non sans loucher vers Lisa. Il vit le bonheur et la joie scintiller dans ses yeux et retint la remarque acerbe qu'il se préparait déjà à faire au sujet des quelques jours qui s'étaient écoulés entre la libération du professeur du camp de Darmstadt et le retour à Bernegg ; malgré la soupe à la semoule de maïs et les sandwiches aux betteraves rouges, ces quelques jours semblaient d'ailleurs avoir eu le meilleur effet vivifiant sur les deux voyageurs.

— Je suis heureux que vous soyez de retour, professeur. Est-ce qu'on ne vous a rien dit de spécial à Darmstadt ?

— De spécial ? Non.

— Qu'est-ce qu'on aurait pu dire de spécial, intervint Lisa.

— Que nous sommes très intéressés par votre personnalité et vos compétences, professeur. Mon pays est prêt à vous...

— Avant que vous ne poursuiviez, Major, coupa Rusch en s'asseyant et en effleurant du bout de la langue le whisky que le major lui avait versé dès son entrée, je tiens à vous préciser que quelle que soit l'offre que votre pays pourra me faire... je reste en Allemagne.

— Qu'est-ce que vous avez l'intention de faire en Allemagne, professeur ? bougonna le major en remuant la tête à plusieurs reprises comme une poupée dont la tête est montée sur un ressort et a été secouée d'un coup brusque.

— Je suis seul à avoir pris cette décision.

— Qu'est-ce que vous avez l'intention de faire en Allemagne, professeur ? répéta Braddock. — Il s'assit cette fois sur le bord de la table et laissa pendre ses jambes devant le nez de Lisa Mainetti. Autrefois, le Dr Mainetti avait considéré cette attitude comme méprisante pour elle, et il lui était même arrivé un jour de maintenir de ses deux mains les jambes du major ; celui-ci s'était contenté de rire, puis il avait sauté de la table... et, le lendemain, il avait repris sa place sur le bord de la table et avait de nouveau laissé pendre ses jambes en présence de Lisa. C'était tout simplement une attitude qui lui appartenait en propre, comme son whisky. — Tout va de travers, dans la bonne vieille Germany.

— Et c'est justement ce qui m'y retient.

— Le héros silencieux revêtu de sa blouse blanche. Voilà un sujet qu'on pourrait proposer à Hollywood. La guerre a fait reculer les progrès de l'Allemagne de plusieurs dizaines d'années. En médecine aussi. Pendant que vous autres, Allemands, vous jouiez les Germains vainqueurs, depuis le cap Nord jusqu'à Tunis, notre science à nous a doublé le cap. Nous avons découvert la pénicilline, pour ne préciser que l'essentiel, et, en chirurgie aussi, nous avons mis au point des méthodes nouvelles, qui sont plus rapides et plus sûres d'être couronnées de succès... ; en chirurgie plastique également.

Le Pr Rusch contempla les longues mains fines :

— Je vous crois sur parole, Major. Je sais que, si je vais en Amérique, ce ne sera pas en tant que professeur, mais plutôt comme apprenti, et je sais que ce serait pour moi une chance incroyable. Mais ce n'est pas suffisant. Vous venez juste de parler de la bonne vieille Germany. Elle est en syncope actuellement, elle est fauchée, c'est une malade qui en est au stade du coma. Que ce soit par sa propre faute ou non... est-ce tellement important ? Est-ce que, si vous étiez médecin, vous demanderiez à un malade s'il est lui-même reponsable de sa maladie ? Non, vous vous contenteriez de lui venir en aide. Parce que c'est votre volonté, et votre devoir. C'est pour cette raison que vous avez été placé dans le monde. Eh bien, cette malade, qui s'appelle l'Allemagne, a besoin du Dr Mainetti et de moi-même. Même si nous sommes démodés, comme nos méthodes, d'après ce que vous venez de déclarer... il y a malgré tout en nous une voix qui nous assure que nous pouvons encore soulager la détresse la plus extrême.

Le major Braddock fixa le Pr Rusch et le Dr Mainetti d'un regard empreint d'incrédulité, et dans lequel on devinait une sorte d'horreur.

— Il considère cette affreuse Allemagne comme une sorte de malade, dit-il pétrifié.

— Comme un blessé de la face.

— Professeur, vous êtes complètement fou.

— A cause de sa folie qui a duré douze ans, et de la guerre qu'elle a elle-même provoquée, l'Allemagne a perdu son visage à cent pour cent. Personne ne peut plus la reconnaître, tout le monde se sent pris de nausée en sa présence ; partout, on la repousse avec dégoût. Exactement comme mes malades, là-haut, au château. Alors ? Devons-nous, lorsque le malheureux est étendu devant nous, le pauvre mutilé innocent, ôter le masque, défaire les gants de caoutchouc, et nous éloigner de la table d'opération ? Devrions-nous laisser ce visage perdu se cicatriser tout seul, pour qu'ensuite il demeure éternellement une horrible caricature ? Non, Major... C'est justement maintenant que commence notre vrai travail, un travail d'Hercule, certes, mais, maintenant au moins, nous avons un but, bien défini : là-haut, au château, on traite des nez et de nouvelles lèvres, des mâchoires et des lambeaux de chair arrachés, mais, en gros, il s'agit maintenant de s'arranger pour qu'un jour le monde reconnaisse le vrai visage de l'Allemagne et lui tende la main sans avoir le cœur soulevé de dégoût. Ce sont là des paroles d'un livre d'enseignement sur la fierté nationale.

Le major James Braddock fit un geste de lassitude lorsqu'il s'aperçut que le professeur voulait de nouveau répliquer :

— Epargnez-vous toutes ces belles métaphores héraldiques, professeur Walter Rusch. L'Allemagne gît sur le dos, comme une mouche à l'agonie. Il suffirait de lever le pied et... hop... la mouche serait écrasée à tout jamais. Et personne ne nous empêche de le faire, n'importe quand, quand nous en aurons envie. L'Allemagne restera cette mouche à moitié morte, gisant sur le dos. C'est ce que contiennent les plans Morgenthau qui continuent à sommeiller dans les tiroirs, à notre disposition quand bon nous semblera. — En apercevant le visage blême de Lisa et la mine durcie du Pr Rusch, le major Braddock se mit à sourire avec suffisance. « Enfin, ils n'ont plus rien à répliquer », pensa-t-il. — Qu'espérez-vous donc encore en Allemagne ? répéta-t-il pour la troisième fois.

— Cela peut vous sembler stupide, répondit Rusch énergiquement, mais, si je ne suis déjà à vos yeux qu'une mouche, je ne voudrais pour rien au monde risquer de devenir une punaise.

— Bravo ! — James Braddock éclata de rire et frappa Rusch sur l'épaule. — Pour être franc... j'aurais été très déçu que vous acceptiez déjà... de venir maintenant en Amérique.

— Vous êtes un démon, intervint Lisa avec franchise.

— Si vous m'aviez traité de « démon chéri », j'aurais pu à la rigueur accepter l'insulte... — Il regarda par la fenêtre et aperçut Walter Hertz, entouré de deux géants de l'armée américaine, qui contemplait le château d'un regard fixe.

— Qui est-ce donc ? Je crois bien que je le connais.

— Walter Hertz, Major.

— Oui, je le connais. C'est pourtant bien lui, l'amant de cette petite fille de criminel de guerre, comment s'appelle-t-elle déjà ?

Lisa Mainetti avança la lèvre inférieure :

— La fille de l'industriel Hubert Wolfach.

— C'est juste. Il s'est sauvé. Où est-il maintenant ? Dans un camp de concentration ?

Lisa Mainetti secoua la tête : — En plus de son usine d'engins de guerre, Hubert Wolfach avait une petite fabrique de seaux en zinc, de bassines et de chaudrons dans le sud de l'Allemagne. Et il fabriquait des pots. Major Braddock, vous rendez-vous compte à quel point un pot peut avoir de la valeur aujourd'hui en Allemagne ? Alors on a transporté Hubert Wolfach jusqu'à sa propre fabrique, on lui a donné une patente provisoire et on lui a dit : « Et maintenant fais-nous des pots, beaucoup de pots ! » et c'est ce qu'il continue à faire en ce moment.

— Qu'est-ce que ce Walter Hertz a à voir avec cette histoire ? s'écria Braddock.

— Il la subit. Car à peine Hubert Wolfach a-t-il repris son titre et ses activités d'industriel qu'il a jeté Walter Hertz à la porte en lui criant : « Je n'accepterai jamais que ma fille unique épouse un homme qui n'a plus de visage... » Walter Hertz n'a même pas attendu l'opinion de sa fiancée. Comme la fois précédente, il a disparu en pleine nuit et filé sur Heidelberg où il est arrivé à surnager en faisant du marché noir. C'est là que nous l'avons recueilli par hasard.

— Où est-il, ce Wolfach ? demanda Braddock à voix basse.

— Dans un village au sud de Donaueschingen. — Lisa Mainetti fit un geste de protestation. — C'est inutile, major Braddock. Wolfach a retrouvé une position clef. Sans ses seaux et ses marmites, il n'y a aucun espoir de normalisation de la vie allemande.

Le Dr Mainetti leva les deux bras. On dit toujours qu'il n'existe pas de *perpetuum mobile*. Mais c'est faux, il en existe un, cher Major. Il s'appelle : l'art de se tirer d'affaire propre aux Allemands.

Braddock regarda de nouveau la cour de l'école et vit Walter Hertz fumer une cigarette avec volupté. En même temps, il mangeait un sandwich qu'un soldat américain lui avait offert.

— Que va-t-il devenir maintenant ?

— Nous allons l'emmener avec nous là-haut, au château. Comme infirmier-assistant.

— Impossible. — Braddock se passa la main devant les yeux. — Le château Bernegg n'est toujours pas un hôpital libre, mais un camp de prisonniers de guerre. Et il m'est impossible de reprendre un ancien prisonnier libéré qui cherche à se cacher. C'est une absurdité complète.

— Il faut pourtant bien qu'il revienne au château. — Le Pr Rusch se leva. — Il doit subir encore quelques opérations.

— Qu'il s'adresse aux cliniques de son patelin.

— Il n'a plus de patelin.

— Manque de chance pour lui, professeur.

— Pourquoi êtes-vous comme ça, Major ? éclata Lisa en se levant. Dès que vous reprenez votre ton officiel, vous êtes un monstre.

— C'est mon devoir. — Le major Braddock lui fit un clin d'œil. — Je peux par exemple devenir absolument odieux et faire immédiatement interner ce garçon, s'il lui prend fantaisie de s'attaquer à l'un de mes soldats.

Le Dr Mainetti approuva de la tête.

— Il est extrêmement susceptible et violent, ce Walter Hertz, dit-elle. Je vais aller vérifier s'il ne s'est pas livré à des voies de fait par hasard.

Elle adressa un sourire à Rusch et à Braddock, et quitta rapidement le bureau du major. Braddock attendit qu'elle eût refermé la porte derrière elle, puis il alluma une cigarette et, la tête rejetée en arrière, il souffla la fumée le plus haut possible vers le plafond.

— En tant qu'homme, j'aimerais bien vous supprimer, professeur, dit-il à voix basse. Je suis amoureux de Lisa.

— Je le sais. Elle me l'a dit.

— Et cela ne vous fait pas plus d'effet que ça ?

— C'est justement parce que j'aime Lisa que je ne peux en vouloir à aucun autre homme de tomber aussi amoureux d'elle. C'est presque naturel d'être fasciné par elle.

Rusch jeta un regard par la fenêtre et leva le bras.

— Là-bas, major Braddock, regardez ! Un Allemand est en train de s'attaquer à un de vos soldats dans la cour !

Effectivement, un léger tumulte agitait la cour de l'école. Après une courte discussion entre le Dr Mainetti et un des soldats américains, Walter Hertz avait serré les poings et s'était jeté sur la poitrine du géant grimaçant. De toute la force de ses poings, il tambourinait la poitrine de l'autre comme si c'était un sac de sable, jusqu'à ce que finalement le soldat l'empaquetât sous son bras comme un enfant furieux et le portât jusqu'à l'entrée de l'école. Le major Braddock courut hors de la pièce ; le rouge causé par la fureur qui lui envahissait le visage paraissait étonnamment authentique.

— *Damned !* hurla-t-il. Qu'est-ce qui lui prend ? Jim, Clark et Bob, emmenez-le là-haut au château. Je téléphone immédiatement au lieutenant Potkins. Que l'affaire suive son cours !

Walter Hertz cessa immédiatement de hurler et de battre des poings, et il dédia à Lisa Mainetti et au Pr Rusch un regard reconnaissant, par-dessus la tête de Braddock. Il y avait tant de naturel et tant d'émotion dans les yeux de Walter Hertz, que Lisa ne put s'empêcher de faire un pas vers lui et de chasser d'un geste tendre les cheveux blonds et fous qui avaient envahi son visage informe.

— Allons, tout va bien, maintenant, dit-elle tout pas en caressant aussi l'œil qui pendait. Aussi longtemps que nous serons là, tu pourras mener une vie raisonnable.

— Je... je ne sais pas comment je puis vous remercier, docteur, bredouilla Walter Hertz. Je... je me laisserais facilement couper en petits morceaux pour vous, docteur...

— Je te rappellerai cette phrase si c'est nécessaire, un jour, répliqua en riant le Dr Mainetti. Et maintenant, file au château et dis à Baumann et à Stenton que nous arrivons dans une heure !

On chargea Walter Hertz dans une jeep qui démarra à toute allure sur la route blanche. Il agita les bras jusqu'à ce que l'engin eût disparu dans le brouillard causé par la neige soulevée par les roues de la petite voiture tressautante.

En très peu de temps, l'entreprise Schwabe et Petsch se développa et se révéla une affaire très lucrative. Elle avait accepté suffisamment de commandes de reconstruction pour le printemps suivant, pour que les associés puissent vivre ensuite pendant une année complète comme des coqs en pâte, suivant les calculs et l'expression de Karlheinz Petsch. Pour le moment, en plein hiver, on démolissait seulement les vieilles fermes situées en bordure de Cologne, et cela donnait lieu à un trafic d'échanges important, qui prenait naissance dans le poulailler même et se terminait chez le producteur de matériaux de construction. Tout ce qu'on ramenait alors dans les deux caves de l'ancienne Horst Wesselstrasse suffisait à procurer un équipement complet de nouveau-né au bébé d'Ursula dont l'arrivée était maintenant toute proche, et il en restait encore assez aussi pour poursuivre les échanges.

Le grand événement était attendu pour février, et

Karlheinz avait déjà fait réserver une chambre dans un hôpital de la ville, le meilleur de tous, assurait-il, car il avait promis en échange des bons traitements que l'on accorderait à Ursula, de reconstruire gratuitement deux murs du laboratoire qui avaient été endommagés par les bombardements, et Erich Schwabe fournirait les vitres.

— On va la traiter comme une princesse, dit Petsch à Frau Hedwig Schwabe, lorsque tout fut arrangé. Nous pourrons aller constater tous les jours sur place si nous laisserons les murs à moitié terminés ou non.

Tout aurait donc été parfaitement bien pour tout le monde, si la greffe osseuse qu'on avait pratiquée sur le visage d'Erich et qui devait servir de support pour son nouveau nez n'avait pas donné lieu à des douleurs de plus en plus fréquentes et de plus en plus aiguës. Surtout la nuit, il était obligé de s'asseoir sur son lit en gémissant et de s'agripper aux barreaux, la douleur incroyable qu'il ressentait alors semblait lui creuser la place réservée à son nouveau nez, jusqu'au crâne et il avait l'impression que son cerveau allait bouillir. Plusieurs fois, Schwabe crut que sa tête était sur le point d'éclater. En poussant des cris lamentables il courait à travers la pièce comme un fou, la tête serrée entre ses deux mains crispées. A l'hôpital, les deux médecins français se contentaient de hausser les épaules. De l'extérieur on ne voyait absolument rien, pas d'inflammation, pas de changement, pas d'excroissances ni de déformations.

— Ce doit être une question de nerfs, avait-on conclu, sans que cela soit une consolation. Avec une blessure de ce genre, mon vieux, vous pensez bien que les nerfs en prennent aussi un drôle de coup !

Et on lui avait remis un calmant puissant, qui pouvait en même temps servir de somnifère, en lui recommandant de ne l'utiliser qu'en cas de crise aiguë.

Mais cela ne le calmait que provisoirement, sans

le guérir. Les crises revenaient maintenant à intervalles de moins en moins éloignés, même dans la journée, sur le chantier, très brusquement, au plein milieu d'une discussion avec des fournisseurs qui avaient fini par s'habituer au spectacle du visage d'Erich. Alors, il se sentait envahi d'un tremblement et d'une sueur glaciale ; il sursautait sans cesse comme si une aiguille impitoyable s'amusait à le piquer, il claquait des dents ; son visage se teintait d'une couleur grise et ses yeux prenaient la fixité d'un paralysé.

En silence, et très intéressé, Karlheinz Petsch étudiait les changements qui s'opéraient chez Schwabe. Mais il ne disait rien. Il l'aidait dans la mesure du possible ; il préparait le médicament d'Erich lorsque celui-ci souffrait trop pour le faire lui-même ; il l'accompagnait avec patience chez tous les fournisseurs, et posait lui-même les vitres que le vitrier avait coupées et préparées à la maison. Une fois seulement, il avait dit à Ursula, qui se trouvait alors seule, — car Erich s'était précipité dans une pharmacie pour y chercher une nouvelle formule de narcotique, et Frau Schwabe faisait la queue depuis trois heures parce qu'on avait annoncé une distribution exceptionnelle de poisson frit :

— Qui est-ce qui avait raison, fillette ? Cela ne peut pas durer longtemps ainsi, et cela n'ira jamais mieux. Il n'y a aucun médecin qui soit capable de refaire un visage endommagé à ce point. Et si Erich continue ainsi... que va-t-il se passer ? Il deviendra peu à peu morphinomane.

— Ce n'est pas sa faute. — Ursula lança un regard suppliant à Petsch. — Et toi... toi, laisse-moi en paix.

Petsch se contenta de hocher la tête :

— Je sais attendre, petite.

Au début du mois de février, une semaine environ avant la date prévue pour la naissance de l'enfant, le drame éclata. Erich Schwabe courait en tous sens à travers la cave, en poussant des gémissements, comme un fou. Epouvantée, sa mère restait assise près du feu et pleurait ; et quand Ursula s'approcha de son mari pour essayer de l'apaiser, il lui cria des injures, incapable de se dominer tant la douleur lui creusait la tête et semblait faire éclater le crâne et le cerveau.

— Il faut que tu partes à Bernegg, répétait Ursula sans cesse. Il faut que tu écrives à cette doctoresse, Lisa Mainetti. Elle est la seule qui puisse savoir ce qui est anormal.

— Pas maintenant, gémit Erich Schwabe.

Il posait des compresses froides sur son nez, il avalait des quantités invraisemblables de stupéfiants jusqu'à ce qu'il s'assît enfin sur son lit, le regard vague, et qu'il fixât la cave d'un air hagard, comme s'il était complètement idiot. Mais à peine l'effet des médicaments diminuait-il, qu'il se remettait à crier et à reprendre sa course éperdue et gémissante.

— Dans une semaine, l'enfant va arriver, dit-il un jour durant un court répit que lui laissaient ses souffrances — car au fur et à mesure que le temps passait, les crises se faisaient de plus en plus rapprochées. — Je veux être là. Notre premier enfant, Uschi. Je veux le voir et le prendre dans mes bras.

— Mais tu ne peux pas rester comme ça, Erich, tu ne tiendras pas le coup. Il faut que tu...

— Je te promets que je partirai à Bernegg dès que la naissance aura eu lieu. Pendant des années, j'ai pensé à ce jour avec un frémissement de joie : le jour où mon enfant allait naître. Personne ne m'enlèvera cette joie-là. Personne, et ces maudites souffrances non plus.

Une semaine plus tard, cela empira encore. Même les stupéfiants s'avéraient sans effet. Erich Schwabe était étendu et il tapait sur le bord du lit avec le talon de sa chaussure, comme un fou ; et chaque coup résonnait jusque dans son cerveau et était accompagné de gémissements plaintifs.

Il finit tout de même par s'endormir, en fin d'après-midi. Ursula lui tint les mains fermement jusqu'à ce que la respiration devînt profonde et régulière. Puis elle s'assit à la table et écrivit une lettre au Dr Mainetti. Elle la cacha et la porta elle-même le lendemain à la poste, avant même qu'Erich ne se fût réveillé de son sommeil artificiel.

« ... Je vous en supplie, aidez-nous... » avait-elle écrit au docteur.

« ... Ne dites pas que je vous ai écrit. Inventez n'importe quoi, qui puisse le faire aller à Bernegg. Mais il est impossible de le laisser dans cet état. Sinon, un jour, il perdra complètement la raison. »

Par retour du courrier, la réponse parvint à Cologne. C'était un court message officiel, qui ne fit absolument pas plaisir à son destinataire.

« Par suite de la nécessité d'un examen médical, vous êtes prié de vous rendre dans les jours prochains à l'hôpital du château Bernegg.

« Si vous refusez cette visite, vous perdrez pour plus tard tous droits à une pension militaire... »

— Il faut absolument que tu y ailles. supplia Frau Hedwig Schwabe.

— L'enfant peut arriver dans cinq jours.

— Mais si tu perds ta pension !

— Je vais leur écrire. — Schwabe essaya de déchiffrer la signature. — C'est le Pr Rusch lui-même qui a signé. Il est revenu... Je vais...

— Tu vas y aller, Erich, intervint Ursula énergiquement. Et demain ! Tu verras que tu seras rentré à la maison quand je...

— J'attends, répliqua Erich avec entêtement. — Il se retourna vers Karlheinz qui était assis paisiblement dans un coin et coupait du jambon en minces tranches. On lui avait promis dix sacs de ciment contre un kilo de jambon. — Qu'en penses-tu, Karlheinz ?

Petsch haussa les épaules.

— Je n'ai pas à intervenir dans les discussions de famille. Mais d'homme à homme, je te dirais ; vas-y, vieux. Justement maintenant, au moment où ta poire commence à faire des siennes. Est-ce que tu sais exactement quand le bébé naîtra ? Et si cela dure encore deux semaines ? Ils ne viennent pas aussi régulièrement que des trains, suivant un horaire fixé d'avance, ces mômes. Mais avant de consentir à perdre complètement la tête, alors qu'on t'a déjà enlevé le visage, je t'assure que je prendrais le temps de réfléchir, moi ! Un enfant sans père, ce n'est pas non plus un résultat idéal !

— Ce n'est tout de même pas si terrible que cela.

— Qu'en sais-tu ? Es-tu toubib, toi, Erich ?

— Ce n'est qu'une question de nerfs, Karlheinz.

— Peut-être. Mais que peut bien faire un gosse d'un père qui est complètement cinglé ? Mince alors, fous le camp à Bernegg, et fais-toi examiner à fond. Je m'occuperai de tout ici, pendant ce temps-là. Et si le môme s'annonce, j'irai te rechercher en bagnole. Parole d'honneur.

Le lendemain, Erich prit le train en direction de Bernegg. Ils l'accompagnèrent tous jusqu'à la gare, et lorsque le train démarra en crachotant sous le hall de la gare, ils lui firent des signes et agitèrent des mouchoirs sans fin. Ursula courut même le long du un dernier geste d'adieu et, tout d'un coup, posa son ventre alourdi.

— Ecris-moi tout de suite, Erich, cria-t-elle péniblement ; et finalement, elle dut s'immobiliser, car l'enfant commençait à tressauter et lui comprimait le cœur au point qu'elle avait de la peine à respirer. — Et raconte-moi tout. Et n'aie pas peur, tout se passera bien. Tout — se — passera — bien...

Lorsque le train disparut complètement du hall de la gare, Karlheinz Petsch la rejoignit ; lui aussi, il fit un dernier geste d'adieu et, tout d'un coup, posa son bras sur les épaules d'Ursula.

— Laisse-moi ! cria-t-elle furieuse.

— Maintenant, c'est moi qui suis responsable de toi, fillette.

— Je ne te laisserai plus entrer chez nous jusqu'à ce qu'il revienne de Bernegg.

— Il ne comprendra pas, et il t'en voudra. Il m'a dit en secret : « Soigne Uschi comme un frère... »

Elle l'écarta de la main et s'éloigna de lui de quelques pas. Frau Hedwig suivait la scène en se mordant les lèvres. Mais elle ne dit rien et ne fit pas un geste. Qu'est-ce qu'elle aurait pu faire, aussi ? Elle était comme une vieille carriole usée, enfoncée dans la boue, et elle se sentait beaucoup trop faible pour l'en retirer.

Dans son compartiment, Erich Schwabe se retira dans un coin sombre, sans dire un mot, lorsque la gare eut complètement disparu à ses yeux. Il sentait les regards insistants de ses voisins, comme des doigts collants, qui, sans le moindre tact et la moindre précaution, palpaient son visage mutilé.

— Ça s'est passé en Russie ? interrogea un homme qui était assis en face de lui.

Schwabe se fit tout petit dans un coin.

— Oui, répondit-il tout bas.

— Votre épouse ? La petite blonde ?

— Oui.

— Une brave petite femme courageuse, n'est-ce pas ?

— Pourquoi ?

Il n'obtint pas de réponse, mais il la lut dans les yeux de ses compagnons : des regards empreints d'horreur, de nausée caché à grand-peine, de curiosité et d'épouvante contenue, des regards pleins de pitié. Et il comprit brusquement le sens de cette monstruosité : Ursula était une femme courageuse à leurs yeux, parce qu'elle l'aimait, lui, l'homme qui n'avait plus de visage.

— Est-ce que... est-ce que ça peut s'améliorer ? demanda une jeune femme qui occupait la place près de la portière.

— Non, répondit Schwabe à haute voix, de la manière la plus grossière qui lui fut possible. Les voyageurs se recroquevillèrent.

— Mais l'art de la médecine... — L'homme qui lui faisait face leva une main docte, comme s'il faisait une conférence. — J'ai déjà lu quelque part une histoire de ce genre... mais ce n'était peut-être qu'un roman qui exprimait seulement les créations imaginaires d'un écrivain.

— Est-ce que vous ne pourriez pas porter un masque ? demanda une femme pourvue d'une paire de lunettes à énorme monture d'écaille, qui semblait très intéressée par ce cas. Au Moyen Age, cela existait. Quand un visage avait été mutilé par la lèpre ou la variole, on adoptait des masques en cuir souple. A l'heure actuelle, avec les progrès de la science, on devrait pouvoir en fabriquer de plus modernes.

Erich Schwabe se leva et se réfugia dans le couloir. Là, il s'appuya contre la vitre et regarda obstinément la campagne plongée dans la neige qui défilait devant ses yeux.

Derrière son dos, il entendit des voix qui discutaient de plus en plus fort. Ses compagnons de voyage se disputaient pour savoir si oui ou non les masques de cuir qu'on portait au Moyen Age étaient hygiéniques.

— On les poudrait de l'intérieur, s'écria la dame savante aux épaisses lunettes d'écaille.

Erich Schwabe tâtonna le long du couloir jusqu'à ce qu'il atteignît les toilettes, où il s'enferma.

Là, il s'assit, appuya les bras sur le lavabo noir de crasse et contempla la vitre dépolie.

« Comme à Bernegg, se dit-il. Du verre opaque, qui ne reflète rien. Et tout seul dans une chambre... Tout seul... Comme cela semble bon ! »

Dans la petite maison du comptable Christian Oster qui avait repris son service comme prévu aux établissements Berger, et son titre de chef du service des salaires, la paix s'était réinstallée, après les quelques jours d'incertitude et de flottement du début. Mais ce n'était qu'une paix trompeuse, une paix d'apparence, que celle de ces deux êtres installés sur un sol bouillant de volcan, sous lequel on entendait gronder et gémir le feu emprisonné.

Christian Oster, l'homme à qui on avait modelé un nouveau visage, l'homme dont il ne restait en fait d'original que les yeux et les cheveux pour rappeler l'ancien Christian Oster, poursuivait son travail avec la conscience professionnelle et l'exactitude dont il avait toujours fait preuve. Ceux qui l'avaient connu autrefois évitaient de parler du « bon vieux temps », et, comme il revenait sans cesse de nouveaux rapatriés qui reprenaient eux aussi leurs emplois d'avant-guerre, M. Berger s'était donné à lui-même la mission de leur montrer Christian Oster de loin en les prévenant : « Le voilà, c'est lui. Faites comme s'il avait très peu changé. Et même si vous avez du mal à le croire, c'est vrai, c'est lui, Oster. »

Ainsi, tout se passait très bien à l'usine. Mais dans la petite maison située à la lisière de la ville, les problèmes ne faisaient que dormir, et ne se résolvaient pas aussi facilement que sur les lieux de travail. D'une part, on était entre hommes ; tandis que de l'autre une femme était assise, et au fur et à mesure que les aiguilles de la pendule se rapprochaient de l'heure fatidique où l'homme allait rentrer du bureau, elle sentait son cœur se serrer comme pris dans un étau, dans l'étau d'acier de la peur et du désespoir. Pendant des semaines, elle s'était efforcée de trouver dans le visage nouveau de son mari, les traits de l'ancien Christian. Mais cela lui était impossible. Même sa voix avait pris un timbre différent, un peu nasillard. Evidemment, on avait dû lui refaire un nouveau nez, une nouvelle mâchoire inférieure ; on lui avait donné une prothèse dentaire complète, de nouvelles lèvres, et une partie de la pointe de la langue qui avait été arrachée. S'il se passait la langue sur les lèvres, sans faire attention, on avait l'impression de voir apparaître le dard d'un serpent. Suzanne Oster avait déjà du mal à en supporter la vue, mais il lui était absolument impensable de songer à sentir le bout de sa langue sur ses lèvres, s'il lui prenait envie de l'embrasser. Rien que la pensée lui soulevait le cœur de dégoût.

Mais le pire arrivait avec le soir. Les soirées et les nuits... Ils demeuraient assis l'un près de l'autre ou l'un en face de l'autre, et écoutaient la radio. Ou bien ils lisaient, raidis comme des poteaux de bois, et ni l'un ni l'autre n'osait esquisser le moindre geste de rapprochement. Ils se déshabillaient même dans des pièces différentes. Et la plupart du temps, Suzanne était déjà couchée lorsque Christian revenait de son tour du soir à travers la maison et s'enfermait dans la salle de bains.

Finalement, une nuit, il y eut une explosion. Suzanne Oster s'éveilla brusquement en apercevant la lueur de la lampe de chevet qui l'éblouissait, et en sentant son corps se recroqueviller de froid. Elle ouvrit les yeux et aperçut le visage étranger de son mari penché tout contre elle. La lueur de la lampe éclairait tout son corps, car Christian avait repoussé les couvertures et relevé la chemise de nuit jusqu'au-dessus des seins. Suzanne était ainsi exposée toute nue, et le froid qui envahissait son corps le faisait vibrer légèrement.

Oster s'agenouilla auprès d'elle ; lui aussi était nu, et on lisait dans ses yeux une telle panique et une telle faim que Suzanne plia les genoux en essayant de remettre sa chemise de nuit en ordre.

D'une main ferme, Oster l'en empêcha.

— Non ! dit-il d'une voix rauque.

— Christian... — Les yeux de Suzanne Oster reflétèrent la peur terrible. — Que se passe-t-il ? Je t'en prie... Pitié...

— Pendant près de deux ans, j'ai attendu ce moment, et j'en ai rêvé. J'ai subi quarante-cinq opérations pour retrouver un visage présentable. Et tout cela était inutile...

— Christian, il faut me laisser un peu de temps. Comprends-moi donc. Pour moi, c'est... c'est...

— Je suis devenu un étranger, n'est-ce pas ? Christian repoussa les mains de sa femme sur le côté, puis, d'un coup sec, il saisit la chemise de nuit et l'arracha complètement.

— Bon, eh bien, prends cet étranger !

— Je ne peux pas, murmura-t-elle. Pitié, Christian...

— Pour qui donc veux-tu rester fidèle ? demanda Christian sourdement. — Il posa ses mains sur les seins de Suzanne, et enfonça ses doigts dans la chair froide et blanche. — Pour ce Christian Oster-là ? Mais il est mort. Il ne reviendra plus jamais. Plus jamais, tu entends ? Il dort maintenant et pour toujours en Russie. On l'avait couché sur le dos, et, tandis que ses camarades l'emmenaient enroulé dans une toile de tente, il n'a pas cessé de crier : « Tuez-moi donc ! Tuez-moi donc !... » Il n'existe plus, ce Christian Oster, il a disparu, tout simplement. Et maintenant, il y a près de toi un nouvel homme, tout nu, et toi aussi tu es toute nue. Et cet homme veut t'avoir, tu entends ? Je veux t'avoir !

— Christian, bégaya-t-elle en lui frappant la poitrine de ses poings serrés. (Elle voulut se retourner, essayer de se défendre avec la force du désespoir.)

— Je ne suis plus Christian, hurla Oster. Je suis n'importe quel homme... un homme... — Il pressa sa tête contre celle de Suzanne, et se jeta littéralement sur son corps glacé, qui se crispait maintenant sous lui en essayant de le rejeter sur le côté. — Je me trompe moi-même avec moi-même, gémissait-il d'une voix rauque. Je viole ma propre femme, pour l'unique raison que mon visage est devenu différent de ce qu'il était avant. Un autre visage. Est-ce que j'y puis quelque chose ? Suis-je responsable ? Dis...

Il l'embrassa. La langue, pensa-t-elle. Voilà le dard du serpent... Elle serra les dents, mais il insista et la força, chaque fois un peu davantage, et enfouit sa bouche dans la sienne. Elle se sentit secouée de nausée, sa gorge se serra à l'étouffer ; elle se mit à crier et à gémir, et le griffa dans le dos jusqu'à ce que le sang vînt lui coller aux doigts et que la peau lui restât dans les ongles.

— Je ne peux pas, je ne peux pas..., cria-t-elle d'une voix enrouée, et elle lui lança des coups de genou. Alors, il appuya ses doigts sur le cou de sa femme et la battit, rendu fou par une fureur aveugle et désespérée. Il l'étouffa, roula çà et là avec elle sur le lit, haletant et brutal, jusqu'à ce que leurs deux corps couverts de sueur s'abandonnent sans plus de résistance au rythme souple de la nature.

— Deux ans..., râla-t-il. Deux ans... Mais maintenant, même si je dois pour cela te tuer...

Plus tard, Suzanne Oster demeura étendue devant lui, blême, les yeux clos, le corps recouvert de traces de sang, pantelant comme si on l'avait désossé, ramassé sur lui-même comme le corps d'un infirme. Christian Oster était assis à côté d'elle, et, le visage inondé de larmes, il caressait doucement ce corps qu'il venait de brutaliser honteusement.

— Pardonne-moi, répéta-t-il en sanglotant. Mais je ne pouvais plus. Ne comprends-tu pas cela, Suzi ? Je ne pouvais plus, tout simplement. Et toi, tu ne serais jamais venue à moi de ton plein gré.

Elle ne répondit pas, étendue devant lui comme une morte. Alors il bondit hors du lit, alla chercher de l'eau chaude et lava son corps comme on lave un cadavre. Elle se laissa faire, sans réagir, les yeux toujours clos, et la bouche tordue par un léger rictus empreint d'un profond mépris.

Le lendemain, elle n'en reparla pas. Muette, elle lui prépara son petit déjeuner comme tous les jours, mit quelques sandwiches dans un papier et subit une fois de plus son baiser odieux. Puis elle s'assit, seule dans la petite maison en lisière de la ville, attrapa un miroir qui se trouvait devant elle, et se regarda longuement. Un visage blême, mince, avec de grands yeux autour desquels se promenait une ombre profonde. Un corps dodu sur lequel les meurtrissures de la nuit précédente restaient marquées comme des vers rouges et gorgés.

Le soir, Christian Oster revint plus tard qu'à l'habitude. Il était ivre.

D'une poigne dure, il saisit Suzanne, l'emmena de nouveau de force vers la chambre à coucher et la viola de nouveau. Comme un chat sauvage et enragé, elle le mordit au visage, ce visage nouveau qu'elle se refusait à admettre ; elle lui arracha avec les dents les nouvelles lèvres qui avaient coûté tant d'efforts, mais il ne s'en soucia pas. Il la força à se plier à sa volonté, et la prit en poussant un grand cri, qui ressemblait à un hurlement de triomphe.

Et il en fut de même toutes les nuits. Il revenait toujours ivre à la maison, et faisait étalage de sa puissance. De jour en jour, il dégringola la pente ; son regard devint de plus en plus vitreux, fixe et presque fou.

Mais après, il pleurait comme un enfant.

— Pardonne-moi, pardonne-moi, bredouillait-il alors.

Mais elle ne disait rien, se contentant de poser les deux mains sur son corps et de tourner la tête de côté.

« Je le déteste », pensait-elle, et lui, il le sentait, et cherchait dans une nouvelle ivresse sauvage un remède et un oubli.

Le major James Braddock était reparti pour l'Amérique. Il y avait eu une soirée d'adieu noyée de rires et de whisky, et lorsque la jeep de Braddock avait effectué un ultime tour d'inspection autour de la cour du château avant d'emprunter ensuite la route qui menait à Würzburg, Lisa l'avait suivie avec des yeux tristes.

— Je reviendrai, darling, avait crié Braddock. Mais à la fin, la voix lui manqua à lui aussi. Merde alors ! se dit-il encore une fois. On vient dans ce pays pour en extraire toutes les injustices... on s'était dit : « Ah ! on va leur en remontrer, à ces Allemands de misère ! Plutôt donner la main à un singe, qu'à l'un de ces soi-disant pseudo-germains ! » Et puis ? On est tombé amoureux, dans ce pays de malheur, et l'adieu paraît encore plus dur que n'importe quel autre, que celui d'il y a deux ans, au port de New

Orleans. Une partie du cœur reste ici, en arrière et... mince ! — c'était la meilleure partie qu'on ait eu à offrir.

En tant que commandant de la place de Bernegg, sa dernière activité avait consisté à dissoudre l'hôpital Bernegg, comme camp de prisonniers de guerre, et à le transformer en hôpital civil. Il avait lui-même procédé à toutes les démarches de transfert des pouvoirs et de réorganisation administrative. L'hôpital de Bernegg passa ainsi sous le contrôle et la compétence de l'Etat de Bavière.

On s'en aperçut immédiatement, car chaque jour arrivèrent de longs formulaires, remplis de questions ; un nouveau directeur administratif prit les intérêts de l'hôpital en main, ou plus exactement ceux de l'Etat de Bavière, et l'on prépara de longues factures, de longues notes de frais, de longs devis, dans le but d'établir s'il était rentable ou non de poursuivre les activités de cette clinique spécialisée ou s'il ne valait pas mieux faire soigner les blessés du visage par les hôpitaux locaux.

— Je n'ai pas étudié la médecine pour devenir expert-comptable, mais pour aider les autres, déclara le Pr Rusch au nouveau directeur administratif, au bout de deux jours, lorsque celui-ci réclama un nouvel état des activités et des dépenses. Quand on a assez d'argent pour soutenir une guerre pendant six années, on devrait avoir aussi suffisamment de ressources pour s'occuper correctement des victimes de cette folie.

— Vous semblez oublier que nous avons perdu la guerre, répliqua le directeur administratif avec indignation.

Le major Braddock avait assisté aux premiers coups de feu de cette bataille des paperasses. Il avait souri en contemplant la montagne de formulaires imprimés qui recouvrait le bureau de Rusch.

— Ce sera probablement, pour les Allemands, la pire des punitions, que d'être abandonnés aux Allemands ! dit-il en grimaçant de contentement. Imaginez un peu ce qui se passerait si nous déménagions brusquement en vous abandonnant à votre destin !

— Ce serait diabolique, répondit Lisa Mainetti, mais James Braddock n'arriva pas à se rendre compte si cette intervention était sincère ou de nouveau teintée d'ironie. Il décida de croire à la sincérité.

Avec la transformation de l'hôpital militaire Bernegg en clinique spécialisée civile, s'achevait pratiquement l'activité du Dr Lisa Mainetti. Elle pouvait aller où bon lui semblait, son engagement volontaire avait pris fin, car il n'avait été qu'une mesure valable en temps de guerre. Le Dr Stenton aussi avait été muté, et il ne restait donc plus comme médecins attachés à l'hôpital que le professeur et le Dr Vohrer. Ce dernier aurait pu également changer de poste et aller où il voulait car, en tant que médecin militaire, il était libéré. Il était cependant resté à Bernegg, après avoir déposé une demande pour y être engagé par l'Etat de Bavière.

— Que pourrais-je bien faire maintenant à Hagen ? avait-il dit au Pr Rusch. On a besoin bien sûr de médecins partout. Mais je crois que c'est ici, auprès de vous, que j'aurai la meilleure place. M'autorisez-vous à rester, monsieur le professeur ?

Rien n'était encore définitivement décidé, lorsque Lisa Mainetti envoya à Erich Schwabe la lettre de convocation revêtue de la signature de Rusch, pour le faire revenir à Bernegg. Un nouveau docteur venait seulement d'arriver de Munich, mais en fait, il devait servir d'éminence grise aux autorités bavaroises. Il était chargé d'envoyer les rapports sur les activités de la clinique de Bernegg au ministère du Travail et il avait déjà réussi, dès le premier jour, à entrer en conflit avec le Dr Mainetti.

— Il y a eu ici autrefois un médecin « brun », dit-elle. J'espère que vous n'avez pas été envoyé chez nous pour représenter une nouvelle couleur plus moderne.

Le Dr Sulzbarth accusa le coup, avala l'injure

avec adresse, et envoya un rapport à Munich, dans lequel il s'en tenait à la vérité la plus exacte : « La clinique est de la plus haute nécessité. Elle est installée parfaitement, et abrite cent vingt-trois blessés de la face, à tous les degrés. La direction confiée au Pr Rusch est dans les meilleures mains. A ses côtés, travaillent un autre médecin, le Dr Vohrer, et une doctoresse, Mme Lisa Mainetti, chirurgien de la plus haute compétence, mais assez difficile à manier. »

Au début, on conserva provisoirement l'ancien personnel. Même le stagiaire Baumann fut promu au titre de premier infirmier, et reçut un salaire.

— Encore un an, monsieur le professeur, avait-il supplié, et ensuite, je pourrai reprendre mes études... Si toutefois, vous me permettez de rester encore si longtemps ici.

De cette manière, le retour d'Erich Schwabe ne parut pas tellement différent d'un retour après des vacances prolongées.

— Dieu fasse que Wastl et le Berlinois n'aient pas l'idée lumineuse de rappliquer aussi ! s'exclama Baumann en étreignant fougueusement Erich. Nous n'avons plus la force de vous supporter encore tous ensemble.

Le Dr Mainetti et le Pr Rusch firent passer immédiatement un examen à Schwabe. Ils tombèrent justement en pleine crise de souffrance, crise d'autant plus aiguë que Schwabe n'avait plus de calmant sur lui. Les dents serrées et grinçantes, il s'assit sur la table d'opération et, en poussant des gémissements, serra le bras de Lisa Mainetti jusqu'à lui faire mal.

— Ma tête..., gémissait-il. O mon Dieu !... Ma tête...

Rusch lui fit une injection d'eukodal et prépara des radios, de tout le crâne et sur toute la face. Quelques minutes plus tard, il examina les négatifs humides et dégouttants d'eau à travers la lumière du projecteur central. Il découvrit une épaisseur entre le lit du nez et la parcelle osseuse greffée ; cette grosseur appuyait sur un nerf, le comprimait, et produisait cette douleur invraisemblable. Rusch regarda vivement Lisa, qui approuva de la tête.

— Que se passe-t-il ? demanda Schwabe tout bas.

— C'est moche, répondit Lisa à haute voix.

— Le nez... — Schwabe respira profondément. — Est-ce qu'il faut encore une fois recommencer ?

— Oui.

— Mon Dieu ! Est-ce que tout ça va recommencer comme avant ?

— On le croirait. Est-ce que vous n'avez pas remarqué de troubles visuels ?

— Si, de temps en temps, comme un éblouissement. Et une fois même, j'ai tout vu double. — Schwabe pensa au premier accident survenu avec son nez. Naguère aussi, il avait remarqué des troubles visuels et on lui avait dit qu'il avait failli devenir complètement aveugle — Mon Dieu, docteur, bégaya-t-il. Est-ce que c'est la même chose ? Comme autrefois ? Est-ce que je vais perdre la vue ?

— Allons, pas de panique, Schwabe. — Le Pr Rusch posa les radios sur le côté. — Vous allez dormir calmement avec ce maudit nez, et demain, nous verrons ce qu'il y aura à faire.

— Et... est-ce que cela va durer longtemps ?

— Jusqu'à ce que vous puissiez retourner à Cologne ? Environ quatre semaines.

— Impossible. — Schwabe se laissa glisser de la table, et posa sa main droite sur son nez, comme s'il cherchait ainsi à le protéger. — Impossible.

— Pourquoi donc ?

— Ma femme va avoir un bébé incessamment.

— Votre femme... mais pas vous. Elle saura bien le mettre au monde sans vous.

— Mais moi, je tiens à y être. C'est... comme on dit... le plus grand événement de ma vie.

— Le plus grand événement de votre vie s'est passé le jour où on vous a rasé le visage, répliqua durement le Pr Rusch. Tout le reste n'a pas d'importance. Il faut absolument pratiquer cette opération immédiatement.

— Mais si on la repousse seulement de quelques jours... seulement quelques jours, monsieur le professeur.

— Je ne peux pas prendre cette responsabilité sur moi. Allons, Schwabe, je ne vous laisserai pas vous sauver de Bernegg, tout simplement.

Schwabe baissa la tête. Il savait que Rusch ne pensait qu'à son bien ; il savait qu'il avait raison ; il savait qu'il y avait actuellement dans sa tête quelque chose de plus dangereux encore que tout ce qui s'était passé jusqu'à présent ; mais il ne comprenait pas pourquoi on ne pouvait pas lui accorder un délai de quelques jours.

— C'était auparavant, monsieur le professeur, répliqua-t-il avec une tension de tout l'être. Alors, vous pouviez donner des ordres. Maintenant, nous sommes des personnes privées.

— Vous n'êtes qu'un idiot ! s'écria le Dr Mainetti avec force. Vous restez ici, et qu'on n'en parle plus. Et s'il est impossible de faire autrement, nous irons chercher votre femme, et nous l'amènerons à Bernegg, pour que l'enfant vienne au monde ici. Nous sommes aussi capables de faire autre chose que des nez et des mâchoires.

— Si... si cela était possible, bredouilla Erich Schwabe tremblant d'espoir. Docteur... Si Uschi pouvait venir me rejoindre.

— Mais bien sûr, elle peut !

— Est-ce que je peux lui écrire tout de suite ? Ou même lui envoyer un télégramme ?

— Pour moi, je m'en fiche... — Le Dr Mainetti fit un clin d'œil à Rusch en apercevant le regard étonné et interrogateur du professeur fixé sur elle. — Et maintenant, dépêchez-vous d'aller reprendre votre place dans la célèbre chambre B/14.

Erich Schwabe décida finalement d'attendre le lendemain pour envoyer le télégramme à Uschi. Le stagiaire Baumann lui fit une piqûre d'eukodal pour la nuit, et il dormit calmement jusque vers huit heures du matin.

Pendant longtemps encore, le Pr Rusch avait discuté avec Lisa de l'opération qu'ils allaient entreprendre. Il avait téléphoné à un professeur d'histologie de Würzburg et l'avait prié de venir assister à l'opération. Le visage blême, Lisa Mainetti avait entendu cette communication téléphonique et, de nouveau, elle avait étudié attentivement les radios.

— Tu ne crois tout de même pas que c'est..., commença-t-elle sourdement, et elle s'abstint de prononcer le mot redouté.

Rusch haussa les épaules.

— Il nous faut penser à toutes les éventualités, Lisa. C'est un fait bien connu, que des traumatismes de la boîte crânienne peuvent entraîner des tumeurs.

— Et si... si c'est cela ?

De nouveau, Rusch haussa les épaules, mais cette fois sans dire un mot et sans oser regarder Lisa. D'ailleurs, il n'avait pas besoin de donner une réponse, car Lisa la connaissait elle-même suffisamment.

— Est-ce que tu... tu vas le lui dire, si c'est vrai ?

— Oui.

— Il va certainement vouloir se suicider.

— Cette fois-ci, non. Il a un enfant. Et il aura la volonté de vivre le temps qui lui sera encore accordé pour cet enfant.

— Il va devenir fou.

Rusch baissa la tête. Sa voix se fit toute petite et presque plaintive : — De toute façon, il le deviendrait... si mes craintes se justifient.

On reporta l'opération à deux jours plus tard, car l'histologue de Würzburg s'était foulé le pied et gisait au lit, avec des compresses d'alcool sur la cheville. Mais il avait promis de se faire conduire le plus tôt possible à Bernegg.

Erich Schwabe avait écrit une lettre à Ursula, ce qui lui avait paru préférable à un télégramme froid et court. Il l'envoya par express et maintenant il attendait un coup de téléphone. Mais à la place du coup de téléphone, il reçut le lendemain même une lettre de Cologne, non pas écrite par Ursula, ni par Karlheinz Petsch, ni par Frau Hedwig Schwabe. C'était une enveloppe sans apparence, neutre, une enveloppe à bon marché, datant du temps de la guerre. Une lettre dont l'expéditeur ne donnait pas son nom.

Profondément surpris, Schwabe arracha l'enveloppe et en retira un petit billet en papier ordinaire sur lequel quelques lignes avaient été tapées maladroitement avec une antique machine à écrire, certainement encrassée et dont il manquait quelques signes.

« Imbécile,

Vous croyez sans doute que votre femme vous aime ? Allons donc, elle vous trompe. Vous n'y pouvez rien, si vous n'avez plus de visage, et c'est la raison pour laquelle vous nous faites pitié. Vous croyez vraiment que tout ce que fait ce Petsch, il le fait par pure amitié ? Demandez donc à votre femme...

Quelques voisins. »

Erich Schwabe lut et relut cette lettre plusieurs fois sans arriver à reprendre son souffle. Puis il poussa un profond soupir et s'allongea sur son lit de la chambre B/14.

Comme c'est honteux, pensa-t-il. Comment peut-on soupçonner ainsi Uschi ?

Et puis, ses pensées poursuivirent leur cours.

Qui donc l'avait tant poussé à partir à Bernegg ?

Et par quel hasard cette lettre du Pr Rusch est-elle justement arrivée à cette époque ? Une lettre... sur commande.

Que s'était-il passé lors de la première excursion avec la voiture nouvellement achetée ? « Nous irons là où Uschi désire », avait crié Petsch. Il n'avait cessé de lui apporter du chocolat. Et jadis, lorsqu'il était arrivé dans la cave, lui, Schwabe, sans qu'on l'attendît ? Qui donc était là ? Qui avait commencé à reconstruire la maison ? Qui n'hésita pas à céder immédiatement sa belle et grande cave, confortablement arrangée ?

Erich Schwabe relut encore une fois la lettre. *Demandez donc à votre femme...*

— Ce n'est pas vrai, affirma Erich à haute voix. Ce n'est qu'une infamie. Ce n'est pas vrai !

Après le déjeuner, Schwabe descendit au village de Bernegg. « Je vais chercher du papier à lettres », dit-il à Baumann qu'il rencontra dans le couloir. Et il avait même ajouté en manière de plaisanterie : « On n'a plus besoin de faire une déclaration officielle quand on s'en va, hein ? »

Mais le soir, il n'était pas encore rentré. Et lorsque Baumann frappa à la porte du Dr Mainetti pour lui faire part de la disparition d'Erich, celui-ci était déjà assis dans le train qui parcourait toute la région de la Hesse enneigée.

Demandez donc à votre femme... Ces mots le rongeaient. *Vous n'y pouvez rien, si vous n'avez plus de visage.*

Eh bien, justement, il allait lui demander.

Que s'est-il passé avec Karlheinz Petsch ?

De qui... de qui est l'enfant ?

Erich Schwabe poussa un gémissement et enfouit son pauvre visage mutilé dans ses deux mains.

Il était seul. Il était de nouveau assis tout seul dans les toilettes étroites du train, devant la fenêtre aux vitres dépolies qui claquait doucement.

7

Le train s'arrêta de nouveau sur la rive droite du Rhin, à Cologne-Deutz. Un vent glacial soufflait du fleuve et frappait Erich Schwabe en plein visage, de son poing aux ongles acérés.

Schwabe traversa lentement le pont provisoire qui avait été construit par les Américains et les Anglais, puis il s'arrêta au milieu et contempla avec avidité les vagues brunes et grises.

« Que vais-je faire, si c'est vrai ? » pensa-t-il. Il y avait beaucoup de solutions, certes. Il pouvait par exemple tuer, les tuer tous les deux, et lui-même ensuite. Mais à quoi cela servirait-il ?

Derrière lui, un soldat anglais s'immobilisa, et le regarda d'un air méfiant.

— Avance ! cria-t-il tout haut. Allez, allez !

Schwabe lui fit un signe de tête, et poursuivit sa marche hésitante sur le pont qui branlait légèrement. Avance..., oui, mais pour trouver quoi ? Est-ce que ce n'est pas une folie, au fait, d'essayer de continuer à vivre avec un tel visage ? Comment espérer seulement que les autres hommes puissent en supporter la vue, si même sa propre femme en était soulevée d'horreur ?

La douleur remonta de nouveau depuis le nez

jusqu'au cerveau. Il s'accrocha à la barricade du pont, se pencha en avant, se recroquevilla et posa son front sur le parapet glacé. Se laisser tomber, pensa-t-il brusquement. Tomber tout simplement dans ce fleuve, ouvrir la bouche toute grande, avaler avaler tout, et être emporté par le courant. Et ensuite, la paix, enfin, la paix.

— Avance, reprit derrière lui la voix du soldat anglais qui montait la garde sur le pont. Schwabe se redressa et se retourna. C'était un jeune soldat qui accomplissait son service militaire dans l'Allemagne occupée.

— Tu peux parler, toi, mon vieux, dit Schwabe faiblement. Tu as un joli visage tout lisse d'enfant. Et il y aura certainement une fille qui sera prête à te caresser, à t'embrasser les lèvres et qui sera heureuse en regardant tes yeux. Tandis que moi, qu'est-ce que j'ai ? Une gueule de monstre !

— *No* compris, répondit le jeune soldat en faisant avec son pistolet de grands signes indiquant à Schwabe qu'il devait vider les lieux. — *Go on.*

— Qui pourrait comprendre cela aussi ?

Schwabe fouilla dans ses poches pour y chercher une cigarette ; la douleur avait disparu, et il lui fallait à tout prix fumer maintenant, n'importe quoi, un mégot ou une cigarette entière faite de plusieurs mégots précieusement mis de côté. Le jeune soldat fit un large sourire grimaçant ; et de la poche de son veston d'uniforme, il tira un paquet qu'il présenta au blessé.

— Merci, mon vieux, dit Schwabe en retirant une longue cigarette de couleur jaune or. — Il l'alluma et se mit à tousser, car la fumée épaisse et sucrée envahit ses poumons comme un nuage et l'étouffait presque. — Tu ne tressailles même pas d'horreur à ma vue, n'est-ce pas ? Tu te contentes de penser : « Le pauvre... ils t'ont rasé le visage. Cela peut m'arriver à moi aussi. » Sûr, mon vieux, cela peut t'arriver à toi aussi. Et peut-être t'arrivera-t-il aussi de passer sur un pont quelconque, ou peut-être du haut de la

Tour de Londres, et, regardant fixement la Tamise noire de poussière, te diras-tu : « Pourquoi ne pas se laisser aller au gré de l'eau, comme un cadavre sans réaction ? Ce serait une solution. » Mais tu ne sauteras pas... de même que moi. Parce que tu te diras qu'on peut toujours voir un peu plus loin. N'importe comment. Bonne chance, vieux.

Il donna une tape sur l'épaule du soldat anglais sidéré et trottina vers la rive gauche du Rhin. Devant lui, la cathédrale se dressait vers le ciel comme les deux doigts qu'on lève quand on prononce un serment, qui sortent de terre et semblent se perdre dans les nues.

A grands pas, Schwabe traversa les ruines de la ville. Mais lorsqu'il arriva dans sa propre rue, son pas se fit plus lent, et finalement il s'arrêta deux maisons avant la sienne, et il se cacha dans l'entrée d'une maison détruite et abandonnée.

Qu'est-ce que je vais dire si je me trouve brusquement en leur présence ? pensa-t-il. Que se passera-t-il si cette lettre n'est qu'un tissu de mensonges ? Si c'était vrai, maman m'aurait certainement mis au courant. Maman ne m'aurait jamais caché cela, jamais. Elle aurait chassé Ursula et ce Karlheinz Petsch en même temps. Un nouveau doute l'envahit, qui le paralysa complètement. Mon Dieu, si ce n'*est* pas vrai, pensa-t-il.

De l'autre côté de la rue, une auto se mit à tousser, et Erich la reconnut aussitôt : la P 4, avec les grandes lettres publicitaires peintes en couleur sur la portière de côté : Schwabe et Petsch — Reconstruction. — SARL. — Cette dernière appellation avait été une trouvaille de Petsch et peinte malgré les résistances de Schwabe ; elle indiquait en tout cas que Petsch était un excellent psychologue, car le mot : Reconstruction, SARL, agissait comme un aimant. Il apportait du beurre, des œufs, du café, du tabac, du jambon, du lard, partout où la voiture passait.

— Il faut connaître la mentalité des gens, et on sort de tout, avait coutume de dire Petsch, et jusqu'alors, les résultats lui avaient toujours donné raison.

Schwabe éteignit sa cigarette et s'appuya contre le mur en lambeaux. La voiture s'arrêta devant la cave des Schwabe, Petsch en sortit d'un bond, courut jusqu'à l'autre côté comme un chauffeur de taxi, et ouvrit la portière. Lentement, Ursula sortit aussi de la voiture, avec mille précautions, car elle avait le ventre très lourd, et se sentait raide et incertaine. Petsch la soutint — avec presque trop de prévenance, pensa Schwabe —, et la plaça sur le milieu de la route.

— Enfin, nous y voilà, prononça Petsch distinctement (et Schwabe ne perdait rien de la scène). Contente, fillette ?

— Oui, Karlheinz.

— Et quelle sera la récompense du gentil Heinzi ? Ursula se mit à rire et, se penchant en avant, elle lui donna un baiser sur les yeux.

— Quelle douceur ! dit Petsch. Autrefois, tu étais plus généreuse.

Erich Schwabe appuya les mains sur le mur humide, et, en tremblant de tous ses membres, il fixa le couple formé par Ursula et Petsch ; ce dernier avait refait le tour de la voiture, et remontait derrière le volant.

— Je rentre la carriole, et je passe encore chez vous, une minute, cria-t-il. Et tu pourras écrire à Erich que tu restes ici, hein ?

Schwabe se sentait calme. Il vit Ursula rentrer dans la cave, et il se cacha encore davantage contre le mur lorsque Petsch passa devant lui au volant de la P 4 ; mais malgré le bruit du moteur, il entendit siffler gaiement le chauffeur.

Puis de nouveau, la nuit froide et solitaire l'enveloppa, et il sentit le froid et la solitude envahir aussi son âme, et la transformer en un immense désert sans fin.

Il n'était plus nécessaire de retourner à la cave pour poser des questions. Il sera complètement idiot d'écouter de nouveaux mensonges et de s'efforcer d'y croire, pour s'endormir soi-même devant la vérité déchirante.

Qu'est-ce qu'on pourrait d'ailleurs encore demander ? Que pouvaient bien signifier désormais des protestations d'amour, des larmes, des serments des explications ?

Erich Schwabe sortit de l'obscurité des ruines et retourna vers le centre de la ville, en trébuchant contre les décombres. Ce fut seulement un peu plus loin, lorsqu'il fut certain de n'avoir plus à craindre une rencontre désagréable avec Petsch, qu'il quitta le trottoir et marcha au milieu de la route le visage tourné vers le Rhin et le vent.

Sur le pont provisoire, il rencontra un nouveau jeune soldat ; l'autre avait été relevé et dormait maintenant chaudement enroulé dans sa couverture, à l'abri du toit de sa baraque. Peut-être rêvait-il d'un homme sans visage à qui il avait fait cadeau d'une cigarette, par simple épouvante, car il n'avait jamais encore de sa vie rencontré un visage dans cet état.

Dans la gare, Erich Schwabe se cacha de nouveau dans un coin de la salle d'attente aux fenêtres et aux trous bouchés avec des planches de bois, provisoirement aussi. L'air confiné et saturé de sueur, de vêtements humides en train de sécher, de relents de corps mal lavés lui fit fermer les yeux ; la fatigue le noya, et comme les centaines d'êtres humains qui l'entouraient, Schwabe se mit en boule et s'endormit.

« Maintenant, me voilà absolument seul », fut sa dernière pensée distincte. Plus de visage, plus de foyer, plus d'épouse, plus de mère, plus d'avenir. Il gisait là dans un coin comme un rat ; comme lui, poursuivi par le dégoût et l'horreur.

Un débris de la guerre.

Chassé de l'univers des bien-portants.

Que signifie alors : mère-patrie ?

En fin d'après-midi, Schwabe sale, affamé, fatigué, les yeux vitreux se retrouva en trébuchant dans l'entrée principale du château Bernegg. Il croisa le

Dr Mainetti qui se tenait debout sur l'escalier, comme une étrangère, et il était évident qu'il ne l'avait même pas remarquée.

— Schwabe, dit Lisa à haute voix. Mince, ou étiez-vous donc ? Quel air vous avez !

— L'air d'un rat, répondit Schwabe sourdement.

— Ou étiez-vous ?

— A Cologne.

— A Cologne ? Sans prévenir qui que ce soit ? Est-ce que l'enfant est déjà arrivé ?

— L'enfant ? — Schwabe fixa le Dr Mainetti comme si elle n'était rien d'autre qu'un volcan en pleine activité. — L'enfant ?

Il leva les bras en l'air, puis poussa un cri aigu et tomba en avant sur la figure, comme un arbre au dernier coup de hache des bûcherons.

Il ne fut désormais plus possible de parler avec lui. Le Dr Mainetti n'y réussit pas, le Pr Rusch abandonna, et même le stagiaire Baumann lui dit au bout d'une heure : « Fais ce que tu veux, espèce d'andouille. Mais moi je n'écrirai pas cette lettre à ta femme. Cherche quelqu'un d'autre qui accepte d'écrire ces idioties ! »

Erich Schwabe était assis, fraîchement baigné et, comme au vieux temps, le visage recouvert de bandes de leucoplast, dans la chambre B/14 ; il avait posé les poings sur la table ; depuis trois heures, tous s'étaient efforcés de le détourner de ses projets.

— Tout ce que vous pouvez me raconter est absolument inutile, avait-il lancé à Lisa. Je reste ici. je ne retournerai jamais plus à Cologne ; je ne veux même plus leur écrire personnellement. Vous avez bien repris Walter Hertz... Je vous en supplie, reprenez-moi aussi. Je pourrai me rendre utile, je sais tout faire, de la menuiserie, du bétonnage, je sais poser des lignes électriques, faire des réparations. Engagez-moi comme gardien, ou comme surveillant des toilettes... je m'en fous. Mais je reste ici. Et si vous me chassez quand même... — Il bégaya et regarda Lisa

Mainetti avec des yeux où on pouvait lire une décision bien arrêtée. — Je vous en prie, l'étang est toujours là. Et il y a aussi assez d'arbres ici. Je ne veux plus rien voir du monde, rien, rien ! hurla-t-il.

Le seul qui le comprit fut Walter Hertz. Il avait raconté à Schwabe ses démêlés avec la famille Wolfach.

— Nous ne faisons plus partie du même monde, voilà tout, Erich, lui dit-il. Notre plus grande erreur, c'est d'avoir continué à vivre. Nous serions maintenant, en tant que morts, des héros, mais en tant qu'hommes sans visage, nous ne sommes qu'un sujet d'horreur. Ils veulent tous oublier le plus vite possible, et nous, nous arrivons avec nos gueules monstrueuses et nous leur rappelons : regardez, voilà ce qui s'est passé. C'est la guerre.

Walter Hertz se caressa l'œil, celui qui pendait :

— L'Allemand ne veut plus penser à son passé qu'il déteste, il ne veut plus qu'on le lui rappelle. Et d'année en année, cela ne fera qu'empirer. Tu verras : on nous en voudra, à nous personnellement, d'empêcher les autres d'oublier, à cause de notre entêtement à continuer à vivre. — Il serra les poings, et les souleva au-dessus de la table, très haut, comme un géant. — Mais il ne faut pas qu'ils oublient. Il faut qu'ils continuent à nous regarder, cria-t-il. Les profiteurs qui deviennent épais et gras, les généraux qui écrivent leurs mémoires sur les temps héroïques, les politiciens qui sont les premiers à oublier et à rêver de nouvelles conquêtes. C'est surtout devant eux que nous devrions nous planter, et les contempler et leur faire des grimaces avec nos visages mutilés jusqu'à ce qu'ils poussent des cris d'effroi dans leur sommeil devant ce spectacle qui les aura imprégnés jusqu'aux replis les plus secrets de leur âme. Erich, ce serait un but à notre vie future : être la conscience vivante d'une génération sacrifiée. Un avertissement pour les jeunes à qui on ne tardera pas à offrir en guise de jouets des canons, des tanks, des fusils, et à qui on dira bientôt : c'est un grand honneur de porter un uniforme. Alors, nous, nous serions là, Erich, et nous leur montrerions nos visages. Et sais-tu ce qui se passerait ensuite ? On nous chasserait, on nous arrêterait... comme danger public pour l'Etat.

— Tout ceci est très beau, répliqua Erich en arpentant la chambre de long en large. Mais moi, je me fous de tout cela. Je ne veux plus rien savoir, entends-tu ? Ni de la politique, ni de la vie de tous ceux qui sont en dehors des murs du château. Je veux seulement vivre paisible, tout seul. Je veux m'asseoir au bord du lac et pêcher ; je veux me promener dans le parc et je veux faire de la peinture. Parfaitement, je veux faire de la peinture. J'ai commencé une fois, et c'était très bon. Je veux peindre des arbres, des fleurs, des papillons, des nuages et le soleil couchant. Je veux peindre tout... sauf des êtres humains. Et c'est ici dans ce parc que je veux être enterré, à côté des autres qui sont morts avant. Je ne veux plus retourner chez les bien-portants. Jamais plus. Pas même comme mort.

— Tu les détestes donc à ce point ? demanda Walter Hertz sourdement.

Schwabe secoua la tête : — Oui, je les déteste à ce point. En fait, il n'existe pas de mot pour exprimer ce que je ressens.

Ce fut Walter Hertz qui écrivit la lettre destinée à Ursula, lettre que Schwabe ne voulait pas écrire lui-même. Walter l'écrivit sous la dictée d'Erich.

Ce n'était qu'un petit mot très court, un adieu définitif, une renonciation totale à tout ce qui un jour avait constitué la vie et l'existence d'Erich Schwabe.

« C'est absolument inutile de venir me rejoindre ici, je ne recevrai personne, je ne veux plus voir personne. Je clos de cette façon le chapitre de la vie d'Erich Schwabe, pour vous et pour tous les autres. Ce qu'il en reste et qui continuera à vivre ici, derrière ces murs... cela ne vous concerne pas. Je donne d'avance mon accord à un divorce. Occupez-vous de tout et faites vite. Continuez à vivre, et laissez-moi en paix.

Erich Schwabe

C'était la fin de la lettre que Walter Hertz avait écrite de sa plus belle écriture, pour Schwabe. Baumann, qui était chargé de réunir tout le courrier pour le porter à la poste, apporta cette lettre immédiatement au Dr Mainetti, qui tourna et retourna l'enveloppe entre ses doigts d'un air pensif.

— On devrait l'ouvrir, docteur, dit Baumann. Nous en avons le droit ici.

— Pourquoi ? — Lisa posa la lettre de Schwabe sur le tas préparé à être envoyé. — Je sais ce qu'il a écrit.

— Moi aussi, docteur. J'ai refusé d'écrire moi-même toutes ces sottises. Mais Hertz est aussi fou que l'autre. Que devons-nous faire ?

— L'envoyer, Baumann.

— Mais la femme ? Si tout cela est faux ? Si ce n'est que l'effet de l'imagination enflammée d'Erich ?

— On arrivera bien à trouver la vérité. Elle ne laissera pas cette lettre sans réponse. Et la mère viendra certainement.

— Mais il ne voudra écouter personne.

— Attendons, Baumann. — Le Dr Mainetti lui rendit le tas de lettres. — Je suis encore là. — Elle pensa au visage de Schwabe et à tout ce qu'il allait encore avoir à subir avant qu'on puisse lui dire : « Nous ne pouvons plus faire davantage... Cela durera encore au moins trois ou quatre ans. » — Et nous avons le temps, Baumann, beaucoup de temps. Il y a trop de choses qui sont allées trop vite avec Schwabe. Ce fut une erreur, à laquelle j'ai aussi une part de responsabilité.

Trois jours plus tard, Ursula et Frau Hedwig Schwabe arrivèrent à Bernegg.

Le Dr Mainetti ne fut pas surpris ; elle s'y attendait depuis qu'un télégramme était arrivé au château, que Schwabe avait déchiré et jeté sans lire. Lisa avait pourtant immédiatement fait réserver une chambre à deux lits, et le Pr Rusch avait téléphoné de son côté à la clinique de Würsburg pour commander un lit au pavillon de la maternité.

Lorsque Frau Hedwig Schwabe téléphona de Würzburg. Lisa Mainetti partit sur-le-champ. Ursula Schwabe avait l'aspect d'une femme qui n'a plus dormi depuis plusieurs jours et plusieurs nuits. Sous sa petite tête blafarde et courbée et ses épaules étroites, son corps paraissait encore plus informe, et Lisa se rendit immédiatement compte que la naissance aurait lieu dans les prochaines heures.

Ursula était assise sur l'extrême bord d'une chaise, et regardait fixement devant elle, lorsque Lisa pénétra dans la chambre de l'hôtel. Avant même qu'elle ait pu dire quoi que ce soit, Ursula leva la main.

— Je vous en supplie, dites-moi la vérité, docteur. Est-ce que... est-ce qu'Erich est devenu fou ?

— Non. Pas exactement. — Lisa Mainetti serra la main de Frau Hedwig Schwabe. La vieille femme montrait le même calme et la même maîtrise de soi que jadis, lors de sa première visite ; Lisa sentit aussi se dégager d'elle une force toute maternelle. Elle ne manifestait aucune trace du désespoir d'Ursula. Maintenant que son fils connaissait la vérité, elle se sentait prête à reprendre le combat. Contre Karlheinz Petsch, contre Ursula, comme une tigresse impitoyable qui ne songe qu'au bien-être de son petit, une tigresse qui ne ménagerait personne, qui n'aurait de pitié pour personne, excepté pour son propre fils.

A Cologne, lorsque la lettre était arrivée et qu'Ursula était tombée immédiatement en syncope, elle avait fait venir tout de suite Karlheinz Petsch. Elle lui avait montré la lettre, et lorsque Petsch lui avait dit, tout joyeux : Eh bien, ne l'ai-je pas toujours dit, tout se résout de soi-même. Si tout va bien, Uschi et moi, nous pourrons nous marier l'été prochain... », elle s'était contentée de lever sa main très lentement et de frapper de toutes ses forces au milieu du visage de Petsch.

— Mais enfin, petite mère..., avait bégayé Petsch.

Mais Frau Schwabe lui avait coupé la parole en lui disant très calmement :

— Dehors ! Sinon, j'appelle la police et je lui montre tous tes petits trafics.

— Vous en avez bien vécu aussi de mes petits trafics, tonna-t-il.

— Bien sûr, et j'irai moi aussi en prison. Pour une vieille femme comme moi, cela n'a guère d'importance, cela ne peut plus lui faire de mal. Et enfin, nous serons débarrassés de toi.

Et Karlheinz Petsch était parti avec la P 4.

N'importe où. Le lendemain, une entreprise de déménagement était venue chercher ses meubles dans la cave, et ni Frau Schwabe, ni Ursula ne posèrent la moindre question. Elles refusèrent même le colis que Petsch avait joint pour elles.

— Ce sont trois livres de jambon roulé, précisa le déménageur.

— Mangez-les vous-même.

— Vous me faites cadeau de trois livres de jambon ?

— Oui.

— J'aimerais bien rencontrer des fous de ce genre tous les jours !

Puis il partit en emmenant les meubles de Petsch. Et Frau Schwabe prononça un mot qui exprimait exactement ce qu'Ursula ressentait et qui lui torturait le cœur d'une angoisse mortelle : — Trop tard. Et maintenant ?

— Nous partons tout de suite à Bernegg, mère.

— Et ensuite ?

— Tout va s'arranger.

— Je ne le crois pas. — Frau Schwabe considéra sa belle-fille avec froideur. — Moi, je resterai à Bernegg auprès d'Erich. C'est mon enfant.

— Et moi, mère ?

Frau Schwabe leva les épaules sans répondre, et se détourna.

— Je vais avoir un enfant d'Erich ! cria Ursula.

— Et s'il n'y croit pas ?

— Mais il ne sait pourtant pas...

— Il est au courant de l'affaire Petsch. Il fallait bien que cela arrive une fois. Il est mon fils, et il n'a plus de visage. Moi, il acceptera de me revoir, je suis sa mère.

— Ce qui veut dire..., ce qui veut dire... bredouilla Ursula, que moi, je...

Frau Schwabe saisit son filet à provisions et posa un foulard sur ses cheveux blancs.

— Peut-être. Je vais faire les courses maintenant. On a droit à trois œufs.

Et plus tard, quand elles se retrouvèrent assises en face du Dr Mainetti, Lisa sentit la rupture qui séparait les deux femmes.

— Vous savez où en est la situation, dit-elle gravement. Votre mari, Frau Schwabe, est allé à Cologne en cachette.

— Il... il est venu à Cologne ? répéta Ursula comme une marionnette qu'on a remontée au bon moment.

— Il a reçu une lettre anonyme. A Cologne, par hasard, il a pu vous voir, caché dans des décombres, revenir en voiture avec ce Karlheinz Petsch, et vous l'avez embrassé.

— Putain, grogna Frau Hedwig Schwabe glaciale.

— Je sais, dit Ursula en baissant la tête sur sa poitrine. Je sais, mais ce n'est pas ça du tout.

— Et quand il était étendu près de toi au lit et qu'il t'a offert des bas de soie ? Il t'a payée comme on paie une putain !

— Non. Autrefois, c'était vrai. — Ursula regarda le Dr Mainetti avec des yeux suppliants. — Oui, j'ai eu autrefois des relations avec ce Petsch. Mais je l'ai regretté, chaque jour, chaque heure de ma vie. J'étais toute seule et désespérée, jadis, et lui, il est entré, et c'était comme de la chaleur, de la vie, de la joie. Mais depuis, il n'y a plus rien eu, rien. Pourquoi donc ne voulez-vous pas me croire ?

— Et le baiser qu'Erich a surpris ? demanda Frau Schwabe durement, sans la moindre trace de pitié.

— C'était seulement de la reconnaissance.

— Si on veut ! se mit à ironiser Frau Schwabe avec amertume.

— Petsch m'a conduite à la clinique, car je devais me faire examiner encore une fois, pour savoir exactement quand l'enfant devait arriver. Je... j'avais formé un plan. Si j'avais encore un peu de temps, je voulais venir ici, à Bernegg, près d'Erich. Mais le docteur a dit qu'il valait mieux que je reste à Cologne, car il n'était pas certain que je puisse supporter le long voyage en chemin de fer. Et c'est à ce moment que Pestch m'a offert de me conduire en auto à Bernegg. C'est pour cela que je lui ai donné un baiser... seulement pour cela...

Frau Hedwig Schwabe regarda par la fenêtre ; son visage ressemblait à un masque, blanc et impassible. Ainsi, voilà ce qui s'était passé, pensa-t-elle. Ou plutôt, voilà ce qui aurait pu être. Et si ce n'était qu'un mensonge ? Dans son humeur agressive destinée à protéger son fils, elle était prête à croire n'importe quoi. Elle ment, s'efforçait-elle de se persuader elle-même. Il ne peut en être autrement. Elle ment.

Sans dire un mot, le Dr Mainetti allait dans la chambre, de long en large ; elle, elle se sentait encline à croire les affirmations d'Ursula, mais se demandait comment on arriverait à faire entendre raison à Erich Schwabe. Une chose était certaine : il y a eu quelques heures dans l'existence d'Ursula pendant lesquelles elle avait oublié son mari. Et il semblait hors de question d'essayer de faire comprendre et admettre ces quelques heures-là à Erich Schwabe, dans l'état où il se trouvait actuellement ; même Lisa Mainetti renonçait à l'entreprise. Pour lui, il n'existait plus d'arguments, plus d'explications, plus de raison de pardonner. Pour lui, il n'existait plus que le refus et le rejet de tout ce qui avait été, l'isolement complet de son « moi », la construction d'un univers tout neuf et si petit qu'il n'y avait place que pour lui-même. Aujourd'hui, et pendant les semaines qui allaient suivre, il serait absolument impossible de l'en faire sortir. Il lui suffirait de jeter un coup d'œil dans la glace pour le rejeter immédiatement dans sa solitude. Ce ne serait que plus tard, lorsqu'il pourrait se regarder dans une glace en se disant : « J'ai retrouvé maintenant l'aspect normal d'un être humain... », qu'il y aurait une possibilité de construire un pont entre la solitude et la vie.

Le Dr Mainetti finit par s'immobiliser. Elle regarda les deux femmes d'un tel regard, que Frau Hedwig Schwabe se rendit compte immédiatement qu'elle avait devant elle un adversaire. Elle se raidit et rendit à Lisa son regard.

— Alors ? interrogea-t-elle, prête au combat.

— Vous m'avez dit la vérité, commença-t-elle. Vous attendez-vous à ce que votre mari, et votre fils, Frau Schwabe, accepte aussi facilement cette vérité ?

— Non. — Frau Schwabe toussota. — Mais moi, je suis sa mère, et je pourrai essayer de lui parler et de lui...

— Vous ne lui parlerez pas.

— Si.

— Non.

— J'aimerais savoir ce qui pourrait m'en empêcher.

— Moi.

— Je vais m'installer devant le château et crier jusqu'à ce que mon fils m'entende, répliqua Frau Schwabe avec une rigidité glaciale qui surprit Lisa elle-même.

— Et votre fils vous laissera crier. Il déteste tout ce qui appartient au monde extérieur à ces murs.

— Je suis sa mère. Un fils ne peut jamais haïr sa mère. Cela n'existe pas.

Le Dr Mainetti se planta devant la vieille femme. Elles se regardèrent fixement, droit dans les yeux, comme deux ennemies impitoyables et décidées à tout.

— Pourquoi avez-vous gardé le silence pendant plus d'un an ? demanda Lisa à voix basse.

Les yeux de Frau Schwabe lancèrent des flammes
— Pour ménager mon fils.
— Et maintenant, ce n'est plus nécessaire ?
— Maintenant, il est au courant de tout. Maintenant, il a besoin de moi pour arriver à surmonter le choc.
— C'est ce que vous croyez. — Lisa reprit sa respiration. C'est vraiment odieux de lui parler sur ce ton, pensa-t-elle, mais il le faut absolument, pour sauver Erich. — Je sais que votre fils vous considère comme complice. Il sait que vous avez accueilli et admis ce Petsch chez vous, parce qu'il apportait du lard et du beurre, des œufs et du jambon. Et du schnaps... Frau Schwabe, du schnaps que vous buviez en cachette pour endormir votre conscience. Il le sait. Et il ne veut plus vous voir, vous non plus.
Frau Schwabe demeura assise sur sa chaise, raide, le visage figé comme une figure de cire. Seuls ses yeux étincelaient. Près d'elle, Ursula pleurait, le visage enfoui dans un mouchoir.
— Il faut que mon... que mon fils me le dise lui-même en face, qu'il me lance cette accusation en plein visage, dit-elle sourdement. Seulement alors, j'y croirai, et je m'en irai.
— Il l'a dit, s'écria Lisa Mainetti sans ménagement. Par mon intermédiaire.
— Et maintenant, que va-t-il se passer ? demanda Ursula sur un ton plaintif. On ne peut tout de même pas rester comme ça ! C'est son enfant... Vous me croyez, n'est-ce pas, docteur ?
Lisa fit un signe de tête affirmatif, lui sourit et posa sa main sur les épaules secouées de sanglots de la jeune femme : — Il y a un an, je vous ai dit, vous en souvenez-vous : Patience, patience. Et aujourd'hui, je ne peux rien vous dire d'autre. Ah ! si. Je peux ajouter un mot : du courage. Efforcez-vous d'avoir le courage et la force de patienter jusqu'à l'infini. C'est la seule chose que vous puissiez faire. Et mettez votre enfant au monde dans la joie. Cet enfant pourra être le pont... le seul.

— Et je ne peux pas voir Erich ?

— Non, il ne veut pas.

— Alors, puis-je vous demander de lui remettre une lettre ? dit Frau Hedwig Schwabe en présentant une enveloppe au Dr Mainetti.

Mais Lisa secoua la tête.

— A quoi bon ? Il la déchirera sans l'ouvrir, comme il a déchiré votre télégramme sans l'ouvrir. Pour lui, il n'existe plus de monde extérieur.

— Mais, moi, je reste ici, à Bernegg, répliqua Frau Schwabe durement.

— Moi aussi, murmura Ursula.

— Nous attendrons ici.

— C'est ridicule. Cela peut durer des mois, peut-être même des années. — Et le Dr Mainetti se décida à prononcer les paroles qu'elle s'était pourtant bien décidée à taire. — Pour Erich Schwabe, il n'y a aucun espoir de survie dans le monde extérieur, avant qu'il ait retrouvé un visage normal.

Frau Hedwig Schwabe approuva de la tête : — J'ai déjà soixante-trois ans, dit-elle. Je ne suis pas encore trop vieille pour attendre. Je reste ici.

Le Dr Mainetti sentit que cette décision était irrémédiable. Tout avait été dit, il était inutile d'ajouter quoi que ce soit. Elles restaient là, à attendre, une vieille femme et une jeune mère. Elles allaient s'installer en bas, dans la vallée, à Bernegg, louer un petit appartement, et vivre n'importe comment. Et attendre, attendre indéfiniment. Et chaque jour, elles lèveraient les yeux vers le château, où, derrière les hauts murs, un homme se promènerait dans la parc, reprenant un peu plus goût à la vie, au fur et à mesure que les opérations de son visage se succéderaient avec succès.

— Je ne peux pas vous en empêcher, dit Lisa Mainetti finalement.

— Non, vous ne le pouvez pas, répliqua Frau Schwabe avec fierté.

— Mais si je puis vous aider...

— Merci. Nous nous aiderons nous-mêmes. Vous, vous n'avez qu'à aider mon fils.

Sans ajouter un seul mot. le Dr Mainetti quitta la chambre et retourna au château, avec l'impression très nette d'avoir été dominée par la vieille femme. Cette force maternelle inexplicable... voilà quelque chose qui échappait à toute analyse raisonnable.

La nuit suivante, Ursula éprouva les premières douleurs ; une ambulance vint la chercher et la transporta à Würzburg, dans la chambre que le professeur lui avait retenue.

Le matin à 9 heures, elle mit au monde son enfant. Toute seule, en pleurant, avec l'unique présence de la sage-femme. Et lorsqu'elle revint dans sa chambre, épuisée, inondée de transpiration, entourée d'un parfum écœurant d'anesthésique, elle se retrouva encore seule : pas de bouquet de fleurs, pas de pression amoureuse de la main, pas de baiser reconnaissant, pas de mot aimable, pas de regard heureux, aucune marque de tendresse.

On la remit au lit, on posa une tasse de thé auprès d'elle sur la table de nuit et on l'abandonna à sa solitude.

— Une fille, dit Ursula tout haut, pour entendre quelque chose, un bruit, un mouvement humain. — C'est une fille, Erich. Allons-nous l'appeler Erika ?

Puis elle se retourna vers le mur, et se mit à pleurer, les poings serrés contre sa bouche.

Lisa Mainetti rencontra Erich Schwabe dans le parc. Enveloppé dans un épais manteau très usagé, il était assis près de l'étang, et il donnait à manger des grains de maïs à une nuée de piverts.

— Toutes mes félicitations, dit Lisa en frappant sur l'épaule d'Erich, qui hocha la tête avec complaisance.

— N'est-ce pas ? On croirait qu'ils sont apprivoisés. C'est bon de vivre avec les animaux. Ils rendent la vie plus facile et on en oublie davantage de penser aux hommes.

Lisa se pencha, prit une poignée de maïs et la dispersa au milieu des oiseaux.

— Elle s'appellera Erika, dit-elle en même temps.

La main d'Erich, qui se préparait à jeter aussi du grain, demeura suspendue à mi-chemin, en l'air. Ce ne fut qu'un sursautement très court, puis sa main plongea de nouveau dans le pot et répandit une nouvelle pluie de grains sur la neige durcie.

— Celui-là, là-bas, le gros, le vert... C'est Otto. C'est ainsi que je l'ai baptisé. C'est lui le chef. Regardez... C'est lui qui fait le partage des grains. Hier, il est même venu s'asseoir sur mon index et il m'a picoré l'ongle.

— Elle pèse 8 livres 345 ; elle est en parfaite santé et pleine de force, et a de longs cheveux blonds... comme vous et Ursula... Petsch a des cheveux foncés, n'est-ce pas ?

Schwabe se leva, ce qui renversa le pot contenant les grains de maïs. Il ne remarqua rien. Il n'entendit pas Otto râler et battre des ailes. Il regarda le Dr Mainetti sans dire un mot, presque d'un œil accusateur, se détourna et s'en alla, penché vers l'avant, en s'enfonçant profondément dans le parc enneigé.

Lisa Mainetti ne le suivit pas. Elle se contenta de le suivre des yeux jusqu'à ce qu'il eût disparu dans les buissons. Puis elle se pencha, redressa le pot et y remit les grains éparpillés.

Que va-t-il faire maintenant ? se demandait-elle. Il faut qu'il réagisse. Personne au monde ne peut résister au plaisir d'avoir une belle petite fille blonde en bonne santé, pesant 8 livres 345. Schwabe resta plus de deux heures tout seul dans le parc glacial. Lorsque enfin il revint dans le bloc B, le stagiaire Baumann avait préparé une théière pleine de thé bouillant et un flacon de rhum, et il lui en versa une grande tasse, sans prononcer une parole. Schwabe but le thé fumant à petits coups lents, tandis que Baumann l'observait avec attention, comme un chasseur sa proie.

— Où est-elle ? demanda Erich d'un air indifférent, après avoir bu sa tasse de thé.

Il essuya la sueur qui perlait à son front, provoquée par la boisson brûlante.

— A Würzburg. Chambre 9. Maternité.

— Peux-tu m'y conduire en auto ?

— Oui, répondit Baumann sidéré. Demain, si tu veux.

— Donne-moi encore une tasse.

Baumann s'exécuta : — En fait, Erich, ce serait plutôt à toi de payer une tournée ! dit-il en même temps.

— Pourquoi ?

— Eh bien ! quand on devient papa...

— Qui est-ce qui est devenu papa ?

— Imbécile, espèce de singe mal embouché ! s'écria Baumann en renversant le thé sur la table. C'est sur la gueule qu'on devrait te verser ce thé, si cela ne devait pas provoquer de nouvelles heures de travail à Lisa !

Erich Schwabe attendit que Baumann ait quitté la pièce, puis il se versa une nouvelle tasse de thé lui-même et s'amusa à faire des dessins avec son index sur la table humide.

Erika, écrivit-il avec le thé au rhum. Erika.

Puis, de la paume de la main, il nettoya le tout, et poussa les gouttes sur le plancher.

Elle a de longs cheveux blonds, pensa-t-il, comme Ursula et moi.

Il fit un bond, et se précipita à la fenêtre, l'ouvrit d'un grand coup brusque et se pencha au-dehors. En bas, les piverts se battaient toujours autour des grains de maïs.

— Otto, s'écria-t-il. Otto... viens ici.

Ce n'était qu'un cri, un cri de désespoir. L'expression d'une folie, la folie de l'entreprise dans laquelle il s'était lancé.

Puis son regard se fixa sur la colline enneigée,

et ses mains s'agrippèrent au châssis de la fenêtre, comme s'il avait besoin d'un soutien.

Là en bas, il y a Würzburg, pensa-t-il. Et elle pèse 8 livres. Et elle est blonde.

Erika.

Il eut l'impression que son cœur allait lui sortir de la gorge.

Un soir, Christian Oster revint de nouveau à la maison en état d'ivresse. Mais c'était une autre sorte d'ivresse qu'avant. Il avait certes des yeux vitreux, et les cheveux humides de sueur, son haleine empestait l'atmosphère, saturée de schnaps à bon marché. Il fit plier sa femme sous sa volonté... Tout cela n'était pas nouveau, c'était devenu une habitude quotidienne. Une fois, Suzanne avait essayé de s'opposer à lui de manière plus énergique, avec un gros gourdin en main. Lorsque Oster avait traversé le jardin en chantant et en titubant, elle lui avait mis son gourdin sous le nez et s'était écriée : « Je ne veux plus. Si tu me touches, je te fais sauter le crâne ! »

Sidéré, Christian Oster avait fixé le gourdin et sa femme, puis il avait bredouillé : — Mon crâne a déjà été transformé en bouillie, chérie. En Russie. Qu'est-ce que tu veux encore faire sauter, hein ? — Puis, comme une panthère, il s'était précipité sur elle, l'avait jetée sur le sol et l'avait violentée comme une bête sauvage. Quant à elle, elle était absolument incapable de se défendre à l'aide du gourdin, car il lui semblait que son mari avait la force de dix hommes réunis.

Mais ce soir-là, tout semblait différent. Oster rentra à la maison silencieux, les yeux baissés, blême, et manifestement bouleversé jusqu'au plus profond de l'âme. Il sentait bien l'alcool à bon marché, mais il ne semblait pas avoir bu suffisamment pour que la bête se soit réveillée en lui.

Avec une docilité qui parut incroyable à Suzanne, il prit place à table, mangea le repas qu'elle lui avait préparé, but une bouteille de bière blonde que, sinon, il ne touchait jamais, et resta assis à table sans dire un mot, le regard fixe et les mains crispées sur la nappe.

— Que se passe-t-il donc ? demanda Suzanne en bredouillant. Est-ce qu'il s'est passé quelque chose ? Mais parle donc !

Christian Oster regarda sa femme comme s'il la voyait pour la première fois :

— C'est fini, dit-il sourdement.

— Qu'est-ce qui est fini ?

— Tout simplement que... c'est fini. Tu ne comprends pas ?

— Non.

Les suppositions se précipitèrent et firent tressaillir Suzanne. Est-ce qu'il voulait la quitter ? Avait-il enfin compris qu'il était impossible de vivre plus longtemps de cette manière ? Voulait-il commencer une nouvelle vie ? Est-ce qu'enfin les tortures nocturnes allaient prendre fin ?

— As-tu... as-tu compris que ça devenait impossible ? demanda-t-elle prudemment. Elle n'expliqua pas davantage ce qu'elle pensait, mais Christian Oster donna l'impression qu'il avait compris, car il hocha la tête plusieurs fois.

— C'est fini, répéta-t-il d'une voix sourde.

— Mais comment as-tu compris si brusquement ?...

Les mots gelèrent dans sa bouche. Oster la regardait, et dans ses yeux, il n'y avait rien d'humain, ni rien de bestial, comme elle y était habituée. Dans ses yeux, il n'y avait plus rien, c'était le vide absolu.

— Que se passe-t-il donc ? murmura-t-elle en reculant jusqu'au mur. Une peur panique l'envahit et la paralysa comme un monstre collant.

— Ils m'ont chassé, expliqua Oster à voix basse. Chassé. On m'a dit tout simplement : « Pars. Nous ne pouvons pas nous servir de quelqu'un comme toi. Un homme qui viole sa femme tous les jours, qui est perpétuellement ivre... pars. » Voilà ce qu'ils m'ont dit. Et M. Berger a même ajouté : « Nous savons par vos voisins comment vous vous comportez, et votre femme en a parlé partout. Naturellement, vous nous faites pitié ; vous avez perdu votre visage, on peut aussi avoir beaucoup de compréhension. Mais il y a des limites à tout. Notre usine ne peut plus se permettre de vous garder comme chef du service de comptabilité... » Voilà ce qu'il a ajouté, M. Berger. Et maintenant, je me retrouve dehors. Chassé, mis à la porte comme un chien galeux, avec un coup de pied au cul... Ce sont les voisins qui ont tout raconté. Et ma femme aussi a raconté partout...

— Christian. — Suzanne Oster posa ses mains à plat contre le mur. — Tu devrais pourtant bien comprendre. J'ai cherché de l'aide. De la protection...

— Aide. Protection. Contre moi. — Oster hocha de nouveau la tête. Ses yeux vides contemplèrent encore sa femme, mais on avait plutôt l'impression qu'à travers elle, à travers le mur, il cherchait à voir plus loin, dans la campagne, dans le lointain, quelque part dans l'Est, là où un éclat de grenade avait pulvérisé l'ancien Christian Oster. — Bien sûr, reprit-il à voix basse. Je suis devenu un étranger. Personne ne me reconnaît plus. Ils m'ont opéré quarante-cinq fois, et comme ils étaient fiers de leur travail, quand tout fut terminé, le Pr Rusch et la jolie Lisa Mainetti ! « Vous voilà redevenu un être humain normal, Oster », m'ont-ils dit. Et moi, je me suis regardé dans la glace, et j'ai répondu : « Mais ce n'est plus moi. » Et eux, ils m'ont répondu : « L'essentiel, c'est que l'âme de Christian Oster soit restée la même, ses manières, son être intérieur. Un homme ne se compose pas seulement d'un visage. » Comme ils connaissent peu la nature humaine, n'est-ce pas, Suzanne ?

— On... on a besoin de temps, pour s'habituer, bégaya Suzanne Oster.

Mais Christian secoua la tête : — Mais nous n'avons plus le temps, maintenant. Ils m'ont chassé. Qu'est-ce que nous avons encore à attendre ? Ça ne changera jamais. Jamais... Je ne serai plus jamais

Christian Oster. — Il reprit son regard fixe et vide, avec toute l'étendue de la solitude dans les yeux. — Mais je t'aime, dit-il tout bas. Je t'ai toujours aimée, tu le sais bien. Je me suis fait faire tout cela pour toi seule, parce que je t'aimais. Je me suis fait opérer quarante-cinq fois...

Suzanne respira avec peine : — Peut-être... peut-être aurait-il été préférable que tu reviennes à la maison comme tu étais, avec les cicatrices, le nez mutilé, comme tu étais au début. Je... je t'aurais reconnu, tu ne serais jamais devenu l'étranger que tu es maintenant.

— De toute façon, c'est fini, reprit Oster sourdement.

Il se leva, contourna trois ou quatre fois la table sans but apparent, s'approcha de la fenêtre et plongea le regard dans le jardin enfoui sous la neige. Une longue rangée de choux verts perçaient la couche blanche, car c'était juste après les premières gelées qu'ils avaient le meilleur goût. Choux verts avec de la saucisse.

Puis Christian Oster fit son tour habituel dans la maison, comme tous les soirs. Il ferma les portes à clef, baissa les persiennes, et tourna fort le robinet d'eau, dans la cuisine, car il coulait toujours un peu ; il fallait changer le caoutchouc.

Quand tout se trouva en ordre, il revint dans la chambre, et se tint debout devant Suzanne. Il était blême, et son nouveau visage paraissait curieusement mutilé ; on aurait cru qu'il était recouvert d'un masque en caoutchouc inégal.

— C'est le moment, dit-il d'une voix calme.

Suzanne ne répondit pas. Elle ne pouvait déjà plus, car les doigts de Christian avaient encerclé son cou, d'un geste rapide comme l'éclair, qui excluait d'office tout essai de résistance. Il ne se passa qu'une seconde torturante, et Suzanne perdit très vite conscience.

— Ça va tellement vite, dit Oster en plongeant dans les yeux exorbités de Suzanne. Tellement vite, ma chérie... Et nous allions nous torturer pendant une vie tout entière. Pourquoi ? Pourquoi ?

Lorsque le dernier sursaut eut ébranlé le corps rondelet de sa femme, il releva Suzanne, la porta dans ses bras jusqu'à la chambre à coucher, ouvrit le lit et la posa doucement sur les draps blancs. Puis il alla chercher les deux bouquets d'immortelles dans le living-room, que Suzanne employait tous les hivers pour garnir le buffet, car elles duraient longtemps, et il les arrangea autour de la tête de la morte. Il joignit les deux mains sur la poitrine et plaça une fleur rouge entre les doigts.

Après l'avoir ainsi installée avec amour et soin, il descendit à la cave, prit une pelle solide et commença à creuser un trou dans le coin non cimenté du sol. Il creusa ainsi trente centimètres environ et mit au jour une caissette de fer-blanc. Il la saisit, l'ouvrit et en retira un paquet enveloppé dans un papier gras, imbibé d'huile. Puis il arracha le papier et en retira un pistolet 08, tout neuf. Le magasin était rempli.

Christian Oster planta la pelle dans la terre, enleva le cran de sûreté, et remonta dans la chambre. Là, il s'assit à côté de sa femme sur le lit, regarda la pendule et agita la tête. Dix heures du soir. Il était encore trop tôt. Il posa le revolver sur l'oreiller et glissa ses doigts entre les doigts déjà glacés de Suzanne.

Ce fut ainsi qu'il passa la moitié de la nuit, tout en revivant toute sa vie en pensée.

Il se revit, enfant, jouant dans les tas de sable, tandis que, sur le banc voisin, sa mère tricotait tout en le surveillant. Elle avait toujours tricoté ; en fait il ne l'avait pour ainsi dire jamais vue autrement qu'occupée à faire cliqueter ses aiguilles. Il avait à peine connu son père qui avait eu un accident dans une mine, au cours d'une explosion et était mort alors que Christian commençait seulement à prendre conscience du monde extérieur. Et sa mère commença à tricoter des pull-overs noirs.

L'école, l'apprentissage, le premier amour... Elle

s'appelait Emmi, une fille plantureuse, dont le père tenait l'épicerie du village ; ce fut chez lui que le jeune Christian Oster acheta ses premières cigarettes, et même un cigare, parce qu'il voulait avoir l'air d'un homme pour en imposer à la belle Emmi.

Et puis, d'autres filles suivirent. La situation à la section de comptabilité, à la mine ; la situation meilleure obtenue à l'usine de meubles Berger. Dans l'équipe de foot, il était gardien de but, et chargé de la section sportive dans les jeunesses hitlériennes. Puis il fit la connaissance de Suzanne Burte, au cours d'une fête. Avec d'autres filles, membres de la jeunesse hitlérienne, elle dansait une ronde, et devait présenter un numéro de gymnastique. Après la fête, il s'était approché d'elle, lui avait adressé la parole, et ils avaient mangé une glace ensemble. Et ils s'étaient rendu compte tous les deux, dès le premier regard, qu'ils s'aimaient. Ils firent des excursions le dimanche, et ils étaient heureux, comme seuls les amoureux savent l'être. Puis ils se marièrent. Et neuf jours plus tard, arriva une lettre qui commençait ainsi : « Vous avez à vous rendre le... »

Il s'arracha des bras de Suzanne et partit pour la Pologne. Ensuite, la Grèce et la France. Et enfin, la Russie. L'étendue des champs ukrainiens, la steppe derrière Smolensk. Les forêts pétrifiées par le gel autour de Gorki. Les marais profonds et inexorables de Pripjet.

Puis la chanson des grenades commença à devenir un hurlement. De plus en plus profond, de plus en plus rapproché. Ce n'était pas nouveau, on n'y prêtait même plus attention. On se contentait de baisser un peu la nuque. Et pourtant cette fois-là, ce fut différent. Les flammes l'environnaient, la terre l'attirait impitoyablement comme si une fente se creusait et l'enserrait. Puis quelque chose d'atrocement chaud le frappa au visage et lui coupa la respiration.

La fin de Christian Oster. Etait-il donc tellement important que le corps continue à vivre ?

Oster retira ses doigts des doigts crispés de Suzanne. Il interrompit le défilé de ses souvenirs, il voulait clore le chapitre à cet endroit. Tout ce qui était arrivé ensuite n'était qu'un cauchemar ; ce n'était plus la vie de Christian Oster. Sa vie à lui s'était éteinte à la seconde même où la terre avait explosé autour de lui et s'était désagrégée comme le pauvre petit homme qui s'y retrouva étendu ensuite.

— Ce fut une belle vie, conclut Christian en s'adressant à Suzanne.

Puis il remit la fleur d'aplomb entre les doigts glacés.

Il saisit son pistolet, s'étendit sur le lit, près de sa femme morte, et enfonça le canon dans sa bouche.

Dans le voisinage, personne n'entendit l'unique coup. On s'étonna seulement le lendemain matin de voir que les volets restaient fermés si longtemps.

« Il doit dormir tout son saoul, pensa-t-on. Car hier soir, il s'est de nouveau enivré. »

Et d'ailleurs, c'était dimanche.

Après le petit déjeuner, le stagiaire Baumann et Erich Schwabe prirent la route de Würzburg.

On n'en avait plus parlé. Même le Dr Mainetti et le Pr Rusch avaient renoncé à toute intervention... Rusch s'était contenté de repousser exprès l'opération prévue de quarante-huit heures.

— C'est le maximum, Lisa, avait-il dit. Nous ne pouvons tout de même pas gonfler Schwabe à la morphine, comme un ballon.

Baumann était venu tout simplement avec sa vieille guimbarde de l'armée qu'on avait cédée à l'hôpital comme voiture de service, et avait dit en passant à Schwabe : « Eh, vieux singe, tu montes ? Justement, il se trouve que les routes sont praticables, mais c'est un pur hasard ! »

Durant tout le trajet, Erich Schwabe ne dit pas un mot ; mais au fur et à mesure qu'on approchait de Würzburg, ses mains devenaient de plus en plus nerveuses, et ne cessaient de pianoter sur la portière.

Peu avant la porte principale de la clinique, Baumann arrêta son carrosse.

— Que se passe-t-il ? interrogea Schwabe. Une panne ?

— Non. Attends un peu. — Baumann se pencha derrière, sur le siège, et en retira un gros bouquet de cyclamen d'une splendide teinte rouge ardent. — De la part de Dr Lisa, dit-il. Elle te charge de le lui remettre de sa part.

— A qui ? demanda durement Schwabe.

— Crétin ! à ta femme, naturellement.

Schwabe ne répondit pas. Il prit le bouquet et le jeta très loin, parmi les décombres d'une maison.

— Et maintenant, continue, dit-il, d'une voix enrouée. Sinon, j'y vais à pied.

A toute allure, Baumann fonça en direction de la clinique.

— Nous en reparlerons plus tard, hurla-t-il.

Impassible, Schwabe était assis auprès de lui, impénétrable, les lèvres exsangues et serrées.

8

LORSQUE les deux visiteurs se firent annoncer auprès de l'infirmière de service, à la maternité, la jeune fille regarda Erich Schwabe attentivement, et détourna très vite les yeux. Schwabe serra ses lèvres cicatrisées.

— Oui, c'est moi, dit-il grossièrement. Heureusement qu'un visage pareil n'est pas héréditaire, hein ?

— Salaud ! lui lança Baumann en lui donnant un violent coup de poing dans le dos.

— Vous pouvez voir votre fille. — L'infirmière regarda une liste et posa son index près du nom de Erika Schwabe, lit n° 12. — Mais seulement à travers une vitre.

— Pourquoi cela ? demanda Schwabe très haut.

— Pour éviter tout danger d'infection.

— J'ai perdu mon visage pendant la guerre, et non pas à cause de la syphilis, s'écria-t-il brusquement. L'infirmière recula d'effroi, et le stagiaire Baumann fit des signes désespérés dans le dos de Schwabe, pour expliquer que, manifestement, le visiteur faisait une crise de nerfs.

— Il en est de même pour tous les papas ; ils ne sont autorisés à voir les nouveau-nés que derrière une vitre. Plus tard, au bout de quelques jours, cela change, bien sûr. Il m'est impossible de faire une exception pour vous. — L'infirmière se tourna vers la porte. — Si vous voulez bien me suivre... Vous pouvez naturellement rendre visite à votre femme dans sa chambre, sans vitre.

— Merci, répondit Schwabe, d'une voix enrouée par l'émotion. Je ne veux voir que l'enfant.

Il ne dit pas « mon » enfant, mais « l' » enfant. Baumann s'en aperçut immédiatement, et retint Erich fermement par le bras, tandis que l'infirmière se trouvait déjà dans le long couloir de la maternité.

— Erich, si tu fais du chambard ici, dit-il tout bas, je te le jure, je t'allonge un direct devant tout le monde après lequel tu n'auras plus qu'à te faire faire un troisième visage.

— Bien. — Erich Schwabe baissa la tête, son visage mutilé tressaillit. — Comme je me suis fait une joie de cette scène : la première fois que je vais voir mon enfant ! Et maintenant...

L'infirmière se tenait devant une porte dont la peinture était écaillée en maints endroits et sur laquelle on avait en vitesse passé çà et là une couche de laque blanche ; elle regarda venir Schwabe d'un air indécis.

— Avez-vous apporté quelque chose pour l'enfant ? demanda-t-elle d'une voix à peine intelligible.

— Non.

L'infirmière hésita, puis alla dans la salle réservée aux bébés. Près de la porte, se trouvait une grande fenêtre incrustée dans le mur. Derrière, Baumann aperçut une rangée de petits lits blancs et la coiffe remuante d'une infirmière silencieuse.

— Approche, Erich, dit-il. Ici, près de la fenêtre. On va te la montrer tout de suite.

Schwabe fit quelques pas et demeura à deux mètres de la vitre. On aurait cru qu'il avait peur d'approcher davantage, comme s'il avait honte de poser son pauvre visage en lambeaux trop près de la fenêtre.

L'infirmière reparut derrière la vitre, comme si

elle sortait d'un cadre. Elle portait dans ses bras un petit paquet blanc qui ne cessait de remuer. Une tête ronde et blonde, des yeux plissés, et des petits doigts minuscules et repliés, les poings serrés, un paquet rose, fragile, avec deux petits bourrelets aux coins de sa bouche grande ouverte, et l'on entendait très loin, assourdi par la fenêtre, un cri aigu et insistant.

L'infirmière souriait, et elle souleva le petit paquet à bout de bras.

Erich Schwabe regardait sans faire un mouvement comme pétrifié. Il scrutait l'enfant, la tête baissée vers l'avant mais il ne s'approcha pas. Les doigts de sa main droite se mirent à griffer le bras de Baumann, comme un malade qui étouffe s'agrippe n'importe où par peur de mourir.

Il ne dit rien. Il se contentait de regarder le bébé que lui tendait l'infirmière derrière la grande vitre.

— Alors, insinua Baumann à voix basse. Est-ce qu'elle ne te ressemble pas ? Elle s'arrache même la gorge, tout comme toi, à force de gueuler.

Schwabe ne répondit pas. Comme un ours fatigué il parcourut les quelques pas qui le séparaient encore de la fenêtre, et y appuya son visage mutilé. Il était maintenant tout près de l'enfant, seulement séparé par trois millimètres de vitre. En hésitant, il leva la main et caressa doucement la fenêtre, autour de la tête du bébé, au-dessus du visage hurlant. L'infirmière le rapprocha encore davantage de la fenêtre, autant qu'il lui était possible au point que la respiration de l'enfant produisit un petit rond de vapeur, et par-dessus, Schwabe aperçut deux grands yeux bleus.

Sans bruit, les larmes se mirent à couler sur les cicatrices et les rides de son visage. Il ne cessait de caresser la vitre d'un geste empreint d'une tendresse infinie, jusqu'à ce que l'infirmière emportât l'enfant pour la replacer dans son petit lit blanc, au milieu de tous les autres. Schwabe la suivit des yeux ; il vit avec quelles précautions on couchait son enfant bien à plat sur le dos, on la couvrait d'une immense couverture blanche, dans laquelle le corps minuscule disparaissait, et enfin on plaçait un voile de gaze au-dessus du lit pour protéger le petit être fragile des courants d'air et de la poussière.

Baumann posa sa main sur l'épaule de Schwabe.

— Alors, pauvre idiot, dit-il tout bas, est-ce que tu vas finir par retrouver la raison ?

La tête de Schwabe se retira de la fenêtre, il sursauta comme si on lui avait donné un coup violent sur la nuque, et, enfouissant ses poings dans les poches de son manteau, il avança le menton.

— Viens, dit-il tout haut.

— Où donc ?

— On rentre à la maison.

— A l'étage au-dessus, il y a Ursula. Elle... elle sait que tu es venu aujourd'hui, car le Dr Mainetti le lui a fait dire.

— Nous partons, répéta Schwabe d'un ton boudeur.

— Mon Dieu, ta femme vient de te donner une splendide petite fille, et toi, espèce de salaud, tu ne veux même pas...

Erich Schwabe se détourna et enfila le long couloir. Il descendit l'escalier sans se retourner une seule fois, quitta la clinique, la tête baissée, et alla s'asseoir dans la vieille bagnole, le col de son manteau relevé, et le vieux calot militaire enfoncé jusqu'aux oreilles. Cinq minutes plus tard, Baumann le rejoignit. Il était blême, et d'un coup brusque, il chassa Erich Schwabe du siège de la voiture.

— Elle pleure, dit-il sourdement. Personne ne s'occupe d'elle, depuis qu'elle a mis l'enfant au monde. Personne n'est venu la voir. Pas même ta mère. On devrait vous casser la tête, à vous autres, tous les Schwabe !

Erich ne répondit rien, debout dans la neige, son visage strié de rayures violettes et parsemé de plaques rougeâtres.

— Est-ce que vous n'avez pas de cœur ? s'écria

Baumann en secouant violemment son compagnon.

— Elle m'a trahi.

— Quand j'entends cela... ! — Baumann poussa Schwabe contre l'aile de la voiture. — Et maintenant, écoute, mon vieux. Tu es allé en Pologne...

— Oui, répondit Schwabe d'une voix rauque.

— Puis en France, en Grèce, dans les Balkans et enfin en Russie. Pendant toutes ces années-là, ta petite Ursula est restée bien sagement à la maison, et elle t'a attendu fidèlement ; elle a attendu que tu reviennes chaque année en permission, pendant deux semaines. Et toi ? Hein ? Qu'est-ce que tu as fait ? Comment ça s'est passé en Grèce ? Et en Yougoslavie ? Et comment c'était au bord de l'Atlantique ? Ou bien étais-tu probablement le seul soldat des armées allemandes qui n'avait d'intérêt que pour son fusil, et pour rien d'autre à côté ? Hein ?

Erich Schwabe poussa plusieurs profonds soupirs :

— Fous-moi la paix, dit-il au bout d'un minute.

— Tu t'en vas maintenant faire une petite visite à Ursula et tu lui diras merci de t'avoir donné un tel bébé.

— Non.

Baumann saisit Erich par les revers de son manteau :

— Erich, dit-il tout bas. Si tu ne comprends pas maintenant, tout de suite que ton attitude est de la pure saloperie, tu n'existes plus pour moi, t'as compris ? Et pour tous les autres du château Bernegg aussi, car je m'en chargerai, tu peux compter sur moi.

Erich approuva d'un signe de tête : — Bien, dit-il d'une voix enrouée et bredouillante. Alors, je suis mort. Je n'ai pas besoin de vous pour continuer à vivre. Je ne veux que la paix et la tranquillité, et ne plus rien savoir de l'humanité.

— Mais cette gosse, elle fait partie de l'humanité, s'écria Baumann en rejetant Schwabe contre la voiture, comme un gros sac lourd.

— C'est bien pour cette raison que je lui ai dit adieu.

— Adieu ? murmura Baumann incrédule. Tu as dit adieu à ton enfant ?

— Démarre maintenant, hurla Schwabe brusquement, et il empoigna Baumann avec une force qu'on ne lui aurait pas soupçonnée et le plaça derrière son volant, comme une poupée de son. — Cela ne te regarde pas d'ailleurs. Pourquoi vous occupez-vous tous de ma vie privée ? C'est mon affaire. Refaites-moi un visage raisonnable ! C'est tout ce que vous avez à faire pour Erich Schwabe, et rien de plus !

Sans ajouter un mot, le stagiaire Baumann reprit la route de Bernegg. En traversant la ville, ils aperçurent au milieu d'une queue qui stationnait devant une poissonnerie, Frau Hedwig Schwabe, la mère d'Erich. Elle était vêtue d'un vieux manteau marron avec un col d'astrakan, et, sur ses cheveux blancs, elle avait noué un fichu rouge. Baumann ralentit.

— Ta mère, dit-il en faisant un signe vers la queue.

— Continue, dit Schwabe glacial.

— Erich... elle t'a reconnu. Elle regarde par ici. Ne pourrais-je pas...

— Continue, cria Schwabe en fermant les yeux au moment où la voiture longea la file de gens qui attendaient sur le trottoir. Il releva un peu plus haut le col de son manteau, y enfouit son visage, et tourna la tête du côté opposé.

Frau Schwabe regarda son fils avec des yeux exorbités, et elle suivit la voiture du regard. Le bras qu'elle avait déjà commencé à soulever pour faire un signe retomba le long de son corps, comme brusquement privé de vie. Derrière elle, les autres femmes poussèrent, et lentement, la queue avança légèrement vers la porte de la boutique.

— Est-ce que vous connaissez l'un de ces pauvres types ? lui demanda sa voisine. Les pauvres gars. On leur a rasé littéralement le visage. Et souvent, il faut vraiment faire un gros effort pour ne pas détourner la tête, quand on en rencontre un. Ma petite fille, tenez, qui a treize ans, vient d'en rencontrer un il y a quelques jours ; elle s'est sauvée en courant, comme si elle avait rencontré un fantôme, et pendant trois nuits, elle en a rêvé et n'a cessé de crier.

Une autre femme longea la queue, en sortant de la boutique.

— Il n'y a plus de poisson que pour dix familles encore, dit-elle à celles qui attendaient. Mais pour les autres, on distribuera des harengs salés.

— Merde ! — La femme qui avait une petite fille de treize ans aussi peureuse se rapprocha légèrement de Frau Schwabe. — Ecoutez, je peux vous confier une nouvelle recette pour transformer des harengs salés en harengs grillés, sans un gramme de graisse...

Frau Schwabe avala plusieurs fois sa salive, d'un mouvement désespéré, comme si une grosse boule lui encombrait le gosier. La bagnole dansait au loin maintenant sur la route qui montait vers le château, et lentement disparut à sa vue.

— Et moi, j'ai découvert douze nouvelles manières de préparer les navets, ajouta-t-elle à voix basse. Puis elle se détourna et regarda fixement la nuque de la femme qui se trouvait juste devant elle. Il ne m'a pas vue, se disait-elle sans arrêt. Ils sont passés trop vite, il ne pouvait pas me voir. Il ne serait jamais passé ainsi sans s'arrêter, jamais, jamais. Je suis sa mere !

Dans le hall d'entrée du bloc B, le Dr Mainetti et le Dr Vohrer attendaient en bavardant, quand Baumann et Schwabe revinrent. Baumann secoua la neige qui recouvrait son pardessus ; puis il abandonna tout simplement Erich au milieu du hall et rentra dans sa chambre. Profondément étonnée, Lisa vint à la rencontre de Schwabe.

— Alors, comment vont-elles ? demanda-t-elle. Est-ce que la petite n'est pas mignonne ? Et comment va votre femme ?

— Il faut absolument que je vous parle, docteur, répondit Schwabe d'une voix sans timbre.

— Bien sûr. Maintenant, tout de suite ? Vous voulez retourner à la maison, n'est-ce pas ?

Elle passa la première, ouvrit la porte de sa chambre et fit entrer Schwabe ; puis elle attendit que son visiteur ait retrouvé un peu de calme. Elle se dirigea vers son étagère, en tira la dernière bouteille de whisky, un ultime souvenir du major Braddock, en versa un peu dans deux verres et plaça l'un d'eux sur la table devant Schwabe.

— Alors, allez-y maintenant. Tout s'est arrangé, n'est-ce pas ?

— Oui, docteur. Je voudrais vous prier de faire savoir à ma femme qu'elle peut demander le divorce.

Lisa Mainetti posa brutalement son verre sur la table.

— Que signifie cette idiotie, Schwabe ? demanda-t-elle sèchement.

— Il faut bien faire un peu de nettoyage, n'est-ce pas ? et couper complètement les ponts, docteur.

— Vous avez bien vu votre enfant pourtant ?

— Oui.

— Et votre femme ?

— Non.

— Est-ce que Baumann n'a pas...

— Il voulait. Mais j'ai jeté les fleurs, docteur. Je ne veux plus. C'est inutile d'ailleurs de parler plus longtemps sur ce sujet. Je reste ici, à l'hôpital, vous le savez bien. Et si vous me chassez... il y aura une catastrophe.

— C'est du chantage, Schwabe.

— Je le sais, docteur. Est-ce tellement important ? Je suis rejeté, je ne fais plus partie de ces gens, là-bas, et maintenant encore moins.

— Qu'est-ce que cela veut dire, Schwabe : et maintenant encore moins ?

Il baissa la tête : — J'ai vu l'enfant, expliqua-t-il à voix basse et chevrotante. Elle est si belle ! Je ne veux pas qu'elle ait un père aussi monstrueux que moi. Elle ne doit jamais savoir que je suis son père. Je ne veux pas qu'elle ait peur de moi, je ne veux pas qu'elle ait honte de moi, ni qu'elle entende les réflexions des autres enfants : Ton père est vraiment horrible !...

Tout ce que moi, en ce moment, je vois, j'entends et je sens, je veux que cela lui soit épargné. — Il releva les yeux vers Lisa Mainetti, et ses yeux étaient noyés de larmes. — Faites en sorte, docteur, que tout aille très vite. Que nous soyons le plus vite possible divorcés. Que plus tard, on puisse dire à l'enfant, quand elle commencera à comprendre : Ton père a été tué en Russie. Ou bien il est porté disparu. Ou bien il est mort de faim au fond d'un camp. On trouvera bien quelque chose, quand on a pris l'habitude de mentir.

Le Dr Mainetti ne répondit pas immédiatement. Elle commença par contempler Schwabe, longuement, et en silence, jusqu'à ce qu'il baissât le regard et tournât la tête de côté.

— Vous n'avez pas honte ? interrogea-t-elle alors tout bas.

— Non.

— C'est votre propre enfant que vous voulez punir, parce qu'à vous, on vous a enlevé votre visage.

— Je veux tout simplement lui épargner une torture de toute la vie, cria Schwabe complètement désespéré.

— Pour un enfant, son propre père n'est jamais une torture.

— Je ressemble à un monstre, hurla-t-il de plus belle.

— Il n'y a pas un enfant qui le sentira. Et comment pourrait-il ? Il commence seulement à vivre et n'a jamais connu son père autrement. J'admets qu'il ne ressemble pas tout à fait aux autres papas ; mais personne ne ressemble à son voisin. C'est justement cet enfant qui peut arriver à vous prouver que la vie continue et qu'elle continue aussi naturellement que l'été suit le printemps, que le soleil se lève le matin et se couche le soir, que les nuages sont dans le ciel et les étoiles brillent pendant la nuit.

Erich Schwabe crispa ses doigts les uns dans les autres ; sa bouche raccommodée avec tant de soin et de difficultés tressaillit sans qu'il en fût maître.

— Je n'ai plus aucune confiance dans les êtres humains, dit-il à voix basse. Dans aucun. Je veux rester ici, derrière ces murs élevés, et près de vous, docteur.

— Moi aussi, je suis un être humain.

— Oui, mais d'une autre espèce.

— C'est une erreur. Moi aussi, j'ai mes défauts et mes faiblesses comme tous les autres. Je ne vaux pas un pfennig de plus que tous ceux devant lesquels vous vous enfuyez.

— Mais vous êtes mon unique secours, s'écria Schwabe en sautant de sa chaise et en étendant les bras vers Lisa Mainetti. Vous êtes tout ce qui reste de mon univers. Vous me refaites un nouveau visage... Vous me rendez tout ce que j'ai perdu. N'est-ce pas, c'est bien ce que vous faites ? Vous me faites cadeau d'un nouveau visage ?

— Vous savez fort bien, Schwabe, que tout ce que je peux faire avec mon bistouri et mes aiguilles, je le ferai. — Le Dr Mainetti avait repris son timbre de voix élevé et commun, comme on y avait été habitué autrefois, dans l'hôpital. — Mais il m'est impossible de recoudre votre sale caractère et votre conception stupide du monde. Espérons qu'un jour viendra où un enfant — votre enfant — parviendra à vous émouvoir. Mon cher Schwabe... je vais vous remodeler votre visage, mais en tant qu'homme je vous méprise.

Erich Schwabe s'adossa au mur, anéanti sous le coup de cette déclaration : — Je veux tirer un trait final, dit-il encore sourdement. Je ne veux pas que mon enfant voie jamais un père comme moi. — Il soupira et s'essuya les yeux d'un geste de la main. — Elle sera sûrement heureuse ainsi. Un père mort est préférable à un monstre de père vivant.

Le Dr Mainetti n'ajouta rien ; il était parfaitement inutile de continuer à parler avec Schwabe sur ce sujet ; il fallait encore attendre.

Et les mois passèrent, lentement et lourdement. Les jours collaient aux aiguilles des pendules comme une crasse obstinée. Après la fonte des neiges et les premières journées ensoleillées, la pluie d'avril fit son apparition et satura la terre de torrents d'eau, comme si elle voulait l'adoucir et nettoyer à tout jamais les blessures de la guerre.

Le Pr Rusch avait parlé lui-même avec Frau Hedwig Schwabe et Ursula ; car lorsque la jeune femme avait quitté la clinique, sa belle-mère l'avait reprise avec elle, non pas par amour et miséricorde, mais par pitié. Six fois, elle avait tenté de rendre visite à Erich et de lui parler, et chaque fois, elle avait été éconduite. Les lettres et les colis contenant quelques douceurs étaient revenus à leur expéditeur, intacts.

— C'est inutile, car il traverse une grave crise morale qui ne peut qu'empirer si l'on essaie de la résoudre par la force, même par la force de l'amour. Il finira bien par sortir de lui-même de son isolement voulu. — C'était en vérité une consolation bien mince, mais la seule que le Dr Mainetti pouvait donner. En même temps, elle conseilla de ne jamais se prêter à la volonté d'Erich de divorcer. Le Pr Rusch partageait son opinion, et transmit lui-même à Schwabe la réponse de sa femme.

— Vous ne pouvez rien faire, Schwabe, lui dit-il en lui remettant la lettre qu'il avait rédigée lui-même et qu'Ursula s'était contentée de recopier. Votre femme refuse le divorce, et vous n'avez aucun motif à alléguer, qu'un tribunal accepterait, vous le savez bien. La méfiance toute seule ne suffit pas !

Cette lettre-là, dans laquelle elle expliquait très brièvement qu'elle s'opposerait au divorce, Schwabe la lut tout de même. Il haussa les épaules et la rendit ensuite au Pr Rusch.

— C'est pas mal, dit-il avec indifférence. Le Dr Mainetti sait rédiger une lettre !

— Erreur, répliqua le Pr Rusch en la repliant. C'est moi qui l'ai rédigée.

Schwabe se détourna et ouvrit un livre avec ostentation. C'était sa seule ressource, la fuite dans l'irréel. Tout contact personnel était mort autour de lui, il n'était plus qu'un malade anonyme. Le Dr Mainetti et le Pr Rusch l'opéraient à intervalles précis, selon la guérison des précédentes opérations, et les chances de succès des suivantes. Mais ils ne prononçaient plus un mot familier à ces occasions-là ; sans ouvrir la bouche, Schwabe grimpait sur la table d'opération, absorbait l'anesthésique et se laissait opérer. Le stagiaire Baumann ne venait plus jouer au skat ; on n'entendait plus les plaisanteries auxquelles le bloc B s'était habitué ; le seul toutefois qui trouvait grâce devant Schwabe était Walter Hertz, avec sa nouvelle philosophie de la vengeance, qui se résumait en dernier lieu par cette maxime : « Nous avons été mis au monde pour guérir les hommes de leur bêtise en leur offrant un spectacle qui leur donne la nausée. »

Les excroissances qu'on avait enlevées à temps dans le nez de Schwabe se révélèrent finalement sans trop grande gravité. Pendant quatre jours, Rusch et Lisa attendirent le résultat des examens histologiques de Würzburg, et lorsqu'enfin ils en prirent connaissance, ils poussèrent un soupir de soulagement. Ce n'était qu'une végétation désordonnée de la parcelle osseuse greffée, sans importance en soi, mais dont les répercussions sur les nerfs pouvaient devenir beaucoup plus dangereuses.

L'opération dura deux heures ; elle devait fournir à Schwabe son troisième nez. Et lorsqu'il se réveilla de son sommeil anesthésique, il se retrouva absolument seul dans sa chambre, comme autrefois Ursula à la clinique de Würzburg. Walter Hertz aidait à la cuisine ; Baumann qui assistait d'habitude à tous les réveils suivant de graves opérations, et, assis auprès du lit, répondait par des remarques idiotes aux questions non formulées des malades, était parti à Bernegg pour s'acheter une chemise avec un ticket de sa carte d'habillement. Schwabe gisait au fond de son lit, comme un lépreux abandonné dans la grande chambre silencieuse, enfoui sous les énormes pansements qui lui cachaient presque tout le visage, et le cœur chargé de cette éternelle question angoissante qui cette fois restait sans réponse : « Est-ce que l'opération a réussi ? »

A Bernegg, Frau Hedwige Schwabe et Ursula s'étaient loué un appartement de deux pièces, que le Dr Mainetti avait réussi à leur procurer par l'intermédiaire du maire du village, après que le fonctionnaire chargé du relogement leur eut répondu, suivant la bonne vieille manière allemande : — Un appartement ? Qu'est-ce que vous pensez ? Il y a quatre cent quatre-vingts demandes qui précèdent la vôtre. Et en plus, vous êtes étrangères au village ? Retournez donc à Cologne : eux seuls sont compétents à votre égard.

Finalement, le maire leur trouva un deux pièces sous les combles de l'école, là où autrefois, on remisait les vieilles cartes et les bancs inutilisés. Comme compensation, pour remplacer le loyer, Frau Schwabe était chargée de faire le ménage dans les salles de classe ; en outre, elle entretenait le jardinet de l'école, et on lui avait promis la moitié de la récolte à venir.

Dans une des petites mansardes, Ursula s'était installé un atelier de couture. Avant d'épouser Erich Schwabe, elle avait appris à coudre, et ce qu'elle savait encore lui suffisait pour transformer les vieux manteaux de l'armée en larges capes, pour retourner des vestes ou pour couper des manteaux d'hiver convenables dans des couvertures teintes. En ce domaine-là aussi, le Dr Mainetti avait apporté un précieux appui. Dans la remise où se rouillait tout doucement le vieux taxi de Bernegg, la voiture antédiluvienne retapée par Fritz Adam, on trouva une machine à coudre presque neuve, qui avait été enlevée par des soldats américains sans qu'on pût en retrouver l'origine. Dans quel but, cela, personne ne le savait plus, car personne ne se souvenait avoir jamais vu un soldat américain portant une machine à coudre. Peut-être était-ce tout simplement un « Souvenir from Germany » confisqué par les Américains et laissé sur place finalement à cause de son volume.

Le maire commença par poser une annonce pendant deux semaines sur le tableau d'affichage pour essayer d'en retrouver le propriétaire ; mais au bout de ce temps, comme personne ne s'était présenté, il autorisa Ursula à emporter la machine dans son atelier, à titre de prêt.

Ce fut ainsi que commença l'activité de l'Atelier Schwabe, ainsi que le baptisa le Pr Rusch. En fait, c'était un travail de nuit, car Ursula attendait que la petite Erika se fût endormie, le soir, pour s'installer à sa machine, et le crépitement rythmé résonnait pendant toute la nuit jusqu'à l'aurore ; alors elle se couchait pour quelques heures, et c'était sa belle-mère qui préparait le premier biberon. Et elle réveillait aussi Ursula, car l'heure de nettoyer les classes venait vite ; il fallait que tout soit propre et terminé pour 8 heures, heure à laquelle les enfants arrivaient.

Avec le temps, tout s'organisa ; et le travail ne manquait pas. Il vint même des femmes de Würzburg qui apportèrent leurs vieux vêtements à Ursula, à Bernegg, ainsi que parfois des tissus neufs, fruits d'échanges. La rumeur publique se chargea de murmurer un peu partout que la petite femme blonde travaillait courageusement et très minutieusement, et qu'elle avait des tarifs inférieurs à ses collègues de la ville. Elle faisait une robe neuve pour un demi-litre d'huile, et la transformation d'une vieille capote militaire en une veste verte pouvant servir pour aller à la chasse coûtait cinq kilos de pommes de terre et une demi-livre de lard. L'argent comptant que les clients versaient en espèces pour compléter n'avait aucune importance, car quelle en était encore la valeur ? Si l'on pense qu'une cigarette américaine coûtait six marks et qu'une livre de beurre était vendue quatre cents marks ! Les cinq marks qu'on réclamait pour un tailleur chic fait en drap hollandais très doux semblaient vraiment ridicules.

En juillet, Ursula obtint une nouvelle cliente. Lisa Mainetti lui apporta un jour un morceau d'étoffe bleu foncé pour faire un tailleur, une étoffe d'avant-guerre qui avait dormi pendant toutes ces années dans une armoire en attendant l'occasion de servir, occasion qui se présentait justement.

— C'est pour mon mariage, expliqua le Dr Mainetti. Je voudrais au moins ce jour-là pouvoir mettre quelque chose de neuf.

Ursula prit des mesures, mais, contre toute attente, elle ne posa aucune question concernant Erich. En fait, il s'occupait dans le jardin du château, tondait les immenses pelouses, soignait les massifs de fleurs, et surtout, il avait créé un jardin potager qui rendait la clinique indépendante des distributions extraordinaires délivrées sur présentation des cartes de rationnement.

Il restait encore soixante-quatre blessés au château. Les blocs A et C avaient été vidés, nettoyés, et on les avait affectés à d'autres usages. Ainsi les chambres et les dortoirs servaient de logement aux colonnes infinies de réfugiés qui ne cessaient de défiler, venant de l'Allemagne de l'Est et de la Tchécoslovaquie chercher un asile à l'ouest. Les familles expulsées logeaient quelques semaines dans les bâtiments du château, jusqu'à ce qu'elles soient dirigées vers les régions campagnardes de la Basse et de la Haute Franconie, dans des camps et des baraquements, parfois même dans des chambres particulières, obtenues la plupart du temps seulement sur réquisition forcée.

Parmi les pensionnaires constants du bloc B, on retrouvait les grands voyageurs qui venaient de tous les coins de l'Allemagne de l'Ouest pour faire poursuivre leur série d'opérations. Beaucoup de vieilles connaissances du temps de guerre passèrent quelques semaines à Bernegg, par exemple Fritz Adam, l'étudiant en médecine, qui avait été abandonné par sa femme-poupée, la blonde Irène, à cause du Dr Fred Urban.

Sans se faire annoncer, il arriva un jour au château, et Baumann lui tomba dans les bras, comme s'il retrouvait un frère disparu depuis toujours. Dora Graff, la petite infirmière, l'accompagnait. Elle s'appelait d'ailleurs Dora Adam maintenant, et ses yeux rayonnaient d'un bonheur qu'elle ne cherchait pas à cacher.

— Enfants, articula péniblement Lisa Mainetti en posant ses deux bras sur leurs épaules. Comme je suis heureuse de ce que vous avez réussi !

Fritz Adam avait recommencé ses études de médecine à l'université de Heidelberg, car c'était la première université qui avait repris une activité complète. Dès le 15 août 1945, la faculté de médecine avait rouvert ses portes, et toutes les autres facultés avaient suivi dès le 7 janvier 1946. Dora Adam travaillait dans la clinique médicale, comme infirmière-chef et gagnait seule tout l'argent du ménage. Fritz avait obtenu très facilement le divorce d'avec sa première femme, Irène ; en fait, cela n'avait été qu'une formalité. Le tribunal qui avait à juger ce cas termina l'instruction dès les premières minutes, lorsque, sans la moindre honte et sans ménagement, Irène eut déclaré : — Il m'est absolument impossible de passer toute ma vie avec un homme qui n'a plus de visage. Je suis encore trop jeune pour cela. — Le véritable motif du divorce, en fait, avait été le chapitre consacré au Dr Urban, ce dont Irène ne fit aucun mystère d'ailleurs.

Une fois le jugement rendu, le président du jury serra la main de Fritz Adam très ostensiblement en lui disant : « Je vous félicite. Vous en voici débarrassé. »

— Comment vont les autres ? demanda Fritz Adam, lorsqu'ils se furent installés confortablement dans la chambre de Lisa Mainetti avec un morceau de cake légèrement desséché dans la main. J'ai eu des nouvelles du Berlinois et je sais qu'il se trouve maintenant dans le Harz, où il a déjà appris à la moitié du village comment on nommait un verre de bière en dialecte de la capitale. Wastl a repris sa ferme en main ; il m'a envoyé trois colis de victuailles, et Oster... Vous savez ce qui s'est passé chez Oster, n'est-ce pas ?

— Oster ? — Le Pr Rusch se souvint immédiatement de lui. Christian Oster, le seul de tous les grands blessés de la face en traitement au château Bernegg qui était reparti avec un nouveau visage. Pendant trois ans, on y avait travaillé pour le modeler ; on avait fait tout ce qu'il était humainement possible de faire. Quant aux petites interventions, on ne pouvait même pas les compter. — Que s'est-il passé chez Oster ?

Adam jeta un rapide regard vers sa femme.

— Oster... Oster est mort.

— Mort ? — Le Pr Rusch ouvrit de grands yeux étonnés. — Comment donc ? Il semblait pourtant en excellente santé.

— Vous n'avez rien lu ?

— Lu ? — Le Dr Mainetti se sentit soudain troublée. — Est-ce qu'il s'est passé quelque chose chez Oster ?

— Il a commencé par tuer sa femme, et s'est suicidé ensuite.

Le Pr Rusch posa la tasse dans laquelle il était en train de boire un café assez léger. La table frémit sous le choc.

— Mais il était pourtant le mieux arrangé de tous !

Fritz Adam haussa les épaules : — Et pourtant, vous voyez... Sa femme... qui n'a jamais pu s'habituer à ce visage étranger ; son entourage, qui le saturait de pitié ruisselante ; la boisson, dans laquelle il avait cherché oubli et asile... Il a dû vivre un enfer indescriptible. Et enfin il y a eu un court-circuit. — Adam regarda tour à tour le Pr Rusch et Lisa qui semblaient pétrifiés sur leurs chaises. — Je croyais que vous étiez au courant. On m'en a informé directement par la poste, parce qu'on a retrouvé des lettres de moi dans ses papiers, et je suis allé à l'enterrement. Les voisins se tenaient debout devant la double tombe, muets, et ils me contemplaient comme si je devais être le suivant. Ce fut horrible. Et le curé expliqua : « Il s'est fracassé contre son destin... » C'était faux. Christian Oster s'est fracassé contre son entourage qui n'a pas voulu le reprendre.

Le Pr Rusch regarda ses mains et remua les doigts, comme s'il jouait sur des touches invisibles. — Alors, voilà. On refait un visage à un homme, prononça-t-il tout bas. On l'opère pendant trois ans, avec une patience infinie ; millimètre par millimètre, on lui redonne l'apparence d'un être humain... Puis on le rend aux autres hommes et ils le précipitent dans le désespoir, à cause de leur sottise, de leur esprit borné, de leur âme froide, dépourvue de sentiment, à cause de leur indifférence... Bon Dieu, c'est à hurler de dégoût.

Profondément ému, il bondit sur ses pieds et parcourut la pièce en tous sens, comme un fauve en cage.

— En ce moment, il me semble que je pourrais aussi apprendre à haïr le genre humain, tout comme Schwabe.

Fritz Adam et sa femme tressaillirent presque en même temps.

— Que se passe-t-il avec Erich ? demanda-t-il en se tournant vers le Dr Mainetti. Depuis des mois, je n'ai plus de nouvelles de lui ; mes cartes sont revenues avec la mention : disparu sans laisser l'adresse. Jadis, nous l'avons tous envié, d'avoir une mère et une épouse comme il en avait ! Et quand nous, nous étions dans le cafard le plus noir, il a toujours réussi à nous relever avec sa confiance inflexible dans l'avenir. Il n'est pourtant pas possible que lui aussi...

— Il est ici.

— Ici ? — Dora Adam bondit. — Au château ?

— Oui. Comme jardinier. Et Walter Hertz aussi.

— Walter aussi ? — La voix d'Adam s'était faite toute petite, elle chevrotait. — Et sa petite Pétra ? Elle est pourtant venue elle-même le chercher chez Braddock.

— C'est le même drame que pour Oster. Le monde extérieur les rejette. Un homme sans visage est une horreur pour les bien-portants. — La voix du Dr Mainetti trahissait son amertume. — Hertz et Schwabe sont revenus chez nous parce qu'ils avaient encore assez de courage pour ne pas agir comme Oster. Mais je ne sais pas comment cela se terminera. — Lisa leva les bras et les laissa retomber d'un air las. — Souvent ils me font l'effet de deux jeunes oiseaux tombés du nid, que personne de leur race ne veut reprendre parce qu'une main étrangère les a touchés.

— Est-ce que je peux parler à Walter et Erich ? demanda Adam en se levant d'un mouvement résolu.

— Bien sûr. — Le Pr Rusch se tenait près de la fenêtre et contemplait le parc scintillant en cette chaude journée d'été. — Mais ce sera probablement inutile. Regardez, les voilà, les deux frères siamois.

Adam et Dora s'approchèrent de la fenêtre. Sous les arbres qui entouraient l'étang, Schwabe et Hertz, munis d'immenses balais de paille de riz qu'ils avaient fabriqués eux-mêmes débarrassaient le chemin des feuilles tombées. Les deux visages avaient repris leur apparence d'autrefois, striés de bandes de leucoplast, comme s'il ne s'était pas passé un an entre les adieux à la gare de Würzburg, et ce jour-là, ils portaient les mêmes vieux costumes en coutil. On avait bien essayé d'ôter l'inscription POW des Américains, mais comme elle était trop profondément imprimée dans l'étoffe, on l'avait recouverte de morceaux de coutil cousus par-dessus. On avait maintenant l'impression qu'ils portaient dans le dos une fenêtre qui allait s'ouvrir sur demande.

Fritz Adam revint au milieu de la pièce, et son visage brûlé tremblait. Dora le retint par la main droite et Lisa remarqua combien la pression secrète de ces doigts aimants le calmait.

— Si c'est possible, nous voudrions rester ici quelques semaines, monsieur le professeur, Dora et moi. Nous avons un congé, et quelques économies pour vivre pendant ce temps-là. Je voudrais que vous mettiez un peu d'ordre et de propreté dans toutes ces cicatrices, et que vous reformiez l'oreille gauche. Mais naturellement, seulement si c'est possible.

Rusch approuva de la tête : — Les cicatrices, certainement. Mais l'oreille, Adam... Vous savez que le corps humain ne possède pas tellement de cartilages capables de servir au modelage d'une oreille. On entend beaucoup parler maintenant — cela vient d'Amérique — d'oreille en matière plastique, qu'on peut planter, pour ainsi dire. Mais ce ne sont que des rumeurs, et la réalité ne nous est pas encore parvenue. Nous devrons donc continuer à travailler d'après les vieilles méthodes arriérées. En tant qu'étudiant en médecine, vous savez le nombre de parcelles cartilagineuses nécessaires à la création d'un muscle d'oreille, hein ? Où les prendrons-nous ?

— Cueillez-les sur moi, partout où vous voudrez et où vous pourrez. — Fritz Adam se retourna de nouveau vers les deux hommes qui poursuivaient leur travail dans le jardin. — Peut-être arriverons-nous, Dora et moi, à faire changer nos deux ermites d'opinion.

Le Dr Mainetti leva les épaules : — Ce ne serait même pas un problème s'ils avaient un soutien à l'extérieur !

— Oui. Je peux encore comprendre l'attitude de Walter. Mais Schwabe ? Il a pourtant une femme charmante et jolie et l'enfant est arrivé ?

Le Dr Mainetti regarda Adam sans dire un mot.

— Ah ! bon, fit-il en baissant la tête.

Il venait brusquement de comprendre. C'est donc ça !

— Schwabe a besoin de beaucoup de temps. Mais est-ce qu'il tiendra le coup ?

— Je vais aller lui parler. — Fritz Adam s'approcha de Dora et l'entoura tendrement de ses bras. — Et je vais faire venir aussi Wastl, le Berlinois et Bloch ici ; au fond, en tant que vétéran de la chambrée, j'ai bien quelques pouvoirs. Il ne s'agit pas d'un problème isolé et personnel mais de notre problème à nous tous. Nous avons promis de nous aider mutuellement, et nous avons manqué à notre promesse dans le cas d'Oster, mais nous n'étions au courant de rien.

Tandis que, cette fois, nous pouvons apporter de l'aide avant qu'il ne soit trop tard.

Trois jours plus tard, Wastl Feininger arrivait à son tour à Bernegg. Il grimpa jusqu'au château en soufflant, et il traînait avec lui un énorme sac à dos, dont il avait passé une bretelle sur son épaule.

Son visage avait légèrement changé d'aspect, car les cicatrices des fragments de peau greffés reposaient sur la surface de la figure comme des petites saucisses blanches et rondes. Quant au gros boudin qu'il avait emmené avec lui lorsqu'il avait été libéré, personne n'y avait changé quoi que ce fût. Il garnissait toujours un côté de son visage. Ainsi Wastl ressemblait-il à une cruche munie de son anse qui permettait de lui relever la tête vers le haut.

— Nom d'une pipe de nom d'un petit bonhomme ! hurla-t-il lorsqu'il se retrouva debout au milieu du hall d'entrée du bloc B, et que le stagiaire Baumann commença à lui bourrer les côtes de coups de poing. Rien n'a changé ici, même ce vieux cochon de Baumann est toujours là. Et où sont les autres ? Holodriho ! — Il allait en relevant la tête vers la cage d'escalier, puis alla déposer son sac à dos sur une marche de pierre. — Et j'ai même apporté de quoi bouffer. De la viande de chez moi, un gâteau de Resi et trois boîtes de choucroute.

Paul Zwerch, le Berlinois, arriva avec le train de midi.

— Si je suis ici, expliqua-t-il, c'est bien parce que je vous aime. — Ils l'entouraient tous, dans le hall, Wastl et Adam, Schwabe et Hertz. — Mince alors, il y avait une de ces poupées dans mon compartiment, je ne vous dis que ça ! Blonde comme le blé, des yeux de biche, des courbes comme la mère Eve. Mon cœur gorgé de semoule de maïs n'a pu s'empêcher de tressaillir et elle m'a lancé un de ces regards... Ah ! les gars, un regard doux comme un duvet. Mais je me suis dit : « Les camarades t'attendent, et ton devoir de citoyen est de renoncer pour cette fois. »

Kaspar Bloch ne vint pas, car il accompagnait son père dans une tournée de conférences en Suède. Il envoya pourtant un télégramme : « Bonne chance, les gars. Au prochain rendez-vous, j'y serai. »

— Ça y est, on se retrouve comme avant, dit le Berlinois tout en préparant les lits dans la chambre B/14. — Il posa en outre deux paquets de cartes sur la table et ôta son veston. — Et maintenant, attention. Je connais quelques nouveaux trucs : vous en perdrez vos pantalons de rire !

Erich Schwabe était assis sur son lit. Quatre jours auparavant, on lui avait greffé une large bande de peau qui devait servir à recouvrir la partie gauche de la joue, et à cet instant, il avait le visage complètement déformé ; il ressemblait au Schwabe qui était entré à l'hôpital en 1944. Pendant trois jours, Fritz Adam avait tenté de bavarder avec lui, mais il n'avait rien obtenu d'autre que cette remarque : — Si tu persistes à parler de cela, je me fais changer de chambre. Je veux avoir la paix, comprends-tu, enfin la paix.

— Je tiens à vous dire une chose de suite. — Schwabe examina les visages qui s'étaient tournés vers lui. — Si vous êtes tous venus ici pour tenir une grande conférence à mon sujet... vous pouvez économiser votre souffle. Je sais très bien que vous êtes tous des gars bien et que nous nous sommes promis de nous aider mutuellement. Mais je vous signale dès maintenant que je n'ai pas besoin d'être aidé. Je me sens parfaitement bien comme je suis, et vous n'avez pas besoin de craindre que je fasse la même connerie qu'Oster. J'ai maintenant de nouvelles sources de joie. J'ai Otto...

— Otto est un pivert, expliqua Walter Hertz.

— Tu travailles du chapeau, lança le Berlinois en jetant les cartes qu'il était en train de mélanger sur la table. Est-ce que je ressemble à un pasteur qui veut te faire un sermon ? D'accord, il est possible que ta petite Uschi ait fait un faux pas, un jour... Mince alors, et toi, est-ce que tu te contentes toujours de jus de fruits ? Allons, Erich, ne joue donc pas les petits saints.

— Eh bien, moi, s'écria Wastl, j'ai fait un gosse à deux femelles de mon pays. Jésus-Maria ! Si Rési faisait une scène pareille pour si peu... ! On ne pourrait vraiment plus s'amuser dans cette putain de vie !

— Je ne m'étais jamais aperçu que la chambrée B/14 se composait exclusivement d'une bande d'imbéciles, répliqua Schwabe d'une voix forte.

Puis il se leva et quitta la chambre avec ostentation. Dans le couloir, il se heurta à Baumann.

— Je voudrais changer de chambre, dit-il.

— Je ne m'attendais à rien d'autre de ta part.

— Merci. Et ?

— Va dormir dans le hangar.

— Bien.

Erich Schwabe haussa les épaules et quitta le bloc B. Il alla se promener autour de l'étang, s'assit ensuite sous un vieux tilleul près de la rive et s'amusa à jeter des cailloux sur la surface dorée de l'eau dans laquelle le soleil couchant resplendissait. Ce fut dans cette posture que le Dr Mainetti le trouva, en revenant du petit cimetière du château.

— Moi aussi, je me suis amusée à cela quand j'étais enfant, dit-elle en s'asseyant près de Schwabe, sur la pelouse ombragée. J'ai réussi une fois à faire ricocher un caillou douze fois sur la surface de l'eau, mais je n'ai jamais pu recommencer.

— Pourquoi ne me laissez-vous pas en paix, tous ? dit Schwabe sourdement. Vous ne vous rendez pas compte que plus vous voulez me persuader de vous écouter, et moins je veux ? C'est absolument inutile... Je vous en prie, vous aussi, docteur, je serais heureux que vous en preniez note. Je suis de l'autre bord, maintenant. Et je ne peux plus supporter tous ces commérages. Dites-le aussi aux autres.

— C'est bien, Schwabe. — Lisa Mainetti se releva et jeta d'un seul coup dans l'étang tous les cailloux qu'elle tenait au creux de sa main. — Nous n'en parlerons plus. Plus jamais. En résumé : pour vous, le monde extérieur n'existe plus.

— Exactement.

— C'est bon. Vous n'aurez plus non plus occasion d'en entendre parler. Ni de ce que fait votre femme ni de l'état de santé de votre mère.

— Cela ne m'intéresse plus, dit Schwabe d'une voix enrouée.

— Et vous ne recevrez pas de nouvelles non plus de votre enfant, ni de ses progrès. Ce n'est d'ailleurs pas votre enfant, n'est-ce pas ?

Schwabe se tut d'un air boudeur. Il suivit des yeux le Dr Mainetti lorsqu'elle reprit la direction du bloc B. Il savait qu'elle allait s'arranger, à partir de maintenant, pour écarter de lui tout ce qui serait susceptible de l'intéresser.

— Erika, dit-il tout bas. Il n'y a personne qui arrive à comprendre ton papa. Je ne souhaite qu'une chose, c'est que vous soyez heureuses... Avec moi, ce serait impossible.

Puis il se perdit plus profondément dans le parc, se coucha sur le dos dans un coin protégé, près des grands arbres, et il contempla intensément le ciel bleu et les légers nuages d'été qui semblaient se promener là-haut.

— Mon Dieu, s'écria-t-il tout d'un coup. Et toi, est-ce que tu me comprends ?

Le Berlinois repartit après qu'on lui eut arrangé quelques cicatrices. Le Pr Rusch réduisit également le gros boudin de Wastl et l'employa à recouvrir les parties du front qui avaient été broyées et arrachées. Et finalement, Wastl se tint un jour debout en plein milieu de la chambre B/14, prêt à partir, son sac à dos vide à la main, et il tournait entre ses doigts son chapeau de feutre orné d'un immense blaireau.

— Ecoute, Erich, je t'emmène avec moi. J'ai là-bas une grande ferme, et il y a assez de femmes chez nous. Toutes celles de la ville viennent faire des échanges dans nos campagnes, et tu les obtiens pour un saucisson.

Erich Schwabe sourit faiblement et frappa amicalement la large épaule de Wastl.

— Tu es un type formidable, vieux. Mais qu'est-ce que j'irais faire chez vous ? J'ai mon travail ici, au château. Et je suis tout aussi éloigné de tout que je ne le serais dans ta ferme. Mais avant tout, ici, on continue à m'opérer.

— C'est juste, dit Wastl. Je ne peux pas t'offrir un nouveau visage, moi. Allons, bonne chance, mon vieux.

Ils accompagnèrent tous ensemble Wastl à la gare de Würzburg, Baumann et sa carriole, Schwabe, Hertz et Fritz Adam. Sur le quai, les gens firent un large cercle autour des quatre hommes sans visage. Wastl hocha la tête et fit de grands signes, de la fenêtre de son compartiment.

— Nous ne sommes pas des singes de cirque, hurla-t-il.

Les gens se détournèrent, les uns furieux, les autres honteux.

— C'est comme ça qu'il faut faire, dit Wastl en agitant son sac vide jusqu'à ce que le train eût disparu dans un virage.

Il existe une loi qui dit que le flot des vagues se multiplie avant de se plier à la bonne ordonnance d'un fleuve. Il en est de même pour les événements, et cette fois, une nouvelle crise, plus éclatante celle-ci, allait bientôt déferler sur la chambrée B/14.

Dans le hall de l'entrée du bloc B, retenue par Baumann et l'infirmière en chef, se trouva un jour, brusquement, sans avoir averti, Pétra Wolfach. Elle demandait à voir Walter Hertz.

— Je suis venue pour le chercher, dit-elle à Baumann qui l'empoigna par le bras et l'entraîna au parloir.

Là, il la força à s'asseoir sur une des chaises dures

qui attendaient, et il essuya la sueur qui perlait à son front.

— Le chercher... Comme autrefois, hein ? dit-il crûment. Est-ce que vous avez amené la camisole de force ? Sinon, il n'est plus question pour vous de jouer avec Walter. Il en a par-dessus la tête de tous les Wolfach du monde !

— Je ne suis pas comme mon père, s'écria Pétra en bondissant de son siège.

— C'est possible... mais vous dépendez quand même de la bourse à papa.

— C'est faux. Je n'en dépends plus. Je suis secrétaire maintenant et je gagne assez d'argent pour Walter et pour moi. Et en outre, j'ai vingt et un ans.

Baumann se gratta le bout du nez et considéra Pétra d'un air pensif. Il savait que Walter Hertz n'avait pas cessé de penser à elle, qu'il l'aimait encore et que la pénible philosophie qu'il avait élaborée, toute sa vision pessimiste du monde, n'était rien d'autre qu'une protection contre ses propres sentiments qui l'auraient écrasé s'il n'avait pris les devants, en tentant de les réduire à néant. Après avoir vécu au début le désespoir le plus complet, il avait passé des mois à ruminer ses pensées moroses, et il se trouvait toujours dans cet état, pour l'unique raison qu'il avait honte de reconnaître et d'avouer la vérité : son amour pour Pétra, qui avait commencé un soir de Noël, sous un sapin illuminé et décoré d'étoiles en papier d'étain.

La porte s'ouvrit brutalement avant que Baumann ait pu trouver une réponse. C'était le Dr Mainetti qui faisait ainsi une entrée bruyante, le visage légèrement rougi par l'émotion et l'excitation. « Cette fois, elle va être chassée, et en vitesse, songea Baumann en éprouvant brusquement une sorte de pitié pour la jeune fille qui s'était reculée jusqu'à la fenêtre. Cette fois, Lisa Mainetti va retrouver ses manières grossières de médecin militaire, et d'une telle façon que la petite ne reviendra plus jamais. » Baumann retint sa respiration ; on aurait cru le calme complet avant l'arrivée d'un typhon.

— C'est une chance que vous soyez là, dit le Dr Mainetti à haute voix en tendant à Pétra ses deux mains. J'ai toujours souhaité que vous reveniez au moins une fois. J'ai besoin de vous, comme un assoiffé d'une goutte d'eau ; c'est très urgent. Venez avec moi... La surprise ne sera jamais assez grande !

9

WALTER Hertz était seul dans la chambre B/14. Il était assis près de la fenêtre, occupé à cirer ses chaussures, et regardait de temps en temps dans le parc où un groupe de blessés jouaient au ballon. C'était pour la plupart des blessés qui étaient revenus à Bernegg pour subir des opérations de détail, de correction plutôt. Parmi eux se trouvaient beaucoup de vieilles connaissances du temps jadis, mais aussi des nouveaux inconnus qui s'étaient fait d'abord soigner dans d'autres hôpitaux, par des chirurgiens ordinaires et qui prenaient contact pour la première fois avec la clinique et les méthodes spécialisées de Bernegg, dites de chirurgie plastique.

Erich Schwabe était allé se promener dans le parc avec Fritz Adam et Dora ; ils cueillaient des fleurs pour les tombes des camarades, derrière la petite chapelle du château. Le lieutenant Fischer dormait toujours là, l'homme dont seul un œil était resté vivant, lors de son admission. Le Dr Mainetti n'avait plus jamais entendu parler de la petite épouse qui s'était assise au bord de la tombe, plongée dans le désespoir le plus tragique. Peut-être avait-elle été, elle aussi, victime des derniers jours de guerre, déchirée par les ultimes bombardements... elle et l'enfant qu'elle portait en elle et qui avait été son unique consolation.

Lorsque, derrière lui, la porte s'ouvrit d'un coup sec, Walter Hertz ne releva pas la tête. Quelqu'un entra dans la chambre.

— C'est une cochonnerie de cirage, dit-il simplement. Autant cracher sur les godasses.

Le Dr Mainetti poussa devant elle la pauvre Pétra qui tremblait de tout son corps, posa ses doigts sur sa bouche et s'en alla sur la pointe des pieds. Elle tira la porte avec tant de précaution derrière elle que Walter Hertz ne s'en aperçut même pas.

Mince, les mains crispées, Pétra se tenait debout derrière Walter Hertz et l'examinait. Il avait une vieille brosse en main, crachait sur la chaussure et recommençait à la frotter avec ce cirage improvisé, qui avait au moins l'avantage de faire briller le cuir, sur le coup.

— Elles paraissent toutes neuves, dit-elle à voix basse.

Le bras de Walter resta suspendu dans l'air ; puis la brosse s'échappa de ses doigts, la chaussure suivit le même chemin ; il repoussa la chaise sous lui et se leva d'un bond.

— Pétra, dit-il pétrifié. D'où... d'où viens-tu ? Comment es-tu entrée ici ? Pétra !

D'un geste impulsif, exprimant toute la joie qu'il ressentait d'un seul coup, il tendit les deux bras en direction de Pétra pour la serrer contre lui et l'embrasser. Mais ensuite, il reprit conscience de la situation et le contrôle de lui-même, et laissa retomber les bras le long de son corps, fit un pas en arrière, comme s'il voulait établir entre elle et lui une distance qui ressemblerait à une barrière.

— Qu'est-ce que tu viens faire ici ? demanda-t-il avec dureté. (Cela lui coûtait un gros effort, on le voyait bien au tremblement qui agitait son visage, mais il se forçait à la tenir éloignée.) Pense à Heidelberg, se disait-il. Pense à tout ce que tu as enduré. Il n'y a pas de retour possible en arrière. C'est comme un conte de fée qu'on a tellement lu et relu qu'on le connaît par cœur, et auquel on ne peut plus croire.

— Qu'est-ce que tu viens faire ici ? interrogea-t-il de nouveau, en voyant le regard suppliant de Pétra fixé sur lui.

— Je suis venue te chercher, Walter, réponditelle à voix basse.

— De même qu'on vient rechercher une valise qu'on avait déposée à la consigne, n'est-ce pas ? Me voici, voici le bulletin de bagage... Allez ouste, qu'on emmène le colis !

— Walter !

— J'en ai assez de tous les Wolfach. Disparais !

— Je ne suis plus à la maison, Walter. — Pétra fut obligée de s'appuyer à la table ; elle sentait combien ses jambes devenaient molles et son corps lourd, comme s'il était rempli de plomb. — Je vis toute seule, et je suis secrétaire. Je gagne assez pour nous... — Elle se tut, respira profondément, et serra les lèvres de toutes ses forces pour ne pas éclater en sanglots.

Walter Hertz regarda autour de lui, d'un air indécis. Il n'y avait personne dans la chambre qui pût lui donner un conseil, auquel il eût pu dire : « Regarde... elle vient me chercher. Tu ne crois pas qu'il y a de quoi pouffer de rire ! Viens, mon vieux, et rions à l'aise. Pauvre femme ! Comme si Walter Hertz allait jamais un jour retourner parmi les êtres humains ? Même l'amour d'une jeune fille ne pourra plus l'y obliger... hein, camarade ? Nous sommes des êtres privés de visage, et nous sommes devenus asexués. Nous ne vivons plus qu'en tant qu'avertissement, en tant que placard publicitaire propre à donner la nausée : Voyez, voilà la guerre qui passe... Sans cesse. Partout, dans toutes les directions. Voilà la guerre qui passe... Voilà l'unique raison de notre vie maintenant. Qu'est-ce que l'amour ? Qu'est-ce que signifie la chaleur d'un corps de femme ? La caresse d'une main ? Que signifient les mots devoir et réalisation ? Tout cela appartient à un autre monde auquel nous n'appartenons plus, nous. On nous a privés de tout cela, et maintenant, nous devons rester là, comme des monstres, comme les masques d'un palais de l'épouvante, et il ne reste plus qu'à hurler avec nos gueules broyées : voilà la guerre. Et cette fille arrive tout simplement en disant : je viens te chercher... Laissez-nous rire, camarades ! »

Mais il n'y avait personne à qui Walter eût pu dire toutes ces belles phrases. Seul et indécis, il faisait face à Pétra, la regardait du coin de son œil, se caressait la partie défoncée du visage et cherchait un peu de courage dans la sensation provoquée par le contact de ses doigts sur les cicatrices durcies.

— Tu... tu es seule, alors ?

C'était tout ce qu'il avait pu trouver.

— Oui. Et nous pouvons nous marier.

— Nous marier ?

— J'ai vingt et un ans maintenant, et je n'ai plus besoin de demander la permission à qui que ce soit.

— Ah ! ah ! Tu n'as plus besoin de demander la permission ?

Walter Hertz ramassa sa brosse et sa chaussure. Elle veut m'épouser, songea-t-il. Et moi, qu'est-ce que je ferai avec elle ? Elle gagnera l'argent et, moi, je ferai le ménage, la cuisine et je laverai la vaisselle. Et le soir, quand il fera noir, nous irons nous promener, toujours dans l'ombre, pour que personne ne voie cette apparition dantesque appelée Walter Hertz, et pour que les voisins ne puissent pas dire, comme l'ont fait ceux de Christian Oster : « Pauvre petite femme. Comment peut-elle vivre avec un tel monstre d'homme ? A son âge, elle aurait pu facilement avoir un autre homme... »

— Non, répondit Walter tout haut.

— Quoi, non ?

— Je reste ici.

— Je croyais que tu m'aimais, dit Pétra tout bas.

Ce fut comme un coup violent qui secoua Walter Hertz tout entier. Il jeta la brosse et la chaussure sur le mur d'en face, et avança la tête vers Pétra.

— Regarde bien, hurla-t-il. Regarde de tous tes yeux. Le visage écrasé, le nez, l'œil, les cicatrices, les taches, toute cette laideur irrémédiable !

— Je la connais, Walter, répondit simplement Pétra en tendant la main vers lui. Ne l'ai-je pas déjà très souvent caressée ? Ne l'ai-je pas aussi embrassée très souvent ?

— Il est impossible d'aimer un visage pareil, cria-t-il.

La torture semblait presque le déchirer ; il serra les poings sur son cœur et dut reprendre plusieurs fois sa respiration.

— Comment peux-tu le savoir ? dit Pétra sèchement. As-tu mes pensées, mes sentiments, mon cœur ?

— Mais... mais c'est impossible, murmura-t-il.

— Pourquoi ?

— Je suis un monstre !

— Tu es mon mari.

— On ne te laissera jamais en paix. Tous les gens te diront sans cesse : vous devez être complètement folle de vivre avec une gueule pareille.

— Et moi, je répondrai : « Je ne vois même pas son visage, je ne vois que lui. Qu'est-ce que c'est qu'un visage ? Un masque vivant. Est-ce que j'épouse un masque ? Est-ce qu'une symphonie de Beethoven sera horrible à entendre si elle est jouée dans une grange, au lieu d'être exécutée dans une salle rutilante de concert ? Est-ce qu'une peinture de Léonard de Vinci paraîtra moins belle dans un cadre démoli que dans un cadre aux multiples décorations baroques ? Je t'aime, parce que tu es toi, tout simplement... C'est pourtant bien simple, non ? »

— Mais ton père ? « Vous n'avez pas d'avenir, jeune homme », m'a-t-il dit. « Et un homme sans avenir ne peut pas devenir le mari de ma fille. » Et ta mère a ajouté : « Vous devriez comprendre ; je suis pianiste, je suis très sensible à l'esthétique ; il me serait impossible de supporter autour de moi... Allons, vous comprenez ce que je veux dire. » — Walter Hertz respira profondément. — Et moi, j'ai compris, effectivement, cria-t-il de nouveau. Il n'y a pas de place dans ce monde pour un visage mutilé, car on blesse l'esthétique.

Pétra secoua la tête sans répondre tout d'abord. Elle s'approcha de Walter Hertz, lui saisit la main et l'attira vers elle.

— Viens, dit-elle si simplement et naturellement que Walter l'accompagna quelques pas vers la porte.

Mais brusquement, il s'immobilisa.

— Non, dit-il tout haut. Où donc ?

— Chez moi.

— C'est de la pure folie, voyons. Qu'est-ce que je vais devenir ?

— Tu vas redevenir un être humain, comme les autres.

— Ils vont tous me rejeter.

— C'est faux, il n'y en aura pas un qui te repoussera.

— Ils l'ont déjà fait.

— Seulement mes parents. C'est une partie de notre vie que nous devons oublier, toi et moi. Que nous importent les autres ? Il suffit que notre univers se compose de nous deux. Tout ce qui nous entoure... nous regarderons le reste comme des spectateurs. Tu verras comme la vie paraît facile de cette manière.

Une demi-heure plus tard, Walter Hertz se trouvait dans la chambre du Dr Mainetti. Il avait terminé ses bagages, qui, en fait, étaient bien minces, et, comme il n'avait pas de valise, le stagiaire Baumann lui avait donné un grand carton qui avait servi à la distribution des produits alimentaires, du temps des Américains, sur lequel on pouvait encore lire le mot « eggs », écrit en grosses lettres noires.

— Ecrivez-nous souvent, dit le Dr Mainetti en serrant les deux mains de Walter. — Le Pr Rusch m'a chargé de vous souhaiter bonne chance ; il est justement en train d'opérer.

Walter hocha la tête ; tout son visage tremblait :

— Docteur, commença-t-il. Docteur... C'est déjà

la deuxième fois que je vous dis adieu. Je ne vous oublierai jamais.

— Et il ne reviendra plus jamais non plus, je vous le promets, ajouta Pétra en posant son bras sur l'épaule du blessé. Seulement en tant que client ou par amitié, mais plus jamais comme jusqu'à présent.

Lorsque Schwabe et Adam rentrèrent de leur promenade dans le parc, ils constatèrent avec étonnement que le lit de Walter Hertz était déjà démonté et qu'une infirmière était justement occupée à placer le matelas à la fenêtre pour l'aérer.

— Que se passe-t-il ? demanda Schwabe en repoussant Adam sur le côté. Est-ce que Walter commence à s'oublier au lit ?

— Herr Hertz vient de partir, dit l'infirmière qui ne savait rien de la situation.

Erich Schwabe semblait pétrifié.

— De partir ? Qu'est-ce que cela signifie ? On ne peut tout de même pas l'avoir relâché ? Il y a quelque chose d'anormal.

— On est venu le chercher, ajouta l'infirmière en ramassant toute la literie ; puis elle quitta la chambre.

Erich Schwabe regarda Fritz Adam qui semblait tout aussi pétrifié que lui.

— On est venu le chercher ? répéta Schwabe à voix basse. Mon Dieu, Fritz, je connais cette expression. Pourvu qu'il n'ait pas fait une sottise, le Walter ! Ces derniers temps, il tenait des propos tellement défaitistes... Ah merde !

Schwabe se détourna et courut hors de la chambre.

— Où vas-tu donc ? cria Adam dans le couloir.

— Chez le Dr Mainetti.

— Attends, j'y vais avec toi.

Ils dégringolèrent tous deux l'escalier et se précipitèrent sans prendre la peine de frapper dans le bureau de Lisa Mainetti. Celle-ci était assise à sa table de travail et remplissait un formulaire. Elle n'était pas du tout surprise de cette intrusion des deux visages rouges d'excitation ; gentiment, elle leur fit un signe de bienvenue.

— Walter Hertz ? dit-elle avant même que Schwabe et Adam eussent pu prononcer un mot. Sa fiancée est venue le chercher. Ils vont se marier le mois prochain.

Erich Schwabe eut l'impression qu'on lui versait un seau d'eau glacée dans le dos. Il se secoua même comme s'il voulait chasser les gouttes importunes, puis il baissa la tête, se détourna, et en s'en allant marmonna : « Il n'y en a pas un qui ait du caractère. Pas un ! »

Les mois passèrent, la vie se normalisa, de nouvelles classes se formèrent dans la société : les unes, qui comme avant étaient réduites à faire la queue interminablement pour arriver à grappiller un petit morceau d'une distribution exceptionnelle de n'importe quoi ; et les autres qui, brusquement, commencèrent à construire des maisons et qui étalaient sur leur pain des couches de beurre de l'épaisseur d'un doigt. L'appareil administratif, qui représentait la charpente de soutien de la vie allemande, se montra de plus en plus exigeant et dur. On créa des partis qui promirent des réalisations pratiquement impossibles aux yeux des Allemands, telles qu'une démocratie véritable ou la proscription de toutes les armes et de toutes les pensées militaires. Oui, et même les puissances victorieuses devinrent de plus en plus aimables, et commencèrent à réviser leurs opinions au sujet de la Old Germany ; on ne songea plus à une fourmilière de fainéants, mais on se dit qu'il serait bon de s'unir tous ensemble pour jeter un coup d'œil sur ce qui se passait du côté de l'est. On sentait venir de là-bas un vent âpre sous le souffle duquel le pacte d'amitié se rouillait doucement.

Néanmoins, on continuait à payer six marks pour une camel et la livre de café était grimpée jusqu'à six cents marks. La première réunion plénière des Nations Unies avait depuis longtemps déjà tenu ses assises, et le premier « Niet » de la délégation soviétique avait ouvert une nouvelle ère dans l'histoire politique du monde. Et durant cette période, il se passa également des événements qui ne soulevèrent sans doute pas les réactions violentes de l'univers, mais qui eurent une signification importante pour le petit univers confiné entre des hautes murailles : au cours du mois de septembre, le Pr Rusch et le Dr Lisa Mainetti s'unirent par les liens indissolubles du mariage, à la petite mairie de Bernegg, et ce fut Erich Schwabe qui, en sa qualité de jardinier en chef du château Bernegg, décora la salle d'honneur avec des fleurs merveilleuses, de toutes les couleurs, qu'il arrangea avec un goût surprenant. Le stagiaire Baumann exprima tout haut ce que tous les occupants de la clinique pensaient tout bas : « C'est difficile pour nous de changer nos habitudes ; pour nous, vous resterez toujours Lisa Mainetti !

A Heidelberg, Fritz Adam poursuivait ses études ; il faisait à cette époque de la physique. Kaspar Bloch écrivit d'Angleterre : il travaillait à l'université d'Oxford. Walter Hertz annonça très brièvement : « Pétra attend un bébé. » Et Wastl écrivit en lettres malhabiles : « Je viens d'ouvrir un petit hôtel ; tous ceux de la chambrée B/14 peuvent loger chez moi gratuitement. »

Le seul qui sortit de la filière fut le Berlinois. Il s'était attaché à un cabaret comme présentateur de spectacle. « Les enfants, écrivait-il dans une longue lettre pleine de détails pittoresques, c'est sensationnel. Quand je m'avance avec ma gueule de coin et que je commence à raconter des bonnes petites histoires, le public se tord de rire... »

Lisa montra cette lettre à son mari et le Pr Rusch haussa les épaules d'un air résigné. « Nous aurons tout vu, dit-il. Un visage mutilé qui sert de masque à un clown. Et les gens se tordent de rire. C'est le pire dans cette histoire. En sommes-nous déjà arrivés à ce stade, où nous considérons la guerre comme un souvenir amusant ?

A Bernegg, Frau Schwabe et Ursula avaient obtenu un appartement un peu plus grand. Les talents de couturière d'Ursula leur ouvrait bien des portes ; ce fut ainsi qu'en échange de deux grandes terrines de graisse fondue, de cinq bocaux de viande de bœuf et de cinq mille marks, toute la famille Schwabe put s'installer dans un bel appartement de quatre pièces, situé à la lisière de Bernegg, avec un grand jardin et avec vue sur le château. La maison appartenait à une veuve dont le frère avait réussi jusqu'alors à éviter une réquisition par le service du logement, en affirmant que deux fils étaient portés disparus et qu'ils pouvaient rentrer n'importe quand. Pourtant, l'offre de Frau Schwabe fit tomber en poussière tous ces beaux arguments, d'autant plus que l'atelier de couture occasionnait des allées et venues incessantes ce qui permettait de nouer des relations intéressantes, car à moins d'être un magicien ou de mourir de faim, il était impossible de survivre sans relations, à cette époque-là.

Trois fois encore, Erich Schwabe avait tenté d'obtenir le divorce. Mais Ursula lui avait répondu qu'il n'en était pas question. Alors, Schwabe se résigna et dit à Lisa :

— Aucune importance, la vie continue de cette façon. Ce ne serait d'ailleurs qu'une simple formalité.

Il n'avait plus jamais revu sa fille, Erika. Sa visite à Würzburg avait été en même temps une visite de bienvenue et une visite d'adieu. Il ne parlait jamais non plus à qui que ce fût de son enfant, pas même à Rusch ou à Lisa. Mais le soir, il s'asseyait souvent sous la lampe, muet, blême, et compulsait des photos de petites filles qu'il découpait dans des journaux ou des illustrés.

De mois en mois, le visage d'Erich Schwabe changeait. Son troisième nez était enfin réussi et il continua à vivre sans nouvelles complications. L'oreille gauche avait été remodelée. Rusch et Lisa avaient extrait quelques parcelles osseuses des côtes. Ils avaient utilisé une nouvelle matière plastique qu'on employait en chirurgie esthétique en Amérique, et que Fritz Adam avait envoyée de l'université de Heidelberg, à titre d'essai. Le Pr Rusch en fit l'expérience sur l'oreille droite de Schwabe sur laquelle il greffa cette matière étrangère molle qui s'adaptait parfaitement à ce genre de modelage. Il n'y eut plus cette fois d'incident fâcheux. Le jour de la dévaluation monétaire, en 1948, Rusch opéra une dernière correction au nez. Le visage de Schwabe avait alors perdu ce masque d'horreur ; il était redevenu présentable. C'était de nouveau un visage humain, un peu étranger peut-être si on le comparait avec les photos de l'ancien Erich, mais tout de même assez étonnamment ressemblant, reconnaissable, et surtout il ne soulevait plus le dégoût. Il restait bien encore quelques grosses cicatrices qui détruisaient l'harmonie de l'ensemble, mais elles donnaient l'impression d'avoir été produites par un duel d'honneur que l'étudiant Schwabe aurait vaillamment supporté dans sa première jeunesse.

— Alors, qu'en pensez-vous ? demanda Lisa lorsque Schwabe se regarda dans la glace après le dernier pansement. Presque quatre années se sont passées, et le gars paraît plus jeune encore qu'avant.

Dans les mains d'Erich, la glace tremblait. Il devait la maintenir de toutes ses forces, avec les deux mains. « C'est moi, pensa-t-il avec une émotion indicible. C'est vraiment moi. Je ne suis plus un monstre devant lequel les hommes se détournent. J'ai un visage couvert de cicatrices, mais c'est un visage humain. Je suis redevenu Erich Schwabe, le vitrier de Cologne. »

« ... Si maman pouvait voir ça. Et Ursula... »

Il laissa retomber la glace, et fixa intensément les yeux de Lisa.

— C'est vraiment moi ; je suis revenu, dit-il d'une petite voix plaintive. Vous m'avez rendu ma qualité d'homme.

Et brusquement, il étreignit la doctoresse, posa son visage sur la poitrine de Lisa et se mit à pleurer sans retenue. Quand, doucement, elle voulut l'éloigner d'elle, il se cramponna de toutes ses forces.

— Je suis redevenu un homme, sanglotait-il. Je me reconnais, maintenant, je me reconnais.

L'éternel stagiaire Baumann s'essuya les yeux d'un geste prompt. Il frappa l'épaule de Schwabe et tenta de l'éloigner de Lisa.

— Allons, descends de la table, dit-il durement. Depuis quatre ans qu'on te voit, tu pourrais bien faire un peu de place pour les autres. Et retiens-toi un peu, vieux. Si jamais tes yeux venaient à te sortir de leurs trous... nous, on ne peut pas les remplacer, tu sais !

— Cochon, salaud, pleurnicha Schwabe en étreignant cette fois Baumann lui-même, en le couvrant de baisers et en le serrant contre lui. Tu n'aurais jamais cru ça, hein ? Dis-le que tu n'aurais jamais cru ça !

— Crétin, je connais notre professeur. Naturellement, c'était du tout cuit. Mais toi, tu n'y as pas cru, andouille.

Schwabe approuva : — C'est vrai, je n'aurais jamais osé penser que ce fût possible. Et maintenant, tu vois.

Il se sauva de la salle d'opération en courant comme un gamin qui poursuit son ballon.

De la salle de pansements, le Pr Rusch suivait la scène des yeux. Il avait tout entendu à travers la porte entrouverte, pendant qu'il se lavait les mains pour commencer une nouvelle opération.

— C'est maintenant qu'on devrait faire venir sa femme, dit-il.

Lisa secoua la tête : — J'ai une meilleure idée, Walter. J'attendais seulement ce moment-ci.

Pendant un instant, le peuple allemand sembla pétrifié de surprise devant les boutiques qui s'étaient remplies à craquer en l'espace d'une nuit. Chacun avait quarante marks en main et au cœur un désir effréné d'acheter. Dès le paiement des premiers salaires, en monnaie lourde, commença une sorte de tourbillon sur les magasins, qui dans l'histoire de la reconstruction économique devint la « vague de frénésie ».

Mais il ne suffisait pas de s'occuper du nettoyage extérieur. Quand on fait les grands nettoyages d'une maison, on ne se contente pas de frotter le parquet aux endroits visibles, on s'attaque aussi aux coins. Il faut tout attraper, les moutons et les restes de saleté des jours précédents.

Le Pr Rusch reçut une lettre, officielle, sèche et courte, qui contenait une convocation pour la dénazification ; on indiquait même le jour de l'instruction qui devait avoir lieu à Würzburg.

— Dénazification ? dit Rusch en posant la convocation sur son bureau, près des radios. Ce doit être de nouveau une erreur, comme autrefois à Darmstadt. Ils devraient pourtant être en possession des documents.

Il écrivit à Würzburg, expliqua son cas et reçut une réponse par retour du courrier.

— Les décisions du tribunal américain du camp d'internement de Darmstadt ne nous intéressent pas. Vous avez à vous présenter au jour fixé...

— Et voilà que la fière tête allemande se relève de nouveau... lança Lisa Rusch, née Mainetti lorsqu'elle eut pris connaissance de cette lettre. — Nous avons de nouveau suffisamment de pain et de beurre, nous avons recréé nos fonctionnaires et notre bureaucratie. Il ne se passera plus beaucoup de temps jusqu'à ce que les canons ne refassent aussi leur apparition.

— Mon Dieu, Lisa. Si c'était vrai... J'accepterais immédiatement un nouvel appel de l'Amérique.

— Alors il serait prudent de préparer dès maintenant les valises. — Lisa lui montra la première page du journal. — Ça sent déjà le soufre entre les lignes.

Une semaine plus tard, ils allèrent à Würzburg pour se présenter devant la chambre de dénazification. Le Pr Rusch avait revêtu un complet noir, comme s'il se rendait à une fête ou à un enterrement. C'était Baumann qui conduisait la nouvelle voiture que

Rusch venait de s'acheter. A la quatrième place, était assis Erich Schwabe. Lisa avait insisté pour l'emmener, car elle voulait emporter une pile de photos et de radiographies.

— Nous allons leur montrer ce que tu as fait pendant que les autres défilaient en chantant : « Tous les osselets tremblent et s'entrechoquent... » Ce ne peut être qu'un idiot qui ait eu l'idée de déposer cette plainte.

L'instruction eut lieu dans une pièce de grandeur moyenne, nue, si on exceptait une table et quelques chaises. Derrière la table, quelques messieurs à l'air important étaient assis ; ils scrutèrent le Pr Rusch du regard, comme un animal fabuleux, et d'un geste de la main — trois d'entre eux firent ce geste en même temps, et en manifestant une jovialité évidente —, ils lui ordonnèrent de prendre place sur la chaise qui attendait devant la table.

— Trop aimables, dit Rusch en demeurant debout. Il se contenta de s'appuyer au dossier de la chaise qu'on lui avait offerte, et examina ses juges du regard. Cela fit une impression déplorable. Rien ne peut vexer davantage un Allemand placé assez haut et conscient de sa hauteur, que la fierté de son adversaire.

L'instruction dura une heure, et elle se déroula d'une manière peu satisfaisante. On lut tout haut la plainte déposée, et le Pr Rusch se contenta de cette réaction : c'est de la bêtise.

— Vous permettez, s'écria le président. Nous avons des documents.

— Vous avez des dépositions. — Le Pr Rusch indiqua la table d'un signe de tête, sur laquelle reposait un gros classeur muni d'une étiquette où on pouvait lire son propre nom. — Vous venez de lire : au cours d'une commission d'enquête, je suis censé avoir moi-même proposé toute une liste de blessés de la face susceptibles d'être relâchés et renvoyés aux armées. Parfaitement, cette commission est venue soi-disant sur ma demande expresse, bien que les hôpitaux spécialisés comme celui de Bernegg en fussent dispensés... Et qui a fait cette déposition ? Un certain colonel Paul Mayrat. Mis à la retraite sur sa demande. Comme témoin ? Un certain Dr Fred Urban. — Le Pr Rusch se pencha légèrement en avant. — Messieurs, si j'étais aussi salaud que ces « honorables messieurs », je pourrais, moi, vous raconter sur-le-champ une histoire très intéressante. Mais à quoi bon ? Une seule question : où est ce Dr Urban actuellement ?

— C'est nous qui posons les questions, professeur, répondit le président de la chambre de dénazification, d'un ton raide. D'ailleurs, cela n'est qu'une digression. — Il feuilleta dans son dossier. — Vous contestez ces accusations qu'on vous impute ?

— Contester ? Je me contente d'en rire.

— Ce n'est vraiment pas le meilleur chemin pour arriver à la vérité. — Le président regarda gravement Rusch. — Vous avez été prisonnier de guerre ?

— Non.

— Pourquoi non ?

— Pour la même raison, qui vous a également dispensé vous-même d'en faire partie.

— Ce n'est pas une réponse.

— C'est une constatation.

Le président continua à feuilleter ses papiers.

— Comme nous le savons, vous êtes soupçonné d'avoir pris part de manière très active au programme d'euthanasie élaboré par le régime nazi.

— Mais enfin, messieurs, il y a une éternité que ce point a été éclairci, s'écria Rusch. Ce n'est pas moi... mais un inconnu qui porte le même nom que moi. Les Américains ont déjà prouvé, il y a un an, que...

Le président lui coupa la parole d'un geste de la main :

— Oui, nous sommes au courant. Sinon, nous ne serions pas ici, mais devant la cour de justice. Cependant...

— Toute cette comédie est ridicule, interrompit grossièrement Rusch. Prenez la décision qu'il vous plaira. Je réserve mes affirmations prochaines. Pour moi, il y a cinq cents blessés du visage qui peuvent déposer !

— Très certainement, dit un des assesseurs, un gros type, bien nourri, qui portait en ce jour faste un nœud papillon gris argenté. Mais dites-moi, ne peut-on pas faire entrer tous ces blessés de la face dans la catégorie des blessés de la tête ? Et est-ce que la plupart des blessés de la tête ne sont pas un peu dingues ?

Rusch fixa l'orateur comme si ce dernier lui avait craché au visage avec ostentation. Puis il tourna son regard vers le président, et s'aperçut que celui-ci n'était absolument pas furieux, mais qu'il attendait manifestement une réponse.

— Au revoir, messieurs, répondit Rusch sèchement. Je ne peux pas sacrifier mon temps, qui appartient à mes blessés, pour des cerveaux d'une bêtise insolente.

Lorsque Rusch se détourna et fit mine de quitter la pièce, le président fit un bond.

— Vous ne pouvez abandonner la salle d'audience aussi facilement, s'écria-t-il.

— Vous voyez bien que si, je le peux. Et je m'abstiendrai à l'avenir de faire la moindre déposition en présence de cette commission d'élite !

— Incroyable, s'écria de nouveau le président. — Il attendit que Rusch ait claqué la porte derrière lui, puis considéra du regard Lisa Rusch, Baumann, Schwabe et les spectateurs. — Dans ces conditions, la chambre se voit dans la nécessité de clore l'instruction en l'absence de l'accusé, prononça-t-il tout haut.

L'homme à la cravate gris argent hocha la tête :

— Ils sont tous les mêmes, ces types qui se prennent pour de hauts personnages. Je serais curieux de voir s'il se serait permis aussi de quitter la salle d'audience à Berlin et s'il aurait parlé sur ce ton ! Ils sont tous cinglés !

Pendant une demi-heure, le Dr Lisa Rusch discuta pour défendre son mari.

— Votre mari avait la possibilité, grâce à son extraordinaire intelligence, et plus que quiconque, de s'apercevoir que le régime qu'il servait était un régime criminel, dit le président. Et malgré cela, il l'a servi.

— Il n'a fait qu'aider les grands blessés ; il leur a recréé un nouveau visage ; il leur a redonné une nouvelle vie. Il n'a toujours été que médecin... Est-ce un crime de venir en aide à des centaines de gens ?

— Naturellement, nous le reconnaissons aussi, que voulez-vous de plus ? — Le président referma son dossier d'un coup sec. — D'ailleurs, s'il n'en avait pas été ainsi, votre mari n'en serait pas arrivé aussi facilement là.

— Parce qu'il opérait ? demanda Lisa, pétrifiée devant l'incompréhensible.

— Parce qu'il servait le régime avec ses capacités.

— Il a rendu un visage aux plus malheureux d'entre les malheureux, aux victimes les plus atteintes de la guerre.

— Cela, c'est un côté. D'accord, mais l'autre : avec son nom célèbre, il a servi d'enseigne aux criminels du régime.

— Alors, il aurait dû dire : « Non, je n'opère pas. Je laisse ces horribles mutilés courir le monde tels qu'ils sont. Je me fous éperdument de l'humanité, de mon serment de médecin, de mon devoir. C'est en laissant les mutilés à leurs mutilations que je combats le régime nazi. Je sabote l'Etat en me servant des gueules de ces sans-visages. » C'est cela, n'est-ce pas, qu'il aurait dû faire sans doute ? cria Lisa.

Le président de la chambre se contenta de la regarder fixement sans ajouter un mot.

Ce fut alors que Lisa entra vraiment en action. Elle montra des piles de photographies des opérations qui avaient été pratiquées sur les visages broyés ; elle montra des lettres ; elle expliqua des rapports de maladies ; elle jura la vérité dans l'affaire du général von Unruh au château Bernegg et prouva le sauvetage de plus de cent blessés... Mais elle n'eut pas la possibilité de lutter contre le soi-disant sens de l'honneur de l'ancien colonel Mayrat et du Dr Urban, car Mayrat avait un beau-frère qui avait été nommé président du tribunal de première instance, et que le Dr Urban était l'ami de Mayrat.

— Cela suffit d'ailleurs, conclut le président d'un air mystérieux, la décision de la chambre vous sera envoyée.

Il serra son dossier sous le bras, puis repoussa sa chaise et, très raide, sortit de la pièce en passant devant Lisa.

Furieux, Baumann se cramponna au dossier de sa chaise.

— L'Allemand est déjà gavé de nouveau, on s'en rend compte, remarqua-t-il d'une voix rauque. Et un Allemand gavé est son propre danger, son pire ennemi.

Le professeur fut définitivement lavé des accusations portées contre lui. Il ne prit même pas la peine de lire la décision du tribunal, mais joignit le papier à la pile des vieilles radios qui avaient été choisies pour passer aux archives.

Le stagiaire Baumann finalement s'apprêtait à quitter le château Bernegg à son tour. Il voulait terminer ses études à Bonn.

— Mais je ferai mon stage clinique auprès de vous, monsieur le professeur, dit-il au moment des adieux. Et si je ne suis pas une andouille, je serais vraiment heureux que, plus tard, vous me preniez comme assistant.

— D'accord Baumann.

Rusch lui donna une lettre de recommandation pour un patron de Bonn. Depuis un mois, Rusch avait été nommé également professeur à la faculté de médecine de l'université de Würzburg ; durant le semestre d'hiver, il était chargé des cours traitant de la chirurgie plastique du visage.

— J'espère vous revoir un jour en qualité de médecin-chef.

— N'oubliez pas que je dois lutter en concurrence avec Fritz Adam. Il a déjà passé son examen.

— Comme c'est curieux ! avoua Rusch avec une émotion visible. Vous tous, vous revenez vers moi.

Baumann baissa la tête : — Parce que vous êtes notre père, au sens le plus vrai du mot, monsieur le professeur, notre père à tous.

Ainsi peu à peu, Erich Schwabe se retrouva de plus en plus seul à l'hôpital, qui s'appelait maintenant officiellement « Hospice-Château Bernegg ». L'administration l'avait nommé aussi officiellement jardinier et gardien ; il recevait un petit traitement, était logé, nourri, et chauffé, et faisait partie des employés de l'Etat de Bavière.

Il avait même une voiture personnelle, le vieux taxi de Bernegg, celui qui avait été chipé autrefois et que Fritz Adam avait de nouveau remisé dans le hangar. Lors de sa dernière visite, il avait révisé les bougies, et remis en place la dynamo qu'il avait autrefois confiée à Dora Graff, pour que la voiture ne fût pas réquisitionnée. Schwabe nettoya le moteur, gratta la rouille, fit faire un rodage de soupapes et de cylindres dans un garage, et finit par être prêt à faire son premier tour d'honneur autour du château, accompagné par les hurlements de triomphe des malades.

Il ne rencontrait jamais sa mère ou sa femme, à Bernegg, quand, par hasard, il allait faire des achats. Il avait seulement entendu dire qu'Ursula avait monté un atelier de couture qui prospérait, qu'elle occupait maintenant quatre employées et que sa mère avait vendu le morceau de terrain de Cologne sur lequel on devait reconstruire la maison, pour utiliser cet argent à acheter un autre morceau de terrain à bâtir à Bernegg, qui était très cher. L'acheteur de Cologne était Karlheinz Petsch. Il voulait reconstruire tout le bloc d'immeubles, avec des grandes boutiques et des appartements de luxe, et d'ailleurs il pouvait se permettre des projets aussi grandioses, car il était devenu millionnaire. Il possédait maintenant une entreprise de reconstruction de cent soixante-sept ouvriers, avec des grues modernes et des broyeurs, des échafaudages et des monte-charges.

Erich Schwabe serra les lèvres. Ah ah ! pensa-t-il. Encore et toujours ce Petsch. Un homme riche maintenant. Bien sûr, cela en impose à une femme.

Il retourna au château et s'occupa de nouveau de ses fleurs, de ses oiseaux, du petit faon apprivoisé qu'il avait élevé lui-même. Pendant l'hiver 1947-1948, il l'avait trouvé dans un fossé près du mur d'enceinte du château, à moitié mort de froid. Et maintenant, il courait en liberté dans tout le parc et suivait Schwabe dans son travail, comme un chien.

Un jour, une infirmière vint le chercher au jardin potager : — Il y a là un homme qui voudrait vous parler, monsieur Schwabe, dit-elle.

— Un homme ? — Schwabe plongea ses mains pleines de terre dans l'arrosoir et s'essuya les doigts à son gros tablier de jardinier. — Qui est-ce ?

— Il n'a pas donné son nom.

— Un ancien de chez nous ? demanda-t-il en pensant à Adam, à Hertz, à Baumann ou au Berlinois, Wastl, sûrement pas, car il n'aurait rien demandé.

L'infirmière secoua la tête : — Non, il ne ressemble pas à l'un d'entre vous. Il a un visage sans cicatrices.

Près du petit cimetière du château, Schwabe s'immobilisa et vit le dos de l'homme qui attendait. Il portait un costume d'été de couleur claire et de coupe élégante, et un chapeau de paille blanche sur la tête. Les plis qui apparaissaient sur le dos de sa veste indiquaient qu'il avait voyagé en auto. Il avait même des chaussures blanches. Tout en attendant au coin du petit cimetière et en contemplant les tombes, il se frappait la cuisse de ses gants en peau de porc clairs manifestant ainsi son impatience.

— C'est lui ? interrogea Schwabe. — L'infirmière fit oui de la tête. — C'est bien ; je vous remercie, mademoiselle.

Schwabe attendit que la jeune fille eût disparu entre les arbres ; puis il s'approcha lentement, et s'arrêta derrière l'homme qui attendait.

— Qu'est-ce que tu viens faire ici ? demanda-t-il à voix haute.

L'élégant visiteur se retourna brusquement ; il fixa Schwabe, puis son visage prit une expression incrédule et en même temps pétrifiée.

— Mince alors, Erich... Tu es redevenu exactement comme avant, dit Karlheinz Petsch d'une voix chevrotante. Il ne reste que quelques marques sur la peau. C'est incroyable !

— Qu'est-ce que tu viens faire ici ? répéta Schwabe grossièrement. Es-tu venu pour que je te défonce la gueule à coups de hache, espèce de salaud ?

Petsch fit deux pas en arrière ; ses pommettes saillirent sous la peau bronzée ; on voyait bien qu'il devait se retenir pour ne pas frapper le premier.

— Change un peu de refrain, Erich, dit-il lentement. D'accord, tout n'a pas été juste, dans cette histoire. Mais qui aurait pensé jadis que tu redeviendrais jamais... Allez, tâche d'être raisonnable. Et en outre, c'était la guerre, mon vieux, et nous étions tous plongé dans la même merde. Ta femme avait peur ; elle était toute seule et complètement désespérée. Mon Dieu, dans ces cas-là, on ne sait plus ce qu'on fait, et après on ne se comprend plus soi-même. Elle s'est bien vengée, ta petite Uschi. Souviens-toi de ma joue arrachée. C'est elle, la mâtine qui...

— Suffit, coupa Schwabe écœuré.

— Il y a longtemps que c'est passé, et je n'ai jamais rien eu avec elle depuis. Crois-moi. Je me suis contenté de lui dire autrefois : si Erich ne retrouve pas son visage d'avant, et si toi, tu ne peux plus le supporter, viens me trouver. Je serai toujours prêt à te prendre avec moi. Et l'enfant aussi. C'est ce que je lui ai dit, et tu ne peux pas m'en vouloir, Erich. Qui aurait pu penser que tu... — Petsch s'étrangla tant il était ému. — Et voilà que maintenant tu es redevenu comme avant. Bon, eh bien, tout est clair et net, je pense. Je suis seulement venu te dire que j'ai rebâti ta maison...

— Elle appartient à ma mère...

— Je voulais te faire une proposition, Erich. Petsch tira un plan de construction de sa poche, et le déplia. Il montrait une rangée de maisons aux nombreuses fenêtres, de style moderne, genre américain. Il tint le dessin sous les yeux de Schwabe.

— Regarde. Il y aura là un nouveau centre commercial à Cologne. Magasins et appartements, un self-service comme chez les Américains, le premier à Cologne. Tu sais, vieux, il nous faut sentir le vent de l'avenir et être présents un an avant les autres. Et maintenant, écoute. Tout cet ensemble est construit sur le terrain qui t'appartient. Tu reviens à Cologne, tu prends Ursula sous le bras, tu t'installes dans un des appartements, dès que ce sera terminé ; en attendant, tu peux emménager dans la vieille villa de Lindenthal, que je peux te procurer. Et tu t'occupes de toute la partie fenêtres, vitres, glaces, etc., les travaux de mosaïque, les parquets, tout le travail intérieur. Mon entreprise ne fait que la superstructure, les bétonnages, les murs, les toits... Et dans deux ans, nous aurons une position comme Woolworth. Qu'en penses-tu ?

— Ferme-la, répondit Schwabe d'une voix enrouée. Et fous le camp. Ou bien attends-tu que j'aille chercher une hache ?

— Erich, espèce de crétin ! s'écria Karlheinz Petsch en repliant son plan. Tu ne peux tout de même pas cochonner toute la vie de ta femme et de ton gosse, pour une seule bêtise ! Nom de Dieu, on devrait te pourfendre une nouvelle fois la gueule !

Erich Schwabe se détourna, et abandonna Petsch au milieu du chemin. Il retourna dans son potager, se pencha, repiqua les nouveaux plants de salades dans les trous qu'il avait préparés, puis arrosa minutieusement. Il ne se retourna même pas lorsqu'il entendit des pas derrière son dos ; les pas s'immobilisèrent à l'entrée du potager, puis le gravier grinça de nouveau, et les pas se perdirent sur le chemin que Schwabe avait nettoyé lui-même et égalisé.

Il resta au jardin jusqu'à la nuit tombante, et laissa refroidir son dîner, qu'on lui apportait exprès dans sa chambre, sur un plateau. Lorsque la lune apparut derrière les arbres, il alla se promener du côté de l'étang, tournant en rond comme un âne dans un oasis, qui doit tirer l'eau d'une fontaine perdue au milieu du désert.

De la fenêtre du bureau principal, Lisa, Rusch et Karlheinz Petsch l'observaient. Petsch était particulièrement énervé, et se mordillait la lèvre inférieure.

— Il faut absolument que vous lui fassiez entendre raison, docteur, dit-il d'un ton suppliant. Combien de temps cela va-t-il encore durer ? Je serais presque enclin à dire que c'est un crime vis-à-vis d'Ursula. Et l'enfant ? « Tous les autres ont un papa, pourquoi pas moi ? » m'a-t-elle dit hier. Est-ce que tu ne pourrais pas être mon papa ?... » Docteur, cela me fend le cœur.

— Il ne réagit plus à aucun argument. — Le Pr Rusch se détourna de la fenêtre, s'éloigna, et vida son verre de cognac d'un seul coup. — On ne peut pas l'aider en provoquant chez lui des réactions sensibles, car on a l'impression qu'il n'a plus aucun sentiment pour tout ce qui touche le genre humain. Il semble totalement brûlé... Moralement, il est mort. Il a ses fleurs, ses plantes, ses bêtes, son petit faon apprivoisé... C'est comme une histoire du Moyen Age : l'ermite dans sa montagne. Je ne crois pas qu'on puisse le faire fléchir avec de grands projets, ou bien en lui montrant la torture morale qu'il inflige à sa femme et à sa mère. Car dans ce cas, il se referme complètement et devient inaccessible.

— Mais cela ne peut pas continuer ainsi ! s'écria Petsch. Ursula se mine lentement, mais sûrement. Et la situation empire de jour en jour, au fur et à mesure que l'enfant apprend à penser et pose des questions.

— Il ne faut jamais désespérer, dit Lisa. Attendons.

— Explique-toi, demande son mari.

Lisa garda le silence. Rusch regarda sa femme avec surprise, et Karlheinz Petsch aussi cherchait en silence son conseil. Mais elle ne dit rien de plus. Elle regarda, de l'autre côté de la fenêtre, l'homme qui se promenait, solitaire, dans le parc, éclairé par la lune ; elle vit sa silhouette sombre se refléter dans l'eau scintillante de l'étang ; elle vit les rayons de la lune jouer sur son épaule et sur ses cheveux blonds, et leur communiquer une teinte argentée, comme s'ils étaient faits de fils d'argent.

— Est-ce que tu en sais plus long ? interrogea Rusch.

Lisa tressaillit, comme si on venait de l'arracher à ses pensées, qui l'eussent emmenée loin de là.

— Moi ? Non. Pourquoi moi ? Nous aurons à partir de lundi une nouvelle femme de ménage.

Petsch regarda Rusch d'un air désespéré.

— Nous réfléchissons tous à un problème insoluble et tout ce que vous trouvez à dire, c'est qu'il va venir une nouvelle femme de ménage ! C'est vraiment tout ce que vous avez à dire à ce sujet, docteur ?

— Une bonne femme de ménage, c'est quelque chose de rare et de très important.

— Au diable avec votre femme de ménage, s'écria Petsch, mais aussitôt, il se tourna vers Rusch d'un air contrit.

— Les nerfs, dit-il en manière d'excuse. Mince, moi aussi, j'ai encore un système nerveux, et toute cette histoire me tue. Excusez-moi, je me suis emporté. C'est seulement parce que... je... je me sens moi aussi un peu coupable. Et je ne peux rien faire pour aider. C'est odieux, docteur.

Lisa hocha la tête et ferma la fenêtre. D'un geste brusque, elle tira les rideaux, comme si elle voulait tirer véritablement les rideaux sur cette scène, d'une manière définitive.

— Attendons la femme de ménage, dit-elle.

Rusch regarda sa femme d'un air pensif. Il ne savait quel pouvait être le sens que Lisa donnait à ses paroles, mais il savait qu'elle ne se désintéressait pas du problème Schwabe et que ce n'était pas une tentative d'évasion.

— Quand vient-elle ? demanda-t-il même.

— A partir de lundi.

— La femme de ménage ? hurla Petsch.

— Oui. Et il se pourrait que la situation change.

— Je suis peut-être complètement idiot, reprit Petsch, mais maintenant, je ne comprends absolument plus rien du tout.

— Consolez-vous. — Le Pr Rusch se mit à rire, mais son rire sonnait faux. — Moi non plus.

Le lundi suivant, à 8 heures du matin, la fameuse femme de ménage fit son apparition au château Bernegg. Il faisait un temps merveilleux ; c'était une chaude journée d'été qui s'annonçait, avec un ciel absolument pur et un soleil d'or. Une journée qui promettait de devenir étouffante.

Erich Schwabe travaillait déjà parmi ses fleurs. Il les arrosait avant que le soleil ne tape trop fort.

— Bonjour, lui dit la nouvelle femme de ménage.

C'était une femme de trente-cinq ans environ, petite et boulotte, avec de longs cheveux bruns et un visage rond. Elle tendit la main à Schwabe et la serra avec force.

— Bonjour, répondit Schwabe, puis il regarda de côté.

Près de la femme de ménage, il aperçut un enfant. Une fillette aux cheveux blonds et bouclés. Les grands yeux bleus scrutaient le jardinier d'un regard critique, et se préparaient à décider si, oui ou non, il promettait d'être un brave oncle. La fillette portait une robe de popeline bleu clair, très courte. Elle ressemblait à une poupée vivante.

— C'est la petite fille d'une de mes voisines, expliqua la femme de ménage. J'ai dû l'emmener avec moi, car la mère est à l'hôpital en ce moment. Et le père... ah ! je vous raconterai cette histoire une autre fois. Si cela ne vous dérange pas, est-ce que je pourrais vous laisser la petite au jardin ici ? Elle jouerait à côté de vous, pendant que je ferais mon travail... Elle s'appelle Barbara.

— Barbara, répéta Schwabe à voix basse. Mais non, cela ne me dérange pas du tout. Au contraire. Elle peut rester ici bien tranquillement, et je lui montrerai les fleurs et les oiseaux, et tout ce qu'il y a dans le jardin. N'est-ce pas, Barbara ?

— Oui, oncle..., dit la petite en cachant sa menotte dans la grosse patte de Schwabe.

— Elle s'est déjà prise d'amitié pour vous, regardez ça ! s'écria la femme de ménage. Vous allez très bien vous entendre, hein ?

— Certainement. — Schwabe reposa le tuyau d'arrosage et s'essuya les mains à son tablier ; puis il reprit la main de la petite fille : — Je suis oncle Erich, dit-il, en chevrotant d'une façon curieuse.

La petite Barbara approuva de la tête.

— Viens, nous allons courir jusqu'à l'eau, criat-elle en se dirigeant de toute la vitesse de ses petites jambes vers l'étang. — Viens, oncle Erich. Viens !

Et Erich Schwabe repoussa son chapeau sur la nuque, et courut à sa poursuite. Satisfaite de la tournure que prenaient les événements, la femme de ménage rentra dans le bloc B.

Le soleil éclata bientôt à travers les touffes d'arbres. La journée s'annonçait vraiment splendide.

10

AU bout de trois heures, la femme de ménage, qui s'appelait Frau Emmi Karutscheck et s'était sauvée de Nikolai, dans la Haute-Silésie, vint enlever la petite Barbara à Erich Schwabe.

Elle les trouva tous deux dans la nouvelle serre que Schwabe avait commencé à construire lui-même. Trois forgerons, qui se trouvaient en traitement à la clinique, l'aidaient à installer les échafaudages d'acier, et tout le reste n'était qu'un jeu pour l'expert vitrier, un jeu qui lui apportait une joie infinie et un retour dans le travail du passé. Schwabe mesurait et découpait les vitres, les polissait, les enduisait de couleur blanche ; il construisit aussi trois soupapes d'aération pivotantes et une installation d'irrigation en fixant de minces tuyaux d'acier qu'il avait percés de trous minuscules, sur le toit de la serre. Ainsi, quand il ouvrait le robinet, les plantes et les massifs étaient arrosés régulièrement de tous les côtés, comme s'il tombait constamment une petite pluie fine.

Lorsque Frau Karutscheck arriva dans la serre, Schwabe et Barbara étaient assis l'un près de l'autre, en contemplation devant un des massifs, et ils examinaient une petite plante d'un vert très clair.

— Tu vois, elle deviendra un jour une belle grosse étoile étincelante, l'Etoile des Mages, dit Schwabe en attirant avec beaucoup de précaution un peu de terre sur les premières pousses fragiles.

Barbara secoua la tête et se mit à rire.

— Mais voyons, oncle, les étoiles sont dans le ciel !

— La fleur qui va sortir de cette petite plante s'appelle ainsi.

— Qui est-ce qui l'appelle comme ça ?

— Les gens.

— C'est qui, les gens ?

Schwabe se gratta la tête : — Ecoute, dit-il. Il y a un oiseau qui s'appelle passereau, mais les gens l'appellent aussi moineau... c'est ça les gens, tu vois. Tu comprends ?

— Non, oncle Erich.

Frau Karutscheck fit un pas dans l'entrée de la serre et se mit à rire à son tour : — Elle peut poser ainsi des questions jusqu'à vous rendre complètement dingue, dit-elle en serrant Barbara contre elle. Et quelles questions ! Cela vient peut-être de ce qu'elle vit sans cesse avec des grandes personnes. Sa mère bien souvent, ne sait plus comment lui répondre. Et moi non plus.

— Est-ce que je peux revenir demain, tante Emmi ? demanda Barbara avant que Schwabe ait pu réagir. Oncle Erich sait si bien raconter les histoires... Les étoiles des Mages, qui poussent dans la terre et les gens qui ont des drôles d'idées.

Frau Karutscheck leva les épaules comme si elle cherchait à s'excuser : — De toute façon, il faut que je la ramène avec moi demain soir... Tant que sa mère est malade, nous ne savons pas qu'en faire, dit-elle. Si elle ne vous importune pas trop avec toutes ses questions, puis-je vous la confier demain de nouveau ? Naturellement, je puis aussi la faire jouer dans le bloc B, dans la grande salle commune, mais...

Erich Schwabe regarda la tête blonde entourée de boucles, les grands yeux bleus et la petite bouche souriante. Il lui semblait qu'on lui comprimait le cœur entre deux tenailles brûlantes. Sa gorge était sèche et il fut obligé de respirer plusieurs fois à fond pour parvenir à recommencer à parler.

— Quand vous voulez, dit-il péniblement. Vous pouvez m'amener Barbara aussi souvent que vous voulez. Je suis toujours ici, vous le savez bien. Même si vous avez à vous occuper de quelque chose, à faire des courses ou n'importe quoi. Amenez-la-moi chaque fois, n'est-ce pas ? Je... j'aime beaucoup les enfants.

— Alors, pourquoi ne vous êtes-vous jamais marié ? interrogea Frau Karutscheck, mais Schwabe se détourna, et d'un geste mécanique, il creusa un massif de ses deux mains.

— La vie est odieuse et injuste, dit-il à voix basse. Mais ne parlons pas de cela. Notre Barbara nous regarde déjà avec des grands yeux étonnés. Plus tard, peut-être, je vous raconterai tout.

Barbara donna sa petite main salie par les jeux à Schwabe. Le soleil tombait en plein sur les boucles blondes, en traversant les murs vitrés de la serre. Comme les cheveux d'Ursula, pensa-t-il tout d'un coup, et son cœur se mit à battre sauvagement, au point que tout son corps trembla d'une souffrance aiguë.

— Au revoir, oncle Erich.

— A demain, Barbara, répondit Schwabe d'une voix sourde.

— Est-ce que tu me montreras le faon demain ?

— Oui.

— Et le gros poisson rouge ?

— Oui.

— L'oncle a dit que dans l'étang vivait le roi des Poissons Rouges. C'est vrai ?

Frau Karutscheck approuva gravement : — Si l'oncle Erich l'a dit, c'est que c'est vrai, Babs. L'oncle connaît bien le monde, il sait beaucoup de choses sur les bêtes et sur les hommes...

— En ce qui concerne ces derniers, il me serait

plus agréable d'en savoir moins, ne put s'empêcher d'ajouter Schwabe d'un ton amer.

Frau Karutscheck serra Barbara contre elle.

— Babs aussi en fait partie..., dit-elle presque tout bas.

— Elle est encore jeune. A ce stade-là, on peut encore les supporter.

Il se détourna, abandonna Frau Karutscheck et sortit lentement vers le parc. Barbara se cramponna à la robe de Frau Karutscheck, ses yeux reflétaient l'angoisse.

— Qu'est-ce qu'il a, oncle Erich, tante Emmi ?

— Il a le cœur douloureux, Babs. — Frau Karutscheck emmena la petite fille hors de la serre et se dirigea vers la sortie du château. — Tu sais, ici, dans la poitrine. Pose un peu ta petite main là et tu entendras... Hein ? Tu sens quelque chose ? Tu sens comme ça frappe ?

— Oui, dit Barbara en s'arrêtant la main posée sur son cœur. Tout en penchant légèrement la tête, elle suivait attentivement les battements précipités de son petit cœur.

— Tu vois... et c'est là qu'oncle Erich a bobo. Ça lui fait très mal.

— Alors, il est malade ?

— Oui.

— Eh bien alors, tu devrais appeler le docteur !

Frau Karutscheck hocha lentement la tête. — Ce n'est pas lui que nous devrions appeler. — Elle pressa de nouveau la tête de Barbara contre elle et regarda au loin l'homme penché, qui ratissait les massifs de dahlias : — C'est pour cela que tu es venue, Barbara.

Le lendemain, Erich Schwabe attendit Barbara devant l'entrée de la serre. Il avait confectionné une jolie guirlande avec des dahlias et des asters, des petits chrysanthèmes et des calcéolaires de toutes les couleurs, qu'il voulait poser sur les boucles blondes de la petite fille.

Mais Frau Karutscheck ne venait pas.

Pendant plus d'une heure, il erra dans le parc, incapable de se mettre au travail, la guirlande dans les mains. Il alla jusqu'au portail d'entrée, et bavarda sur les sujets les plus incongrus avec le concierge, pour pouvoir surveiller la route qui montait de Bernegg. Deux fois, l'autobus fit le service, s'arrêta devant le château..., puis continua son chemin vers Waldenheim, le village suivant, de l'autre côté de la colline. Frau Karutscheck n'arrivait toujours pas.

Erich Schwabe retourna vers la serre, et posa la guirlande dans un seau plein d'eau. Peut-être a-t-elle aujourd'hui un service d'après-midi, se dit-il. Mais elle n'en a pas parlé hier. Ou bien la maman de la petite est guérie. Peut-être est-il arrivé quelque chose ? Il se peut aussi que Barbara soit malade brusquement, qu'elle soit tombée aussi tout simplement et qu'elle se soit blessée, au genou, ou au coude ou... ou au visage.

Schwabe attrapa en hâte sa casquette crasseuse de jardinier et courut vers le bloc B. Lisa venait justement de terminer les visites du matin. Elle était en train de discuter avec le Dr Vohrer et le Dr Sulzbarth, le nouvel assistant, des achats de matériel et du prochain plan de travail. Le Pr Rusch était de nouveau reparti à Würzburg, pour faire son cours à la Faculté. Il devait faire une démonstration sur sa fameuse méthode dite « du soudage » des os.

— Schwabe ? interrogea Lisa par-dessus les têtes des autres médecins. — Que se passe-t-il ? Avez-vous aperçu une énorme taupe dans un de vos massifs ? Vous paraissez complètement bouleversé...

Schwabe sourit faiblement à cette plaisanterie. A Baumann, il aurait répondu sur-le-champ : « Ferme ta gueule, idiot ! » Mais il resta éloigné de quatre pas de Lisa, dans le couloir, et la regarda d'un air suppliant comme un pauvre mendiant mourant de faim qui renifle une bonne odeur de rôti venant d'une cuisine. Il ne savait pas que Lisa n'était pas du tout surprise de cette intrusion.

— Vous voulez me parler, Schwabe ?

— Oui, docteur... Si c'est possible.

— Tout de suite.

Lisa souligna encore quelques noms sur les listes que Vohrer et Sulzbarth tenaient en main. C'étaient des malades qui devaient être préparés pour le lendemain, en vue de petites interventions.

— Venez avec moi, Schwabe, dit alors la doctoresse, lorsqu'elle eut fini de discuter les problèmes posés par la visite. Mais dépêchez-vous, car je dois encore aller à Würzburg.

Dans le bureau du patron, Erich Schwabe s'immobilisa près de la porte du couloir et se tordait les doigts au point qu'on entendait crier les articulations.

— Ce n'est qu'une question, docteur, commença-t-il en bégayant. En fait, c'est idiot de ma part de vous ennuyer avec ça, mais il faut que je sache !

— A cause des campagnols, Schwabe ? — Lisa feuilleta un journal. — Il vient de sortir un nouveau produit sur le marché, une poudre qu'on introduit dans les trous de taupes et... — Elle leva les yeux et lut la perplexité dans le regard de Schwabe. — Ce n'est pas ça, Schwabe ? Quoi donc alors ?

— C'est à cause de Barbara.

— Barbara ? — Lisa fit comme si elle ne comprenait pas immédiatement. — Qui est Barbara, Schwabe ? Est-ce que par hasard vous seriez tombé amoureux ? C'est pourtant impossible quand on sait à quel point vous détestez le genre humain.

— Barbara est la petite fille qui est venue hier avec la nouvelle femme de ménage, dit Schwabe à voix basse.

— La femme de ménage ? Laquelle ? Allons, Schwabe, comment pouvez-vous devenir amoureux d'une gamine de ce genre ? Quel âge a-t-elle donc ? Dix-sept ou dix-huit ans, tout au plus ? Réfléchissez bien avant de...

— Barbara doit avoir environ trois ans, murmura-t-il.

— Ah oui ! s'exclama Lisa en riant. Cette charmante petite chose blonde aux longues boucles ? Est-ce qu'elle n'est pas mignonne, cette gosse ?

— Mais si, justement... c'est pour ça que...

— Qu'est-ce que cela signifie, Schwabe ?

— Nous nous sommes liés d'amitié, Barbara et moi. Et elle devait revenir aujourd'hui. Je lui ai même préparé une surprise... avec beaucoup de fleurs... Mais ceci n'est pas important. En tout cas, elle n'est pas venue. Et maintenant, je ne sais pas... Je me suis dit que vous, peut-être, vous...

— Aujourd'hui, c'est le jour de congé de Frau Karutscheck, c'est tout.

Lisa vit combien Schwabe semblait soulagé, comme si on l'avait déchargé d'un poids immense, et ses yeux brillèrent d'un nouvel éclat.

— Son jour de congé, bien sûr. Mais demain, elle revient ?

— Je le crois, et je l'espère.

Pendant tout le reste de la journée, Schwabe fut d'excellente humeur. Il chanta tout en arrosant ses plantes jusqu'à ce qu'une voix furieuse lançât d'une des fenêtres du bloc B : « La paix. On est déjà assez puni comme ça ! »

Le soir, il s'assit à une grande table et encadra un morceau de vitre ; puis il commença à peindre le verre avec des couleurs à l'huile de teintes très spéciales. Il peignit une vieille fontaine, sur la margelle de laquelle une jolie princesse aux boucles blondes était assise, revêtue d'une longue robe de dentelle rose et blanche. Devant elle, se pavanait une grosse grenouille portant une couronne sur la tête. C'était une scène du conte, le Roi des Grenouilles.

Schwabe posa son œuvre contre la fenêtre pour qu'elle séchât plus rapidement, et le lendemain, il l'emmena dans la serre et la suspendit contre le mur en vitre exposé au soleil. Les couleurs resplendirent et on avait l'impression que la mignonne princesse et la grosse grenouille vivaient réellement.

Frau Karutscheck et Barbara arrivèrent avec l'autobus de 9 heures, et Schwabe les vit descendre de la voiture. Il s'était tenu derrière l'ancien poste de garde situé à l'entrée principale du château et avait surveillé de là la route qui venait de Bernegg. Puis il courut jusqu'au jardin et se remit à tailler les dahlias. Frau Karutscheck et Barbara apparurent bientôt sur le sentier du parc.

— Oncle Erich ! s'écria Barbara du plus loin qu'elle put, dès qu'elle aperçut Schwabe. Oncle Erich ! Hou hou !

Erich sentit une vague de bonheur l'inonder ; il jeta le sécateur et agita les deux bras.

— Babs, cria-t-il. Bonjour, Babs.

Frau Karutscheck rendit son geste de bienvenue ; elle donna un petit coup d'amitié à l'enfant, lui sourit puis s'en alla vers le bloc B. Les cheveux flottant au vent, Barbara courut à la rencontre de Schwabe, et juste avant de le rejoindre, elle étendit les bras et rejeta la tête en arrière : — Attrape-moi, oncle Erich, cria-t-elle. Attrape-moi !

Le cœur de Schwabe bondissait dans sa poitrine. Lui aussi, il étendit les bras, se pencha légèrement, et il lui sembla qu'il aurait pu crier de joie de voir un enfant se précipiter ainsi dans ses bras.

Puis il saisit le petit corps léger de Barbara, l'entoura dans ses bras, et la fit danser dans l'air ; il la fit tournoyer en tous sens, et il avait envie en même temps d'accorder sa grosse voix aux cris de joie que poussait la petite voix fluette et claire.

— Comme tu es fort, oncle Erich, dit Barbara en se retrouvant par terre et en écartant les boucles folles qui recouvraient son visage rouge d'excitation. Maman ne peut pas faire comme toi, même pas avant, quand elle n'était pas encore malade. — Elle examina attentivement Schwabe, la tête légèrement inclinée, et, le bras tendu, elle montra brusquement son visage du doigt : — Est-ce que ça vient de la guerre ?

Schwabe tressaillit : — Qu'est-ce que tu sais de la guerre ? demanda-t-il d'une voix rauque.

— Maman nous a raconté que la guerre nous a pris mon papa.

Schwabe serra les lèvres jusqu'au sang.

— Viens, dit-il avec peine. Je vais te montrer le petit faon.

Puis il prit la fillette par la main et l'emmena rapidement dans le parc.

A la fenêtre du bureau du Pr Rusch, Lisa et Frau Karutscheck suivaient la scène des yeux. Elles contemplèrent Schwabe et Barbara, et attendirent la suite des événements.

— Il est fou de l'enfant, expliqua Frau Karutscheck. Je n'aurais jamais pensé que ce serait si simple.

— Moi si. — Lisa referma la fenêtre. — Schwabe est le type même de l'homme doux et sensible. Et c'est justement parce qu'il en a conscience qu'il s'entoure d'un réseau protecteur d'insensibilité. Notre petite Barbara va bientôt lui prouver à quel point son attitude est absurde.

— J'ai peur de l'instant où il découvrira la supercherie, avoua Frau Karutscheck. Mais Lisa hocha la tête :

— Moi pas. A ce moment-là, il ne pourra même plus envisager de vivre sans cette enfant.

— Et alors ?

— Attendons ! — Lisa alluma une cigarette, mais sa main était de loin plus nerveuse que ses paroles. — Tout va s'arranger de soi-même. Pour l'instant, nous ne pouvons que regarder.

Dans les environs du lac, au milieu du parc, le petit faon s'amusait à croquer des glands que Schwabe lui avait préparés. Lorsqu'il s'aperçut de l'approche des deux visiteurs, il releva légèrement la tête, regarda attentivement la petite fille qu'il ne connaissait pas, et continua à croquer. Barbara demeura immobile, et battit des mains tant elle était heureuse.

— Comme il est beau, s'écria-t-elle. Est-ce Bambi ?

— Pourquoi Bambi ? demanda Schwabe sans comprendre.

— Pourquoi pas Bambi ? Comment s'appelle-t-il ?

— Anette.
— Pourquoi Anette, et pas Bambi ?
— Pourquoi devrait-il s'appeler Bambi ?
— Tous les petits faons s'appellent Bambi, tu ne sais pas cela, oncle Erich ? — Barbara le regarda d'un air presque fâché. Comment, un grand oncle qui ne connaît pas Bambi... — Tu ne connais vraiment pas Bambi ?
— Non, Babs.
— J'ai un livre d'images, je te l'apporterai demain, veux-tu ? Tu verras que tous les faons s'appellent Bambi. Maman aussi me l'a dit.
— Si maman l'a dit, alors c'est sûrement vrai. — Erich Schwabe fit un pas vers le faon apprivoisé et le caressa. Le petit Bambi tourna la tête vers Barbara, la posa sur son épaule et d'un geste rapide, lui lécha la main. La petite fille gloussait de joie.
— Il m'aime bien, s'écria-t-elle. — Schwabe se sentait oppressé d'émotion ; il éprouvait le besoin irrésistible de serrer la petite contre lui, de l'embrasser, de la transporter partout, de la bercer dans ses bras... « Elle pourrait être mon enfant », se dit-il et il eut l'impression que tout son corps brûlait. Elle doit lui ressembler aussi, blonde comme Ursula. Mon Dieu... je pourrais me jeter la tête contre l'arbre, je pourrais me défoncer le crâne, tellement c'est affreux et intolérable, je pourrais...
— Qui est-ce qui ne t'aimerait pas, petite Babs, dit-il d'une voix rauque. Barbara quitta le faon du regard et leva les yeux vers son compagnon.
— Est-ce que tu es enroué, oncle Erich ?
— Oui.
— Viens, j'ai des pastilles de menthe. Maman dit toujours qu'avec ça, on n'a jamais mal à la gorge.
— Tu as une maman très maligne, dit Schwabe en bredouillant.

Barbara fouilla dans la poche de son tablier ; elle en sortit une épingle à linge, un morceau de ruban, deux images multicolores froissées, et finalement un reste de crayon copieusement mâchonné. Tout à la fin apparurent les bonbons, un rouleau collant et déchiré.

— Voilà, oncle Erich, dit-elle d'un air rayonnant en présentant le rouleau. Prends-en deux tout de suite.

Erich mit les deux pastilles dans sa bouche, et il sentit ses yeux brûler. « Mince, Erich, se dit-il, ne te mets pas à hurler. » Il se criait à lui-même : « Fais un effort, maîtrise-toi. Tu ne peux pas tout de même te mettre à pleurer. Un oncle qui pleure, ça n'inspire plus le respect. »

Mais c'était plus fort que sa volonté ; il sentit que ses yeux commençaient à s'inonder, alors il se détourna et, de ses deux mains, il se pressa le visage.

— Qu'est-ce que tu as, oncle Erich ? demanda Barbara, tout en continuant à caresser le faon et à lui offrir des glands dans le creux de sa main.

— J'ai attrapé une mouche dans l'œil, Babs, répondit Schwabe avec peine. Attends, je vais l'enlever tout de suite.

— Maman aussi m'a dit souvent qu'elle avait attrapé une mouche dans l'œil, dit la petite fille en caressant le faon entre les oreilles. Mais en réalité, elle pleurait vraiment, je l'ai bien vu, tu sais, oncle Erich.

« Mon Dieu, mon Dieu, pensa Schwabe, cette enfant me met en loques, mais c'est une souffrance unique et délicieuse. »

Ils retournèrent vers le jardin en compagnie du petit faon, puis entrèrent dans la serre, où pendait toujours le vitrail du Roi des Grenouilles.

— Comme c'est joli ! s'écria Barbara de nouveau lorsqu'elle se trouva juste devant. Le Roi des Grenouilles. Et ça, c'est une vraie petite princesse. Bien plus jolie que dans mon livre à moi. Où l'as-tu eue ?

— Je l'ai peinte moi-même.

— Toi ? Tu sais faire cela, oncle Erich ?

— Oui.

— Tu sais faire une princesse ?

— Oui.

— Et sais-tu aussi faire un roi ? Ou un enchanteur ? Une sorcière ? Blanche-Neige ? Et les petits nains ? Et le loup avec le petit chaperon rouge ?

— Je sais faire tout ce que tu veux, Babs.

Barbara approuva d'un grave signe de tête. — Demain, je t'apporterai tous mes livres, et tu me montreras comment on fait, hein ?

Ce fut au tour de Schwabe d'approuver d'un signe de tête, sans répondre. Il se contenta de caresser les boucles blondes de l'enfant, tout en songeant à une autre petite fille qui devait être à peu près du même âge que celle-ci et qui devait grandir n'importe où, et à qui on devait répondre, quand elle posait une question trop insistante : « Ton papa n'est jamais revenu à la maison, après la guerre. » Et cette autre petite fille n'avait personne pour lui peindre une princesse ou les sept petits nains.

Aux environs de midi, Frau Karutscheck vint rechercher Barbara en remerciant Schwabe de son amabilité ; elles emballèrent le vitrail dans un grand papier, et Barbara fit des signes à son grand ami, de la fenêtre de l'autobus, jusqu'à ce qu'il eût disparu dans le grand virage, derrière la forêt.

Et Schwabe eut vraiment l'impression qu'avec le départ de Barbara la journée s'était chargée d'un poids impossible à traîner, qui ne s'envola que le lendemain, lorsqu'il entendit la petite voix claire retentir à travers le parc.

Pendant deux semaines, l'enfant vint tous les jours au château, et repartit toujours à Bernegg par l'autobus de midi. Et tous les jours, Erich Schwabe prépara une nouvelle surprise pour Barbara, pour l'unique plaisir d'entendre l'éclat heureux de la petite voix claire, pour voir étinceler les yeux bleus, et pour sentir les petits bras doux autour de son cou.

A ces minutes-là, Erich Schwabe se sentait aussi rempli d'une joie débordante.

Il avait fabriqué un petit rateau pour Barbara et ils soignaient côte à côte les massifs de fleurs, ou nettoyaient la serre, ramassaient les mauvaises herbes arrachées, ou ratissaient les pelouses fraîchement tondues ; ils arrosaient aussi les plates-bandes, Schwabe avec le grand tuyau, et Barbara avec un petit arrosoir multicolore.

Ils s'arrêtaient aussi souvent de travailler, et, pendant ces pauses, Schwabe continuait à peindre les contes de fées sur des vitraux. Il dessinait seulement les contours, et c'était Barbara qui mettait la peinture, gravement, conduisant le pinceau entre ses petits doigts, avec une sûreté étonnante, et choisissant les mélanges de couleurs avec un sens aigu de la beauté.

— Tu sais, le vitrail a beaucoup plu à maman, dit-elle un jour. Je le lui ai montré.

— Lequel ?

— Celui du Roi des Grenouilles.

Le jour de congé de Frau Karutscheck était pour Schwabe le jour le plus long de la semaine. Il donnait ce jour-là l'impression de rendre le monde entier responsable de ce qu'il ne pût voir Barbara. La plupart du temps, il se vengeait d'ailleurs sur les haies qu'il taillait d'une manière tellement brutale et radicale qu'un jour Lisa remarqua : « Cette fois, il vient d'anéantir trois années de pousse ! »

Et brusquement, Barbara ne vint plus du tout.

C'était le milieu de la semaine, et Erich regardait la pendule avec étonnement : il entendit les neuf coups de l'horloge de Bernegg, sans voir apparaître Frau Karutscheck.

— Elle a dû le manquer, dit-il tout haut tout en nettoyant les allées du parc et en faisant des petits tas avec la mauvaise herbe. Le prochain bus arrive à 10 heures.

Mais à 10 heures, pas de Barbara non plus. Ce n'était pas non plus le maudit jour de congé, car Erich Schwabe s'était renseigné. Il s'était donc certainement passé quelque chose qui empêchait Barbara de venir.

Il n'osa pas se renseigner tout de suite auprès de

Lisa, pour ne pas se couvrir de ridicule ; mais toute la journée, il se sentit inquiet ; il bavarda avec quelques blessés, rechigna contre d'autres qui avaient laissé tomber des papiers dans les allées du parc au lieu de se servir des corbeilles placées contre les arbres à cet effet, et le soir venu, Schwabe alla chercher quelques bouteilles de bière à la cantine de la clinique pour noyer son excitation intérieure dans l'alcool.

Le lendemain matin, à 9 heures, Schwabe faisait le planton à l'entrée du château, et attendait l'autobus de Bernegg. Celui-ci arriva, s'arrêta, quelques voyageurs en descendirent, — des visiteurs pour la clinique — l'autobus repartit... Mais Frau Karutscheck et Barbara ne vinrent point.

Erich Schwabe se rendit immédiatement compte qu'il ne pouvait pas supporter plus longtemps cette incertitude. Il courut jusqu'au bureau de Lisa et frappa à la porte. Lorsqu'il se présenta, hirsute et l'air complètement affolé, la doctoresse lui fit un signe de tête amical.

— Ne posez pas de question, Schwabe, dit-elle avant même qu'il ait pu ouvrir la bouche. Barbara est au lit, elle est malade. Et d'ailleurs, sa mère est maintenant suffisamment remise pour pouvoir s'occuper elle-même de l'enfant.

— Malade ? marmonna Schwabe.

— La rougeole.

— Est-ce que... est-ce que c'est grave ?

Lisa se mit à rire : — Allons, Schwabe. La rougeole. Vous l'avez eue vous aussi, quand vous étiez enfant. La fièvre est assez élevée durant les premiers jours.

— La fièvre est élevée..., répéta-t-il à voix basse.

— Dans trois semaines, elle recommencera à courir.

— Seulement dans trois semaines ? — Schwabe se passa la main sur la figure. — Est-ce que je... est-ce que je peux aller la voir, docteur ?

— Pourquoi pas ? Elle en sera certainement enchantée.

— Est-ce qu'on n'interprétera pas mal... je veux dire, sa mère, Frau Karutscheck, les voisins ?

— Allons, Schwabe. — Lisa secoua la tête d'un air sévère. — Depuis quand avez-vous de telles idées ? Vous êtes bien l'oncle Erich de Barbara, n'est-ce pas ? Personne ne pensera que c'est pour Frau Karutscheck, ou pour la mère de la petite que vous...

Schwabe inclina la tête : — Alors, j'irai demain, docteur. Où habite cette... comment s'appelle-t-elle, au fait ?

— Barbara habite Wacholderweg, n° 14. Vous trouverez tout de suite la maison. C'est une maison blanche avec des poutres apparentes noires, toute neuve. Devant la porte, dans le jardinet, vous verrez tout de suite un banc de jardin de couleur rouge criarde. Son éclat vous hypnotisera de loin, vous verrez.

Le soir même, et pendant la moitié de la nuit, Schwabe bricola et peignit. Il se coucha seulement à l'aurore, et dormit trois heures d'une manière très agitée, en se retournant sans cesse dans son lit. Il partit à Bernegg avec l'autobus de 10 heures, emportant sous son bras un gros paquet contenant des vitraux multicolores, de toute beauté, racontant les histoires qu'aimait la petite fille, trois grosses grappes d'un raisin noir splendide, et une bouteille de jus de groseille qu'il avait fabriqué lui-même.

Devant la poste de Bernegg, il consulta le plan de la ville, et chercha le Wacholderweg. Il le découvrit enfin, loin du centre, dans un quartier neuf, situé entre les collines. Sans le savoir, il était passé devant ce quartier en autobus.

Schwabe s'acheta un quart de vin et le but à petits coups lents. Tout d'un coup, il sentit une sueur froide l'envahir ; un problème se posa à lui, auquel, jusqu'à présent, il n'avait pas songé : que se passerait-il si, sur le chemin de Wacholderweg, il rencontrait sa mère ou sa femme ? Il était possible qu'elles habitassent encore à Bernegg, il n'en savait rien, et depuis un an, il n'avait plus posé aucune question à ce sujet. Il se pouvait aussi que Karlheinz Petsch les ait emmenées de nouveau à Cologne, car il était maintenant un grand homme, un millionnaire, le propriétaire d'un supermarché construit et installé à la manière américaine. Peut-être était-il en train de jouer avec Erika dans un jardin sous les yeux attendris d'Ursula.

A cette pensée, l'amertume envahit Schwabe. Il reprit conscience de sa misère sans nom, de son isolement, de sa solitude, de son désir de revoir son enfant, dont Barbara était devenue le symbole.

Si je les rencontre, se dit-il avec hargne, je passerai devant elles comme un étranger. Parfaitement, c'est ce que je ferai. Si elles sont encore ici... je ne les verrai pas. Et si elles m'appellent, je serai sourd.

Il paya son vin, et reprit le chemin qui devait le conduire auprès de Barbara.

Il ne rencontra aucune figure de connaissance. Un instant seulement, il s'immobilisa devant l'école ; à travers les fenêtres ouvertes, il entendit les questions que posait l'instituteur, et les claires réponses des enfants.

Les souvenirs affluèrent. Dans la classe n° 1, le bureau du major Braddock. Dans la classe n° 2, la première rencontre avec Ursula. Le voyage qui les conduisit là-haut, jusqu'à la villa de l'industriel en fuite, Hubert Wolfach, et la première nuit... une jeune femme blonde et amoureuse, et un monstre humain, sans visage, une gueule sans nez et sans bouche, à la tête recouverte de bandes de leucoplast, pour atténuer un peu l'horreur de cette vision. Une jeune femme qui pourtant n'hésita pas à l'embrasser et à lui dire : Je t'aime..., et qui pourtant aussi l'avait trompé jusqu'au plus profond de lui-même avec un homme dont le visage pouvait encore sourire.

Combien de temps s'était-il passé depuis ? Et

pourtant, comme le souvenir était encore vivant en lui, en cette minute particulièrement, devant cette école, cette cour dans laquelle on parquait les jeeps des Américains.

Il entendit la cloche de l'école. Récréation. Schwabe entendit les claquements d'une foule de pieds et les bruits des pupitres. Alors, il s'empressa de poursuivre son chemin, tête baissée, fixant la poussière de la route que ses pieds soulevaient en marchant.

C'est passé, se dit-il. Je m'en suis sorti, de cette fournaise. Cela ne me fait même plus mal d'y penser. Et en se disant cela, il sentit clairement combien il se mentait à lui-même, profondément et sans espoir.

Au bout d'une demi-heure de marche, il aperçut les maisonnettes entre les collines. Il vit tout de suite la maison neuve et blanche avec les poutres de bois noir et, comme l'avait expliqué Lisa, le banc d'un rouge éclatant l'éblouit au premier regard.

Il commença à allonger le pas, et finalement arriva à la maison en courant. Devant la porte du jardinet, il reprit son souffle et leva les yeux vers le premier étage : les fenêtres étaient ouvertes ; c'était une chaude journée de fin d'été, et on sentait dans tout son corps qu'un orage allait éclater.

Erich Schwabe fixa les fenêtres d'un regard intense ; il entendit soudain une petite voix douce et plaintive : « Maman ! Maman, j'ai soif... maman... »

Barbara.

Pourquoi la maman ne répondait-elle pas à l'appel de la petite ? Pourquoi laissait-elle cette enfant malade appeler aussi longtemps ? Etait-elle partie faire des courses ? Peut-être l'enfant était-elle toute seule à la maison.

— Barbara, cria Schwabe tout haut. Babs, je suis là, oncle Erich. J'arrive tout de suite et je t'apporte quelque chose à boire.

Il arracha la porte de ses gonds, et courut vers l'entrée de la maison. En bas de l'escalier, il resta immobile et jeta un coup d'œil sur le palier du premier étage, sur lequel de nombreuses portes s'ouvraient.

— Babs, cria-t-il encore. Où es-tu ?

— Ici, oncle Erich, ici !

Schwabe escalada l'escalier quatre à quatre, en suivant la direction de la voix, et ouvrit la porte d'un coup brusque. Il aperçut une grande chambre d'enfant. Sur les murs étaient suspendus toutes ses peintures sur verre, tous les contes qu'il avait racontés en couleurs pour Barbara, et au milieu de ces couleurs lumineuses, Barbara était couchée dans un petit lit blanc, le visage rouge de fièvre et couvert de plaques.

— Me voici, Babs, dit Schwabe en déballant ses trésors. Il remplit un verre de jus de groseille, le posa sur la table de nuit, à côté de la petite malade, puis il la releva et la soutint, tandis qu'elle buvait d'un air goulu tout en le regardant de ses grands yeux reconnaissants et remplis de joie. Il l'étendit de nouveau sur l'oreiller et remit la couverture en place, sur le petit corps brûlant de fièvre.

— Où est donc ta maman ? demanda-t-il. Est-elle sortie ?

— Non, elle était là il y a une minute, oncle Erich.

— Peut-être est-elle en bas, dans le jardin ?

— Je ne sais pas.

Schwabe caressa le visage rouge et brûlant. Il sentait en lui une tendresse infinie pour cette petite. Je reste assis près d'elle, jusqu'à ce qu'elle soit guérie, se dit-il. Les fleurs, le jardin, les oiseaux, tout cela peut attendre. Il faut que je reste ici et que je surveille pour être sûr que la maladie ne va pas empirer.

— Maintenant, je reste ici, dit-il tout haut. Tu ne seras plus jamais toute seule, si maman doit sortir. Au fait, elle devrait être revenue maintenant...

— Pourquoi ? interrogea une voix derrière lui. Maintenant, enfin, papa est revenu.

Erich Schwabe courba le dos sous le coup d'assommoir. Puis il se releva en vitesse, repoussa la chaise, et trébucha vers la porte. Au milieu de la chambre se trouvait Ursula, debout, mince, blonde, avec de grands yeux bleus et tristes, telle qu'elle avait toujours été, d'une beauté fragile, qui attire et cherche protection.

— Qu'est-ce... qu'est-ce que cela veut dire ? demanda Schwabe d'une voix sans timbre. Que fais-tu ici ? Comment es-tu entrée ? Où est la maman de Barbara ?

— Bonjour, Erich, répondit Ursula d'une voix à peine intelligible.

— C'est lui, s'écria Barbara du fond de son petit lit. C'est lui, oncle Erich, maman.

Schwabe était retourné près du lit de Barbara, et il se tenait là, raide, incapable de faire un mouvement, pouvant à peine retenir sa respiration.

— Tu es... — Sa voix s'éteignit. Une petite main chaude le chercha, du fond du lit. Il prit la petite main, la serra contre lui et se rendit compte à quel point il tremblait. — Mais... Barbara, bégaya-t-il.

— Elle s'appelle Erika-Barbara-Helga Schwabe. Nous l'appelons couramment Barbara parce que... parce que ce prénom plaît tellement à ta mère.

— Maman... — Schwabe serra la petite main chaude contre lui, et la caressa du bout de ses doigts. — Où est-elle ?

— En bas. Elle n'ose pas monter. Elle a peur que tu ne la chasses.

— Peur ? Ma mère ? — La voix de Schwabe mourut encore une fois. — Suis-je donc un monstre ?

— Oui.

Il baissa la tête, et s'effondra sur la chaise. Les petites menottes quittèrent sa grosse main, mais aussitôt deux petits bras minces se précipitèrent à son cou, et une petite tête humide de transpiration se colla contre son visage.

— Pourquoi donc es-tu si triste tout d'un coup, oncle Erich ?

Un nouveau tremblement parcourut tout le corps

d'Erich. Il jeta les bras autour du corps de Barbara et la serra passionnément contre lui.

— Elle t'appelle oncle, dit Ursula. C'est dire à quel point tu es un monstre.

— Ursula ! s'écria Schwabe. — Tout d'un coup, tout ce qu'il avait échafaudé depuis trois ans se brisa en mille miettes. Il serra la petite fille avec toute la force désespérée d'un noyé qui s'accroche à une planche de salut ; et il embrassa le petit visage mouillé et fiévreux sans pouvoir se retenir, sans pouvoir s'arrêter, et finalement, il se mit à pleurer, et tout en sanglotant il palpait le visage de son enfant, comme un aveugle qui voulait se rendre compte par le toucher de toutes les bosses, de tous les creux, de toutes les aspérités et les rondeurs, qui, pour lui, étaient invisibles.

— Maman, regarde... il a encore une fois attrapé une mouche dans l'œil, s'écria Barbara en se libérant des bras de Schwabe. — Mais cette fois, il pleure vraiment, comme toi.

Et Schwabe posa son front sur les barreaux du petit lit blanc et continua à pleurer sans la moindre honte.

Une heure plus tard, la voiture du Pr Rusch s'arrêta devant le 14 du Wacholderweg. Lisa en descendit et leva les yeux vers les fenêtres ouvertes au premier étage. Puis elle se pencha et ouvrit la portière de la voiture.

— Tout est bien silencieux là-haut, dit-elle. Pour la première fois, je t'assure que j'ai vraiment peur, Walter.

— Allons-y voir de plus près, dit Rusch en sortant de la voiture et en laissant claquer bruyamment la portière. On devait avoir entendu le bruit dans la chambre de Barbara, mais rien ne bougea.

Rusch évita de regarder Lisa. Il pensa au cas de Oster, et à toutes les sottises qu'un homme est capable de commettre quand il est désespéré. Lisa Rusch retint son mari par le bras au moment où il voulut franchir la porte grande ouverte du jardin pour entrer dans la maison.

— Et si nous avions fait une bêtise, Walter ? J'en aurais un sentiment de culpabilité pour le restant de mes jours.

Mais Rusch secoua la tête.

— Nous avons fait pour le mieux.

Ils pénétrèrent dans la maison et montèrent lentement l'escalier conduisant au premier étage. Personne ne vint à leur rencontre. Devant la porte de la chambre d'enfants, Lisa hésita de nouveau à baisser la poignée. « Qu'est-ce que nous allons trouver derrière cette porte ? » pensa-t-elle, et malgré la chaleur moite qui régnait, elle frissonna.

Rusch posa sa main sur celle de sa femme et appuya sur la poignée d'un air décidé. Puis ils restèrent tous deux immobiles sur le seuil, examinèrent d'un coup d'œil toute la chambre et se regardèrent d'un air soulagé et en souriant.

Autour du lit de Barbara, Erich, Ursula et Frau Hedwig Schwabe étaient assis, en demi-cercle, et ils se tenaient tous par la main : un mur de protection autour de l'enfant qui dormait, un léger sourire flottant sur son visage. Ursula tourna la tête vers la porte, et son sourire reflétait tant de bonheur, qu'il était inutile de poser la moindre question.

— Elle dort, dit-elle à voix basse. Elle s'est enfin endormie il y a dix minutes environ, mais elle fait toujours beaucoup de fièvre.

Le Pr Rusch s'approcha sans bruit du petit lit, pour examiner la malade.

— Nous n'avons fait que passer pour avoir des nouvelles d'Erika.

Il disait « Erika » exprès, et, en se penchant sur le lit, il posa ses deux mains sur les épaules de Schwabe.

— Je vais vous confier encore quelques suppositoires, monsieur Schwabe. Et bien sûr, jusqu'à la guérison complète de votre enfant, je vous accorde un congé exceptionnel.

Schwabe chercha la main de Rusch et la serra sur son épaule.

— Vous étiez au courant de tout, n'est-ce pas, monsieur le professeur ?

— Naturellement. On aurait pu vous découper en petits morceaux, que vous n'auriez pas accepté d'échanger le moindre mot avec votre femme ou votre mère. Mais l'enfant... — Rusch serra les mains de Schwabe. — Mon cher ami... Je voudrais bien voir les gens qui n'oublieraient pas tous leurs griefs devant le sourire d'un enfant ou le regard de ces grands yeux bleus, pour retrouver un peu de leur âme d'enfant.

— Et qui est Frau Karutscheck ?

— Une amie de votre femme. Elle est d'abord venue en tant que cliente pour l'atelier de couture, puis les deux femmes se sont liées d'amitié. Emmi Karutscheck est assistante sociale à Würzburg. Votre femme, Schwabe, a souffert pendant deux semaines d'une inflammation nerveuse des bras... Toujours à la machine à coudre, c'était vraiment trop pour cette petite femme, vous comprenez. Et la grand-mère n'a pas pu faire tout le travail à elle toute seule. Alors nous avons été chercher Frau Karutscheck pour qu'elle s'occupe de la petite fille et ce fut alors que nous avons formé le projet de vous amener Erika. L'enfant ne savait rien, bien sûr. Jusqu'aujourd'hui, vous avez été le gentil oncle Erich pour elle.

Schwabe resta debout, sans répondre ; puis il s'écarta légèrement du lit. On voyait bien qu'il avait honte et qu'il cherchait des mots pour expliquer ou pour remercier. Il tendit la main à Lisa, et c'était un geste tellement naïf que la doctoresse la prit et la caressa doucement de sa main libre.

— Je... je suis vraiment un imbécile, docteur, dit-il très bas. Je ne mérite pas ce bonheur.

— Allez-vous recommencer maintenant ? répliqua Lisa d'un ton bourru. Vous avez retrouvé votre visage, du moins aussi convenable que possible. Vous avez une épouse et une mère qui seraient prêtes à décrocher la lune pour vous. Et vous avez l'enfant la plus ravissante qu'un père peut souhaiter.

— Une si belle enfant et un père aussi laid.

— Schwabe, je vous en allonge un dont vous vous souviendrez, si vous continuez à parler sur ce ton, dit Lisa, et Schwabe savait qu'elle en était capable. Il releva la tête en souriant, et lui tendit son nouveau visage encore strié de cicatrices rouges ; puis il mit les mains dans le dos.

— Frappez, docteur, dit-il d'une voix enrouée. Je vous en prie, frappez. Et n'hésitez pas à frapper du poing, je l'ai mérité.

— Je n'ai nulle envie de détruire l'œuvre de mes mains ! s'écria Lisa en riant et en repoussant Schwabe. — Cela vous conviendrait-il ? Encore un stage de trois ans pour avoir votre troisième visage. Non, mon cher, le château Bernegg vous est fermé désormais. Votre femme et votre fille ont besoin de vous. Ou bien est-ce que votre femme doit continuer à se piquer inlassablement le doigt, alors qu'elle a là un mari qui est capable d'arracher des arbres ?

— Nous en avons déjà discuté, intervint Ursula, en recouvrant Erika qui avait remué en dormant. Nous restons ici au début ; car nous avons tout vendu à Cologne. Et je ne voudrais pas non plus que... Non, il faut que nous recommencions tout depuis le début. Nous sommes encore jeunes.

Frau Hedwig Schwabe chassa une mouche qui s'était posée sur la tête de l'enfant et pensa, comme toujours, aux choses pratiques, en femme sensée :

— Comment allons-nous expliquer à la petite que l'oncle Erich, brusquement, est devenu son papa ?

Lisa Rusch regarda son mari d'un air interrogateur ; elle non plus, n'avait pas d'idée.

— Tu as étudié aussi la psychologie, Walter, dit-elle. C'est vraiment un problème.

Le Pr Rusch regarda le long des murs et contempla les vitraux peints par Schwabe.

— Vous devriez peindre un nouveau conte, dit-il

lentement. L'histoire d'un papa mobilisé et à qui la guerre a pris le nom et le visage.

— Ce n'est pas un conte. C'est la vérité la plus horrible qui puisse exister.

— Pour l'enfant, il faut que ce soit un conte ; il faut bien qu'elle croie aux miracles !

Frau Schwabe regarda son fils comme seule une mère peut contempler son enfant : — Est-ce que ce n'était pas un miracle ? dit-elle tout bas.

— Non, répondit le Pr Rusch avec une brusque dureté dans la voix. Pendant quatre ans, nous avons poli un visage qui a été détruit en une seconde. Nous avons eu des centaines de visages de ce genre entre les mains et, partout, on n'entendait parler que de corps déchirés et recousus, de bras et de jambes coupés ; deux millions d'invalides de guerre portent avec eux, partout où ils vont et sans pouvoir s'en débarrasser, les marques de la guerre. Et pourquoi ? Est-ce que le monde en est devenu meilleur ? A-t-on appris quelque chose de toute cette souffrance ? A-t-on jeté toutes les armes dans les mers, ou les a-t-on brûlées dans les volcans ? Au contraire... Maintenant, on joue avec l'atome, comme un jongleur avec ses balles. Et le jongleur de l'Est est jaloux parce que celui de l'Ouest s'amuse avec une balle plus grosse que la sienne, et vice versa. Et un jour viendra où ils se jetteront leurs balles à la figure comme des gosses qui crient : moi, je veux la plus grosse ! — Rusch regarda le petit lit blanc et l'enfant qui ne cessait de s'agiter dans son sommeil peuplé de rêves enfiévrés.

— C'est cette triste vérité que vous allez raconter à l'enfant, Schwabe, quand elle sera capable de penser. Maintenant, vous devez peindre seulement un conte, celui de l'oncle Erich qui est devenu le papa revenu de la guerre avec un nouveau visage. — Il prit sa femme par la main, et l'entraîna vers la porte. — Bien, et maintenant, nous devons partir. Et surtout, qu'il ne vous prenne pas l'envie de reparaître au château avant deux semaines ; d'ailleurs, à ce moment-là, uniquement pour venir chercher vos papiers d'exeat et vous faire faire un examen de sortie.

— Monsieur le professeur, commença Schwabe en bredouillant, les fleurs... et le faon ?

— C'est compris ? hurla Lisa Rusch comme avant, lorsqu'elle s'appelait encore Lisa Mainetti. Schwabe sursauta ; il leva les mains et la tête :

— Très bien, docteur, cria-t-il.

Dans son petit lit, Erika s'éveilla et regarda autour d'elle avec de gros yeux encore à moitié endormis.

— L'enfant, reprocha Frau Hedwig. Cette fois, vous l'avez réveillée.

— Vous voyez, Schwabe, ajouta Lisa en faisant un clin d'œil à Erich, nous deux, nous avons encore pas mal à apprendre pour devenir un parfait papa ou... une parfaite maman.

En bas, dans la voiture, Rusch retint sa femme au moment où elle se préparait à monter.

— Qu'est-ce que signifiait cette remarque ? interrogea-t-il.

Lisa se laissa tomber sur les coussins et tira sa jupe sur ses genoux. De l'autre main, elle écarta les cheveux qui lui tombaient sur le front.

— Tu es peut-être un grand chirurgien plastique, dit-elle en riant. Mais tes possibilités de diagnostic semblent se limiter au menton...

Rusch fit hurler le moteur, et il fonça à toute allure vers Wüzburg, tout en chantant malgré le bruit avec une bouche grande ouverte, comme un gamin amoureux.

Vers la fin de l'automne, il arriva deux lettres au château Bernegg.

La première avait parcouru de nombreux kilomètres avant d'arriver à destination. Elle avait été écrite à New Orleans, et mise à la boîte aux lettres à New York. L'adresse de l'expéditeur : James Braddock, président des IAFC.

La deuxième portait l'en-tête d'un organisme de

l'administration allemande, et était destinée à Erich Schwabe.

Depuis deux semaines, la vieille chambre B/14 hébergeait un nouvel hôte, qui dans l'espace de trois jours avait tellement bien réussi à concentrer sur lui l'attention des autres malades, que chacune de ses entrées était marquée de grands cris de triomphe : Paul Zwerch, le Berlinois et cabarettiste, qui venait faire faire quelques rectifications.

— Mais seulement un tout petit morceau, docteur, dit-il à Lisa au cours du premier examen. Le côté gauche de la mâchoire inférieure sort toujours de ses gonds, quand je fais comme ça... — Et joignant le geste à la parole, il ouvrit une énorme bouche, on entendit un bruit sec, et la mâchoire inférieure resta de travers. Il montra sa bouche de son index et bredouilla entre ses lèvres disjointes : — Voilà, ça fait toujours comme ça.

D'un geste sec, la doctoresse remit la mâchoire dans son articulation et commença à palper toute la région distendue.

— On l'a faite trop juste, docteur, dit le Berlinois en faisant remuer avec beaucoup de précaution sa mâchoire dans tous les sens. Elle sort toujours.

— Qui aurait pu penser aussi que vous aviez une aussi grande gueule, Zwerch, répondit Lisa en riant. Sinon, je vous aurais construit un énorme boudin comme à Wastl... Allons, nous verrons bien ce qu'en pensera le professeur.

Paul Zwerch apporta le courrier dans le bureau de Lisa, car, dans les trois premiers jours, il s'était lui-même promu au rôle de facteur de la clinique. Il fit tournoyer la lettre de Braddock dans les airs avant de la remettre à Lisa.

— Le bon vieux major, dit-il. Si je puis me permettre de vous demander les timbres, docteur. J'en fais justement collection.

En bas, à Bernegg, Schwabe aussi ouvrit sa lettre ; puis il la lut et hocha la tête, la relut et la passa à Ursula.

— Eh bien ! Il ne manquait plus que ça, dit-elle après l'avoir lue.

« Après examen de vos papiers de maladie, qui nous ont été transmis par l'administration des hôpitaux, il nous est apparu que vous aviez passé deux ans et quatre mois en traitement dans une clinique, sans raison et sans justification.

Il y avait déjà longtemps que les fonctions essentielles de votre visage, à savoir, mâcher, avaler, et tout le système sensitif, avaient été remises en état. Mais malgré cela, vous êtes resté à l'hospice du château Bernegg, en traitement constant, pour vous faire faire des opérations qui relèvent de la pure esthétique.

L'administration de l'hospice Bernegg ne prend en charge que la remise en état des fonctions essentielles, et non pas les opérations esthétiques. De telles opérations sont à supporter par le malade lui-même ; elles ont valeur de traitement privé. Nous avons fait le compte des frais qui vous incombent pour votre séjour de vingt-huit mois au château Bernegg, à raison de douze deutsch-marks par jour, ce qui donne un montant de dix mille quatre-vingts deutsch-marks (10 080 DM).

Nous vous prions de bien vouloir verser cette somme à l'un de nos comptes ci-dessus indiqués, dans le plus bref délai. »

von Ritter

Copie envoyée au Pr Rusch.

Ursula reposa la lettre avec précaution sur la table, comme si c'était un objet précieux.

— Et maintenant ? interrogea-t-elle avec anxiété.

Schwabe fixa un point du plancher, droit devant lui.

— La vie est redevenue exactement comme avant, dit-il sourdement. Et maintenant nous recevons la lettre de remerciement de la mère-patrie. — Il se passa la main sur les yeux. — C'est maintenant devenu un crime que d'avoir un nouveau visage.

— Mais... mais ce n'est pas possible, Erich !

— C'est écrit noir sur blanc : seulement les fonctions essentielles. Je connais cette expression depuis longtemps. — Il reprit la lettre en main et la replia. — Je vais aller trouver le Pr Rusch. Allons, nous recommencerons tout depuis le début. L'Allemagne est un pays où règne l'ordre, ma chérie. Rien ne change ici, pas même quand on a dû pleurer six millions de morts...

11

LORSQUE Erich Schwabe se fit annoncer chez le Pr Rusch, il fut introduit immédiatement. Lisa était assise sur le côté du bureau, et elle remplissait des fiches de maladie.

— Je sais pour quelle raison vous venez me trouver, dit Rusch avant même que Schwabe ait tiré la lettre de sa poche. Cette lettre stupide qu'on vous a adressée... Moi aussi, j'en ai reçu une copie. Ne vous faites pas de souci, tout cela va s'arranger.

Schwabe hocha la tête en souriant, mais son sourire trahissait son inquiétude et son incrédulité.

— Où voulez-vous que je trouve dix mille marks, monsieur le professeur ?

— N'en parlons pas. Si vous aviez vraiment cette somme d'argent, je vous dirais : placez-la intelligemment.

— Vous, peut-être, monsieur le professeur. Mais ces gens de...

— Je vais arranger cette histoire.

— On va certainement présenter des textes écrits...

— Sûr. Mais il y a des exceptions, et vous en êtes une.

— Il n'y a pas d'exceptions dans les textes écrits.

Vous verrez, monsieur le professeur. — Schwabe jouait avec ses doigts, toute son attitude reflétait l'angoisse. — Si au moins nous pouvions obtenir une remise, ou une possibilité de règlement à crédit, et à long terme.

Le Pr Rusch frappa énergiquement sur son bureau du plat de la main.

— Non, nous ne demanderons rien. C'est moi qui suis chargé et capable de faire la différence entre la « remise en état des fonctions essentielles » et « une opération purement esthétique ».

— Bien sûr, monsieur le professeur. — Erich Schwabe considéra le Pr Rusch d'un air où se lisait un peu de pitié condescendante. — C'était exactement la même chose avec la commission de l'armée, mais cela ne vous a pas réussi. Il est vrai que c'était la guerre. Maintenant, c'est différent, n'est-ce pas, monsieur le professeur ? Maintenant, ce sont les fonctionnaires de l'administration qui décident de ce qui est juste ou pas. Et il n'y a plus rien à craindre par-derrière, et tous les gens sont déjà repus. Tout prend un autre aspect dans ces conditions. Pendant le règne de l'Empereur, on avait peur des bureaux officiels ; sous Hitler, on avait peur des uniformes bruns. Et maintenant, le règne des bureaux officiels revient. Depuis toujours, il est vrai, l'Allemagne tourne en rond.

— Il a raison, intervint Lisa.

Le Pr Rusch leva la tête. Il prit son carnet de rendez-vous, l'examina attentivement. Puis d'un coup sec, il le referma et se leva.

— J'ai encore une demi-heure avant l'expertise, dit-il. Je cours immédiatement à l'administration. Dans une demi-heure, nous aurons tout réglé. Attendez ici, Schwabe, s'il vous plaît.

D'un pas décidé, Rusch quitta son bureau. Schwabe attendit que la porte fût refermée derrière lui, puis il s'assit et serra ses mains entre ses genoux.

— Il n'a pas cessé d'être optimiste, dit-il d'un air admiratif. Lisa approuva d'un signe de tête.

— Il s'est construit une philosophie épouvantable, mais qu'on doit lui pardonner, dit-elle. « Nous avons survécu à une dictature, dit-il. Nous avons survécu à la guerre la plus effroyable de tous les temps, aux années de famine. Et maintenant, nous avons une vraie démocratie... et maintenant, enfin, l'Allemand peut espérer devenir européen... » Et dans son bonheur d'être redevenu un homme libre, il le voit par le rapide gonflement de l'hydrocéphale qu'est la bureaucratie. Même en ce moment, il croit encore à la personnalité libre et à la puissance de persuasion de la vérité.

— Je n'aurais pas dû venir, docteur, murmura Schwabe. Mais je ne savais plus où donner de la tête. Où voulez-vous que je trouve ces dix mille marks ? — Il soupira et se passa les deux mains sur le visage. — Est-ce que vraiment, j'ai trompé l'Etat en me faisant refaire un nouveau visage ?

La doctoresse serra les lèvres : — Schwabe, dit-elle d'une voix rauque. Quoi qu'il arrive, nous allons engager un procès à sensation. Vous ne paierez pas un pfennig pour votre visage détruit et recréé.

Dans le bloc A, le directeur administratif de l'hôpital du château Bernegg était confortablement installé au fond d'un fauteuil de cuir et examinait gravement le Pr Rusch qui faisait tournoyer la lettre au-dessus de sa tête, et manifestait la plus grande agitation et la plus grande fureur. On aurait cru qu'il s'éventait, tant l'atmosphère l'étouffait.

— Cette réclamation est justifiée, monsieur le professeur, dit le directeur.

— C'est une infamie, s'écria Rusch. Exigez-vous qu'un homme se promène avec la gueule d'un monstre ? Qu'est-ce que ça signifie, les fonctions essentielles ? Ce n'est pas suffisant que le visage retrouve un nez et deux oreilles, des lèvres et un menton, qu'il lui soit donné de mâcher et d'avaler. Pour moi, les fonctions essentielles comportent aussi un minimum d'esthétique.

— Pour vous, monsieur le professeur. Vous avez probablement une vue de la question légèrement plus généreuse que le bureau financier de l'hôpital. — Le directeur administratif posa la lettre avec précaution sur le bord de son bureau. — Evidemment, l'homme ne doit pas se promener avec l'apparence d'un monstre préhistorique. Mais avant de lui refaire une beauté, il serait plus logique d'en étudier les frais.

— Vous avez dit « une beauté » ? répliqua Rusch presque à voix basse, d'un air dangereux. Est-ce que vous avez vraiment prononcé le mot « beauté » ?

— Ne nous laissons pas emprisonner par de simples mots. Vous savez ce que je veux dire. Allons : il s'agit de mettre une question au point : qui va payer ? Les services de l'hospice ? Ils ont refusé. La caisse de maladie ? Elle a refusé. Tous les deux sont unanimes à dire qu'il s'agit de rectifications esthétiques du visage. — Il leva les deux bras et regarda Rusch d'un air véritablement désolé. — Je ne peux rien y changer. Je suis seulement chargé de récupérer l'argent. On a engagé Schwabe comme jardinier et gardien du château ; il avait une chambre à sa disposition, sans payer ; il était nourri aussi gratuitement. et recevait un salaire de... C'est une autre question. — Le directeur administratif se pencha vers Rusch. — Voyez-vous, voilà un excellent exemple : *nous* payons un salaire à M. Schwabe pour les services qu'il nous rend, etc. D'un autre côté, nous lui réclamons aussi le paiement des services que *nous* lui rendons. D'une part, il était notre jardinier et notre gardien, et d'autre part, il était notre malade. Il faut savoir séparer les deux choses...

— Alors, si je comprends bien, rien n'est changé : Schwabe doit payer dix mille marks.

— Rien n'est changé, nous devons rentrer dans nos frais. Comme ni la caisse de maladie, ni une autre organisation... A moins que... Voulez-vous payer vous-même, monsieur le professeur ?

Rusch se leva d'un mouvement brusque.

— C'est moi qui suis allé chercher Schwabe, c'est moi qui l'ai amené à la clinique, et c'est moi qui l'ai soigné gratuitement pendant toutes ces années.

— Votre générosité est universellement connue, professeur.

— Et je ne me laisserai jamais entraver, dans l'exercice de mon devoir de médecin, par des décisions venant de cerveaux étroits.

— C'est votre affaire, monsieur le professeur. Si vous acceptez de soigner un de vos malades privés sans le faire payer, personne n'a le droit de s'y opposer. Mais la maison, professeur a des frais généraux. Occupation et utilisation des salles d'opération, pansements, médicaments, soins quotidiens, literie, etc. Qui devrait les supporter ? Vous touchez vos honoraires, votre épouse également, les assistants, les infirmières, les infirmiers, les pharmaciens attachés à la clinique ; moi aussi je touche mon traitement, ainsi que mes collaborateurs... Qui pourrait subvenir à tous ces besoins si on soigne les malades gratuitement ? L'Etat entretient de toute façon des millions de malades dans les hôpitaux. Il est absolument impossible que nous — même s'il s'agit d'un homme qui a fait le sacrifice de son visage pour la patrie, — que nous payions en plus de tout des opérations esthétiques.

Le Pr Rusch eut pendant un instant le désir diabolique et presque irrépressible de faire ce que jusqu'à présent, durant toute sa vie, il n'avait jamais fait encore, pas même lorsque le colonel Mayrat lui avait dit froidement : « Pour conduire un tank ou diriger un canon, les hommes n'ont pas besoin de visages d'acteurs de cinéma ; pour nous, les fonctions essentielles sont satisfaites, lorsque l'homme peut recommencer à tirer... » ; il dut se retenir de toute la force de sa volonté pour ne pas se pencher en avant et frapper l'homme qui lui faisait face en plein visage, de ses deux poings.

— Ah ! c'est ainsi que nous sommes devenus, fit-il

d'une voix enrouée. Voilà la leçon que nous avons tirée d'une guerre sanglante.

— Je ne vous comprends pas, monsieur le professeur, répliqua le directeur administratif d'un ton sec. Ce qui incombe à l'Etat...

— Ce qui incombe à l'Etat, c'est le discernement, le regret, le pardon, l'aide, la considération, l'honneur de l'homme, hurla Rusch. Mais tout cela lui manque. Il est de nouveau repu, et les cerveaux s'arrangent désespérément pour oublier la guerre, la catastrophe, la faim, la misère hurlante. Cette Allemagne est devenue comme une fille qui ne veut plus entendre parler d'une bêtise qu'elle a commise jadis, et qui ne veut pas qu'on la lui remette en mémoire... C'est à vomir de dégoût !

Rusch tira une autre lettre de sa poche et la lança sur le bureau du pauvre directeur qui avait pâli sous l'affront et qui s'était encore un peu raidi.

— Qu'est-ce que c'est ? interrogea-t-il consterné.

— Lisez donc. Une lettre du major Braddock. Vous le connaissez encore, n'est-ce pas ? Il est maintenant président de la Société de Recherche internationale de produits médicaux, à New York.

— Une carrière étonnante pour un officier, dit le directeur d'un ton sarcastique. — Il déplia la lettre et la mit à plat sur son bureau, mais s'abstint de la lire. — Pourquoi me donnez-vous cette lettre ?

— Pour votre gouverne. C'est une nouvelle offre que me font les Etats-Unis de poursuivre chez eux mes recherches et mon activité chirurgicale. On m'offre autant de dollars américains que je touche ici de D-marks. Et la liberté totale dans la recherche. Et la protection entière de ce que je fais. Pas de textes écrits émanant de fonctionnaires bornés aux visages bouffis de santé qui n'autorisent que la remise en état des fonctions essentielles d'un visage broyé par une grenade ou une mine.

Le directeur repoussa la lettre au loin comme s'il émanait d'elle une odeur qui l'incommodait.

— Et que voulez-vous en conclure, monsieur le professeur ?

— J'accepte cet appel et je quitte ma patrie, si cette idiotie ne cesse pas sur-le-champ. J'ai toujours éprouvé pour l'Allemagne un amour passionné, et pendant toutes ces années, j'avais espéré qu'après la guerre tout irait mieux. Je m'étais dit que ces années de misère et de torture n'étaient qu'un purgatoire chargé de nettoyer une fois pour toutes les cerveaux des Allemands. Je m'étais dit qu'on apprendrait enfin à être raisonnable, intelligent et juste, qu'allait renaître de ces cendres une patrie à qui on pourrait vraiment s'attacher, faire confiance et qui saurait montrer sa reconnaissance.

Le directeur administratif avait fait un bond. Son visage virait au cramoisi, tant il était furieux.

— Monsieur le professeur, s'écria-t-il d'une voix aiguë. Même un homme comme vous ne peut se permettre de faire du chantage. Si vous voulez partir en Amérique... Je vous en prie, partez. Vous aurez des successeurs ici. Ou bien vous imaginez-vous que vous pourriez obtenir une remise totale ou partielle de la dette de ce Schwabe par ce moyen ? Allons donc, ce serait ridicule de votre part. C'est ainsi que le petit Toto se représente la loi, mais vous ? Un Etat qui n'a pas d'ordonnances bien précises est comme un bateau sans rames — il vogue à la dérive. Et je le répète : même pour les blessés de la face, aussi terribles que soient leurs blessures, il faut qu'il y ait une limite bien définie entre la nécessité et l'esthétique. Et ce Schwabe a dépassé depuis longtemps cette frontière.

Le Pr Rusch reprit la lettre du major Braddock que le directeur manifestement ne tenait pas à lire et la remit dans sa poche. Puis très calmement, comme s'il ne venait pas justement de discuter les principes mêmes qui gouvernaient sa vie, il ajouta :

— Je prends en charge la dette totale de M. Schwabe. Je paierai moi-même les dix mille D-marks.

— Dans les deux semaines, s'il vous plaît. Sinon, nous serons obligés d'ajouter un pourcentage de retard.

Rusch resta immobile près de la porte. Il regarda le directeur administratif au visage rouge, comme s'il n'était qu'un tas de fumier frais.

— Ma bonne éducation m'empêche de vous dire ce que je voudrais vous envoyer faire, dit-il, en articulant chaque mot très distinctement. Mais si vous le devinez, je me permets de vous préciser que c'est mon désir le plus cher...

— Cela ne restera pas le dernier mot ! s'écria le directeur en bégayant de colère.

Rusch secoua la tête et ouvrit la porte.

— Le dernier mot, si. Mais l'action ne change pas...

Satisfait, Erich Schwabe retourna à Bernegg.

— Tout est arrangé, avait dit le professeur, en revenant du bloc A. Vous n'avez pas besoin de payer ; j'ai parlé avec le directeur, et c'est quelqu'un d'autre qui prend en charge tous les frais. Allons, Schwabe, pas de cheveux blancs. Restez blond comme vous l'êtes maintenant.

Lisa attendit jusqu'à ce que Schwabe fût parti, puis elle s'approcha de son mari et lui posa les deux bras autour du cou.

— Et l'autre... le bienfaiteur... c'est toi, hein ? dit-elle.

— Comment cela ? — Rusch feuilletait d'un air absent un vieux dossier contenant des fiches de maladie.

— Puisque tu ne peux pas me regarder droit dans les yeux... et d'ailleurs, mon cher, tu devrais savoir que tu n'es pas doué pour le mensonge. — Elle lui embrassa la nuque, et posa la tête sur la joue de Rusch. — Je parie qu'il y a eu une belle dispute ?

— Gagné, répondit Rusch durement.

— Et maintenant tout est réglé, n'est-ce pas ?

Partir là-bas, au loin, quitter l'Allemagne, mourir de nostalgie à l'étranger ?

— J'accepte la dernière proposition de Braddock. Je vais lui écrire ce soir. Si deux guerres mondiales n'ont pas encore réussi à broyer la bureaucratie allemande...

— Et maintenant, jette-toi la tête contre le mur. Mais le mur est plus solide que ta tête, Walter. Et c'est ton crâne qui paiera les pots cassés.

— Je ne peux plus rester ici, s'écria Rusch en tambourinant du poing sur son bureau. Ces médecins officiels qui, pour obéir à leurs supérieurs hiérarchiques, réduisent au maximum le pourcentage des dégâts et diminuent le plus possible le taux de la pension versée aux invalides de guerre, qui ressemble ainsi plus à un pourboire accordé aux participants de cette comédie qu'on appelle la guerre qu'à une juste assistance donnée à ceux qui ont perdu leur santé au service de la patrie... ce traitement honteux qu'on fait subir aux blessés de guerre, comme si on leur disait : « C'est votre faute, aussi ! Pourquoi vous êtes-vous justement trouvés là au moment et à l'endroit où c'était dangereux ?... », non, je ne veux plus me faire complice de cette honte, Lisa. Est-ce pour en arriver là que j'ai soigné tous mes grands blessés comme mes propres enfants ? Pour qu'on dise maintenant : « Mais ils sont beaux, et ils peuvent travailler, donc nous ne gardons de leur pension que le strict minimum... ? » Il y a des limites à tout... Je m'en vais en Amérique.

— Mais quand ? demanda Lisa doucement.

— Tout de suite.

— C'est impossible.

— Pourquoi donc ?

— Parce que, dans cinq mois, il va arriver un nouveau ou une nouvelle Rusch sur la terre.

Rusch saisit les mains de Lisa et les serra tendrement : — A New York, Lisa. Et ce petit ou cette petite apprendra un jour dans son livre d'Histoire qu'il existe de l'autre côté d'un immense lac, un vieux pays, propriétaire d'une culture vieille de deux mille ans, qui a réussi, à un rythme diabolique, à détruire lui-même cette culture, morceau par morceau, à chaque génération.

— C'est possible... mais moi, je suis vieux jeu, chéri.

Lisa retint fermement les deux mains serrées de Rusch.

— Je veux que mon enfant vienne au monde ici. Non seulement ici en Allemagne, mais encore ici, dans ce vieux château Bernegg.

— Folle, grogna-t-il. Comme tu es sentimentale !

— Possible. Mais, vois-tu, c'est ici que, pour la première fois de ma vie, j'ai connu le vrai bonheur. Et je voudrais vivre entre ces murs ce bonheur suprême : avoir un enfant. Est-ce que tu ne peux pas comprendre cette sentimentalité-là, gros ours chéri ?

Rusch se tut. Il s'abstint de toute réaction, aussi bien positive que négative.

— Bien, dit-il, au bout d'un long moment de silence. Alors nous partirons aux Etats-Unis quand l'enfant sera là.

— Et que Fritz Adam sera venu te rejoindre en qualité d'assistant. Que Baumann aura terminé aussi. Tu leur as fermement promis à tous les deux de les prendre avec toi. Et Kaspar Bloch qui nous rejoint dans quatre mois ; il veut faire son stage au service des traitements psychiques appliqués aux blessés de la face. Il a justement écrit aujourd'hui. Tu étais tellement furieux que tu n'as pas encore pris le temps de lire sa lettre.

Le Pr Rusch se tut. Il ne pouvait rien dire parce qu'il sentait bien que Lisa avait raison. Le château Bernegg et ses grands blessés était devenu son propre univers. Ici, il régnait comme un petit dieu qui était chargé de créer de nouveaux visages, grâce au pouvoir que le Grand Dieu avait conféré à ses mains. Et en même temps il rendait à chacun la force de continuer à vivre. Ici, il était à la fois le père et la mère, le dernier et l'unique sauveur, l'ultime station. Les êtres sans visage qui avaient été autrefois des hommes normaux, venaient le trouver pour qu'il leur redonne l'apparence humaine, dans un pénible et minutieux travail d'artiste.

— Et maintenant, buvons un cognac, dit Lisa Mainetti à voix basse en reculant. Et ensuite j'irai discuter avec les gars de l'administration pour le règlement de cette somme. Ou bien nous reste-t-il dix mille marks ?

— Non.

— Nous y arriverons aussi. — Elle remplit les verres à cognac jusqu'à la moitié et en porta un à Rusch. — Nous avons survécu au règne des Bruns, à la guerre et aux années de disette. Ce serait vraiment le comble si nous devions maintenant sombrer à cause de la paix !

En l'espace de deux jours, deux visiteurs vinrent égayer le château Bernegg. Sans s'être annoncés au préalable, sans avoir écrit, ils arrivèrent un beau matin, aussi étonnants qu'une chute de neige par un ciel d'été.

Le major James Braddock et Wastl Feininger.

Tout d'abord, arriva Wastl. Non pas de plein gré, mais acculé. Il ne vint pas non plus plein d'entrain comme toujours, il n'avait même pas envie de blaguer ; il se tenait là dans le hall, puissant, gros et gras, tournant et retournant son chapeau entre ses doigts, et il avait l'air lamentable d'une créature à bout.

Son visage était recouvert d'un énorme pansement : comme dans les premiers temps, il portait de nouveau ce majestueux turban qui lui avait valu son surnom de Pacha.

— Eh bien ! Que se passe-t-il donc ? interrogea Lisa lorsqu'elle se fut remise de sa première surprise. Wastl ! Que vous est-il donc arrivé ? Quel air vous avez !

Wastl fit tournoyer son chapeau à un rythme encore un peu plus rapide : — C'est de la poisse, réussit-il à sortir péniblement de l'amoncellement de bandages. Est-ce que je pouvais savoir que Marianal avait déjà un gars puissant ? Un type qui n'a pas froid aux yeux ! Bon sang de bon Dieu !

La doctoresse s'approcha de Wastl et lui palpa le visage. Elle vit combien sa bouche se tordait sous la souffrance.

— C'est l'os du nez, dit-il d'une voix rauque. Et il m'a arraché aussi le gros boudin que vous m'avez greffé, le salaud. Alors que j'étais même pas encore arrivé jusqu'à la fenêtre.

Lisa recula et alla se laver les mains.

— Bon, si j'ai bien compris : vous vouliez monter quelque part et le fiancé est arrivé ; il vous a broyé l'os du nez et arraché le boudin que nous avions eu tant de mal à greffer. Savez-vous ce que nous allons faire, maintenant, Wastl ? Nous allons vous coudre le derrière à la figure ; vous serez bien obligé alors d'en terminer avec ces histoires de femmes ?

— Je voulais seulement, docteur...

— La paix, Wastl. Ne vous forcez pas à parler tant que le professeur n'est pas là. Et ensuite, vous lui raconterez tout.

— Je paierai tout ! s'écria Wastl.

Lisa le regarda d'un air pensif.

— Vous avez bien une grosse ferme, n'est-ce pas ? demanda-t-elle sur un ton légèrement plus doux.

— Oui.

— Combien de vaches ?

— Trente vaches et quarante-neuf cochons.

— Alors, vous allez être obligé de revendre deux vaches et quatre cochons. Il faut souffrir, mon vieux, pour réparer de telles conneries. Je n'inscrirai pas cela sur votre fiche de soins.

— Je comprends bien.

Alors que pas une parcelle de son visage n'était visible, on eut l'impression que Wastl commençait à transpirer.

— Deux vaches et quatre cochons, voilà qui fait quelques billets de mille, docteur.

— C'est encore meilleur marché que seize années de pension alimentaire, répondit crûment Lisa. Wastl approuva du chef. — C'est juste, c'est un argument convaincant, constata-t-il. D'accord, docteur. Refaites-moi seulement un beau visage. Et d'ailleurs, j'ai le temps... Et s'il était possible de me remettre dans la chambre B/14...

En souriant, Lisa confia son nouveau client à une infirmière qui le conduisit jusqu'à sa chambre. Puis elle rejoignit Rusch dans la salle d'opération.

— Tout est arrangé, lui murmura-t-elle dans l'oreille gauche, tandis qu'il faisait un pansement.

On sentait tant de triomphe dans sa voix, que Rusch loucha de son côté.

— Quelle gaieté ! Qu'est-ce qui est arrangé ?

— Wastl Feininger vient d'arriver...

— Wastl ? Qu'est-ce qu'il vient faire ici ?

— Il va payer la moitié de la dette de Schwabe.

C'était un des rares moments où le Pr Rusch ne comprenait absolument plus rien à rien, et se contentait de fixer sa femme d'un regard pétrifié.

James Braddock fit une entrée non moins imprévue et sensationnelle, sans pour autant s'être affublé d'un énorme pansement pour cacher un visage abîmé, mais tout simplement en costume de flanelle, avec des chaussures en forme de mocassins hindous, et dans chaque main, une bouteille de whisky. Ce fut ainsi qu'il apparut dans le hall d'entrée, sous les yeux ahuris des infirmières, et, dès la première seconde, il poussa des beuglements dans la cage de l'escalier.

— Hello ! Hello ! Miss Docteur ! Le Old James est de nouveau à la maison !

De la salle de pansements, Lisa et Rusch reconnurent le propriétaire de cette voix ; ils s'empressèrent de se laver les mains, car ils venaient de faire une opération épuisante : le professeur avait de nouveau pratiqué sa méthode du « soudage » sur une mâchoire inférieure.

— Mais ce n'est pas possible ! dit Lisa en laissant

tomber le savon. Il ne peut quand même s'amener ainsi tout simplement et se mettre à hurler : « Miss Docteur ! »

Avec le coude, elle ouvrit la porte et, les mains dégouttantes d'eau, elle se précipita dans le couloir. A peine eut-il aperçu Lisa, que Braddock ouvrit tout grands ses bras ; son visage rond sous les cheveux rebelles brillait comme s'il avait été pommadé.

— Lisa, *darling !* cria-t-il. *Come on !* Embrasse-moi !

— Braddock ! C'est bien lui, s'écria Lisa en se tournant vers la porte restée ouverte. Le Pr Rusch apparut à son tour, lui aussi en train de se sécher les mains ; puis il lança sa serviette à une infirmière qui, comme les autres, contemplait la scène, la bouche grande ouverte.

— Major ! s'écria Rusch. Quelle joie !

— Ce n'est pas vous que je veux serrer contre mon cœur, mais Lisa. *Come on, baby...* Cette seule pensée m'a donné du bonheur pendant des milliers de kilomètres...

Il étreignit Lisa, et, sans se gêner, l'embrassa sur les lèvres. Puis il brandit une bouteille de whisky, cria un retentissant « hopp » et la lança à Rusch. Celui-ci réussit à l'attraper et en riant, il hocha la tête.

— Maintenant, je puis vraiment l'embrasser, hurla-t-il, et il embrassa Lisa de nouveau. Maintenant, elle est votre épouse, professeur. Et maintenant, cela n'aurait plus aucune signification de chercher à vous étrangler !

Dans le bureau du patron, James Braddock commença par boire deux verres de whisky avant de pouvoir se mettre à raconter. En civil, il paraissait beaucoup plus petit et menu, et il fallait même une certaine imagination pour se rappeler que cet homme, entouré de quelques géants noirs, était arrivé un jour en jeep devant le château et avait dit froidement : « J'ai reçu l'ordre d'occuper l'hôpital... » Et que tout le canton de Bernegg le craignait.

— Vous avez reçu ma lettre pourtant ? demanda-t-il. — De la poche de son veston, il retira la longue boîte plate contenant les Brissago, en retira la paille et alluma le cigare. — Ce n'était qu'en passant. Déjà alors, mon voyage en Europe était prévu. Il faut que je sois ici, vous savez. Prise de contact avec les industries chimiques européennes. Enfants... quand je songe à l'état dans lequel se trouvait l'Allemagne complètement anéantie, et maintenant... On pourrait vraiment avoir peur de l'avenir !

Braddock soupira et but un nouveau whisky.

— J'ai raconté partout aux Etats-Unis quel type sensationnel vous êtes, professeur. « Boys, ai-je dit, il vous place un nouveau nez au milieu du visage, au point que vous ne voulez même plus rêver à l'ancien. Et à vous, chères amies, il vous enlève des fesses trois kilos de graisse, et vous crée une de ces lignes, dont on veut toujours garder le souvenir près de soi, dans son portefeuille. »

— Mais voyons, Braddock... — Le Pr Rusch hocha la tête. — Je fais de la chirurgie du visage ; ce que vous décrivez là, ce sont des opérations de rectifications purement esthétiques.

— Justement, justement. Avec cela, vous pouvez vous faire quelques milliers de dollars par mois. Imaginez un peu la publicité que je vous ai faite, là-bas ! Il suffit que vous arriviez, et il y a deux cents femmes qui vont tomber à vos pieds !

Lisa Rusch lança un rapide regard à son mari. Elle savait ce qu'il pensait en cette minute même, et il lui fit pitié. L'illusion dans laquelle il avait vécu quelque temps éclatait comme une bulle de savon. On le voyait rien qu'en regardant le Pr Rusch. Il était assis près de la table, silencieux et tourné en lui-même, et écoutait sans réaction les explosions enthousiastes de James Braddock.

— En un an, vous serez le dernier cri de la mode, s'écria Braddock sans s'en rendre compte, en agitant son cigare comme un drapeau incandescent. On se murmurera de bouche à oreille : « Alors, Nelly, vous aussi, vous allez chez Rusch ? Un *smarter boy,* hein ?... Cher professeur... », et plus tard, dans vos mémoires : des centaines de milliers de kilos de graisse entre mes mains... Vous allez conquérir les Etats-Unis.

— Certes, prononça Rusch péniblement, en essayant de sourire. — Mon pauvre Paillasse ! Tu te tiens avec courage, pensa Lisa avec pitié. — Mais je ne crois pas que je sois fait pour l'Amérique.

— Si vous ne l'êtes pas, vous, alors je me demande bien qui le serait ! Professeur, pensez seulement à cette publicité des photos de vos blessés de la face, avant et après l'opération. Dans chaque salle de cinéma, sur chaque colonne Morice, dans les halls d'hôtels, sur les terrains de sports. Et avec cela, le slogan : Les mains de Rusch créent... Cela va engendrer une tornade, professeur. Les millions gisant au milieu de la chaussée. Puis Hollywood, un film : « Les deux visages de Linda B. » Vous seriez vraiment un imbécile si vous restiez en Allemagne.

— Je suis un imbécile de cette espèce, répondit Rusch, gravement et lentement.

James Braddock le regarda d'un air incrédule, puis il laissa tomber son cigare et vida son verre de whisky d'un seul trait. Bouleversé, il se tourna vers Lisa.

— Il parle sérieusement, murmura-t-il.

— Oui, il parle sérieusement, approuva Lisa.

— Il ne veut pas ?

— Non... il ne peut pas.

— Qu'est-ce que ça veut dire, il ne peut pas ? Contrats ? C'est un détail. Comme si nous n'avions pas d'expérience dans l'art de résilier les contrats.

— Et il ne veut pas non plus.

— Mais c'est absolument impossible. Un homme tout seul ne peut tout de même être aussi fou !

— Cela aussi, c'est juste, Braddock. — Lisa lui sourit aimablement. — Il y a des fous, lui et moi. Moi non plus, je ne veux pas.

— Vous non plus ? répéta Braddock pétrifié.

— Non.

— Et pourquoi donc, pour l'amour du ciel ?

— Si vous considérez Rusch non plus comme virtuose du bistouri mais comme être humain, vous comprendrez tout de suite, Braddock. Ce n'est pas son univers.

— Damned. — Braddock bondit de son siège. Il était manifestement furieux, comme jadis lorsque ses hommes apprenaient d'un inconnu à faire de la prestidigitation et que ses nègres, brusquement, se mettaient à yodler au milieu de la route. — Quel est son univers alors ? La vieille Germany pourrie ? L'Europe dégénérée ? La stagnation du monde de l'Ouest ? Est-ce que, chez vous, le maudit nationalisme allemand a déjà rouvert ses portes ?

— Non pas dans le sens où vous le prenez, Braddock. Mais, pour nous, un visage est une œuvre d'art qui reflète une âme. C'est la carte de visite de Dieu sur laquelle on peut lire : regardez, c'est de cette façon parfaite que travaille le créateur.

Braddock se détourna. Tout d'un coup, il sentit la honte l'envahir : — Je comprends, dit-il à voix basse. Pour vous, un visage n'est pas un entonnoir à dollars, à qui il suffirait de dire : Ane, petite âne... Voilà l'unique différence qui existe entre James Braddock et Walter Rusch, mais cette différence est insurmontable.

Le Pr Rusch approuva ; il saisit la main de Lisa par-dessus la table, et la serra tendrement.

— Je te remercie, Lisa, dit-il. Tu as le don merveilleux de transformer une défaite en victoire.

— Sinon, elle ne serait pas allemande, lança Braddock sur un ton venimeux (mais ce n'était plus un venin destiné à ronger, c'était seulement le sarcasme de celui qui acceptait la capitulation). Bien, tirons un trait sur le problème U.S.A. Que s'est-il passé ici depuis mon départ ?

James Braddock se souvenait encore de tout : il se souvenait même encore d'une grande partie des noms propres. — C'était vraiment curieux, dit-il en saisissant une nouvelle fois la bouteille de whisky. On fait la guerre et on se bat, on lutte pour punir l'Allemagne. Et qu'arrive-t-il ? Tout d'un coup, on tombe amoureux des Allemands. Ce fut vraiment une époque heureuse que celle de Bernegg.

Lisa raconta la fin tragique de Christian Oster ; elle parla de Fritz Adam qui était déjà docteur lui aussi, du stagiaire Baumann qui terminerait son examen dans trois mois, du Berlinois qui présentait sa gueule de travers sur les planches d'un cabaret, de Kaspar Bloch qui s'était engagé dans la carrière scientifique, des vies compliquées et riches d'événements de Walter Hertz et d'Erich Schwabe, et elle n'oublia pas les aventures de Wastl Feininger.

— Hertz, le jeune ami de la fille du criminel de guerre. Est-ce que ça s'est bien terminé ?

— Après trois retours en arrière, oui.

— Et l'horrible villa, là en bas, à Bernegg ?

— Les Wolfach l'ont revendue et s'en sont construit une neuve près de Munich, dans la vallée de l'Isar. Un petit palais. Le vieux Wolfach a retrouvé l'équilibre ; il exporte même dans les pays qui l'avaient inscrit autrefois sur la liste noire des criminels de guerre. Walter Hertz est devenu assistant technique d'une des nouvelles usines, près de Donaueschingen. Frau Wolfach elle-même s'habitue à son aspect extérieur. Il va d'ailleurs revenir cet hiver chez nous pour différentes rectifications.

— Et Wastl ? Cette ordure ?

— Il est ici.

Braddock sursauta : — Ici ? Et c'est seulement maintenant que vous me le dites ? Le gars qui a appris à mes nègres à yodler. Est-ce que je peux le voir ?

Une heure plus tard, Braddock entra dans la chambre B/14. Il trouva le pauvre Wastl, morose, assis tout seul à la table et compulsant tristement un vieux livre de la bibliothèque de la clinique. C'était un roman de marin, mais Wastl ne comprenait pas le moindre mot à la pêche et aux voyages en mer. Il mourait d'ennui.

Rusch lui avait de nouveau rectifié le nez, et Wastl portait maintenant dans les narines des tuyaux de matière plastique qui devaient servir de support à l'os abîmé. Le boudin avait complètement disparu. Rusch l'avait averti que, le surlendemain, il se promettait de lui faire une nouvelle greffe, et Rusch savait par expérience combien c'était long et pénible.

Lorsque James Braddock pénétra dans la chambre, Wastl releva la tête et examina le nouveau venu qui ne ressemblait pas à la clientèle ordinaire de la clinique.

— Sais-tu jouer au skat, vieux ? hurla-t-il sur-le-champ.

— Il manque un troisième, remarqua Braddock.

— On en trouvera un.

Braddock prit place à la table et frappa sur l'épaule de Wastl. Lisa et le Pr Rusch étaient restés au seuil de la chambre, et Wastl ne les voyait pas, car il tournait le dos à la porte.

— Nous nous connaissons déjà, dit Braddock.

— Ah ? fit Wastl.

— Est-ce que ce n'est pas toi qui as appris aux nègres à yodler ? Et autrefois, lorsque le major américain est entré dans la chambre, c'est bien toi qui as crié bêtement « Heil Hitler » ?

Une onde électrique sembla parcourir le corps de Wastl.

— Nom de nom de nom d'une pipe, hurla-t-il en se levant d'un bond. Le major ! — Il se mit au garde-à-vous, et aperçut Lisa et Rusch dans l'encadrement de la porte. — L'histoire de la prestidigitation, monsieur le Major, c'était rapport aux sept cents calories. J'avais tellement faim...

Braddock hocha la tête en souriant, et fit rasseoir Wastl sur sa chaise.

— Ce n'était pas ma faute, mon vieux. Mais je voudrais essayer de réparer. — Braddock se tourna vers Lisa et Rusch. — Au fait, qui peut-on atteindre facilement, des gars de la chambre 14 ?

Lisa se mit à rire : — Tous. Sauf Oster, ajouta-t-elle tout bas.

— *Very good.* — Braddock posa son bras sur les

épaules de Wastl, sidéré. — Je reste encore deux semaines ici. Il faut qu'ils reviennent tous... à mes frais. Et nous allons fêter cela, mon retour, et le bon temps que j'aurai passé dans la Old Germany. Et... — Il regarda soudain avec gravité le Pr Rusch. — et mon adieu définitif. A tous. Car vous ne viendrez pas en Amérique, n'est-ce pas, monsieur le professeur ?

— Non, certainement pas, Braddock. Et je sais que vous comprenez même ma décision.

— Peut-être, mais je ne le reconnaîtrai jamais. — Il secoua Wastl un bon coup. — Et tu m'apprendras à yodler, car je ne sais toujours pas. Bien que, autrefois, je me sois souvent exercé en secret dans mon bureau.

Il y eut bien du chemin parcouru depuis ces journées-là, jusqu'à cette matinée de printemps 1962, où Erich Schwabe attendait avec sa femme dans le couloir d'un immeuble public flambant neuf, destiné à abriter les services administratifs. Treize années s'étaient écoulées, et on aurait pu croire que cette période avait eu une durée infinie. Et pourtant les années s'étaient envolées comme, autrefois, les mois. On ne se rendait compte de la fuite du temps qu'en remarquant les traces de l'âge sur les gens de l'entourage. Croissance et vieillesse suivent un rythme identique, même si on n'en prend pas conscience de manière très distincte.

Erika Schwabe avait maintenant quinze ans et elle poursuivait ses études. C'était une belle fille blonde, mince et élancée, que son père était fier d'accompagner dans les rues. Et quand les regards trop insistants des jeunes garçons la suivaient, il se disait gaiement : « Attendez un peu, le chemin qui conduit à Erika passe devant moi. »

Après cinq ans de séjour à Bernegg, toute la famille Schwabe était retournée au bord du Rhin. La vieille nostalgie des gens de Cologne, de vivre à l'ombre des tours de leur cathédrale, n'avait fait qu'augmenter avec le temps dans l'âme de Schwabe. « Je ne peux rien contre », avait-il reconnu, et il s'était cherché un bel appartement à Cologne. Et là, il avait de nouveau recommencé à exercer son métier de vitrier, travaillant avec acharnement. Depuis, il avait réussi à monter une importante affaire de verres et vitres en gros, il s'était fait construire une villa au bord de la ville, à l'orée de la forêt, et il possédait quatre équipes de vitriers qui travaillaient dans tous les grands bâtiments et les bureaux de Cologne. Frau Hedwig Schwabe vivait toujours avec ses enfants. Elle était maintenant presque pliée en deux et souffrait de plus en plus de rhumatismes. « Les années passées dans la cave, avait-elle coutume d'expliquer. C'est maintenant seulement que ça se fait sentir. Nous gardons tous un souvenir de cette époque. »

Ils attendaient dans le couloir, car la grande salle d'attente était archipleine. D'épais nuages de fumée de cigarettes et de pipes s'enfuyaient par la large porte vitrée grande ouverte, qui séparait la salle d'attente du couloir. En face, il y avait deux autres portes : Antichambre, — Médecin agréé... pouvait-on lire sur l'une d'elles. Salle d'examen — Entrée interdie — Inscription salle 10... lisait-on sur la seconde.

Schwabe jeta un coup d'œil dans la salle d'attente bondée. Ils étaient tous assis autour des murs et lisaient des magazines, ou bien ils discutaient entre eux. Des hommes aux épaules de travers, des amputés, des hommes au visage strié de cicatrices, ou portant des chaussures orthopédiques, ou des lunettes noires aux verres épais. Des costumes élégants et des pantalons chiffonnés. Et sans arrêt, il en arrivait d'autres qui passaient la grande porte coulissante et s'appuyaient au mur du couloir.

— Et il veut en finir ce matin avec tout ce monde ? prononça un amputé du bras. Eh bien ! A la sienne ! Comme dans l'ancien temps, le premier rang, en avant... sortez la langue... Dites AAAAh...

— Il regarda Schwabe et ôta son chapeau de son crâne — Blessé au visage, n'est-ce pas ?

— Oui, répondit Schwabe d'un ton sec. Il contemplait cette masse de souvenirs de guerre qui l'entourait, qui se cachait derrière les journaux, et une révolte subite contre ce qui l'attendait encore l'envahit. Déjà lorsqu'il avait reçu la convocation officielle « pour un examen en vue du rajustement de la pension », il avait dit à Ursula : — Quand vont-ils enfin nous fiche la paix ? Ils auraient tout de même bien pu avoir déjà remarqué, en dix-sept ans, que j'avais perdu mon visage. A quoi bon ces rajustements incessants ?

— Moi, j'ai perdu mon bras. Un coup russe. Vous savez ce que c'est, hein ? — L'homme qui parlait à côté de Schwabe tapota la manche vide de son veston, dont il avait rentré l'extrémité dans sa poche. — C'est pourtant clair. Et même les fonctionnaires chargés des pensions peuvent s'en apercevoir. Mais depuis quelques années, à cause de cela, je souffre de troubles de la circulation du sang, et, cela, ils ne veulent pas le reconnaître comme suite de blessure de guerre. Surtout, celui-là, ajouta-t-il en indiquant la porte où était suspendue l'inscription : Salle d'examen — Celui-là, il m'a dit : « Qu'est-ce que vous chantez ? Depuis quand le cœur a-t-il un rapport avec le bras ? Les gens ne font que venir pour réclamer des pensions parce que, à la suite de la perte d'un orteil, leurs cheveux tombent !... » J'ai eu beau réclamer, montrer trois devis d'experts, prouvant que ces troubles circulatoires provenaient bien de l'amputation. Je suis bien curieux maintenant de savoir ce qu'il va en dire. Le connaissez-vous ?

— Non, c'est la première fois que je viens ici.

— Eh bien, alors, armez-vous de courage et de patience. Il va vous raconter que vous ressemblez à une vedette de cinéma.

Bien que le rythme fût relativement rapide — et chacun quittait la salle d'examen d'un air furieux — il se passa encore trois heures avant que vînt le tour de Schwabe. Il entra dans l'antichambre, donna ses papiers d'identité à deux jolies dames ; puis on chercha son dossier et on attendit le tintement d'une sonnette pour ouvrir la porte suivante.

Schwabe entra lentement dans la salle d'examen. Une des dames posa son dossier sur le bord d'une table et sortit en vitesse. La porte se referma sans bruit. C'était une grande salle carrée, installée de façon moderne et pratique... Un grand bureau, des étagères en chêne clair, un lit basculant, quelques instruments, deux armoires à outils, un coin-lavabo carrelé, de couleur bleue, et deux grandes fenêtres donnant sur un beau jardin.

Le médecin se tenait devant le lavabo et se lavait les mains. Il était grand et mince, avait des cheveux blonds ondulés et portait, sous sa blouse blanche de médecin, un pantalon étroit beige clair, sans revers. Ses chaussures pointues à la mode italienne resplendissaient de propreté.

Erich Schwabe s'était immobilisé à la porte. Les yeux agrandis d'incrédulité, il fixait le dos du docteur qui finit par saisir une serviette de toilette et se sécher les mains, sans même se retourner vers la porte.

— Alors, qu'est-ce que c'est ? interrogea-t-il. Votre nom, je vous prie. Ou bien, êtes-vous muet par hasard ?

Schwabe respira profondément, puis très haut et très distinctement, il répondit :

— Non, monsieur le médecin-chef Urban.

Le Dr Urban sursauta et se retourna. Il avait légèrement grossi, mais son visage n'avait pas changé. Etroit, supérieur, pincé. Sous les yeux, les rides s'entrecroisaient et le faisaient paraître vieux.

— Vous me connaissez ? demanda le Dr Urban sèchement. Puis il alla derrière son bureau et s'assit.

— Vous ne me connaissez pas ? interrogea Schwabe à son tour.

Urban examina l'homme qui lui faisait face. Les

cicatrices qui ornaient le visage, l'oreille qui était restée un peu déformée, la bouche légèrement tirée vers la gauche par une grande cicatrice transversale. Urban joignit les mains et avança la lèvre inférieure.

— Vous avez séjourné à Bernegg ? demanda-t-il prudemment.

— Jusqu'en 1949. — Schwabe le regarda gravement. — Lorsque les Américains sont arrivés, j'y étais encore, docteur.

Le Dr Urban fit un geste négligent du bras. On voyait bien qu'il s'efforçait de prendre la situation avec une certaine grandeur d'âme.

— Laissons cela. Comment vous appelez-vous au fait ?

— Schwabe. Erich Schwabe. Jadis chambre B/14.

— Schwabe ? — Urban saisit le dossier qui se trouvait sur son bureau, à portée de la main, et commença à le feuilleter. — Schwabe ?

— Vous m'avez autrefois obligé à crier « Heil Hitler », alors que j'avais la figure en bouillie.

Le Dr Urban jeta le dossier sur le côté ; son visage s'était couvert d'un masque d'amabilité.

— Oui, quelle époque, n'est-ce pas ? fit-il d'un ton grandiloquent. Si nous n'avions pas tout accepté alors, nous ne serions plus ici aujourd'hui. Quelle époque terrible. Je ne me la rappelle pas volontiers.

— Je peux me l'imaginer aisément.

— Je trouve que votre réflexion est plutôt déplacée, monsieur Schwabe. — Le Dr Urban s'appuya sur les mains et se leva. Comme il y avait dix-huit ans, il se tenait debout devant son interlocuteur, arrogant, conscient de sa puissance. — Je n'ai rien à oublier. Et pour que vous puissiez dormir sur vos deux oreilles cette nuit, sachez que j'ai été libéré du camp de Darmstadt, après que l'instruction eut déclaré ma non-culpabilité dans les accusations qu'on portait contre moi, et, depuis sept ans, je suis médecin de l'Etat. J'ai bien été officier, mais ce n'est pas un crime, que je sache. Un de vos collègues de Bernegg, Kaspar Bloch, a déposé une plainte contre moi ; elle a été rejetée. — Le Dr Urban souriait d'un air moqueur en regardant Schwabe. — En tant que vieil occupant de Bernegg, monsieur Schwabe, il est normal que vous soyez au courant. C'est pourquoi je vous raconte cela.

Schwabe ne réagit pas. Il regarda longuement le Dr Urban, et Urban savait exactement ce que Schwabe pensait. Il fit le tour de son bureau et vint se planter droit devant son ennemi.

— On vous a convoqué pour le rajustement de votre pension, n'est-ce pas ? dit-il d'une voix de service. Levez donc votre visage vers la lumière.

Schwabe ne réagit pas davantage à cet ordre. Il resta assis sur sa chaise et contemplait les mains inquiètes et nerveuses du Dr Urban.

— Bien, vous ne voulez pas, dit le médecin. D'ailleurs j'y vois suffisamment. Vous avez retrouvé un visage de toute beauté. Le Pr Rusch est véritablement un artiste.

— Cela m'a coûté jusqu'à présent dix mille marks, grogna Schwabe. Le Pr Rusch a avancé cette somme et je la lui ai remboursée. L'Etat, qui m'a pris mon visage, m'a réclamé dix mille marks parce que je m'en suis fait refaire un nouveau.

Le Dr Urban recula de quelques pas et enfonça ses mains dans les poches de sa blouse blanche.

— Et alors ? D'autres versent dix mille marks pour faire un voyage, pour des femmes, pour se saouler. Pour cette somme-là, vous avez au moins retrouvé une gueule convenable.

— Et maintenant, on veut abaisser ma pension, parce que mon visage a été bien réparé.

— Cela va être très difficile à éviter, monsieur Schwabe. Les dommages causés par la guerre sont de loin devenus inexistants. Pourquoi, dans ce cas, l'Etat devrait-il encore continuer à verser une pension ?

— J'ai écarté moi-même ces ravages, avec mon propre argent, avec mes propres dix mille marks, s'écria brusquement Schwabe. Dois-je recevoir maintenant une punition pour cela ? Aurais-je dû peut-être vivre avec la gueule que j'avais ?

— Pour la pension, cela eût été sûrement préférable.

Schwabe dut avaler plusieurs fois de suite sa salive ; il lui semblait qu'il ne pouvait plus respirer.

— Est-ce... est-ce cela le remerciement de la patrie ?

— Ne racontez donc pas de conneries, s'écria le Dr Urban grossièrement. Je vois bien dans votre dossier que vous n'avez pas besoin de cette pension pour vivre. Vous avez une excellente situation, et pas de soucis financiers. C'est vraiment une honte de votre part d'oser venir ici et de réclamer une pension, alors que vous avez un visage digne des petits anges de Botticelli.

Schwabe se leva lentement. Il prit son chapeau et le serra contre sa poitrine.

— Vous avez toujours été un salaud, Urban, dit-il tranquillement. Je vais déposer plainte.

— Je vous en prie. — Le Dr Urban sourit, d'un sourire néanmoins légèrement crispé. — Avec ce nouveau visage, parfaitement arrangé, vous n'obtiendrez jamais de dédommagement.

— Et mes dix mille marks ?

— Considérez-les comme un placement privé. Officiellement personne ne vous a contraint à verser cette somme. Où irions-nous donc, si nous devions payer toutes les opérations esthétiques ?

— Je présenterai un rapport d'expertise du Pr Rusch.

— Ce bon vieux Rusch. — Le Dr Urban se mit à rire. — Il peut économiser sa peine.

— Il n'y a pas que lui, docteur Urban. Le Dr Lisa Rusch, née Mainetti, comme assistante. Le Dr Adam, comme médecin-chef, le Dr Baumann, comme deuxième médecin. Tous auprès du Pr Rusch. Rien que des anciens de Bernegg.

Le Dr Urban fit un geste d'indifférence, comme si on lui racontait une vieille histoire usée.

— Allez donc chercher une glace, Schwabe, dit-il en grinçant presque des dents, et regardez-vous un peu plus longtemps que vous ne le faites pour vous raser. Un quart d'heure, par exemple, ça doit suffire. Vous reconnaîtrez alors vous-même que personne ne vous accordera la moindre subvention pour ce visage qui satisfait à toutes les lois de l'humanité et de l'esthétique. Vous ne pouvez pas non plus retourner dans une boutique pour demander qu'on vous échange un pantalon qui est tout chiffonné d'avoir été porté, ou pour réclamer la somme ? On vous dira : repassez-le donc vous-même. Et vous imaginez-vous qu'on vous paiera le fer à repasser ? Allons, Schwabe. Ne soyez pas un nouveau Don Quichotte... Prenez les faits tels qu'ils sont avec détachement. En fin de compte, nous vivons dans un Etat où règnent la justice et le droit.

Erich Schwabe baissa la tête. Il regarda le dossier épais qui gisait, abandonné sur le bureau, contenant tous ses papiers de maladie — depuis l'admission à l'hôpital jusqu'à ce jour. Une tranche de vie remplie d'horreur et de souffrances, de désespérance et de désespoir et, plus tard, lentement, pleine d'espoir en l'avenir et de joie à la pensée du retour dans l'univers des humains... avec un nouveau visage, un visage recréé.

— Allons, Schwabe, vous pouvez partir, dit le Dr Urban sur un ton détendu, presque gai et aimable. Je suis heureux que vous soyez redevenu tout à fait vous-même.

— Oui, je vais partir, murmura Schwabe.

Il fit deux grands pas rapides autour du bureau et saisit son dossier. Avant que le Dr Urban ait pu intervenir, Schwabe l'avait déchiré en mille morceaux;

puis il courut vers la fenêtre et jeta les débris du dossier dehors, dans le jardin. Là, les feuillets s'éparpillèrent au vent, dans les buissons, dans les massifs, sur les pelouses, dans les branches d'arbres, et même sur un petit mur donnant sur la route.

— Est-ce que vous êtes devenu fou ? s'écria le Dr Urban en arrachant Schwabe de la fenêtre. Ce sont des documents officiels.

— A quoi bon encore des dossiers ? dit tranquillement Erich Schwabe. (Il se frotta les mains comme pour en enlever de la poussière ou de la saleté.) Ce sont des papiers sans aucune valeur. Vous les voyez flotter dans le vent ? Ce Schwabe qui s'envole là dehors, il n'existe plus, n'est-ce pas ? Ou bien... ?

Le Dr Urban se détourna.

— Partez, dit-il d'une voix enrouée.

— Bonjour, monsieur le médecin-chef, dit Schwabe

Dans le couloir, Ursula commençait à trépigner d'impatience. Elle se promenait de long en large, et ne cessait de jeter des coups d'œil sur la porte par laquelle Erich devait sortir.

Finalement, elle s'ouvrit. Schwabe sortit. Non pas avec l'air furieux qui avait caractérisé la sortie de ses compagnons d'infortune, mais avec un air grave et, d'une certaine façon, satisfait.

Ursula se précipita sur lui : — Alors, Erich ? interrogea-t-elle hors d'haleine. Est-ce que tout s'arrange ?

— Oui, maintenant, tout est arrangé et parfaitement clair, prononça Schwabe très distinctement.

— Est-ce qu'on a fini par te donner raison ?

— La Raison est toujours du côté du plus fort, dit-il en hochant la tête.

— Dieu soit loué. — Ursula respira de soulagement : elle prit Erich par le bras et l'entraîna vers la sortie.

— Et maintenant, que faisons-nous, Erich ?

Erich Schwabe se retourna une dernière fois et

contempla la porte laquée blanche. Salle d'examen... Entrée interdite... Inscription salle 10...

— Viens, dit-il d'une voix rauque. Partons vite... allons retrouver le soleil... Je veux voir le soleil, rien que le soleil, plus jamais l'ombre.

*Achevé d'imprimer le 20 octobre 1978
sur les presses de l'Imprimerie Bussière
à Saint-Amand (Cher)*

Presses Pocket
8 rue Garancière
75006 Paris
tél. 329 12 80

— N° d'édit. 380. — N° d'imp. 1501. —
Dépôt légal : 2e trimestre 1968.
Imprimé en France